Coto privado de infancia

Novela

Paco Tomás
Coto privado de infancia

Planeta

La lectura abre horizontes, iguala oportunidades y construye una sociedad mejor.
La propiedad intelectual es clave en la creación de contenidos culturales porque
sostiene el ecosistema de quienes escriben y de nuestras librerías.
Al comprar este libro estarás contribuyendo a mantener dicho ecosistema vivo y
en crecimiento.
En **Grupo Planeta** agradecemos que nos ayudes a apoyar así la autonomía creativa
de autoras y autores para que puedan seguir desempeñando su labor.
Dirígete a CEDRO (Centro Español de Derechos Reprográficos) si necesitas fotocopiar
o escanear algún fragmento de esta obra. Puedes contactar con CEDRO a través de la
web www.conlicencia.com o por teléfono en el 91 702 19 70 / 93 272 04 47

© Paco Tomás, 2022
© Editorial Planeta, S. A., 2022
   Avda. Diagonal, 662-664, 08034 Barcelona (España)
   www.planetadelibros.com

Adaptación de la cubierta: Booket / Área Editorial Grupo Planeta
Imagen de la cubierta: © Colección particular. Derechos reservados
Primera edición en Colección Booket: febrero de 2024

Depósito legal: B. 20.529-2023
ISBN: 978-84-08-28384-3
Impresión y encuadernación: Liberdúplex, S. L.
Printed in Spain - Impreso en España

Biografía

Paco Tomás (Palma de Mallorca, 1967). Escritor, guionista y colaborador de televisión. Creador del mítico programa radiofónico *La Transversal* (RNE), dirige y presenta el espacio sobre cultura y activismo LGTBI+ *Wisteria Lane* en Radio 5 (RNE). Ha realizado múltiples guiones para televisión y radio y ha sido colaborador en los programas *A partir de hoy* y *La hora de La 1* (TVE). Cocreador y guionista de la serie documental *Nosotrxs somos* (Playz), galardonada con el Premio Rey de España de Periodismo Cultural y Desarrollo Social 2020. Para teatro ha escrito la obra *Esta noche viene Pedro* (2005) y *Black Apple y los párpados sellados* (2018). En 2015 publicó su primera novela, *Los lugares pequeños*, a la que siguió la recopilación de artículos *Algunas razones*. *Coto privado de infancia* es su segunda novela.

🌐 srpacotomas.es

📷 @srpacotomas

✖ @srpacotomas

A mamá,
por ese camino en el que hemos aprendido a querernos
y hemos conseguido perdonarnos

El pasado es una historia que nos contamos a nosotros mismos.

SPIKE JONZE,

Her

Durante mi vida he hecho todo lo que estaba en mi mano para ser completamente infeliz. He crecido con ese pensamiento funesto, como quien nace con una nariz de tucán y acaba aceptándola en su rostro porque le otorga distinción. Soy capaz de imaginarme protagonista de todo tipo de desgracias e injusticias de las que, pocas veces, salgo victorioso. Me veo capacitado, hasta niveles *cum laude,* para dudar de mí mismo incluso en los momentos de rotunda excelencia, si es que alguna vez protagonicé alguno.

Voy cumpliendo años y no logro extirpar de la mente esa odiosa sensación de presentir que todas las flechas buscan impactar en mí. He crecido habitando el margen, a mi pesar. Soñaba con el corazón de la página en blanco, con ser el interior de algo, lo que fuera. No el margen del margen. Como cuando, siendo un niño, con el boli Bic que tenía el capuchón azul mordisqueado por la congoja, pintarrajeaba las casillas del cuaderno cuadriculado hasta dibujar una figura sin curvas, llena de aristas, presagiando aquellas palabras del teletexto que destacarían en la pantalla negra como naves espaciales en un firmamento imaginario. Llenar ese minúsculo cuadrado de algo, aunque fuera oscuridad. Al menos la oscuridad servía de pretexto. Y la infelicidad necesita coartadas para sostener su pesadumbre.

He pensado, en medio de la tormenta, que todos necesitamos sentirnos centro de algo. Y que el centro del aplauso, del elogio y del deseo es un espacio demasiado cotizado para que todos encontremos cama. Estamos apilados bajo el haz de luz del cañón. Por eso algunos, desde que empezamos a tener uso de razón, desde la primera hostia y el primer menosprecio, comprendemos que nos toca habitar la sombra, el extrarradio. Aceptamos que podemos ser el centro de los insultos porque, para eso, aunque sea al fondo, siempre hay sitio. Y nos acostumbramos a caminar por terrenos minados con la sonrisa de Miss Universo de los cojones. Porque en estos tiempos, hasta el dolor debe ser amable. No por el alivio de quien lo padece, sino para la comodidad de quien lo observa. «Que bastante tenemos cada uno con nuestra vida como para tener que soportar las desgracias de la tuya». «Sonríe, ¿qué te cuesta?». Y entonces, con el aliento podrido de hastío y masticando sangre, cuentas un chiste, te ríes de ti mismo para conseguir ese aplauso indulgente, que nunca te dieron cuando más falta te hacía, y los entretienes. Ya eres centro. La historia del trepa en escala horizontal.

Es cierto que con el tiempo he levantado una fortaleza en este terreno saturado y, aun así, abandonado. Desde aquí he combatido el ataque de las burlas enemigas sin dejar de pensar, cada vez que lanzaba aceite hirviendo con cada una de mis catapultas, que esa no es la vida que imaginé para mí. Que me imaginé feliz, sereno, amado. Ahora los bolis Bic tienen un agujero en el capuchón. Dicen que es para que, si un niño se traga el capuchón, quede abierta una pequeña vía de aire que no obstruya por completo el sistema respiratorio. Cuando yo tenía siete años, esos bolis no tenían ningún agujero en el capuchón. Cuando yo tenía siete años, me moría ahogado cada mañana.

Me llamo Tomás Yagüe y creo que habéis hecho todo lo

que estaba en vuestra mano para hacerme completamente infeliz. Porque así es como preferíais verme. Y esta historia que vais a empezar a leer también es vuestra historia.

DÍA 21

SÁBADO

1

Odio la Navidad. Escribo eso dos años después de asumir que amaba la Navidad, veinte después de odiarla por primera vez y siete días antes de volver a amarla de nuevo. Acaban de informar que mi vuelo a Madrid sufre un retraso de dos horas y, como es habitual en mí, me siento profundamente desdichado.

«Echo de menos tus...».

No puedo borrar de mi mente esa frase inacabada. Eso fue todo lo que leí en el teléfono móvil de Marco. Ahora que los teléfonos son todo pantalla, es más difícil ocultar los errores. También os digo que esperar en un aeropuerto me alarma. Tanto como hacerlo en las salas de espera de urgencias. Son lugares que no están pensados para aguantar. Son incómodos y no toleran paz alguna porque se recrean en el imprevisto. Te obliga a estar atento a unas pantallas donde el operador aeroportuario y cada compañía aérea maneja la información de tu vuelo como si fuese un valor de bolsa. Sube. Baja. Cambio de puerta. Los cambios de puerta no se comunican por megafonía. Debo estar atento a la puta pantalla.

Retraso de dos horas. Puede que al final solo sea de una y media. También es posible que sean tres. Un villancico de Lea Michele resuena por toda la terminal, adornada con recargados abetos falsos. Hay una armonía efectista en su voz mientras interpreta que la Navidad siempre nos devuelve a la infancia. El aviso de megafonía, que recuerda que por nuestra seguridad debemos vigilar nuestras pertenencias en todo momento, interrumpe la canción. Luego las estrofas continúan como si nada. Esta tarde he comprendido que no tengo ningún interés en volver a la infancia. Nunca lo tuve. Por eso he empezado diciendo que odio la Navidad.

Uno recuerda la primera vez que repudió estas fiestas. Deja una huella perpetua. Como reconocer que no te gusta el azúcar, como darle la espalda a la sonrisa de un niño. Ya no es el hecho de asumir que vas en dirección contraria; es la percepción de la mirada excluyente del resto. No fue una cosa instantánea, de un día para otro. Fui odiando la Navidad gradualmente. Aseguran los hombres de gesto adusto que crecer representa dejar de vivir bajo los efluvios de la fantasía. Incluso los que estamos vivos gracias a inventarnos hasta el aire que respirábamos hemos llegado a fingir más de una vez que habíamos dejado de soñar para que nos tomara en serio la realidad.

Tenía siete años cuando sentí la losa antipática de la decepción. Aquel mediodía llegué del colegio con una idea en la mente: encontrar mi fotografía con el rey Baltasar. Mamá guardaba las fotos familiares perfectamente ordenadas en álbumes que estaban bajo su jurisdicción. Ni siquiera tenían un lugar en las estanterías de las zonas comunes de la casa. Los álbumes de fotos estaban en el dormitorio de mis padres. Dentro del armario. Cada vez que se sacaba el álbum, bien fuera para añadir imágenes nuevas o para mostrárselo a alguna visita, yo memorizaba cada una de esas imágenes. Su tamaño, su forma, si era en blanco y negro o en color, quién estaba en cada fotografía, la composición, los paisajes, los vestidos, las sonrisas y hasta los peinados.

Así podría visitarlas con la memoria todas las veces que quisiera sin tener que pedir permiso.

La foto que buscaba aquel día era un retrato brillante, en color, con los bordes blancos del papel fotográfico de los años setenta, en el que se veía a un hombre negro, disfrazado de Mago de Oriente, sentado en el trono que le había decorado el centro comercial. Miraba al objetivo como quien mira lágrimas. En sus rodillas sostenía a mi hermana Gloria, con dos años recién cumplidos, vestida con un mono blanco de punto que combinaba con el gorro. La mano de Baltasar contrastaba como letra impresa sobre la ropa blanca de mi hermana. Ella miraba al objetivo como quien mira a su madre. A su lado, de pie, con un abrigo gris abotonado hasta los últimos ojales y un pasamontañas azul marino, con manoplas oscuras, estaba yo. Y en mis ojos solo había hueco para el espejismo. Mirar como quien mira un oasis. Recuerdo una mueca tímida en mi cara, entre el llanto y el delirio, que podía resultar desconcertante para alguien que no me conociese, pero así era yo. Siempre dudando entre cuál de mis reacciones podría traicionarme primero. Frente a nosotros, al lado del fotógrafo, flanqueado por Antonio y Carmen, mis padres, estaba mi hermano Toni. Mirándonos como quien mira el techo.

—Mamá, dame la foto que tengo con el rey negro.

No sé qué estaba haciendo mamá, pero sé que no dejó de hacerlo cuando me contestó:

—¿Para qué la quieres?

—En el colegio se han reído porque les he dicho que los Reyes Magos existen. Que tengo una foto con ellos. Y se la voy a llevar esta tarde, para que dejen de reírse.

Entonces mamá sí que dejó de hacer lo que estaba haciendo y me prestó atención.

—Ven, tengo que contarte algo —dijo.

La primera gran decepción, cebada por la primera gran

mentira. Como la canción de Astrud. Ahí empecé a desconfiar de la Navidad, aunque reconozco que no llegaría a odiarla hasta bastantes años después. El sistema es incontestable en su perversidad y, cuando adivina tu oposición, te seduce buscando tu apoyo cómplice. Fueron años de pensar que formaba parte de un comité de elegidos, constituido por mi madre, mi hermano Toni y yo, cuya misión era mantener intacta la ilusión de mi hermana Gloria. Toda una sofisticada maquinaria, aparentemente inocua, para embobar a una niña de cinco años. Lo disfrutaba. Me hacía sentir útil, centro de la página en blanco, aunque Toni acostumbrase a pasarme las tareas más monótonas, como cortar pequeñas tiras de celo que debía ir colocando milimétricamente en el borde de la mesa, y quedarse él con las más agradecidas, como escribir los nombres en los regalos o colocarlos debajo del árbol.

Así comprendí el valor extraordinario del engaño, la importancia de construir ilusiones en familia, de esconder el deseo tras vistosos pliegos de papel de regalo, coronados por moñas de tela, que doblábamos con la destreza de un prestidigitador oriental y acababan prensados en una bola de papel, tras una orgía de impaciencias. Si la mentira era buena para sustentar a toda una humanidad, ¿por qué no iba a serlo para mí?

Mi padre trabajaba en turno de tarde-noche todo el año y nunca llegaba a casa antes de las dos de la madrugada. La Navidad era la única época en la que nos encontraba despiertos. En su empleo como electricista de mantenimiento de una multinacional, sabía que una de las dos noches, o la buena o la vieja, le tocaría guardia. Y esa noche nos comprometíamos a esperar el ruido de su llave entrando en la cerradura de casa. En Nochebuena nos costaba aguantar despiertos hasta tan tarde y, aunque le poníamos empeño, era bastante común que Gloria y yo acabásemos dormidos en el sofá. Pero había que esperarlo. Aunque solo fuera para darle un beso y caminar, cual autómatas, hacia la cama. Por el contrario, los años que le tocaba trabajar en Nochevieja, su llegada se celebraba como un megatrón en la pista de baile. Toda la familia, incluidos tíos y primos, cenábamos y tomábamos las uvas en casa de los abuelos maternos, que tenían un piso grande, de los de familia numerosa, y cuando mi padre llegaba sentíamos que había que repetir todos los besos, felicitaciones y brindis con los que habíamos celebrado, dos horas antes, la llegada del año nuevo.

En la noche de Reyes solo podías esperarlo despierto si ya formabas parte del comité de sabios, aquellos que comprendían que estaban mintiendo. Solía llegar cuando ya estaba casi todo hecho. Los regalos envueltos y adornados, todos con su etiqueta correspondiente —«Para Gloria, del rey Melchor», «Para papá Antonio, del rey Gaspar»...—, y los zapatos enlustrados y colocados bajo el árbol por estricto orden de autoridad. Toni solía colocar los zapatos de mamá delante de los de mi padre. Cuando mamá se daba cuenta, adelantaba los de mi padre y le lanzaba una mirada que sentenciaba el final de la broma, aunque mi hermano continuase escribiendo las etiquetas sin dejar de sonreír. El ritual que mantuvimos todos juntos, incluida Gloria, fue el de preparar, antes de ir a la cama, los tres vasos de leche con canela y las galletas para sus majestades, además del cubo de la fregona con algunos mendrugos dentro para los camellos.

Sí, hasta aquella tarde en la que mi madre me sentó a su lado para contarme algo, yo también creía que tres camellos de más de dos metros de altura y quinientos kilos aproximadamente entraban en mi salón de apenas veinticinco metros cuadrados. A veces, mamá y Toni me enviaban al dormitorio de Gloria para que comprobase que estaba dormida. Y permanecía en la oscuridad de su habitación velando su sueño y sin dejar de pensar que, cuando mamá se sentase con ella para contarle algo, como hizo conmigo, la mentira llegaría a su fin. Ya no habría nadie más en casa a quien engañar con los tres vasos de leche y unos mendrugos de pan. Ese lazo familiar perdería su atadura para siempre. Y aunque eso también me hizo odiar la Navidad, no fue suficiente.

Gloria soportó el engaño tres años más. Creo que el último mintiéndonos ella a nosotros. Porque ese año pidió un piano, como el que tocaba Benny Andersson, el de Abba. En casa, menos mi padre y Toni, éramos fans de Abba, aunque no entendiésemos ni una palabra de inglés. Un piano para Reyes fue motivo suficiente para que mi madre intentase decirle algo a Gloria.

Camino con templanza entre las puertas de embarque del aeropuerto de El Prat. Busco un lugar, alejado de familias con niños y pasajeros indignados, donde dejarme atracar a cambio de un café y poder sentarme a escribir un tuit en el que, tras etiquetar a la compañía aérea, la responsabilizaría de mi sufrimiento, amplificado por la Navidad, que bien sirve para convertir cualquier mezquindad, que durante el resto del año asumimos con irritante resignación, en un hecho inaceptable. Pero antes debo llamar a casa para informar del retraso.

—Hola, soy yo.

—Hola, hijo —contesta mi madre—. ¿Ya has embarcado?

—No. Por eso te llamo. El vuelo va con retraso. De momento, dos horas.

—Vaya. ¿Con quién vuelas?

—Con Iberia.

La verdad es que podría haberle dicho que con Qatar Airways, que me hubiese respondido lo mismo.

—Siempre se retrasa. Es que no sé por qué has elegido el avión pudiendo venir en AVE.

—Mamá, ¿sabes si tu hijo irá a buscarme al aeropuerto?

—No sé. Espera, que le pregunto.

Y escucho a mamá preguntarle a gritos, porque en nuestra familia siempre ha sido más práctico gritarnos las cosas que ir hasta donde se encuentra nuestro receptor y evitar así que la otra persona, o sea yo, perciba a su hermano remugar y contestar lo muy cansado que está, la cantidad de cosas que tiene que hacer, que si tal y que si cual, y que si «el señorito» no tiene piernas y manos para utilizar el metro. Mamá contesta «Vale, vale, vale» subiendo una octava en cada «vale», para evitar que yo lo escuche.

—Que dice que no puede, hijo, que está muy liado hoy.

Y acto seguido adopta un tono de confidencialidad que siempre te hace sentir importante, como si fueras el elegido para compartir su secreto. Lo que sucede es que mamá siempre hacía eso. Contigo y con los demás.

—Es que con las fiestas aún no sabe si le va a tocar trabajar en el hotel en Nochevieja y esa noche le tocaba quedarse con la niña, y como las cosas con Ana están tan feas pues no sabe si Ana le va a cambiar el día o no. Vamos, que está de mal carácter.

—Pues de mal carácter mejor que no venga. Bueno, te dejo. Voy a tomarme un café.

—Come algo. Un beso, hijo. Llama cuando embarques. ¿Quieres que le pregunte a tu hermana si Camilo puede ir a buscarte?

—No, mamá. No andes molestando a todo el mundo. Ya pillaré el metro. Un beso.

—Un beso, hijo.

Me siento en el Central Café, junto a los amplios ventanales abiertos a las pistas del aeropuerto, con los aviones repostando y las pasarelas de acceso desplegadas, como uno de esos conductos que se emplean en la ciencia ficción para introducirte en el cuerpo de otra persona y joderle la vida. Me he comprado un café descafeinado, con leche templada, y una barrita de cereales para intentar engañar a mi estómago, que prefiere un dónut de chocolate. La chica que me atiende ha dibujado un corazón con la crema de la leche. Detesto que hagan eso. Si ya la crema me parece un timo cuqui para servirte menos leche, que dibujen sobre esa espuma es algo que me saca de quicio. Basta fijarse en las bolsas que se desprenden de mis ojos para dibujar cualquier cosa menos un corazón. Un hexágono, un pentáculo invertido, lo que sea menos un corazón. Me siento y lo destruyo con el palito de plástico que sustituye a la cucharilla.

Activo el *smartphone* y empiezo a zanganear por todas las aplicaciones. Estoy un rato en Instagram y solo busco el corazón en aquellas fotos que me trasladan un sentimiento alejado del estúpido bienestar navideño. Cierro Instagram y abro Grindr. Y justo cuando, desde el buzón privado, se descubre un esfínter, desnudado por dos manos que separan los glúteos como quien abre un telón, alguien se acerca y me dice:

—Hola, ¿eres Tomás Yagüe?

Es una chica joven, con el cabello corto y exquisitamente despeinado, que me está sonriendo. Aparto de inmediato el teléfono de su vista. Ahora que los teléfonos son todo pantalla es más difícil ocultar los esfínteres. Respondo con amabilidad.

—Es que soy superfán tuya. Te sigo en Instagram y me encantas. Y tu programa de radio lo escucho siempre. Estaba con mi madre ahí sentada, y le he dicho: «Creo que es

24

Tomás Yagüe, el de "Castro Camera"», y mi madre me ha dicho...

Sin borrar mi sonrisa, he dejado de escucharla mientras me contamino por dentro de apestosa frustración. Me saludan y me felicitan por mi trabajo. Me ven como el director y presentador del programa que admiran desde hace años, y veo en sus miradas un destello que se desterró de la mía hace tiempo. Aprecio que, a sus ojos, soy un triunfador. Me dicen «Eres mi referente» o «Quiero dedicarme a lo mismo que tú, ¿algún consejo?». Hay quien me envía su currículum, creyendo que tengo en mi mano una mínima capacidad de contratar a alguien. Y esa proyección de su mirada me ensombrece, como si fuese un impostor. Les doy las gracias, me hago fotos con ellos o les grabo notas de voz que envían a otros amigos. Les devuelvo, en pequeñas dosis de amabilidad, el cariño y las buenas intenciones que me dedican, pero, mientras lo hago, una sensación de fracaso entumece mis dedos.

Me gustaría poder decirles que no se dediquen a lo mismo que yo, que se busquen un empleo mejor. Y que si la vocación es tan grande que no podrían soportar dedicarse a otra cosa mejor retribuida, que no me imiten. Que no se hagan autónomos. Que lo hagan mejor de lo que yo lo hice. Me gustaría decirles que este tipo que se hace fotos con ellos es un mileurista que echa cuentas, todos los meses, para saber si va a poder cerrarlo sin números rojos. Hay días que siento que vivo para trabajar sin ninguna de las ventajas que tienen el resto de los esclavos de esta jodida plantación. Mi jornada laboral es de veinticuatro horas, no encuentro mis derechos por ninguna parte, llevo diez años facturando lo que la empresa que me contrata me exige que le facture, sin posibilidad de aumento. Solicitarlo tan siquiera les provoca la carcajada del que escucha un buen chiste. Por eso llevo décadas acumulando cuatro o cinco empleos precarios que a final de mes, tras los descuentos y los abonos de IVA, me permitan pagar el alquiler. Mileurista a mis cincuenta y dos años. Cuando era adolescente, jugaba a imaginarme con cincuenta años y especulaba con cómo sería mi vida, mi trabajo, mi casa, mi amor. Bueno, al menos, conservo la vida, si entiendo la vida como el mero trámite de respirar.

—¿Puedo hacerme una foto contigo?

—Claro —respondo. Aquí sigue la sonrisa.

Le doy dos besos. Y le agradezco su fidelidad. Y la dejo marchar satisfecha hacia la mesa en la que la espera su madre, igual de sonriente, entusiasmada con una ficción que he aprendido a vender mucho mejor que mi realidad. Y esa sudorosa frustración a veces pesa más que la culpa. Y todas van mezcladas, como la ropa sucia, en el interior de la mochila invisible que cargo a la espalda.

De golpe, como llega el frío tras el verano o te conviertes en víctima de un linchamiento en Twitter, se me pasa por la mente la posibilidad de no subir a ese avión, de dejarlo todo atrás de una vez para siempre. No me gusta regresar. A nadie que se haya pasado años soñando con huir le gusta regresar. Y menos en esta fecha en la que las discográficas editan recopilaciones de grandes éxitos para envolver en papel de regalo.

Presagio que este año será más difícil. Porque hace demasiado tiempo que, cuando vuelvo a la casa de mi infancia, siento que regreso a una casa construida en la cima del Mulhacén. Y que cada año que pasa, está a mil metros más de altura. Distancia que tengo que recorrer a pie, haciendo escalada y pasando la noche en el refugio donde cada año quemo en vano la caja de cartón que almacena memoria. Cargando a los hombros esta mochila que ya pesa demasiado para seguir dando pasos en falso.

Es natural que llamemos «mochila» a todos esos dolores que nos hemos echado a la espalda para que no nos nublen la visión ni nos entorpezcan el tránsito. Los recuerdos tienen garras y se clavan en nuestras cervicales para que se tensen, para que te duelan, para que nunca puedas olvidar que llevas una mochila. La mía empezó a llenarse demasiado pronto. Y cada vez que regreso, esa mochila gana un kilo.

Me levanto de la mesa sin probar el café. He dado apenas unos pasos cuando un hombre me avisa de que me dejo la barrita de cereales. Se lo agradezco, otra vez la sonrisa, y la aplasto con la mano. Me dirijo a la puerta de embarque convencido de que llegaré a casa igual de frágil que cuando me fui. Más aún, porque no está Marco, que ha sido mi analgésico, mi abrigo y mi fuerza estos últimos años. Quien aliviaba el peso de mi mochila cargándola, a veces, encima de la suya. Cruzo por delante de una papelera y tiro la barrita de cereales. La tinta del envoltorio me ha teñido de negro y amarillo la palma de la mano.

—Hola, Gloria —contesto al teléfono mientras espero, sentado en el suelo, frente a la puerta de embarque.

—Oye, ¿quieres que vaya Camilo a buscarte?

—¿Te ha llamado mamá? Mira que le he dicho que no andase molestando.

—Ya sabes cómo es. Camilo no podía ir a la hora que ibas a llegar, pero como vienes con retraso, que también me lo ha *contao* mamá, si no tienes a nadie que vaya a recogerte, él puede.

—Es que aún no sé si se va a retrasar más o qué. No te preocupes, en serio.

—Hoy tu hermano tiene uno de esos días..., ya te habrá *contao* mamá.

—¿Me crees si te digo que me están entrando unas ganas locas de perder el avión y pasar las Navidades solo en casa?

—¿Solo? ¿Y Marco?

—Con su familia, supongo.

Debo pronunciar esas cuatro palabras como si formasen parte de un verso lorquiano.

—¿Pasa algo? —pregunta mi hermana.

Pienso en mentir. Por la misma razón por la que lo he hecho siempre. Para evitar riesgos, para protegerme. Pero la mentira no abriga. La mentira aísla, pero no cuida. Por eso no miento. Sin que sirva de precedente.

—Está con otro.

—¿Cómo que está con otro?

—¿En serio quieres detalles?

—No, no, solo que... no me lo esperaba. ¿Cómo lo sabes?

«Echo de menos tus...».

—Lo sé. Está enamorado de otro.

—Joder..., ¿habéis roto?

Un breve silencio que se transforma en una niebla gelatinosa y asfixiante.

—¿Tomás?

—Sí, hemos roto.

—¡Ay, no! ¡Mierda! ¿Cómo estás?

—Mal.

—¿Lo sabe mamá?

—Gloria, ¿puedes intentar que la conversación no gire siempre en torno a si lo sabe mamá, qué dirá mamá, le sentará mal a mamá?

—Chico, tendré que saber si tu ruptura va a estar entre los langostinos y la lombarda esta Nochebuena, o repondremos el monográfico de Toni y Ana.

Y en medio de toda esta bruma fría y ruinosa que invade a quien se sabe remplazado, de los villancicos que se enredan entre las costuras de la terminal para acabar mezclándose con los gritos de los niños cansados y los lamentos de los padres coléricos, me río. Con ganas, como no lo había hecho en semanas. Y distingo la risa como un sonido nuevo, limpio, imperfecto en su deterioro tras acumular demasiadas tristezas, pero, sin duda, mío.

En mi familia, hacerme reír era algo que solo conseguía mi hermana Gloria, incluso sin proponérselo. Y mi risa invita a la suya y ambos estamos riendo por teléfono. Es una absoluta declaración de confianza, porque no ves a la otra persona, no percibes todo el ritual de ademanes y rostros mudables que acompañan a la risa y que convierten ese acto tan sencillo en un contagioso festival de gozo. No lo ves, pero crees. De repente, parezco el único ser humano en El Prat que tiene Navidad dentro. No sonrían. Esto solo pone en evidencia que mi sistema inmunológico no está funcionando correctamente.

—¿Tienes quien vaya a buscarte o no? —insiste Gloria aún con el resuello de la risa.

—Sí —contesto.

Acabo de decidirlo en este preciso instante.

Así empieza siempre. Como la punzada que se anticipa a la enfermedad. Las palabras bellas, recíprocas, que los amantes se dicen o escriben en la distancia, y que se vuelven humillantes cuando el que las recibe no eres tú. Cuando su destinatario se refleja en los ojos que ayer te miraban y ahora, cuando los buscas, no están.

Un azafato de tierra asegura que vamos a empezar a embarcar en unos minutos. Voy escuchando una lista de música en la que el algoritmo salta de una canción de Algora a otra de Zahara para abofetearme a la vez que Tamino cuenta que, mientras todo cae, en algún lugar oscuro, volveremos a estar juntos Marco y yo. El minúsculo instante que preciso para comprender que lo echo de menos.

—Durante el despegue y el aterrizaje, los dispositivos electrónicos deberán permanecer desconectados o en modo avión.

Poder usar el modo avión en todas las parcelas de la vida. Seguir escuchando música sin interrupciones del exterior. Sin notas de audio ni mensajes intempestivos. Sin notificaciones ni memes. El modo aleatorio es un invento satánico. Hace que se reproduzca una canción que me filtró Marco mientras ya se estaba tirando a otro. «El mes que viene sale lo nuevo de Martí Perarnau», me dijo. Y me pasó tres canciones.

Una de esas canciones suena en este momento, rescatada de mi biblioteca. La voz, como si me estuviera cantando desde el más allá, me recuerda que hay personas que somos aeropuertos. Que estamos condenados a recibir con los brazos abiertos. Marco trabajaba en una tienda de música *online* que se había hecho muy popular al servir de plataforma para artistas independientes. Y siempre que escuchaba algo que sabía que me iba a gustar, me lo traía a escondidas, como si fuera un gramo de cocaína. Las canciones de Mucho fue lo último que escuchamos juntos. Corazones viejos, obligados a latir en cada nuevo tropiezo.

Ahora le llevará canciones bonitas al otro. Porque aún es el otro. ¿Cuánto tiempo tiene que pasar para que yo empiece a ser el ex? Estábamos comiendo una hamburguesa y le dije: «Aún te quiero. No me importa la infidelidad. ¿Quieres que abramos la pareja? Pero, por favor, deja de verlo». No sé a cuál de las cuatro frases me contestó. Solo sé que su respuesta fue: «No».

Soy el tonto del pueblo.

—Este avión cuenta con ocho puertas de emergencia, todas señalizadas con la palabra «exit».

Me angustia el avión casi tanto como los aeropuertos. Marco lo sabía y me distraía con bobadas que alcanzaban rango de sensatez cuando su única pretensión era aplacar los instintos de la fobia. Me pasé casi treinta años de mi vida soñando con volar y ahora me da miedo. Es absurdo. Tampoco tengo muy claro si nos apuntala más lo que aborrecemos que todas las sensaciones que amamos. O si, en el fondo, es lo mismo. Soy capaz de cavilar cuatrocientos pensamientos paralelos cuando subo en un avión. Esas ideas, en ese instante, son tan imprescindibles como el chaleco salvavidas. Pensamientos que se solapan, se pelean, se empujan y se follan, para arrinconar al pequeño monstruo de tez pálida y traje negro que presiente que el avión va a estrellarse nada más despegar.

—Debajo de sus asientos encontrarán un chaleco salvavidas.

Pienso en Marco porque no sé hacer otra cosa. Al llegar a Madrid, iré al ático del Ada, a mirar de cerca la cúpula del edificio Metrópolis y recordar el beso que me dio cuando no había más futuro que el instante. Al revés que en este avión. Para la soledad solo existe el futuro, porque cualquier posibilidad, por ridícula que sea, es preferible al instante.

«Echo de menos tus...».

Un tal Guille echaba de menos sus..., nunca lo supe. Visto lo visto, es muy probable que el error de toda esa historia fuese yo. Aunque seis años siendo un error se me antojen demasiado tiempo para estar equivocado. No comprendo por qué no le dije nada cuando un tal Guille le escribió lo mucho que le echaba de menos. Fingí no haberlo visto. Y él me creyó. Las mejores mentiras son aquellas que nos contamos a nosotros mismos. Pensando en Marco, sin Marco, considero si dejar Barcelona y volver a Madrid es una opción. Soy uno de esos tipos a los que el miedo le haría inflar el chaleco dentro del avión.

—En caso de despresurización de la cabina, se abrirá automáticamente un compartimento sobre sus asientos que contiene máscaras de oxígeno.

La ansiedad me va empapando los recuerdos y no tengo nada con qué secarlos. Siento que, si me da un ataque de pánico en este avión, será culpa suya. Si nos estrellamos y no sobrevive ningún pasajero, la caja negra dirá que Marco tuvo la culpa. Si la extrema derecha gana las elecciones, si Godzilla destruye la Sagrada Familia, Marco tendrá la culpa.

Cuidado. Si ahora mismo alguien viene a darme lecciones de cómo afrontar la pérdida, le vuelo la cabeza de una hostia. Que nadie tenga la osadía de explicarle al desamor qué hay que hacer para superar que el hombre que amas ha dejado de amarte. Esa pena le pertenece como le pertenece el frío del invierno. No renuncio a ella. El desamor tiene unas tropas de asalto difíciles de combatir. Te van minando poco a poco, estudiando tus defensas para poder infiltrarse entre ellas, con bombardeos breves y demoledores, debilitándote para que, cuando llegue el momento de asaltar tu fortaleza, estés tan agotado, sin apenas recursos para protegerte, que te entregues voluntariamente al dolor y la humillación del prisionero.

—Armar rampas y *cross-check*.

Comienzo a mover las piernas, como si las rodillas quisieran morderse pero no pudieran. Marco me ponía su mano sobre el muslo y me tranquilizaba. Bebo agua. No puedo subir al avión sin una botella de agua. Siento cómo la boca se convierte en barro cuarteado, no produzco saliva y creo que no hay suficiente oxígeno en la cabina para tanta gente. Marco lo sabía y me decía al oído: «Croché». Y rescataba una sonrisa torpe entre la angustia. Tiempo atrás le conté que la primera vez que escuché eso de «armar rampas y *cross-check*» entendí «armar rampas y croché», y me imaginé a toda la tripulación, con su aguja de ganchillo, haciendo colchas, puntillas y centros de mesa para sus abuelas.

Marco me calmaba. Pero en su asiento, que siempre era central porque solo puedo viajar en pasillo y en las diez primeras filas del avión, hay un señor que se parece a Rodrigo Rato leyendo un periódico que en portada tiene tres noticias apocalípticas sobre Cataluña. Hay personas a las que, después de amputarle una extremidad, les sigue doliendo, como si aún estuviera ahí. Dicen los médicos que esas sensaciones se van haciendo más débiles con el tiempo, aunque también es posible que nunca desaparezcan por completo.

—Entrando en pista para despegue. Buen vuelo.

Buen vuelo, tu puta madre.

El avión apesta a Navidad. Un padre se levanta de su asiento en cuanto el avión se ha detenido en las pistas de Barajas. Ese tipo de personas que sueltan su cinturón de seguridad y se alzan, como escupidos por el asiento, para abrir el compartimento superior y luego pasarse cinco minutos de pie, en pleno pasillo. ¿Considerarán que existe la posibilidad de pasar la noche en el interior del avión y tratan de evitarlo con todas sus fuerzas? ¿Piensan que hay un premio por entrar el primero en la terminal? ¿Creen que su maleta va a salir antes en la cinta porque ellos sean tan impacientes?

La nube negra está encapotando mi cabeza. Esta desolación me convierte en un tipo casi satánico que, si pudiera, repartiría sufrimiento entre todos aquellos que lo rodean, conocidos o no, pero que es tan torpe que, al final, solo acaba dañándose a sí mismo. Malditos resortes de la memoria. Siempre astutos, bloqueándote el paso, como este estúpido padre en medio del pasillo dándoles órdenes a sus hijos para que acaben siendo igual de cafres que él.

Desabrocho mi cinturón de seguridad y permanezco sentado en mi asiento, ignorando a la persona de la ventanilla que, de pie y encorvada, parece tener una enorme necesidad de saltar por encima de las piernas del señor que se parece a Rodrigo Rato y, por supuesto, de las mías. No tengo prisa. Y observando a ese padre, me asalta un recuerdo que ni siquiera recuerdo. Digamos que me apropio de una anécdota de mamá, porque era ella quien solía contarla.

Era el verano de 1970. Yo tenía tres años y era gordito, pese a que ahora no suba de los sesenta y ocho kilos para mi uno ochenta de estatura. Cuentan que era un niño extrovertido. Desde muy pequeño interpreté el significado benefactor de la sonrisa y lo adopté. Debía ser simpático porque los familiares y las vecinas se pasaron casi dos años viniendo a diario a casa. Decían que era para preguntarle a mi madre si necesitaba algo de la calle, o para comentar cualquier chascarrillo del barrio, pero yo sabía que era por mí. Venían a verme.

Me contaron que mi tía Araceli, una de las cuatro hermanas de mi madre, la que siempre ha sido más fiestera, nos trajo un tocadiscos de esos que parecían maletas de viaje. Ella había leído en *La Gaceta Ilustrada* que los niños que escuchaban música cuando eran pequeños, incluso estando en el vientre de su madre, acababan siendo más inteligentes y desplegaban unas habilidades rítmicas muy importantes para su desarrollo. Así que apareció en casa con la maleta cuadrada, forrada en tela gris, en un estampado que parecía príncipe de Gales pero no lo era, y colocó el tocadiscos en la mesa del salón. También trajo cuatro vinilos pequeños de la colección familiar: el *Gwendolyne* de Julio Iglesias, *Un rayo de sol* de Los Diablos, el *Let it be* de Mocedades y el *Achilipú* de Dolores Vargas *la Terremoto*. La anécdota siempre empezaba con esa canción.

Nadie podía explicar, ni siquiera yo porque no me acuerdo, qué debía tener aquella canción para que un niño de tres años se arrancase a bailar nada más escucharla. Quizá fuese el «apú apú» del coro, o el «achili achili chili» y las palmas del estribillo, pero lo cierto es que movía los brazos y el pañal como si aquello fuese el mejor parque de juegos del mundo. Cuando los adultos descubrieron la reacción que provocaba juntar al niño con la canción explotaron al máximo el fenómeno.

—Ha salido a mí —decía mi madre—. Este y la pequeña son como yo. El mayor, sin embargo, es igual que su padre, un pato *mareao*.

No había día que no se juntasen tres o cuatro vecinas para que mamá pusiera el *Achilipú* en el tocadiscos y empezase la fiesta. A mi padre no le hacía mucha gracia, pero veía a mi madre tan orgullosa del salero de su hijo que supongo que hizo la vista gorda hasta aquella mañana.

Estaba en el rellano, entre las vecinas, cuando, después del repaso al calendario de vacunas, mi madre encontró el momento de poner el *Achilipú*. Me dejó el tiempo justo para llegar hasta el tocadiscos, poner el vinilo en el plato, llevar la aguja al surco y volver corriendo a la puerta para asistir, desde el palco de honor, al espectáculo. Contaba mamá que ya identificaba la canción antes de que se escuchase la letra. Solo con los golpes del cajón y la flauta mora, ya entraba en trance. Y las vecinas rompían en carcajadas y requiebros, algunas se atrevían a acompañarme con las palmas y otras coreando el estribillo. Encarnita, la del bajo B, corría a su casa a ver si la cámara de fotos tenía carrete. Y presiento que mamá era feliz.

Hasta que apareció mi padre abriendo el portal. Venía

con mi hermano Toni, que tenía siete años, y el multitudinario cuadro flamenco, ese día, no le hizo ninguna gracia.

—¡Basta de bailecitos, que me lo vais a volver maricón!

Esa fue la primera vez. Ni siquiera fue un grito. Ni siquiera lo supe hasta muchos años después, cuando mamá no dejaba de contar la anécdota, incluyendo la frase de mi padre como si fuese el redoble simpático que cerraba el gag. Es curioso. A mi padre no le hizo gracia, pero aquel momento sería recordado como algo gracioso. Y él aceptó ese giro argumental porque era mucho más amable con él que conmigo. Ahora imagino que esa frase sería celebrada por las vecinas con una envolvente carcajada. El chiste servido en papel de periódico. Por eso siempre lo contaba mamá. «Me lo vais a volver maricón». Y la gente seguía riendo esa salida. Y mi padre sonreía, como el humorista satisfecho con la ocurrencia que siempre funciona.

Hasta que un día, los demás dejaron de reírse. Quizá porque veían algo que mis padres no querían ver. Y ese día, mamá decidió acabar la anécdota conmigo bailando en el descansillo, rodeado de vecinas, dejando que el eco del *Achilipú* se encargase de cerrar la historia.

Aquí está sonriendo, como siempre hacen aquellos que saben que no necesitan nada más para desarmarte. De hecho, la puerta de llegadas de la T4 está llena de familias, de todas las culturas, algunas hasta con pancartas de bienvenida y gorros de Papá Noel, y de señores que muestran apellidos ingleses y alemanes escritos en un papel, y yo solo veo la sonrisa de Roberto.

—¿Cómo estás? —me pregunta cuando me tiene delante, con un gesto amable y algo compasivo.

—Ya sabes que odio la Navidad.

Suelto el asa de la maleta y nos abrazamos.

—Lo siento —me dice.

—¿Se puede tener cincuenta y dos años y que aún te cueste ser mayor? —pregunto.

—Se puede —contesta Roberto.

Desatamos el abrazo y ligamos nuestros ojos.

—¿Has dejado la terapia? —me pregunta.

Contesto un no sin palabras.

Debéis saber que Roberto fue mi pareja durante siete meses y, además, mi sicólogo. No en ese orden. Lo conocí en 2001, un año después de un mal año, que siempre era el siguiente al año peor. He comprendido que mis heridas son las mismas. He aprendido a vaticinar la oscuridad, manejo herramientas que antes ni siquiera era capaz de imaginar, pero las heridas jamás se curan. Reconstruyes la pared una y otra vez sabiendo que, por muy bien que selles las grietas, volverán a abrirse al mínimo temblor.

Roberto me decía que no podíamos evitar caer, pero que sí podíamos aprender a no herirnos al hacerlo. Él lo llamaba *ukemi,* que significa «caída» en japonés. Una técnica que aprenden quienes practican artes marciales para caer sin lesionarse. Hay tantos tipos de caídas que en ocasiones no llego a averiguar si beso el suelo siempre de la misma jodida manera o estoy innovando continuamente. Con esta fórmula, de poco sirve aprender a caer de costado si la próxima vez lo haces de espaldas. Así estoy ahora. Así estaba entonces, cuando una compañera de la radio me pasó el contacto de un sicólogo conductista llamado Roberto Barca.

—¿Tomás? —me dijo al abrir la puerta. Esa sonrisa.

Me invitó a entrar en una habitación muy luminosa, con un balcón de puertas altas y acristaladas, y unas cortinas blancas traslúcidas por las que parecía entrar toda la claridad de Madrid. El suelo era de madera, crujía a cada paso, y apenas había un lugar en el que perder la mirada, un solo centímetro cuadrado que pudiera distraerme durante más de medio segundo. Un escritorio de apenas cinco palmos de ancho, muy sencillo, con un vaso de cerámica y cristal encima, lleno de lapiceros y pinturas de colores, varios folios blancos, una agenda abierta, una pluma y un calendario de mesa. Un estante en la pared con media docena de libros de sicología. Una planta alta, de hojas verdes y brillantes, tanto que parecía artificial. Un sillón azul. Un sofá de dos plazas del mismo color. Uno frente a otro. Una mesa baja entre los dos asientos, completamente vacía y anodina. Junto al sofá había una lámpara de pie que, como eran las doce del mediodía, estaba apagada. Lo único que llamó mi atención fue una caja de cartón blanco, cuadrada, que había sobre una mesita auxiliar de cristal, junto a la lámpara de pie y el sofá, de la que sobresalía un pañuelo de papel suplicando que lo salvase de las arenas movedizas.

—Alguien que trabaja con una caja de clínex al lado, o va a hacer que me corra o me va a hacer llorar —dije antes de sentarme.

Estaba arrepentido a mitad de la frase, pero ya era tarde. He construido mi propia armadura con fragmentos rotos de mí mismo. No puedo esperar que me proteja siempre. Entonces saco al tipo ocurrente, el irónico, el que bromea cuando por dentro solo quiere cerrar puertas y ventanas para esconderse del daño. Ese tipo simpático que suele llevarse el abrazo que el niño, el mismo que me había acompañado hasta ese cuarto con pañuelos de papel, nunca tuvo. Fue una frase estúpida que puso en evidencia mi temor. Con el tiempo supe que a Roberto no le gustó el comentario. Pero no me negarán que fue rotundamente premonitorio, porque si algo ha logrado Roberto en esta vida es que me corra y llore como pocas veces.

—Perdona por haberte hecho venir hasta el aeropuerto en estas fechas —digo mientras engancho el cinturón de seguridad.

—No te preocupes. Me extrañó que vinieras en avión.

—Me estaba enseñando unas fotos de su sobrino cuando apareció ese mensaje en su móvil. Guille echaba de menos sus... No sé si serían sus besos, sus caricias o sus pelotas velludas, no lo sé. Marco hizo desaparecer la notificación en milésimas y yo fingí no haberla visto. Y seguí comentando la foto de su sobrino, como si nada. Luego salimos a la calle porque habíamos quedado con unos amigos. Pero ya todo fue sospecha, y darle vueltas a la cabeza, varios días, hasta que por fin me atreví a preguntar. Y me lo negó dos veces antes de reconocerlo todo. El resto es una historia de preguntas sin respuesta, de palabrería para intentar salvar el estropicio, lo suficientemente larga como para que solo quedasen billetes del AVE en preferente. Tampoco sabía si íbamos a ser dos en Nochebuena o solo uno. Y al final, el avión, que tampoco te creas que me ha salido tirado de precio.

—¿De verdad que no quieres quedarte en casa? Sabes que hay sitio. Es que gestionar una ruptura sentimental en Navidad, en casa de tu madre, con tu hermano Toni ahí..., la verdad, no sé si es la mejor opción —opina Roberto mientras arranca el coche.

Roberto casi siempre tiene razón. Incluso cuando se la niego. Por eso nuestra relación de pareja fue un fracaso, aunque él detesta que use esa palabra. Porque el hombre que me amaba conocía tan bien mis mierdas que acabó convirtiendo el amor en un laberinto de espejos donde toda huida era un tropiezo con alguno de mis recuerdos. Cuando hablaba, sentía que no me estaba ayudando como yo esperaba de una pareja; que utilizaba información privilegiada para desmontar mi dolor sin compasión, sin empatía, como el economista neoliberal que le dice al parado de cincuenta y siete años que se reinvente. Pero cuando guardaba silencio era peor. Sufría su mudez como una desoladora incógnita que interpretaba como la peor de las agresiones. Y antes de volverlo loco, porque en ocasiones siento que yo ya lo estoy, decidí romper. Roberto lo entendió. En aquel momento, me jodió su beneplácito. Ahora comprendo que adivinó que el amigo podría hacer mucho más por mí que el novio.

—No te preocupes. Es solo una semana. El 28 vuelvo a Barcelona. El 29 ya trabajo. ¿Y Juan?

Juan es el marido de Roberto. Desde hace siete años. Todos mis ex tienen novio. Algunos, marido. Si supierais lo que siento cuando escribo esto, quizá entenderíais toda esta cagada. Porque os puedo asegurar que no hay un solo dolor de este adulto, un solo miedo, una lápida bajo la que sepultar mi autoestima, que no tenga su origen en los trece primeros años de mi vida social.

Desde una mediocre mañana de noviembre de 1974, que mi memoria proyecta en blanco y negro, con la textura del rencor y la mirada del dictador clavada en mis ojos, hasta 1987, cuando, vestido de negro y con el pelo cardado a lo Robert Smith, me emocionaba en la pista de la vacía Sala Universal porque el DJ pinchó el *Somebody* de Depeche Mode.

Todo lo que siento hoy, ante cualquier contratiempo de la vida, se fraguó en esos trece años. Incluso cuando veo cómo mis ex se enamoran y se casan mientras yo voy acumulando fracaso tras fracaso. Otra vez esta maldita palabra. Seguro que habrá quien piense que todo esto es regodearse en la tragedia, como si disfrutase sufriendo. Vamos, que esta es la historia de una *drama queen*. A veces los maricas, de la misma manera que nos apropiamos del insulto para desactivarlo y que así no pueda herirnos, nos burlamos del dolor, del propio y del ajeno, para no tener que mirarlo a los ojos.

—Está bien. Te manda recuerdos. Ya sé que estarás hasta las pelotas de cenas y de comida, pero ya organizaremos algo en casa para que vengas una tarde —contesta Roberto.

Y sin que tenga que decirle nada, emprende camino hacia Ciudad Pegaso.

2

Crecí en una ciudad del Movimiento, que es como denominaba el falangismo a su ideario arquitectónico. Un lugar que se desarrolló a la sombra de la empresa que fabricaba los famosos camiones Pegaso. De ahí el nombre de la ciudad. Me crie en un lugar que no tenía nada de mitológico. Donde las alas raras se castigaban, aunque el símbolo de la empresa y del barrio fuese precisamente un caballo alado, que no hay nada más raro que eso. Ahora sé que no era culpa del lugar, sino del momento, pero ya es tarde. Nacer en el tiempo equivocado, pero ¿cuál es el tiempo adecuado para un niño que se quedaba absorto viendo a Karina en la televisión y no supo quién era Pirri hasta muchos años después?

Ciudad Pegaso se levantó en dos fases: la primera en 1956 y la segunda en 1961. Mis abuelos vivían en la Quinta Avenida, que resonaba a Nueva York en mi imaginación, porque las calles no tenían nombre, solo números, como los trabajadores de una gran empresa. El barrio surgió con el fin de facilitar viviendas a los empleados de la empresa estatal de camiones. La empresa les alquilaba las viviendas a sus obreros por un precio asequible, permitiendo que, años después, pudieran convertirse en propietarios. El barrio, algunos lo llamaban «poblado», tenía unas características y servicios novedosos para la época. Por ejemplo, las viviendas pertenecían a una categoría distinta dependiendo del rango del empleado que iba a habitarla. Una forma sutil de separar a las personas según su clase social, pero obligándolas a vivir juntas en el mismo entorno. Aunque eso nunca significó que se mezclasen.

Las más numerosas eran las viviendas para los obreros, en bloques racionalistas de varias plantas, con tres o cuatro habitaciones. La de mis abuelos era de cuatro habitaciones. Me contaron que para optar a esos pisos debías demostrar tu fidelidad a la empresa, y la mejor manera de hacerlo era empleando a tus hijos en ella. También había un grupo de viviendas unifamiliares, que llamábamos «adosados», con un pequeño jardín, que se construyeron entre las calles Uno y Cinco para los técnicos, personal cualificado y cargos medios. Y luego estaban los chalés, apenas una decena, donde vivían los directivos. Eran casas enormes, de trescientos metros cuadrados, con un amplio jardín que veíamos desde las verjas cuando recorríamos la cuesta asfaltada que llevaba al colegio. Para nosotros, esas casas representaban una meta, un objetivo que podríamos llegar a cumplir con mucho esfuerzo y trabajo. Nadie nos dijo entonces, cuando éramos niños, que también era importante no tenerle demasiado apego a la dignidad.

En el trayecto hacia el colegio, también pasábamos por delante de la Residencia de Ingenieros, un centro social de lujo, con piscina y canchas de tenis, solo para los altos cargos. Su interior era un secreto para todos nosotros. Ni siquiera lográbamos intuir una sombra detrás de las cortinas. Siempre apareció ante mis ojos como un edificio fantasma, sin vida, como misteriosamente abandonado. Presiento que, aunque el objetivo fuese no renunciar a los privilegios de clase a pesar de habitar en un barrio popular, ningún adinerado quería sentir la mirada de los hijos de los obreros fastidiando su partido de tenis o su partida de *bridge*.

Ciudad Pegaso se inauguró con su propio colegio público, una piscina municipal, un campo de fútbol, un club de tiro, un cine, un economato —donde te hacían descuento presentando el carné de la empresa—, su ambulatorio médico, su transporte para llegar desde el barrio a la fábrica —que también era diferente según el rango—, sus locales comerciales y su iglesia, dedicada a san Cristóbal, patrón de los camioneros.

Cuando crecí, el cine ya era un lugar abandonado. Recuerdo vagamente una proyección de *Los cañones de Navarone*, pero el espacio no se encontraba acondicionado como, imagino, lo estuvo en sus años de esplendor. El resto de las infraestructuras sí continuaban abiertas y en activo.

Mi abuelo materno y mis dos tíos trabajaban en la empresa. Toda la familia creció y vivió en la misma casa y el mismo barrio. Era un piso bastante amplio, de cuatro habitaciones, necesario para una familia numerosa: mis abuelos, Felipe y Ángela, cuatro chicas (Araceli, Carmen, Ángela y Charo) y dos chicos, Felipe y Luis Miguel. Solo abandonaban la casa cuando había paso por el altar. Eso de independizarse libremente estaba mal visto; era un hábito de rojos, de pecadores del «amor libre».

Cuando mis padres se casaron, estuvieron viviendo un tiempo en un piso diminuto de la calle Cartagena, y allí fue donde nació mi hermano Toni. Sin embargo, la inestabilidad laboral de mi padre, que vivía de hacer instalaciones eléctricas y pequeñas reformas, que él definía como «chapuzas», le impedían llegar a fin de mes con los ingresos suficientes para mantener a su familia. Buscó sueldos complementarios, incluso como repartidor de dónuts, hasta que mis abuelos les ofrecieron la posibilidad de trasladarse a la casa familiar, aprovechando el matrimonio de mi tía

Ángela, que se fue a vivir al barrio de Canillejas. El plan consistía en vivir en la casa de mis abuelos y ahorrar lo necesario para dar la entrada de uno de esos pisos nuevos que estaban construyendo cerca de la vía del tren: la Colonia Occidente.

La Colonia Occidente era casi toda peatonal. Tenía mucha zona verde y una docena de comercios situados a ambos lados de un amplio soportal de ladrillo por el que se accedía al complejo. Pero si uno necesitaba acudir al médico, al colegio o a comprar el periódico, si quería ir a misa o simplemente tomar el autobús, tenía que cruzar una calle, ocho metros, y entrar en Ciudad Pegaso. Así que mi padre y mamá, con Toni aún pequeño, empezaron a vivir también en Ciudad Pegaso con el sueño de acabar en la Colonia Occidente.

En la casa de Pegaso fue donde mamá supo que estaba embarazada de su segundo hijo, o sea, yo. Aquello que, sobre el papel, parecía que iba a ser una temporada breve se alargó casi un año, convirtiéndose en una especie de atípica nueva familia numerosa. Aunque era algo que el antiguo régimen valoraba mucho, las características de aquella convivencia se parecían más a la de una comuna *hippie*. Básicamente porque España estaba finalizando lo que hoy se conoce como «la década rebelde», esos años en los que los hijos de las clases medias, más ilustrados que sus padres, empezaron a cuestionar la dictadura, y podríamos pensar que mi tía Araceli y mis tíos Felipe y Luis Miguel, los más jóvenes, estaban más cerca de ese espíritu revolucionario, aunque solo fuese por inercia, que del pensamiento falangista que mi abuela materna había convertido en religión.

Aunque la vivienda era grande, la organización no dejaba de ser compleja. En la habitación principal dormían mis abuelos. Mis dos tíos tenían sus camas en otra, aunque cuando se fueron a la mili, uno detrás de otro, se quedó sin ocupar. Mi tía Araceli, con mi tía Charo, en otra. Y la cuarta era la de mi madre, que, en su tiempo, compartió con la tía Ángela y que, durante el año «okupa», sirvió de dormitorio también a mi padre y mi hermano Toni. Incluso creo que algunos meses de mi recién inaugurada existencia aún tuvieron ese escenario.

Las anécdotas familiares, que con el tiempo empezaron a repetirse en cumpleaños, bautizos, comuniones y bodas, recordaban aquello como un campamento de verano con tintes de acabar como *Viernes 13* si tenemos en cuenta que la casa era grande, pero solo había un cuarto de baño. Cuando mi padre fue contratado por la multinacional en el equipo de mantenimiento eléctrico, pudo dar la entrada del piso e hipotecarse para que el bajo A del número 7 de la Colonia Occidente, cruzando la calle Once de Ciudad Pegaso, fuese nuestro hogar. Entonces abandonaron la comuna, aunque solo dos calles separasen una casa de la otra. En ese nuevo hogar nacería Gloria dos años después.

Pese a todo lo entrañable que pueda resultar esta descripción del barrio, en los años setenta no existía un lugar seguro en España para los niños como yo.

3

No recuerdo cuándo fue el principio. No solo ese instante preciso en el que escuchas una palabra cualquiera, por primera vez, y comprendes que va asociada a una forma, a un carácter, a un objeto, a una persona. Me refiero al momento en el que comprendes que la palabra gritada, disparada como un misil, tiene otro significado. Que ya no es nombrar, que va más allá. Que ahora es dardo, navaja, piedra y bala. Que hiere y que, después de muchas heridas, mata. Que la palabra tiene aliento, y ese aliento marchita la rosa si nace de una entraña podrida. Ese hedor llegaría más tarde.

No soy capaz de enmarcar el momento exacto. Podría jurar sobre cien mil tebeos y una biblia que fue así, para que el relato fuera más concreto, pero sospecho de mí, de mi miedo a recordar, de mi incapacidad para viajar en el dolor, que es la manera más cruel de viajar en el tiempo, y que por querer contaros la verdad acabe mintiendo en nombre de la verdad.

Os contaría que la primera vez fue en un recreo o en el camino de la vía de tren abandonada que nos conducía a la escuela. O en una película de las que se emitían por televisión. Quizá fuera en todos ellos a la vez. Porque crecí escuchando la palabra «marica» más veces que mi propio nombre. A veces la aumentaban, acentuando la letra «o» de la última sílaba para que su autoridad fuese más grande que mi vergüenza. Porque cuando usaban «maricón» no era para señalarme con más inquina. Puestos a detallar, me definía igual «marica» que «maricón». Era para demostrar al mundo, con seis putos años, lo machos que eran.

Otras veces les bastaba con soltar un gritito detrás de mi nombre, un «ay» que sonaba como un maullido, y eso ya despertaba la carcajada de toda la clase. Durante ocho años no tuve nombre. Solo lo escuchaba limpio, sin coletillas ni risitas, en casa y en las reuniones familiares. Cuando pasaban lista en clase o entregaban las notas, detrás del «Yagüe, Tomás» siempre había un chiste, un ruidito, una burda imitación de pluma que era convenientemente celebrada por el resto. Jamás, nunca, en ocho años, un profesor o profesora condenó o castigó esas burlas. Llamaba al orden a la clase con un «¡Silencio!» si el alboroto se excedía en lo festivo, pero nada más. Ocho años dan para mucho dolor. Y para imaginar nuevas maneras de causarlo. Fui un niño que lo primero que aprendió en el colegio no fue a leer ni a escribir. Fue a tener miedo y a odiar. A los demás y a mí mismo.

Maxi Pérez era un compañero de clase con las orejas de soplillo.

—¿Qué es el viento? —decía Pablo Romero, uno de los líderes escolares porque jugaba muy bien al fútbol.

—¡Las orejas de Maxi en movimiento! —contestaban los otros entre carcajadas.

Maxi también sufría. Como lo hacía Vicky Ugarte, la chica con los pies planos que tenía que calzar unas botas espantosas que le convertían el pie en un disfraz de Frankenstein. Y Jesús Sánchez, el niño con miopía magna que tenía que llevar unas gafas con unas lentes que parecían el culo de una botella de champán. Y Elena Valderrama, la gorda.

Eran años en los que lo único excelente, lo admirable, era ser un hombre sin fisuras, sin defectos. Hasta Paloma Nabalón y Enrique Prieto, los dos alumnos que sacaban mejores notas de toda la clase, eran ridiculizados por ser inteligentes. Los llamaban «empollones» con el mismo afán de notoriedad con el que podían insultar a cualquiera que no fuese como ellos. Cuando Maxi, Vicky o Jesús eran el centro de las burlas, yo respiraba. Deseaba que fuesen a más, que se cebasen con ellos tanto que tuviesen para varios días. Que alguno se enfrentase a ellos y hubiera una pelea que cautivase toda la atención del aula y me dejasen en paz. Pero siempre volvían.

Al principio no entendía por qué les divertía más hacerme daño a mí. ¿Cuál era la clave, la razón, que me convertía en su blanco perfecto? La descubrí muy pronto. Una mañana en la que Pablo Romero, mientras esperábamos a que entrase la señorita Teresa en el aula, hizo como que se le volaba el cuaderno cuando Maxi pasó por su lado. Toda la clase rio. Yo también. No porque me hiciese gracia la misma burla una y otra vez, sino porque necesitaba que el agresor creyese que me divertían sus ataques a los demás. Que yo, como todos, también lo admiraba y, quizá así, sintiéndome incondicional a su mezquindad, tuviese algún tipo de compasión conmigo.

—¿Y tú de qué te ríes, maricón? —soltó Pablo mirándome fijamente.

Dejé de sonreír justo en el momento en el que Maxi empujó a Pablo, que aunque estaba sentado frente a su pupitre, casi se cayó de la silla. Se inició el jaleo, los insultos, el corrillo, pero no dio tiempo a mucho más porque la señorita Teresa entró y los envió a los dos a ver a doña Pilar, la directora.

Doña Pilar era una mujer ancha, como los retratos de Emilia Pardo Bazán que se veían en los libros. Solía recogerse el cabello canoso en un moño, y todo el colegio sabía que era muy religiosa. Era la encargada de impartir la clase de Religión a todos los cursos, y en lugar de anillos llevaba rosarios de dedo que, además de servirle para rezar, utilizaba para dar capones con el resalte del crucifijo. No sé qué sucedió en los minutos en los que Maxi y Pablo estuvieron fuera del aula. Pero sí recuerdo el instante en el que llamaron a la puerta con los nudillos y, tras el permiso de la señorita Teresa, entró doña Pilar con los dos alumnos a su lado.

—Podéis ir a vuestros sitios —dijo con autoridad doña Pilar.

Cuando Maxi y Pablo ya estaban sentados ante sus mesas, doña Pilar añadió:

—Y ahora, Romero se va a poner de pie y va a decirle algo a toda la clase.

Entonces Pablo se levantó y pronunció una frase sin demasiado convencimiento:

—Pido perdón a Maxi por haberle insultado y también a toda la clase por haber tenido que escucharlo.

Cuando doña Pilar le indicó que podía volver a tomar asiento, Pablo lo hizo.

—Ahora, Pérez se va a poner de pie y también va a decirle algo a toda la clase.

Maxi repitió el ritual y dijo:

—Pido perdón a Pablo por haberle empujado y también a toda la clase por haber tenido que presenciarlo.

Debería encontrar palabras para explicar el proceso neuronal que se coordinó en mi cabeza cuando doña Pilar cerró la puerta tras de sí y la señorita Teresa continuó la clase, pero soy incapaz. No sé si había pasado un minuto, diez o tan solo treinta segundos cuando me vi con la mano alzada interrumpiendo la clase.

—¿Qué quiere, Yagüe? —preguntó la señorita Teresa

con el tronco y la cabeza de todos mis compañeros girados hacia mí.

Un apellido que comenzase por «y» siempre te aseguraba un lugar al final de la clase.

—¿Puedo salir al servicio?

La respuesta fue afirmativa. Pero cuando estuve en el pasillo desierto, con los muros bicolor poblados de papeles y cartulinas con trabajos de los diferentes cursos, con todas las puertas azules cerradas, dejando escapar el murmullo de las lecciones, no me dirigí a los aseos. Recorrí todo el pasillo hasta entrar en otro módulo y llegar al despacho de doña Pilar. Llamé a la puerta y, cuando escuché el permiso, entré.

—¿Qué ha hecho?

Era la primera vez que entraba en esa habitación. Doña Pilar estaba sentada frente a su escritorio, con las gafas puestas, apuntando algo en una libreta, ahogada en un mar de papeles y carpetas, aunque lo único que sobresalía era una imagen de la Virgen, con vestido blanco y manto azul, que parecía resurgir de las aguas. Un retrato de Franco presidía la estancia, como en todas las aulas del centro, que tenían retrato del dictador y crucifijo. Doña Pilar atesoraba crucifijos, pero lo que me llamó la atención fue que, junto al retrato de Franco, tenía un cuadro de un Cristo doliente con la corona de espinas.

Los dos cuadros, uno junto al otro, con el mismo tamaño y el mismo marco. Franco estaba uniformado y en blanco y negro, pero Jesús tenía color, en el cabello, en la barba, en la corona de espinas, en la aureola, en la sangre. Franco parecía tener una mueca de satisfacción mientras te escudriñaba con su mirada encapuchada. Sin embargo, Jesús tenía los ojos medio en blanco, con la vista dirigida hacia el cielo. Cristo no se estaba enterando de nada de lo que sucedía porque ni siquiera estaba mirando. Decía

51

doña Pilar, en clase de Religión, que ese era el rostro del dolor más profundo que existía. Le debía doler tanto que los ojos se le daban la vuelta, como mamá hacía con los pares de calcetines hasta convertirlos en una pelota. Sin embargo, a Franco no le dolía nada.

Pese a la madera oscura de los muebles, a toda la imaginería religiosa que había alrededor, a los lomos monocromáticos de cada uno de los libros, que parecían ser el mismo, no recuerdo que fuera una estancia lúgubre. Los dos ventanales que daban a la fachada principal del colegio permitían que entrase mucha luz natural y quebrase lo siniestro del entorno. Me acerqué a la mesa y dije:

—Es que Pablo Romero me llama maricón.

Fue un instante. Quizá menos que eso. La mirada furibunda de doña Pilar, que se levantó implacable de su asiento, y la bofetada que lo cambió todo.

—¡Cómo te atreves a decir esa palabra delante de la Virgen y de Dios Nuestro Señor! —gritó enfurecida—. ¡Eso es pecado! ¡Que sea la última vez que pronuncias esa palabra!

Me llevé las dos manos a la cara escondiendo la mejilla golpeada. Mis labios empezaron a temblar, sin entender lo que acababa de suceder, temiendo que el llanto, que hasta ese momento había sido una expresión privada, una mueca descompuesta en lágrimas y mocos que solo había visto mi familia, hiciese acto de presencia en aquel despacho, bajo el mismo techo que cobijaba a Pablo Romero, a Pedro Saiz, a José Manuel Peñón, y esa fuese mi deshonra. Poco pude hacer cuando, tras el primer parpadeo, se derramó la tormenta.

—¿En qué grupo estás? —interrogó con tono airado.

—En segundo B —balbuceó mi voz estrangulada.

—¡No te muevas de aquí!

Cuando doña Pilar abandonó el despacho, me dejé llorar

ante la mirada perdida de vírgenes y santos. Jesucristo seguía demasiado ocupado padeciendo su propio dolor como para intentar consolar el de un niño de siete años. Solo Franco me miraba fijamente. El hombre que en esos meses estaba hospitalizado por una tromboflebitis, y por el que tanto rezaba mi abuela materna, era el mismo hombre que ordenó fusilar a mi abuelo paterno. Esos ojos sádicos, que se manifestaban recelosos, como el rostro de un monje escapando de su capucha, vigilaron mis sollozos y mis velas hasta que, al otro lado de la puerta, escuché acercarse a doña Pilar, aún enojada, hablando en tono severo con la señorita Teresa.

—Regrese a la clase —me dijo la directora.

Antes de que escapara de aquel despacho, doña Pilar se sacó un pañuelo blanco de tela del puño de la blusa y limpió mi cara de lágrimas, mocos y babas. La señorita Teresa también estaba muy enfadada. No sé si por la mentira o porque la directora le había echado una buena bronca. En cualquier caso, eso también me ponía triste.

—Más vale que te asegures de hacer pis antes de cada clase porque, en lo que queda de curso, no vas a salir al baño —iba riñéndome mientras recorríamos el pasillo de puertas azules y cartulinas en las paredes—. Y la próxima vez que mientas a un profesor, se avisará a tus padres.

Es probable que no sea el mejor momento para que os cuente esto, que este párrafo sea un anticlímax, pero debéis saber que sentía una misteriosa atracción hacia la señorita Teresa. Era..., ¿cómo os diría?..., como Anna Magnani. Tenía un pelo negro, brillante y poderoso, que envolvía unos ojos igual de oscuros. Cuando esa mirada se fijaba en ti, sentías que dos rayos láser iban a convertirte en una flema verdosa. Su piel era morena, y cuando fumaba y expulsaba el aire, parecía una actriz de cine americano dispuesta a conseguir que el protagonista hiciera cualquier barbaridad si ella se lo pedía.

A aquella edad, cuando el deseo sexual te ignora por completo, empecé a comprender que el universo femenino me resultaba mucho más cautivador que el masculino. Cuando entró el deseo en la partida, las reglas del juego cambiaron. Sin embargo, aunque el instinto persiguiese con la mirada los gestos y los cuerpos de ellos, siempre eran ellas quienes abrían las puertas de mi creatividad, quienes manifestaban tener universos de galaxias infinitas en su interior que hacían que desease que quisieran compartirlos conmigo. Supongo que por eso me apenaba haber engañado a la señorita Teresa y que se hubiese llevado una regañina por mi culpa. Ay, la culpa.

Según nos acercábamos al aula, se iba haciendo más perceptible el jaleo que había en su interior. No era otra pelea. En cuanto los profesores se ausentaban, aquello se convertía en un gallinero que poco a poco iba subiendo el volumen y que, milagrosamente, enmudecía en cuanto volvía a abrirse la puerta y entraba la maestra.

Fui hasta mi pupitre bajo la mirada impertinente de mis compañeros. Era una miserable mañana de noviembre de 1974 que marcó el inicio de un infierno. Aquella mañana tardé más de lo habitual en salir de clase. De repente me asaltaba un sollozo seco y me preocupaba que alguien pudiera darse cuenta de todo lo que yo había provocado en el despacho de doña Pilar. Por eso preferí salir el último, sin rodearme de carreras, gritos ni empujones. Pero hubo algo que me alarmó. Según enfilaba la salida del centro, con mi cartera marrón a los hombros, vi a mamá a lo lejos hablando con otra mujer. Lo primero que pensé es que doña Pilar y la señorita Teresa habían decidido llamarla para contarle todo lo que había pasado. Aminoré el paso. Solo si me miraba podría averiguar si mamá estaba enfadada o no. Si no me sonreía, es que la habían avisado. Si sonreía, podría ser un día más a las puertas del colegio. En esa situación, advertí algo que no me tranquilizó. Maxi, el compañero de las orejas de soplillo, estaba junto a la otra señora que hablaba

54

con mamá. Me detuve. Mi mente comenzó a diseñar una compleja ecuación de múltiples probabilidades para las que debía tener una respuesta, una estrategia, fuera la que fuese esa posibilidad que, por supuesto, en ningún caso iba a ser positiva. La voz de mamá me distrajo de mis cavilaciones.

—¡Tomás! ¿Qué haces ahí como un espantapájaros? —gritó a lo lejos con el brazo en alto, como si tuviera que identificarse entre un alboroto de hijos y madres a la puerta de un colegio.

Pero ya no era necesario. No había prácticamente nadie. En su tono, aunque no hubiese nada cariñoso, noté que no estaba enfadada. Y eso hizo que acelerase el paso hasta reunirme con ella.

—¿Es que siempre tienes que ser el último? Pero qué cara traes, y ese pelo..., ¿a qué habéis estado jugando hoy? —preguntaba extrañada mientras me atusaba el cabello con poca delicadeza, como hacían todas las madres, para regresar a la conversación que mantenía con la otra.

Nuestras madres hablaban y Maxi me miraba fijamente. Por la conversación deduje que Maxi le había contado a su madre las burlas que hacían Pablo Romero y los demás a cuenta de sus orejas. Su madre estaba muy enfadada y rodeaba a Maxi con un solo brazo, aproximándolo a su cuerpo, creando entre los dos un único ser indestructible. Decía que iba a hablar con la señorita Teresa y con la directora. Y mi madre le daba la razón. Y las dos se retroalimentaban en sus argumentos mientras Maxi no dejaba de mirarme. «¿A qué estás esperando?». ¿Es eso lo que quería decirme? «¡Vamos! Cuéntaselo a tu madre».

Y en ese instante, junto a mamá, con la bofetada de doña Pilar retumbando aún en mi conciencia, comprendí que no podía hacerlo, que no era lo mismo. Que yo veía las orejas de Maxi, las gafas de Jesús y lo gorda que estaba Elena Valderrama. Pero a mí me llamaban marica, maricón, niña.

¿Qué querían decir con todo eso? ¿Dónde estaba la causa de esas palabras? ¿Qué estaba haciendo mal para merecerlas? ¿Eran mis orejas maricas, mis pies, mis manos? ¿Cómo podía explicarle a mi madre la injusticia si ni yo mismo sabía dónde estaba el motivo de tanta rabia? Algo muy malo tenía que ser para que doña Pilar hiciese que Pablo y Maxi se pidieran perdón y conmigo se hubiera enfadado tanto. Tal vez los demás pudieran ver algo que yo no podía ver. Como un diente roto o una joroba por espalda. Me había mirado al espejo del baño de mi casa buscando la palabrota, pero no era capaz de identificarla. Había algo defectuoso en mí, algo malo, algo distinto a las orejas de Maxi, a los pies planos de Vicky o al sobrepeso de Elena. Aparté la mirada de Maxi y no volví a mirarlo a los ojos nunca más.

Entonces tenía siete años. Cuarenta y cinco años después no he dejado de sentir ese pesar. Aprendo a caer, *ukemi*, pero ahí sigue esa sensación.

Mientras Roberto conduce hacia el escenario de mi niñez, pienso que no existió un solo instante dentro de los muros de ese colegio en el que pueda afirmar que me sentí protegido. Ya no feliz, que eso ni lo contemplo. Simplemente a salvo. No sé dónde leí ni quién firmaba un artículo que demostraba que, si observábamos a los niños y niñas de siete años en el patio de la escuela, analizábamos su comportamiento, a qué jugaban, cómo jugaban, sus reacciones e impulsos, seríamos capaces de adivinar, con un pequeño margen de error, el tipo de adultos que serían.

Yo, con siete años, me sentía un insulto, alguien no válido, una persona pequeña que cada domingo por la noche, antes de regresar el lunes al colegio, pensaba que morir asfixiado por mi propia almohada era preferible a volver a ver sus caras y tener que soportar sus golpes.

DÍA 22
—
DOMINGO

4

—Jugar por necesidad, perder por obligación.

Año tras año, esa era la cita con la que mamá finalizaba la retransmisión del monótono sorteo de Navidad. La pronunciaba con una leve amargura, la misma de quien asume la derrota pero le avergüenza mostrar el disgusto que eso le provoca. Lo atractivo de verdad era ver el dramatismo con el que rompía los décimos y las participaciones. Como si nadie más en el mundo necesitase los treinta millones de pesetas más que ella. Con el tiempo y las desilusiones, mamá adaptó sus emociones a euros y, con el redondeo, perdió todo lo que tenía de arrebato y, aunque siguiese pensando que su necesidad estaba castigada con la mala fortuna, los eliminaba con el mismo interés que causa una de esas fotocopias que te cuelan en el buzón con la frase «Compro piso» y un número de teléfono al que nunca hay que llamar.

En mi familia, la frase «Jugar por necesidad, perder por obligación» nos ha marcado la vida. Nos hemos acostumbrado a perder. Nos lo hemos creído de tal manera que ni siquiera nos hemos dado cuenta de las veces que hemos ganado.

Abro un ojo en la penumbra de la habitación aún con las persianas cerradas. Mi hermano Toni no está en su cama. Os explico que Toni y yo siempre compartimos dormitorio, pese a las innumerables quejas que mi hermano, un año sí y otro también, manifestaba al respecto y lo mucho que eso ayudó a que nuestra relación fraternal fuese, desde bien temprano, una decepción mutua. No era un cuarto espacioso, pero tampoco estaba mal. Cabían dos camas individuales, un armario con maletero, un escritorio con su silla (solo uno) y una mesilla, con la superficie justa para soportar una lámpara y el vaso con caldo caliente que nos abrigaba cuando estábamos resfriados. El dormitorio, aunque tenía una ventana que daba a la terraza, abierta a las zonas verdes, no ofrecía ninguna intimidad para un adolescente.

El percance más conflictivo se produjo cuando reclamé mi pared. La habitación estaba llena de pósteres de jugadores del Real Madrid y un banderín del mismo equipo. Creo que lo único que se salía de lo estrictamente deportivo era una fotografía grande de Bob Marley.

—También quiero clavar fotos —le dije una tarde.

Me miró unos segundos en silencio, y luego preguntó:

—¿Qué fotos?

—No sé. Otras fotos que no sean de fútbol.

Se quedó un rato pensativo y añadió sin mirarme:

—A ver qué fotos.

Abrí el armario y, de uno de los cajones con mi ropa, saqué una fotografía, del tamaño de una página de revista, de Sandokán. Se la enseñé a Toni. Dijo:

—No.

—¿Cuál es mi pared? —pregunté—. Tú ocupas todas las paredes. Quiero mi pared.

Toni se negó, pero mi petición era tan razonable que me costó muy poco lograr que mis padres lo obligasen a quitar a los futbolistas que estaban junto a mi cama. Esa se convirtió en mi pared. El lugar en el que colgar pósteres y fotografías de John Travolta y Olivia Newton John, de los protagonistas de *Hombre rico, hombre pobre*, de Starsky y Hutch y, por supuesto, de Sandokán.

Cuando nació Gloria, mis padres optaron por convertir lo que venía siendo el cuarto de estar en el dormitorio de mi hermana, con el consiguiente enfado monumental de Toni, y hacer vida en el salón, un espacio de la casa que parecía solo dedicado a las visitas y celebraciones muy especiales, como la maldita Navidad. Esa distribución del hogar se mantuvo durante años, hasta que fuimos abandonando el nido.

En la actualidad, el origen ha reaparecido. El dormitorio de Gloria vuelve a acoger el cuarto de estar, la estancia favorita de mamá. Allí donde esté la televisión, ese será su espacio favorito. Reflexiono en lo valioso que hubiese sido si en los hogares españoles, quizá en los de todo el mundo, hubiera existido una habitación llamada «cuarto de ser», en lugar de «cuarto de estar». Espacios en los que manifestar nuestras características en lugar de decorar estancias para que las opiniones empapelen las paredes y las percepciones nos impidan ser.

Decía la señorita Teresa que los verbos «ser» y «estar» eran mucho más tiquismiquis de lo que podía parecer a primera vista porque tenían usos muy específicos. Y escribía en la pizarra oraciones con «estar» más el participio pasado para demostrarnos cómo el sujeto no realizaba la acción del verbo, solo la recibía. La mayor parte de la clase fingía comprender algo, excepto Paloma Nabalón y Enrique Prieto, que lo entendían todo, como si la información, los datos y las fechas fuesen puro gas que solo tuvieran que aspirar sin ningún esfuerzo.

En casa no era tan sencillo conjugar «ser» y «estar». Ni siquiera en la habitación de la tele encendida. Conjugar por necesidad era perder por obligación. El dormitorio de Gloria recuperó su antigua utilidad y el salón repitió su estatus de espacio museístico donde seguir instalando el árbol de Navidad y sacar la mantelería de hilo y la vajilla buena para dar apariencia de acontecimiento a lo que se fuese a conmemorar alrededor de la mesa. Solo la habitación de las dos camas permaneció disecada en el tiempo.

Y ahora, con mi visita y la separación de Toni y Ana, hecho que ha obligado a mi hermano a instalarse de nuevo en la casa familiar, vuelve a ser la habitación del descubrimiento. Aunque ahora ya no hay pósteres ni fotos en las paredes.

Las voces de las niñas de San Ildefonso siguen retumbando en la casa, como un mantra codicioso. Para mí que mamá ha subido el volumen de la televisión a propósito.

Siempre reaccionaba igual cuando salíamos de fiesta y llegábamos tarde. Se levantaba temprano y comenzaba a hacer mucho ruido cerrando puertas o fregando platos. «Si eres mayor para salir de fiesta, también lo eres para madrugar», decía, como si la autoridad del Sargento de Hierro le diera alguna lógica a semejante asociación de ideas. Incluso lo hacía en Año Nuevo, cuando habías caído borracho sobre la cama unas horas antes y ella ponía a todo volumen la *Marcha Radetzky* de los cojones y los putos saltos de esquí. Y cuando te levantabas, con la resaca en los párpados y en la lengua, ella, en bata y sentada delante de la televisión, sonreía con falsa dulzura y te deseaba un feliz año nuevo.

Nunca le pregunté por qué hacía eso. En los peores años de nuestra relación, llegué a pensar que tenía envidia de nuestra juventud. Que le jodían todos aquellos sueños que no pudo cumplir porque, cuando quiso darse cuenta, se encontró casada y madre de un hijo. Fue una generación educada en el sacrificio y la abnegación. Es lógico que putear la vida de sus hijos fuera una revancha. Eso se lo perdono. Que creyera que todos los golpes con los que llegaba de la escuela respondían a mi flojera, a ser un patoso incapaz de mirar por dónde pisa, no.

—¿Cómo definirías la relación con tu madre? —preguntó Roberto durante una sesión de terapia mientras apuntaba algo ilegible en su cuaderno.

La relación con mamá...

He invertido tanto tiempo, esfuerzo y resignación buscando una respuesta a esa pregunta que he optado por rendirme. Por ondear la bandera blanca, fabricada con un palo marchito y una camiseta interior sudada, para poder avanzar lentamente hacia el territorio enemigo sin ser abatido por un francotirador.

Ella me educó en una especie de silencio selectivo que asumí sin fisuras. Con los años he llegado al convencimiento de que mamá siempre supo que yo era marica. Lo supo antes que yo, como los cabrones miserables del colegio. Pero prefería que nada ni nadie la obligase a tener que enfrentarse a lo desconocido, y así evitar que la vergüenza tomase decisiones por ella. En el fondo, el suyo era otro tipo de miedo. Yo tenía miedo a la luz, y ella, a la oscuridad.

Todo esto son elucubraciones mías porque nunca, en todos estos años, lo hemos hablado. No siento que ahora sea tarde. Siento que es inútil. Eran otros tiempos. No existía la conciencia social ni la información que manejamos hoy. Pero también puede ser que pensar esto sea una excusa para perdonar al mundo y poder seguir habitándolo sin rencor. A veces me revuelvo pensando que unos padres siempre deben anteponer el bienestar, la libertad y la dignidad de sus hijos a sus propias creencias, miedos y prejuicios. Que va en la propia naturaleza de la maternidad proteger a tus retoños de cualquier mal, lo entiendas o no. Y veo con claridad que si mamá hubiera notado que un pe-

63

rro rabioso iba a abalanzarse sobre mí, ella habría recibido la dentellada sin dudarlo. Que si algo tan inaudito como una invasión extraterrestre intentase secuestrar a su hijo de nueve años, se habría convertido en una especie de Sarah Connor y les habría arrancado la cabeza a los alienígenas con sus propias uñas. Pero tener un hijo homosexual era más fuerte que el perro rabioso y la invasión extraterrestre juntas. Aquello resultó ser kriptonita para la supermadre. A la mierda los superpoderes.

Nuestra terraza, amplia, abierta a una zona ajardinada con varios árboles frondosos, setos e incluso una palmera canaria, estaba llena de mobiliario y muchas plantas. Había una mesa con cuatro sillas, una tumbona, armarios de almacenamiento e incluso llegamos a tener un columpio de jardín. Las dos barandillas de la terraza, separadas por un pequeño muro que utilizábamos a modo de balcón, tenían macetas en la parte superior y jardineras en la inferior. Por imposición de mamá, que quería una jardinera con luces integradas porque la había visto en la *Nuevo Estilo*, mi padre construyó otra jardinera, que ocupaba uno de los extremos de la terraza, y ahí vimos crecer una madreselva hasta que llegó un día en el que había más selva que madre y hubo que podarla.

Una tarde, mientras ayudaba por obligación a mamá a trasplantar unos geranios a las jardineras, el tallo de una planta se quebró, sin llegar a dividirse. Mamá me pidió que lo uniese y lo mantuviera sujeto hasta que ella regresó con cinta americana, de la que empleaba mi padre en las chapuzas domésticas, y lo envolvió, como si estuviera escayolando al geranio.

—¿Para qué sirve esto? —pregunté.

—Para que el geranio crezca firme y no se muera. A veces, las plantas, los árboles, se tuercen. En lugar de crecer hacia arriba, que es como tienen que crecer, se desvían, se equivocan. Y hay que ayudarlos para que vuelvan a ponerse rectos.

Tal vez esa fue la única conversación que, inconscientemente, tuvimos al respecto de mi aún incipiente homosexualidad. Cinta adhesiva y silencio. Una fórmula que solo era cómoda para ella.

Como ya os comenté antes, cuando hablé de la anécdota del *Achilipú,* mamá, a diferencia de mi padre, se reía cuando me ponía el abrigo de pieles de la tía Charo e imitaba a la Loli, una prostituta tartamuda que interpretaba Beatriz Carvajal en el *Un, dos, tres.* Me sorprende que nunca viese nada sospechoso en esos juegos que, para ella, solo demostraban que su hijo tenía mucha capacidad artística, que siempre consideró herencia suya, y sin embargo fuera implacable con mis gustos. Cuestionaba que no jugase al fútbol y se indignó cuando colgué una foto de Almodóvar y McNamara en mi habitación. Odiaba el cine de Almodóvar. «Qué asco, solo folleteo y maricones», decía, porque sabía que me gustaba su cine y, de alguna manera, esa frase solo alertaba sobre el pacto de silencio. Pacto injusto, ya que el único que debía callar era yo. Ella podía hacer todo tipo de comentarios homófobos, como si esas valoraciones fueran la puta cinta americana que iba a reforzar el tallo, mientras mi obligación se limitaba a hacer de la mudez virtud.

Hay personas que, como Roberto, me preguntan que por qué nunca dije nada. ¿Cómo vas a confesar algo que tú mismo desconoces cuando toda la información que recibes es que eso es más malo que el peor de los pecados? ¿Cómo vas a reconocerle a tu madre, que entendía que tener un hijo maricón era una vergüenza, que quizá tú, su hijo, eras eso que ella tanto detestaba? ¿Cómo le vas a exigir a un niño, a un adolescente, que solo busca que lo quieran, que verbalice algo que va a hacer saltar por los aires todo el cariño que demanda?

Afirmo que nunca le perdoné que mirase hacia otro lado durante los años de escuela. Que no indagase en mis lágrimas cada vez que le decía que no quería ir al colegio, cada vez que fingía enfermedades hasta lograr tener todos los síntomas, cada vez que llegaba meado, incluso cagado de puro miedo, y siempre buscase el lugar más cómodo para ella y nunca el que me salvase de la hoguera.

—Anda que... seguro que me pones verde en los sicólogos esos a los que vas —opinaba en esos días de reproches, cuando me atrevía a decirle que a ella tampoco le vendría nada mal ir a terapia.

En realidad, toda mi familia debería tener un bono de terapia.

A medida que creció el acoso en el colegio, la brecha entre ella y yo se fue haciendo más insalvable. Tras la adolescencia, cuando empecé a salir con mi primera pandilla de amigos, cuando vestía como Robert Smith, que fue antes de empezar a vestir como Dave Gahan, la situación en casa pasó de un elegante silencio a una tirantez incómoda.

Había encontrado, como diría Armistead Maupin, mi familia lógica para compensar el vacío que me había dejado la biológica. Tener que compartir el más mínimo detalle de mi vida con padres, hermanos o familiares ocupaba el último lugar de mis prioridades de ahí a cien años vista.

Pero mamá, al intuir la revelación, comenzó a verme como un egoísta capaz de arruinarle la vida, de someterla al escrutinio público del qué dirán, a la vergüenza de rellano y del «quién da la vez» de la frutería, a los prejuicios que la señalarían a ella como responsable de algo que debía haber evitado con los correctivos adecuados y no con silencios y cinta adhesiva. Eso convirtió nuestra relación en algo insostenible. Discutíamos constantemente, por cualquier razón. Lo que yo solía hacer era salir a la terraza y quedarme allí un buen rato.

Para que os hagáis una idea de sobre qué pilares se edificó nuestra relación, os contaré que un día cálido de primavera, tras una sonora discusión, salí a la terraza y me tendí en la hamaca de lona y madera. Como esas que ahora hay repartidas por todo Hyde Park. Al rato, mamá salió y, al pasar junto a la tumbona, golpeó la barra que modula la inclinación del respaldo haciéndome caer al suelo. Recuerdo que no hizo intención alguna de socorrerme y volvió al interior de la casa como si nada. El golpe me dolió, pero al cabo de un rato ya no había rastro de dolor, pero sí de odio. Permanecí tumbado en el suelo, sin moverme, dos horas.

Cuando mamá se asomó y me vio en la misma posición en la que me había dejado, me ordenó que me levantase y entrase en casa. Entonces comencé a llorar. Con un sollozo asustado le confesé que no podía mover las piernas. Mamá se acercó e intentó levantarme, pero fue incapaz de mover mi peso muerto. Me miró las piernas, me preguntó si podía mover los brazos, los dedos. Le contesté que sí, que solo eran las piernas. Su tono dejó de ser autoritario. Noté miedo, pero yo estaba dispuesto a hacerla sufrir. No cedí cuando fue ella quien empezó a llorar y continué alimentando la mentira de que no podía moverme.

Las lágrimas de ambos llamaron la atención de una vecina, Adela, que nos escuchó desde su terraza y bajó preocupada para ofrecernos su ayuda por si había que llamar a una ambulancia. Fue entonces cuando, con ayuda de las dos, fingí empezar a mover poco a poco las piernas hasta conseguir incorporarme. Recuerdo que durante todo ese día aparenté debilidad en las piernas y me regodeé en su mirada, encharcada en culpa y arrepentimiento. Pero cuando diseñas tu existencia en función de la satisfacción de la revancha, como si toda tu puta vida fuese una película de *Harry el Sucio,* el dolor de los demás nunca sacia el placer de tu venganza.

¿Que cómo definiría la relación con mi madre? Contéstame tú, Roberto. ¿Cómo la definirías tú?

Salgo de la habitación y pregunto:

—¿Nos ha tocado algo?

Mamá está sentada en el cuarto de estar en una butaca de mimbre, su sitio favorito, junto a la mesa camilla y frente a la tele. Coloca un cojín en la espalda y otro en el asiento, para que la carne no se le hunda entre la fibra robusta, y así estar más cómoda. Decía que la butaca era más alta que las sillas y que, al tener reposabrazos, podía apoyarse en ellos y le molestaban menos las rodillas a la hora de incorporarse. Hace ya algunos años que, a su precaria salud de hierro —operada de tiroides, pastillas para la tensión, pastillas para la circulación, episodios de depresión—, le añadieron una artrosis degenerativa que debería mitigar saliendo a caminar un rato cada día. No lo hace. Dice que ya camina en casa. Cuando hablo con Gloria por teléfono y le explico que mamá va a acabar en una silla de ruedas, ella me contesta:

—¿Y qué quieres que haga? ¿La saco a la calle de los pelos? Ya es mayorcita.

A veces creo que mamá le ha encontrado cierto atractivo al sufrimiento, a buscar con su mal la compasión y la atención de los demás. Por eso no hace nada por evitarlo. Roberto me decía que yo era igual. Que en mi familia habíamos sido educados en el victimismo, como si dar pena fuese una opción válida a la hora de reclamar afecto. Esas palabras me enervaban. Yo no era igual que mamá. Puede que su malestar estuviese diagnosticado, tuviera un informe médico y un montón de pastillas que lo acreditasen, pero el mío era un dolor profundo y encarcelado. Ahora ya no sé si Roberto, una vez más, tenía razón.

—De momento, perder —contesta mamá.

La beso en la mejilla. Sobre la camilla tiene sus gafas de leer, una taza vacía en la que puede distinguirse el cauce seco que ha dejado el café con leche y un trozo de papel cuadriculado en el que va apuntando los grandes premios. Ha escrito, con mala caligrafía, «Gordo» y, a su lado, «26.590», y «quinto premio» junto al «75.206».

—¿Y tu hijo? —pregunto.

—Trabajando. Llega sobre las cuatro —es su respuesta.

Un breve silencio y...

—Anda que..., un montón de meses sin ver a tu madre y ni has pasado a darme un beso —dice con una sonrisita que intenta, sin ningún éxito, quitarle peso al reproche.

Miro sus dedos. Se están deformando por la artrosis. Por eso su letra, que siempre había sido estilizada y continua, incluso con alguna pomposidad en sus rabillos, ahora es un trazo seco de aristas y esquirlas.

—No te enfades —digo mientras la abrazo. Es preferible esto a empezar a discutir—. Ya sabes, los amigos también hacía mucho tiempo que no me veían y tenían preparada una fiesta sorpresa de bienvenida. No me dejaron ni pasar a dejar la maleta.

Miento. Para que podáis comprobar por vosotros mismos lo que estoy diciendo, voy a narraros brevemente lo que sucedió ayer por la noche.

—No me lleves a casa —le dije repentinamente a Roberto—. Vamos a tomar algo por ahí.

—Pero tu madre estará preocupada —afirmó dejando escapar un gesto de perplejidad.

—Tengo llaves. Llamaré poniendo cualquier excusa, pero, por favor, no me lleves a casa.

Y mientras Roberto cambiaba el rumbo, mezclando en

69

voz alta preguntas sobre las razones de mi impetuoso capricho y las quejas sobre lo complicado que sería encontrar un local un sábado en una ciudad llena de cenas navideñas de empresa, mi mente viajó hasta otro coche, treinta y dos años antes, cuando en una amable noche de verano, un hombre llamado Manu me iba traduciendo la letra del *There is a light that never goes out* de los Smiths. Pero esa es otra historia.

Roberto me llevó al Marta Cariño, que era un local, por el barrio de Chamberí, que se había puesto muy de moda en Madrid en los últimos años. Cuando llegamos, tras veinte minutos buscando aparcamiento y acabar metiéndolo en un *parking*, el local estaba lleno y había gente en la calle esperando para poder entrar. Roberto me miró con esos ojos de «Te lo dije», y yo respondí con mi mueca de «Lo siento». Sacó el teléfono e hizo una llamada. No supe con quién hablaba porque se alejó unos pasos. Pensé que le estaba explicando a su marido el lío en el que lo había metido.

De repente, salió un chico con bigote, de mirada afectiva y sonrisa acogedora, que, tras cruzar dos palabras al oído del portero, le hizo un gesto a Roberto invitándolo a entrar. Miré a Roberto, y él, maldito sea, me sonrió.

Me presentó a Jesús, que era uno de los socios del local y un buen amigo de Juan, el marido de Roberto. Estuvimos charlando cordialmente y nos encontró un espacio en la barra. Todos los hombres eran atractivos a mis ojos, pero yo era imperceptible a los suyos. Pensamiento positivo. Pedimos una cerveza (él) y un *vodka- tonic* (yo).

Le prohibí hablar de Marco para terminar siendo yo, a los pocos minutos, quien sacó el tema. Pedí otro *vodka-tonic*. Roberto me avisó de que no podía llegar pedo a casa de mi madre, ni saludar a la familia al día siguiente con resaca. Pedí otra cerveza para él. La rechazó. Tenía que conducir. Me bebí la copa como si fuese agua y Roberto criticó ese comportamiento adolescente. Supongo que me rebelé a sus adjetivos, y se ofreció a llevarme a casa. Le dije que se fuera, que ya me pillaría un taxi.

Sin sonreír, Roberto salió del Marta Cariño. Me sentí ridículo. Invisible. Tantos años deseando serlo y ahora ya lo era. Plegarias atendidas. Pensamiento positivo. Mierda, Roberto llevaba mi maleta en su coche. Pagué las consumiciones y salí corriendo intentando memorizar el camino que habíamos recorrido desde el *parking* hasta el local. Pero en cuanto pisé la acera, vi a Roberto apoyado en uno de los vehículos aparcados en la puerta. Su mirada no sonreía.

—Tengo mi maleta en tu coche —dije.

—Lo sé —contestó.

Y fuimos todo el camino, hasta llegar a casa, sin pronunciar una sola palabra. Al bajar del coche le dije: «Lo siento». Y Roberto me contestó:

—Sería todo más sencillo si no te hubieras acostumbrado a pedir perdón.

Creo que eran las tres de la madrugada.

Le he enviado un wasap a Roberto. Incluye un emoji de dos manos que parecen suplicar perdón. Doble *check* azul. Ninguna respuesta.

—Los amigos siempre primero, pero cuando las cosas vienen mal dadas, a quien pides ayuda es a la familia —dice mi madre.

Para no discutir, en lugar de salir a la terraza, me encierro un rato en el baño.

Almaceno recuerdos que no son míos. Como ese que arrancaba con un niño que había aprendido a obedecer muy pronto. Sucedió a los meses de cumplir un año, cuando ya sabía andar, aunque mi estabilidad fuese la de un adulto bebedor.

Mi abuela paterna solía hacer unos tapetes de ganchillo blanco cuyas puntas estaban pobladas de cisnes con el pico rojo. Acostumbraba a almidonarlos para que no «se enviciaran» y así quedasen mejor a la hora de colocar encima un centro de mesa. En casa teníamos varios de esos tapetes a los que yo llamaba «cua cua».

Contaba mamá que una vez me abalancé sobre una mesa baja que había en el salón. Agarré la cabeza de uno de los cisnes y lo fui atrayendo hacia mí mientras repetía «cua cua, cua cua». Mamá apareció a tiempo de impedir que el jarrón de cristal ámbar, que reposaba encima del tapete, cayese al suelo y se convirtiese en mil fragmentos afilados. Mamá colocó mi mano sobre la suya y la golpeó sin fuerza pero con la suficiente autoridad como para atemorizar a un niño.

—Se mira, pero no se toca —me dijo.

Nunca cuenta si lloré. Pero durante años presumió delante de sus hermanas, vecinas y conocidas, del hecho de que ella nunca quitase los adornos del alcance de sus hijos por miedo a que pudieran romperlos y herirse. Sus hijos fuimos niños obedientes. Aunque los matices de esa obediencia los fui descubriendo a medida que iba creciendo.

—Al otro día, estoy en la cocina y escucho «cua cua, cua cua». Y digo: «¡Ay, el jarrón!». Voy corriendo a la salita y me lo encuentro, oye, con las manitas atrás, sin tocar el tapete —contaba orgullosa.

Orgullosa de su hijo manso.

Mamá siempre cuenta esa anécdota cuando un niño rompe algo. La contó cuando Anamari, mi primera sobrina, la hija de mi hermano Toni y Ana, cogió una figura de porcelana de un niño pescador y la dejó caer al suelo cuando su madre la asustó al grito de «¡Ay, la figurita!». Y la

72

contó cuando Frida, mi segunda sobrina, la hija de mi hermana Gloria y Camilo, rompió el recuerdo de la boda de Toni y Ana.

Ni qué decir que la labor depuradora de un niño debería estar subvencionada. Los niños eligen, con una intuición asombrosa, aquellos objetos decorativos espeluznantes que los hogares maternos exhiben con una sádica cortesía. Y los destruyen. Se deshacen de aquello que los adultos no sabemos romper. Luego nosotros les devolvemos el favor despedazando aquello que les hicimos creer que era indestructible.

El niño pescador era la figura policromada más espantosa que había visto en mi vida. Y el platito recuerdo del enlace entre Toni y Ana, con el borde dorado y unas alianzas entrelazadas del mismo color, más una foto de los dos en pésima resolución, debió ser la segunda idea que tuvo Mengele después de Auschwitz. O quizá imaginó antes cómo podían ser los recuerdos de una boda aria y luego ya elaboró un plan al servicio del partido nazi. En cualquier caso, Frida, con dos años, fue nuestra Schindler. En el fondo, no hizo otra cosa que convertir en un acto performativo aquello que toda la familia intuía pero nadie se atrevía a comentar: que el matrimonio entre Toni y Ana llevaba roto catorce años, porque yo empiezo a contar la agonía desde el noviazgo.

Con seguridad, eso fue lo que le molestó a Toni. Por eso la emprendió contra mamá cuando comenzó a narrar la anécdota del «cua cua». Eso me contó mi hermana Gloria. Yo, como otras tantas veces, no estaba presente.

—¿Sabes quién ha muerto? —me pregunta mamá nada más salir del baño.

Siempre que regreso, mamá me hace un repaso de todas aquellas personas, bien del vecindario, bien del barrio, que se han mudado, ingresado en una residencia o, directamente, fallecido. Le gusta preguntármelo porque sabe mi respuesta y ella ya tiene preparada la suya. Como si la hubiese estado elaborando y ampliando cada vez que había un dato nuevo. Como la Wikipedia de los vecinos muertos.

Cada vez que arranca su narración, lo hace con energía, con el ímpetu del que relata la sorpresa. Y a partir de ahí, su voz se va adormeciendo en la historia, y los recuerdos se tornan un colchón mullido sobre el que descansar. Noto cómo el pasado se desdibuja como tinta bajo la lluvia. Todo aquel mundo que se instaló en mi mente con vocación de eternidad resulta ser una ilusión efímera.

Y aun sabiendo que no me interesa la respuesta, le contesto a mamá que no, que no sé quién ha muerto. Y ella restrena el mismo relato una y otra vez. Cuenta en qué condiciones estaba la casa, si hubo o no funeral, si los hijos no se hablaban. Y yo descubro con estupor que no recuerdo a la mayoría de las personas de las que me habla. He bloqueado de tal manera mi memoria que me asusta comprobar que ni mi propia existencia me pertenece.

—La señora Juana. ¿Te acuerdas de ella?

Vivíamos en un bloque de cinco pisos, con cuatro puertas y cuatro letras doradas en cada planta. Formaba parte de la Colonia Occidente, con sus edificios construidos en el último año de la década de los sesenta, cuando resultaban modernos a los ojos de cualquiera. Hoy son una mezcla de paredes de granito y masilla de color que ya no promete nada.

En los años setenta esas paredes pobladas de amplias terrazas, formando una especie de hemiciclo popular y abierto a zonas ajardinadas, representaban el esplendor de la clase media. Hombres y mujeres, esposas y maridos, que al ver al jardinero, el señor Damián, que regaba las superficies de césped, dejaron de creerse clase obrera. Tal vez por eso aceptaron sin recelo que, a los pocos años, la junta vecinal de la Colonia decidiese rebajar el sueldo del señor Damián e instalar aspersores automáticos. Tal vez por eso admitieron sin sonrojo, poco después, que despedir al señor Damián y contratar a un joven que viniese unas horas a la semana para «llevar a cabo unas sencillas tareas de mantenimiento de la zona verde» era progreso.

Ahora, la cuesta por la que los niños bajaban con sus bicicletas, provocando el malestar de los mayores, está acicalada por unos arcos forrados de unas ramas anárquicas, de tallos retorcidos, que dan un aspecto fantasmagórico al lugar. La diminuta zona verde que había junto a nuestro portal es una explanada de baldosas de cemento, con un macetón y una jardinera de piedra sin apenas plantas. Todo esto protegido tras una verja simple, de barrotes blancos, que no es ninguna protección, pero sí un primer obstáculo para acceder al portal.

Recuerdo con simpatía la vida vecinal del barrio en aquellos años. En el bloque, las conversaciones de descansillo formaban parte del ritual de la comunidad. Era muy sencillo. Las cuatro vecinas del rellano solían tener una relación especial basada en la exclusiva proximidad. Era la puerta a la que se llamaba para pedir unos huevos con los que improvisar una tortilla de patata cuando llegaba una visita inesperada. Las vecinas del bajo, a diferencia de las del último piso, cuyas conversaciones solían ser muy secretas porque no había excusa para justificar la presencia de una vecina del segundo en el rellano del cuarto, eran las que mayor poder de convocatoria tenían, ya que pillaban de paso a todo el vecindario, tanto si salían como si entraban en la finca.

Mi familia habitaba el bajo A, con la A dorada, aunque en el buzón solo aparecían los nombres de nuestros padres: Antonio Yagüe y Carmen Lozano. Tuvieron que pasar muchos años para que hicieran una placa nueva con los nombres de Toni y mío.

Con la letra B dorada, vivían Encarnita y Humberto, que trabajaba en la Telefónica y decían que por eso no pagaba el teléfono. Tenían dos hijos, un chico y una chica, pero nunca fuimos amigos. Solo vecinos. Sin embargo, mamá y Encarnita se llevaban fenomenal.

En la C se escuchaba cantar todas las mañanas a Angelines mientras salía a tender al patio interior. El resto de los vecinos podían secar la ropa desde sus casas, ya que habían instalado cuerdas que daban al patio, pero los del bajo teníamos que salir con las camisas, las bragas y los calzoncillos en un barreño apoyado en la cadera y la bolsa de las pinzas en la otra mano. Nos reíamos con la manera de cantar de Angelines. Cuando empezaba una canción, que siempre era con un tarareo, como si estuviese calentando la voz, nos callábamos esperando ese momento que destapaba la carcajada, como el gas que se escapa de la gaseosa, y que reprimíamos inmediatamente tapándonos la boca con las manos, no fuera a ser que Angelines escuchase nuestras risas y dejase de cantar. No era burla, es que nos divertía mucho escucharla porque le daba a cada verso del tema una autoridad de colofón. ¿Cómo os lo explicaría para que lo entendieseis? Si esa mañana Angelines quería cantar *Dos gardenias,* la de Antonio Machín, primero entonaba la melodía, sin letra. Y luego, cuando menos te lo esperabas, interpretaba el primer verso como si fuese el arranque, el nudo y el desenlace de la canción, todo en uno. Cantaba «dos gardenias para ti» y se callaba. Como si esa fuese toda la letra. De hecho, enfatizaría el «ti» para que quedase claro que era el final. Y luego una pausa, que Angelines valoraba a su antojo. Podían ser de diez segundos, pero también de treinta. Eso era lo mejor, porque nunca sabías cuándo ibas a escuchar el segundo verso. Puede que ya te hubieras olvidado y oyeses de repente: «con ellas quiero decir». Y otra pausa.

Ahora que lo pienso, creo que nunca llegó al estribillo de ninguna de las canciones que interpretaba. Siempre acababa antes la tarea que estuviese haciendo. Angelines estaba casada con Vicente, que era conductor de autocar, y tenían tres hijos, los tres varones: Vicente, el mayor, que sería de la edad de Toni; Pascual, el mediano, y Luis, el pequeño.

La señora Juana, la vecina que había fallecido, vivía en el bajo D con su hijo Marcelino. Los chavales del bloque siempre bromeaban con el sonido de «bajo D» y la expresión «va a joder», cosa que a la señora Juana no le hacía ninguna gracia. La señora Juana se quedó viuda cuando aún era joven. Su hijo Marcelino me sacaba diez años y eso, cuando tú tienes ocho, es una vida. Una vez le pregunté a mamá si Marcelino era el marido de la señora Juana y me aclaró que no, que era su hijo, y que no tenía papá porque a la señora Juana se le había muerto el marido. Por eso siempre vestía de negro. Que el marido de la señora Juana no se hubiese muerto sin más, sino que «se le hubiera muerto» a su mujer, me hacía pensar en el marido de la señora Juana como si se tratase de un helecho que se te muere si lo riegas demasiado.

La conversación de vecinas se iniciaba convirtiendo el umbral de la puerta de una de las cuatro viviendas en una especie de altar, con la dueña de la casa como oficiante. A partir de ahí, Adela, la del tercero, que cocinaba muy bien los chipirones en su tinta, Margarita, la del segundo, que hacía portarrollos de papel higiénico de ganchillo y todas las vecinas tenían uno junto a su inodoro, Dolores, la mujer del taxista, o Luisa, la sobrina de la señora Concha y el señor Joaquín, los del cuarto, que no tenían hijos pero sí muy mal carácter, se unían a la conversación.

En alguna ocasión llegué a contar hasta once vecinas reunidas, que obstaculizaban incluso los accesos a la escalera y a los buzones. Esas reuniones eran como la asamblea general de Naciones Unidas. Se decidían obras, arreglos, se comunicaban ofertas de los comercios y se planificaban reuniones de Tupperware, Avon o Stanhome; se tejían redes de ayuda para colaborar con aquella que pudiera estar enferma, y se intercambiaban recetas sin más ingrediente que la memoria. De hecho, el trasiego de niños por la escalera de la comunidad con fuentes, platos y bandejas, primero llenos de chipirones, de torrijas o de migas, y vacíos y limpios después, era bastante habitual. Solo los maridos, cuando entraban y las descubrían reunidas, solían bromear con un «Uy, qué peligro. Malo, todas juntas, malo». Y ellas lo celebraban con risas y alguna que otra broma. Luego ellos seguían su camino, y ellas, su conversación.

—Ya no salgo tanto como antes. El barrio ha cambiado mucho. Y las de mi quinta, la que no está en una residencia, está muerta. Y la que no, vendió el piso y se marchó con los hijos. Aquí la que queda es Encarnita, que siempre me pregunta por ti. Tienes que pasar a saludarla. La pobre está consumida cuidando al marido, que ya sabes que le dio un ictus. Los hijos han contratado a una peruana que le echa una mano, pero lo que tendrían que hacer es meter a su padre en un centro y que Encarnita pueda descansar, que ya te digo que está consumida.

Se hace un breve silencio. Parece que estuviera reflexionando sus palabras. Luego añade:

—Por no salir, no bajo ni a misa.

—Pues muy mal. Sabes que tienes que caminar.

—No me gusta el cura nuevo que han traído. Es joven, pero es de uno de esos países de Latinoamérica y suelta unos rapapolvos en misa que ni don Pablo, el cura que te bautizó.

Hemos tolerado que nuestros padres describan a las personas migrantes con adjetivos y expresiones poco respetuosas, justificando el menosprecio en la brecha generacional. «Son de otros tiempos», nos decíamos para no tener que corregirlos. Como si la dignidad de los seres humanos fuese una moda.

Esta mañana sucede igual. Siento el hervor de explicarle que «la peruana» tendrá un nombre y que lo peor del cura no es su procedencia, sino haberse metido a cura con la que está cayendo, pero este impulso es solo un destello. Al instante, sin mencionar una sílaba, anulo la misión.

—Me voy a dar una ducha y luego bajaré a la calle. ¿Necesitas algo? —pregunto.

—Podías subir unos churritos —dice mamá—. Acércame la cartera.

—No hace falta. Tengo dinero.

—Trae también una pistola. ¿Qué tal has dormido?

—Regular.

—A ver si cambio esos colchones... —como si se lo estuviera recordando a sí misma.

—No es el colchón. Son los ronquidos de tu hijo.

—Ronca como su padre. Ya pueden tirar la casa, que no se entera. ¿Te acuerdas de aquella vez, lo mismo no porque eras pequeño, que tu hermana se puso a vomitar y yo venga a llamar a tu padre y él roncando en el salón? Pegué tantos gritos que vino Encarnita, la mujer, preocupada y todo. Tu padre se podía quedar dormido en el palo de un gallinero. ¿Te acuerdas o no?

Perfectamente.

Fue el verano de 1977, que tuvo un clima más propio del mes de noviembre. Los periódicos titulaban con «el verano más frío de lo que va de siglo». Mi hermana Gloria se resfrió y con poco esfuerzo logró contagiarnos a todos, menos a Toni, que, a sus catorce años, ya pasaba más tiempo fuera de casa que dentro.

Mamá nos metió a Gloria y a mí en la cama, cerró las persianas de nuestros dormitorios y se puso a recoger la mesa del almuerzo. Mi padre se sentó en el sofá a ver la televisión, o sea, a pegar una cabezada, y Toni ya había desaparecido antes de que mi madre sacase la fruta. Yo no tenía amigos y Toni siempre tenía planes.

No sé qué medicación nos daría mi madre aquella tarde, pero en nada me atrapó el sueño. Empecé a despertar a cámara lenta. Entorné la mirada y el dormitorio seguía en penumbra. El sonido de una película de vaqueros se mezclaba con las voces de mi madre y las arcadas de Gloria. Desde la cama fui ordenando las piezas del puzle sonoro hasta componer la escena: a mi hermana Gloria se le habría cortado la digestión y empezó a vomitar.

Mi madre se la llevó al baño, donde seguía vomitando, y desde ahí gritaba a mi padre, que, por supuesto, se había quedado dormido viendo la tele y no se estaba enterando de nada. Intenté volver al sopor cuando percibí un sonido extraño, reiterado, como si alguien se estuviese rascando cerca de mí. Abrí con pereza un ojo y vi a Toni desnudo, tumbado en su cama, frotándose la polla con las dos manos. Su respiración era cada vez más agitada, sus párpados estaban cerrados y su boca abierta, llena de suspiros. Había momentos en los que su cuerpo parecía reaccionar a una descarga eléctrica y entonces arqueaba la espalda.

Me asusté, pero era evidente que Toni no estaba sufriendo. Entre las arcadas de Gloria y las voces de mamá, que ya se habían unido al timbre de la puerta y los balbuceos de mi padre, Toni frunció el ceño y abrió mucho la boca, como si fuera a soltar un grito. Pero lo que sucedió fue algo más insólito para la mirada de un niño de diez años. Su polla escupió a intervalos un líquido blanco que brillaba como la espuma del mar y hacía que Toni tuviese espasmos.

No volví a impresionarme igual hasta varios meses después, cuando las vecinas Adela y Angelines nos llevaron a un grupo de niños del bloque a ver *La guerra de las galaxias* en el cine Roxy y vi esa nave imperial aparecer desde el horizonte superior de la pantalla.

Observé a mi hermano como si fuese cine. Estuvo un rato con los ojos cerrados y los labios entreabiertos domesticando la respiración. Soltó su polla y con la mano mojada buscó a tientas el calzoncillo que había dejado en el suelo, junto a la cama. Como no lo encontraba, abrió los ojos. Cerré los míos y me quedé a oscuras. Fingí seguir durmiendo. Imaginé que Toni se limpió con el calzoncillo todas las partes del cuerpo que se había salpicado. Luego tiró el calzoncillo al suelo y se incorporó.

Mientras mi madre le intentaba explicar a voces a mi padre en qué módulo de la cocina y exactamente en qué centímetro cuadrado estaban los sobres de manzanilla, sentí que Toni se levantaba y se acercaba al armario. Cuando abrió la puerta, volví a mirar. Y entonces descubrí el cuerpo de un hombre desnudo. Ahora sé que solo era el cuerpo de un chaval de catorce años, pero para mí fue una especie de revelación.

El cuerpo de Toni ya no era el de un niño. Empezaba a tener vello en las axilas y encima de su polla, que era infinitamente más grande que la mía. La nuez de su garganta era más voluminosa y su espalda había ensanchado hasta convertirse en un muro. Toni se puso unos calzoncillos limpios y cerró el armario. Hice lo mismo con mis ojos. Lo oí trastear por la habitación mientras en casa parecía que todo iba volviendo a la normalidad. Al poco, se abrió la puerta del dormitorio y, cuando sonó el cierre, recobré la visión. Toni ya no estaba ahí. El calzoncillo tampoco.

Esa tarde fría del verano del 77 descubrí que lo que le había sucedido al cuerpo de Toni la gente lo llamaba «hacerse un hombre». Mis hombros y mi espalda nunca lograron ser como los suyos. Puedes mantener la espalda firme el primer año de burlas en el colegio, quizá también el segundo, cuando las risas se van combinando con los insultos. Pero es prácticamente imposible mantener la espalda recta y los hombros hacia atrás cuando comienzan los golpes.

Para mí, lo más parecido a desear morirse era soñar con ser invisible. Y al niño invisible se le arquea la espalda, como cuando intentas protegerte del frío y levantas el cuello del abrigo. Los hombros se vencen hacia delante, el esternón se reblandece y el cuello se inclina, como los bichos bola, con la intención de enroscarte sobre ti mismo y transformarte en una esfera diminuta e invisible.

Empezaron a agredirme físicamente en cuarto de EGB, con nueve años, y no dejaron de hacerlo hasta octavo, cuando cumplí los trece. Primero fue la palabra y el enigma. Al final, llegó la piedra. Y el sabor a herrín, arena y saliva seca. Pero, antes, el discernimiento. Cuando dejas de adivinar para empezar a conocer. Y con el conocimiento aparece el delito y el error. El pecado.

Comencé a asociar mi risa con el insulto. Mi carcajada era marica. Como las orejas de Maxi eran el viento. Cuando me reía, ellos se burlaban y hacían gestos remilgados y ponían voces esperpénticas que inmediatamente comprendí que pretendían ser mi espejo. Fui adivinando que mi risa era marica. Mi mano era marica. Mis pasos eran maricas. Mi manera de correr era marica. Mi forma de sentarme era marica. Todas mis posturas eran maricas. El modo en el que sacaba punta al lapicero era marica. Mi forma de borrar era marica. El trazo de mi tiza en la pizarra era marica. El orden de mi estuche era marica. El cuidado de mis libros de texto era marica. Mis colores favoritos eran maricas. Mi enfado era marica. Mi manera de sufrir sus ataques era marica. Mi serie preferida de dibujos animados era marica. Mi silencio era marica. Mi voz, maldita sea, era marica.

Así es como interpreté, con seis o siete años, que todo lo que hiciese, hasta mi respiración, era marica. Desde aquel puto minuto en el que decidí no jugar al fútbol y me acerqué a un grupo de niñas que saltaban a la goma. Ellas me invitaron y yo accedí. Cuando quise darme cuenta, la totalidad de los chicos de la clase habían dejado de darle patadas al balón y habían localizado un entretenimiento alternativo en ese rincón del patio. «Niña». Esa fue la primera palabra que lanzaron como una piedra. «Niña», como un insulto, como un demérito. Enseguida llegó «marica», «maricón», «julay»..., y aquí siguen. No creáis que se van.

En esa búsqueda de significados, en ese nombrarme, las palabras de los adultos también fueron responsables. Mi padre al volante gritando «mariconazo» a un conductor que no respetaba el ceda el paso. El frutero del barrio vociferando «Me cago en tu puta madre, sinvergüenza, ladrón, maricón» al chaval que le hurtaba una manzana y salía corriendo. Mamá riéndose del «mariquita» que interpretaba Alfredo Landa en *No desearás al vecino del quinto*. Miles de padres abroncando al árbitro del partido de sus hijos al grito de «maricón».

Y mientras, el niño herido se va nombrando en las palabras de los demás. Y el niño agresor se va equipando con esas mismas palabras. Y yo, reprimiendo mis gestos, metiéndome las manos en los bolsillos para no moverlas al hablar, riéndome cada vez menos, odiando mi voz, descifrando que todo eso tan vergonzante como para tener categoría de insulto, tan ridículo como para ser parodia, estaba dentro de mí. Como si fuese un tumor operable.

Un niño creyéndose un error. Mi dolor, su pasatiempo. Gracias. ¿A quién le pido cuentas ahora? Al menos hoy tiene nombre. Existen protocolos. Entonces eran cosas de niños, y hasta mañana a la misma hora. He crecido sin lograr ver inocencia en un niño. Tuve que hacer un esfuerzo considerable para disociar de la infancia esa capacidad para hacer daño. Porque los niños que crecieron conmigo, en mi clase, en mi recreo, en mi barrio, no eran inocentes. A mis siete años, al cumplir diez, a los doce..., eran culpables. Y me importa una mierda si lo heredaron de sus padres o no.

Varias décadas después, la misma habitación del descubrimiento, las mismas camas, donde apenas puede dormir un adulto sin autolesionarse las cervicales. El mismo punto de vista y los mismos protagonistas. Pero nada es igual. Hay dos maletas grandes junto a la cama mal hecha de Toni. Me pregunto si toda su vida cabe en dos maletas. ¿Cuántas necesitaré yo para empezar una vida nueva, sin Marco y con cincuenta y dos años?

Toni y yo compartíamos algo más que un dormitorio. Compartíamos un libro, pero él no lo sabía. Lo había descubierto varias veces saliendo del baño con un libro voluminoso, de cubierta azul entelada y letras doradas en el lomo, que luego no reconocía en las estanterías del dormitorio ni en el mueble del salón, donde predominaban dos enciclopedias: *Monitor* y *Maravillas del saber*. En otra ocasión, intentando enmascarar todos sus movimientos, lo vi entrar sigilosamente en la habitación de mis padres con el libro y salir, a los pocos segundos, con las manos vacías. Comprobé que solía hacerlo cuando mamá estaba hablando por teléfono con sus hermanas, o cuando en el rellano de la escalera se celebraba una de esas populares cumbres de vecinas. Con todos esos datos, decidí averiguar qué se traía Toni entre manos y qué papel jugaba ese libro en sus largas estancias en el baño.

Una tarde, después del colegio, Toni veía la televisión en el salón y yo fingía estar haciendo los deberes en la habitación. Llamaron a la puerta de casa. Era Encarnita. Mamá y ella comenzaron a hablar y, a los pocos segundos, escuché cómo se vencía el picaporte del dormitorio de mis padres. Mi primer instinto de investigador fue ocupar el aseo. Me levanté de la silla como un hombre bala y me encerré en el baño. Cuando Toni intentó acceder, el pestillo se lo impidió.

—¡Estoy yo! —exclamé.

Breve pausa que condensó todo su desagrado ante mi existencia.

—¿Te queda mucho? —preguntó.

—Estoy haciendo caca —fue mi respuesta.

Escuché cómo regresaba a nuestra habitación. Mi plan era esperar un rato, lo justo para que se confiase, e irrumpir en el cuarto. No llevaba mucho tiempo sentado sobre la tapa del inodoro cuando escuché a mamá que llamaba a Toni. Él contestaba sin salir de la habitación, pero ella no lo oía e insistía. Encarnita no dejaba de hablar y mamá era capaz de contestarle en un tono discreto, que rompía al segundo para reclamar a Toni de nuevo y regresar después a la confidencia como si nada. Verdaderos cambios de registro del ama de casa del siglo XX. Toni acabó por abrir la puerta del dormitorio y gritar un fatigoso «¿Quéééé?».

Mamá le contestó lo que siempre nos respondía cuando nos llamaba y le soltábamos una conjunción a lo lejos:

—¡Que vengas! ¡Si te estoy llamando es para que vengas!

Y con fastidio, Toni fue al encuentro de mamá y Encarnita. Con velocidad atlética, salí del baño y entré en la habitación. Ahí estaba el libro, sobre la cama de Toni, abierto de par en par, como la biblia que mamá colocaba en Navidad sobre el taquillón de la entrada abierta por las estampas del nacimiento del Mesías, como un adorno más.

Me acerqué a aquel libro secreto. En una página había letras, pero lo que destacaba era una fotografía, en blanco y negro, que ocupaba toda la página lindante. En la imagen se veía a un chico y a una chica posando sonrientes, como hacen las parejas de novios. Era verano en la foto. La claridad era de playa o de ciudad con puerto. En mi imaginación, esa pareja de novios vivía en una ciudad con mar. El chico llevaba puesta una camiseta de manga corta, con rayas horizontales, que mostraba sus brazos morenos. Ella estaba en bikini. Solo se le veía la parte de arriba, porque la foto se cortaba al llegar a sus cinturas, pero no hacía falta nada más. Era un bikini blanco, con grandes lunares oscuros, envolviendo unas tetas grandes, firmes, estrujada una contra la otra por la posición de sus propios brazos, lo que hacía que desapareciese el canalillo y las tetas chocasen entre sí, como si fuesen a emerger por el escote. Estuve un rato paseando por la imagen. De sus tetas, grandes a todas luces, pasé al rasgado de sus ojos y la perfección de sus cejas, que parecían las alas de un águila en pleno vuelo. Pensé que quizá no estuviesen en la playa, porque ella se había peinado muy bien y todo ese trabajo quedaría en nada en cuanto se le llenase de arena y salitre. Me fijé en la mano derecha del muchacho, que era la única que aparecía en el encuadre de la foto. El chico pasaba el brazo por la espalda de la chica y solo se veía su mano agarrándola del hombro.

Era una mano grande, fuerte, con unos dedos que más que abrazarla con cariño parecía que la estuviesen atrayendo hacia él. Él sonreía. Su sonrisa era más abierta que la de ella y sus cejas eran anchas, como un tiznado de carbón.

Cuando oí que Toni regresaba, me senté frente a mis deberes, como si no me hubiese percatado del libro abierto encima de la cama. Lo único que me dio tiempo a leer fueron dos palabras en negrita que sobresalían en la página de al lado: «La libido». Toni se puso nervioso. Lo noté en su voz cuando me dijo:

—¿Qué haces aquí?

—Estudiar —contesté sin darle mayor importancia.

—Habrás dejado el baño con olor a mierda —dijo.

Cogió el libro y se encerró en el baño. Supongo que le haría mucha ilusión comprobar que no olía a mierda. Al poco tiempo, empecé a usar ese libro para lo mismo que lo empleaba Toni. Su título era *El libro de la vida sexual* y estaba firmado por Juan José López Ibor.

5

Vivir en una colonia anexionada a Ciudad Pegaso que, para que os hagáis una idea, en aquellos años era como vivir en un pueblo camuflado de barrio al que solo llegaba un autobús, el 77, era convertir el instante en eternidad. No había presente, pasado ni futuro. Era todo un magma que carbonizaba lentamente sueños e ilusiones. El hoy fugaz, como en el poema de Borges, era eterno, para que no esperases otro cielo ni otro infierno.

No sé cuántos de estos recuerdos que estoy escribiendo son precisos y cuántos están alterados por mi vana necesidad de sobrevivir cuando, con nueve años, ya había pensado en la muerte, en mi propia muerte, mucho más de lo que debían haberlo hecho mis padres en lo que llevaban de existencia.

Estar matriculado en el colegio de Ciudad Pegaso significaba que los agresores de las aulas y el patio también habitaban el paisaje cotidiano, fueran fines de semana, festivos, puentes o vacaciones. Estaban en las calles, en los bancos de la plaza Mayor, en la piscina, en la cola del economato y en el sillón del barbero. Siempre presentes. De ahí que las vacaciones de verano solo tuvieran sentido si nos íbamos de allí. De lo contrario, las agresiones no desaparecían, solo bajaban de intensidad.

La clave era pisar lo menos posible la calle. Aprendí eso

pronto, aunque para mis padres ese fuese un síntoma de falta de vitaminas. Me llevaron a la consulta de don Justino, un médico viejo como la penicilina que había tratado a mis abuelos, a mis tías, a mis tíos, a mi madre y a mi hermano Toni, además de a prácticamente la totalidad del barrio, para que me recetase algo, ya que un niño de diez años que no estaba por ahí viviendo aventuras con sus amigos, lanzando piedras contra los botes oxidados o jugando un partido de fútbol en el descampado era un niño enfermo. Estuve tomando vitaminas varios meses y puedo confirmar que ninguna me curó el miedo.

Bajo a comprar unos churros y una pistola. En Madrid, llamamos «pistola» a una barra de pan. Envío otro wasap a Roberto. Tampoco contesta.

El barrio aún guarda la esencia de lo que fue en esa evocación rural del extrarradio, pero su cara es otra. Ni él es el mismo ni yo soy el mismo. La fachada mercantil, donde se ubicaba el único comercio de proximidad, solo mantiene el letrero de la panadería y la frutería. Ninguno de los dos negocios son eso que anuncian. Se han convertido en lo que aquí, en un microrracismo, llamamos «chinos», que no es otra cosa que el antiguo ultramarinos en el que además de pan también te venden una botella de leche, unos espaguetis, una fabada asturiana de lata y lejía para ropa de color. Los únicos que han ampliado el negocio, que crecieron hasta engullir al local vecino, han sido la farmacia y el bar. Es una buena manera de resumir los últimos cuarenta años en España: farmacia y bar. Ahora el bar también celebra comuniones, y la farmacia vende productos homeopáticos, que es tan lógico como vender gafas sin cristales en una óptica. Cosas del progreso, que cuando vincula desarrollo a negocio, convierte en prosperidad solo aquello que sea rentable.

El bar no fue el primero del barrio. Fue el segundo. Justo en el extremo opuesto de esa fachada de tiendas estaba el bar del Guarro. Os lo juro, cuando era pequeño, así se le conocía en todo el barrio, aunque su dueño se llamase Casimiro. Y pese a la fama, nunca estaba vacío. Era un bar con dos puertas de cristal, de esas que pesaban. Una se abría a la calle Once, y la otra, al interior de la Colonia. Esa segunda puerta ya no existe. Está tapiada. En aquel bar no había espacio para nada más que la barra. Creo que ni taburetes había. Mi memoria sitúa a los clientes siempre de pie.

Los niños, al volver del colegio, solíamos cruzar por el bar para entrar en la Colonia. Eso a su dueño y a su madre, una señora muy mayor, menuda, con un moño cano prensado y enlutada hasta en las medias, les sentaba fatal y nos regañaban a voz en grito mientras tiraban las cañas de cerveza. Es verdad que el bar limpio, lo que se dice limpio, no estaba. La camisa de Casimiro, tratando todo el día con grasas y vinos, tampoco era la túnica papal. Pero cuando Gloria me contó que al hijo de Casimiro, en el colegio, le llamaban «el hijo del Guarro», nunca más volví a usar ese apodo. Lo que no logré es que mi hermana dejase de hacerlo. Gloria y yo solíamos preguntarnos, como parte de un juego absurdo:

—¿Qué prefieres, que mamá ponga para comer bacalao una vez por semana o desmayarte en el suelo del Guarro?

La cuestión era enfrentar algo que odiásemos mucho, que nos molestase especialmente, con aquel bar. El principio de la pregunta variaba, pero la segunda opción era siempre la misma. Y eso era lo que nos hacía gracia. Si había un espacio que nos imaginábamos como el lugar más inmundo, ese era el baño del bar. Jamás entramos en esos aseos y así mantuvimos viva nuestra propia leyenda.

Ahora, donde estaba el bar de Casimiro, hay un taller de arreglos de costura y una tintorería. No me tiréis de la lengua, que no pienso hacer ningún chiste al respecto. Con la barra y los churros en la mano, decido recorrer toda la calle Once hasta el punto en el que se cruza con la calle Colonia Occidente. Paso por delante del bar, junto a la marquesina del 77, donde ahora también tiene parada el autobús nocturno, el búho, aquel de mi primera juventud, si es que hubo varias, hasta que llego a una larga calle cortada que, hace cuarenta años, miraba a un descampado. Un paisaje irregular de escombros y montículos de tierra pobre llenos de yerbajos. Un lugar que daba tanta pena mirarlo que solo podemos recordarlo con textura de posguerra. Aunque estuviésemos en plena Movida madrileña. Ahora es otra cosa. Hay bancos, farolas, césped, juegos infantiles y nuevas urbanizaciones con piscina comunitaria, mucho más modernas, que representan lo lejos que está la Colonia de aquello que fue.

De repente, entra una videollamada de mi hermana Gloria. Cuando voy a contestar, corta. La llamaré más tarde; continúo el paseo. Me gusta comprobar que aún hay vecinas que secan la ropa en la fachada. La mayoría ha cerrado la terraza «para dársela al salón». Creo que fue la reforma doméstica más habitual y más equivocada de los ochenta. Pero aún quedan algunas con la cuerda vencida por el peso de la ropa mojada, como una sonrisa en el muro de granito y cristal, donde se secan las sábanas, las toallas, los pantalones y las camisetas. En este instante, vuelvo a tener trece años.

La ropa tendida a la vista de todo el barrio atesoraba el origen de un deseo erótico. Mostraba algo que difícilmente se podía ver: la ropa interior. Exhibirla puesta era tan indecoroso como aparecer desnudo. De ahí que cuando la señora Juana salía al patio y colgaba, con dos pinzas, los calzoncillos de su hijo Marcelino, me recreaba en esa imagen.

Era como descubrir un secreto, algo íntimo que desper-taba en mí una fantasía tan lujuriosa como inocente. Porque ni siquiera esa prenda me llevaba a figurarme su cuerpo des-nudo. No había nada abiertamente carnal en ese pensamien-to. Simplemente simbolizaba lo que para mí era algo prohi-bido. Porque en casa mi padre jamás se mostró en ropa inte-rior, y mucho menos desnudo, delante de nosotros. Y Toni llegó un momento en que evitó estar desnudo en mi pre-sencia. Así que acabé archivando en mi memoria esos peque-ños secretos de la intimidad de los hombres del bloque.

Marcelino siempre usaba *slips* deportivos. Blancos, es-cuetos, sin abertura de Y invertida. Vicente, el hijo mayor de los del bajo C, los usaba iguales pero estampados a cua-dros, mientras que los de su padre sí tenían abertura delan-tera y una cintura más alta, lo que hacía que pareciesen dados de sí. El señor Joaquín, el marido de la señora Con-cha, los gastaba largos, y Humberto, el marido de Encarni-ta, de color negro, mientras que Vicente, el marido de An-gelines, usaba bóxer como los que lucían los personajes en las comedias de los años cincuenta. Esa era toda la fantasía.

Cuando los veía por la escalera saliendo hacia el cole-gio o regresando del trabajo, me imaginaba qué calzon-cillos llevarían puestos. Es verdad que también conocí las bragas y sujetadores de todas las vecinas, pero supongo que esos detalles serían más relevantes para mi hermano Toni, al que una vez pillé absorto mirando el sostén de la hija de Encarnita balanceándose en el tendedero. Lo miraba como si fuera la bolsa de plástico de *American Beauty,* pero os ase-guro que el sujetador se movía con la misma voluptuosidad que el badajo de una campana de iglesia.

La fantasía excedió los límites del patio comunitario gracias a esas fachadas de ropa tendida. Iba descubriendo hombres anónimos, a los que les imaginaba una piel, un color de ojos, un bigote, llevando esos calzoncillos que se secaban al aire libre. Analizando la ropa interior colgada se podía averiguar, en los setenta, si había jóvenes en esa casa, si el abuelo aún vivía y si había alguien que había corrido delante de los grises. Solo observando los calzoncillos tendidos.

Vuelve a sonar el teléfono. Esta vez no es videollamada, pero es Gloria de nuevo.

—¿Qué pasa?

—Nada, que he visto que Frida te ha hecho una videollamada. Chico, es que maneja el móvil mejor que yo, con cinco años que tiene. En cuanto me despisto, lo pilla por banda y se pone a hacerse selfis, a marcar números, vamos, que tengo que andar con mil ojos.

—No te preocupes. Enseguida ha cortado.

—Claro, porque la he pillado. ¿Qué dirás que me hizo el otro día? Estaba desayunando para ir al colegio y, como estoy a mil cosas, no me di cuenta de que me había cogido el móvil. Con estas que Camilo se levanta de dormir y va a mear al baño...

—Gloria, no sé si quiero conocer esa historia —advierto.

—Espera. No sé si sabes que Camilo duerme en pelotas.

—Definitivamente, no quiero conocer esa historia.

—¡Escucha! La *jodía* niña va y le hace una foto a su padre, que menos mal que ya estaba entrando en el baño y lo pilló de espaldas. Y no sé cómo coño lo hizo, porque te lo juro que no lo sé, pero se la envió al WhatsApp de mamá.

—¡Júramelo!

—O sea, el culo de tu *cuñao* en el móvil de tu madre.

—¿Lo vio?

—¡Qué lo va a ver! Si mamá no mira su móvil ni aunque se lo cuelgues del cuello. Dice que no lo entiende. De todos modos, me di cuenta a tiempo y pude borrar la foto. ¿Te imaginas?

Rompemos en una carcajada que ilumina el día. La conversación y las risas me llevan hasta el pasillo de acera y setos que atraviesa las zonas verdes y desde el que puedo distinguir nuestra terraza. Y entonces, algo interrumpe las risas.

—Gloria, ¿hay una bandera de España colgada de nuestra terraza? —pregunto.

—Esa es otra —contesta.

Mi hermano Toni se separó de Ana hace apenas cinco meses. La relación entre Toni y Ana ya era un disparate cuando ejercían de novios. Existía más química entre Sofia Coppola y Andy García en *El Padrino III* que entre ellos dos, pero... ahí no me meto. Tengo por costumbre no valorar las relaciones sentimentales de mi familia, para que así quede traslúcido que no voy a tolerar la menor incursión en las mías.

Recuerdo que Ana solo hablaba de lo mucho que deseaba ser madre. En los tres años de noviazgo y en los trece de matrimonio, jamás le escuché un comentario o reflexión que no estuviera directa o indirectamente relacionado con la maternidad. Cuando se quedó embarazada, todas sus palabras se referían al embarazo y a la enorme responsabilidad que suponía ser madre. No se le podía reprochar no tener un objetivo en la vida. A veces me pregunto si mi hermano podría decir lo mismo.

El disparate acabó en tragicomedia cuando Ana comprendió que ya tenía una hija —la llamó Anamari, con *tósucoño*— y que tener que aguantar al padre (y con seguridad, a su familia) no era, ni muchísimo menos, una obligación. Y como su relación ya estaba rota desde la primera cita, todos los años que siguieron fueron como los dedos que no pueden evitar tocar el grano. Que lo pellizcan, lo estrujan y lo enrojecen hasta convertirlo en una herida que, al final, curará si deja marca.

Toni sintió que Ana le arrebataba a su hija cuando lo que lo minaba por dentro era que tanto Ana como la niña se habían quedado, por sentencia judicial, con el uso de la vivienda familiar y fue mi hermano quien tuvo que abandonar el domicilio instalándose de manera provisional en casa de mamá. Toni llevaba años trabajando en un hotel de tres estrellas como camarero de la cafetería y el comedor, y su salario no le permitía pasar la pensión alimenticia y alquilarse una vivienda en un mercado inmobiliario completamente pervertido por la ambición neoliberal de aquellos que, cuando miran a su alrededor, aunque estén en pleno campo, siempre ven etiquetas en las que poder garabatear un precio.

«Gloria está grabando un audio», leo.

Esta aplicación de mensajería es uno de los inventos más pérfidos del mundo moderno porque pretende vendernos una comunicación cuando en el fondo nos ofrece no tener que mantener una conversación con la otra persona. Nadie llama por teléfono. Preferimos enviar notas de audio a marcar un número y mantener una conversación en tiempo real, con sus interrupciones, con sus risas de verdad, no escribiendo esos ridículos «jajaja», con sus tonos de afecto o de decepción, sabiendo que la conversación finalizará cuando las dos personas se despidan y no cuando uno de ellos deje de contestar a los mensajes. Es mierda, pero me sirve. Reduce el contacto con el otro a la mínima expresión. Es la aplicación que ha hecho que nuestra sociedad haya sustituido el diálogo por los monólogos, simultáneos o alternativos, eso da igual, porque lo importante es que el otro no está. Solo estás y solo importas tú. En cuarenta años de neoliberalismo no íbamos a crear algo donde lo importante fueran los demás.

Conozco personas a las que les desagradan las notas de voz del WhatsApp. A mí no. De hecho, soy capaz de enviarlas hasta de cuatro minutos, asumiendo que podrían ser consideradas un podcast. Incluso creo que he desarrollado una tendinitis de De Quervain —lo busqué en Internet— por tener demasiado tiempo el pulgar, como una ganzúa, grabando notas de voz.

Mi hermana Gloria también es buena en la materia. En una ocasión, envió una mientras se comía un *snack* de patata frita y la mayor parte del mensaje era ella masticando o rebuscando en la estridente bolsa. No me molestó. Me reí mucho. La entendí como una nota de voz performativa. Creo que las notas de voz, si su duración excede los diez segundos, deben ser pensadas como una buena narración. Deben tener principio, nudo y desenlace, un género muy definido —la *dramedia* funciona estupendamente para las notas de voz—, y, si es posible, un giro de guion. Si no vas a ser capaz de entretenerme con tu nota de voz, mejor que me llames.

La nota de voz que me llega de Gloria dura, aproximadamente, la lectura de dos párrafos. Aporta un tono diferente para cada uno de los personajes de la historia. Bien. Me narra un día en el que ella, Camilo y Frida fueron a comer a casa de mamá. Toni estaba allí. Frida se puso cabezona con que no le gustaba lo que había de comida y eso provocó una discusión entre Gloria y Frida, entre Camilo y Frida, entre Gloria y mamá, y entre Camilo y Gloria, para concluir en Toni contra todo el mundo. Debéis comprender que en mi familia cualquier tema de conversación, por ridículo que sea, puede concluir en discusión acalorada. Somos vehementes. Todos. Al parecer, mamá hizo algo muy frecuente en ella: desautorizar a mis hermanos delante de sus hijos, estrechando un vínculo abuela-nietas que puentea la responsabilidad paterna. Eso molestó a Gloria, que discutió con mi madre. Cuando Camilo le quitó el plato de comida a Frida, Gloria dirigió su mala leche contra su marido entendiendo que estaba dándole la razón a mamá, lo que condujo la situación hacia un intercambio de reproches entre mi hermana y su pareja. Sin pudor. Entonces, Toni le dijo a Camilo:

—No dejes que te hable así. Que ahora parece que por ser hombres tenemos que tragar con todo. Y no.

Eso cuenta Gloria en el audio poniendo voz de perdonavidas para imitar a nuestro hermano mayor. Bien. Al final, Camilo y Gloria se enfrentaron a Toni, Frida rompió a llorar y mamá llamó al orden sin ningún éxito. Y es que, de un tiempo a esta parte, escuchar a mi hermano es escuchar las mentiras y las manipulaciones de los partidos de extrema derecha que le llegan a través de los medios de comunicación, barras de bar y redes sociales. Se ha erigido en víctima de un sistema que, según él, convierte a su ex en una privilegiada y a él en un paria. Ha convertido su fracaso personal en una consigna política que no busca conciliación ni justicia. Busca revancha. Y de todas esas personas rotas, que exigen la restitución de un privilegio perdido o simplemente piden venganza, se alimentan las alimañas.

Alcancé, con el tiempo, el superpoder de detectar la burla en una habitación masificada y con la música a todo volumen. Sabía, aunque no lo viera, en qué rincón estaban los que me menospreciaban. Como si tuviera un oído hipersensible capaz de identificar el comentario mientras me colaba entre el público de un concierto de rock o cruzaba un bar abarrotado en día de verbena.

Descubrí mi poder una noche, en una celebración familiar y multitudinaria en casa de mis abuelos. Allí estaban todos mis tíos y primos. Como sucedía siempre, mis padres decidieron que había que marcharse cuando menos ganas tenía de irme. Mamá conversaba con la tía Ángela a la vez que le ponía el abrigo y el pasamontañas a mi hermana Gloria. Yo me iba colocando las prendas a regañadientes, de cualquier manera, para dejar constancia de mi desacuerdo con la idea de abandonar la fiesta. Entonces mamá me propinó un cachete y dijo: «Ponte bien el abrigo, que pareces un Adán». Y en el salón lleno de gente, con diez conversaciones diferentes al unísono, con risas y despedidas, con las copas de más y el llanto cansado del nuevo miembro de la familia rebotando en las paredes, fui capaz de escuchar cómo mi tío Felipe le decía muy bajito a su hermano Luismi: «Yo lo veo más Eva». Y rompieron en unas risas guasonas de sus felices veintitantos que seguramente olvidaron un minuto después.

Yo, aún hoy, recuerdo la escena perfectamente. Aprendes a protegerte reconociendo el peligro solo echando un vistazo a tu alrededor. Con siete años sabía que la calle era una amenaza, y que realizar sano y salvo el trayecto de casa al colegio y regresar, cuatro veces al día, requería concentración y velocidad. *Ukemi*. Supongo que eso también podía considerarse «aprender a caer».

La sicología cognitiva asegura que los recuerdos se construyen. No todo lo vivido se almacena. Seleccionamos, estructuramos e interpretamos lo que nos sucede hasta convertirlo en una realidad percibida, que es lo que recordamos. Lo que no nos interesa lo mandamos a la papelera. Vaciar papelera. ¿Cómo es posible que no recuerde ningún momento feliz de mi infancia y adolescencia? Es improbable que no tuviera alguno. ¿No me interesaban y por eso no los archivé? ¿Qué mierda hice con ellos? Porque lo que siento ahora es que estoy tratando mis peores recuerdos como si fueran Patrimonio de la Humanidad y tuviera que protegerlos de la curva del olvido.

Espero a que Toni llegue a casa. Me saluda sin acercarse, sin darme dos besos ni la mano. Lo hace con un ligero movimiento de cabeza y una mueca a mitad de camino entre una incipiente sonrisa y un pinchazo de gases.

—¿Cómo va? —pregunta.

—Bien. ¿Y el curro?

—Ahí vamos, tirando.

Le digo que me alegro y él le anuncia a mi madre que ha traído sorbete de limón, que es su favorito. Durante el embarazo de Gloria, y algún tiempo después, mamá era capaz de comerse un limón, así, a palo seco, como quien muerde una ciruela. Se lo cortaba en semicírculos y se lo zampaba sin afear el rostro. De hecho, mamá lleva dentadura postiza gracias a esos años tozudos en los que disfrutaba destruyendo su esmalte dental y debilitando sus dientes. Gloria, que es la que mejor dentadura tiene de la familia, mantiene toda una teoría al respecto. Radica, básicamente, en considerar que su gestación fue no deseada. Vamos, que mis padres no buscaban tres hijos, pero algo debió salir mal en la marcha atrás o en el método Ogino, vete tú a saber, y mamá empezó a drogarse con limón. Gloria afirma que, contra todo pronóstico, el destino la compensó a ella, no a mi madre, amparándose en la inocencia de la hija no deseada. Por eso la dotó de una dentadura saludable. La escucho defender esa teoría en público y me emociona pensar que, de haber nacido en Estados Unidos, lo mismo hoy seríamos familia de la primera mujer presidenta de un país capaz de inventar la bomba atómica y la formica.

Como mamá y yo ya hemos almorzado, Toni come solo en la cocina mientras vemos la tele en el cuarto de estar y no ser. No sé qué estamos viendo porque mi mente está en otra parte. Estoy en el futuro inmediato: cuando Toni entra en la habitación con tres tazones llenos de sorbete y sus correspondientes cucharillas. Lo veo entrar con esa actitud fatigosa de quien no es capaz de disfrutar de haber tenido un detalle cariñoso y se siente en la obligación de cubrirlo todo de un aburrimiento existencial, de un «Pero no os acostumbréis, que soy un tipo duro», y pienso en lo asequible que es nacer en una familia y lo complejo que resulta crecer en ella. Y con los gritos de la televisión como banda sonora, mientras las cucharillas tintinean contra la loza a la captura del sorbete que mantendrá las bocas heladas, comento:

—¿Quién ha puesto una bandera de España en los barrotes de la terraza?

Y sigo con el dulce, como si tal cosa. Silencio. No levanto la mirada del cuenco, pero no me hace falta para imaginar las caras de Toni mirando a mamá. No tarda en contestar:

—Yo —responde con la arrogancia que le caracteriza incluso en los monosílabos.

—¿Y tú, mamá? ¿Estás de acuerdo? Porque esta es tu casa —apunto tranquilo.

—Bueno, es la bandera de España, que es nuestro país. No le hace daño a nadie que esté ahí —contesta.

Rebaño el bol para no dejar ni gota de sorbete.

—¿Y por qué una bandera de España y no una foto de Julio Iglesias, por ejemplo, con lo mucho que te gusta a ti, mamá? Creo que eso tampoco le haría daño a nadie.

—Porque esto es España y estoy orgulloso de ser español —responde Toni mirándome a los ojos.

—Gracias por recordarme que esto es España. Por un momento pensé que estaba en Camboya.

—Vale.

Mamá usa un tono moderado para intentar frenar la inminente discusión.

—Y lo de estar orgulloso de ser español, ¿es de ahora o de siempre? Porque te podías haber casado envuelto en la bandera de España, qué mayor orgullo que ese.

—Vale —dice mamá más alto.

—A los progres os gusta sentiros superiores, ¿verdad? Llegar aquí con vuestras bromitas, mirando a la gente humilde como si fuésemos gilipollas.

—¿Y por qué no estaba la bandera colgada el año pasado? ¿Tienes un termostato patriótico que a veces se apaga y otras se enciende?

—¿Qué pasa? ¿Te da vergüenza la bandera de tu país?

—¡Basta! —grita mamá.

—No. Lo que me da vergüenza es que no seas capaz de pensar por ti mismo y repitas las mismas consignas de mierda que defienden aquellos cuya ideología mató a tu abuelo.

—¡Ya salió la Guerra Civil! ¡Superadlo ya!

Mamá sube aún más la voz:

—¡He dicho que basta! —Y lo dice con tal autoridad que los tertulianos de la tele también bajan el volumen de su disputa. Nos mira con gesto enojado—. Ni en Navidad podéis hacer el esfuerzo.

Mamá es así. Piensa en la Navidad como un paréntesis de cordialidad en tiempos de cólera. Un salvoconducto, una sedación, un buen estribillo en medio de una canción espantosa. Cómo no voy a odiar la Navidad. Ese pensamiento de mamá no es único en el mundo. Hay muchas personas como ella. Personas que creen que en Navidad no se pueden dar malas noticias, que debería estar prohibido morirse en Nochebuena, que si te encuentran un tumor cancerígeno un 23 de diciembre hay que esperar al 7 de enero para informar del diagnóstico. Personas que viven en una ficción edulcorada, creyendo que Ebenezer Scrooge puede dejar de ser un tipo codicioso y deleznable solo porque tres espíritus de la Navidad lo visiten una noche. Quizá eso funcionase con la lista Forbes del siglo XIX, pero si a los grandes empresarios del siglo XXI les explicas que tienen que dejar de comportarse como hijos de putero durante quince días y fijarse más en los seres humanos que trabajan para ellos que en el balance de beneficios, lo más probable es que aún se estén riendo de ti. Y con razón. ¿Qué tipo de ser humano puede negociar una tregua de humanidad durante quince días y consentir después todo tipo de desmanes, abusos y crueldad durante los restantes once meses y medio del año?

Hace tiempo que la Navidad es narcótica. Si mamá supiera de lo que hablo, me daría la razón. Estas fiestas son un depresor del sistema nervioso central, como el alcohol; aumentan la apreciación de los sentidos, como el cannabis; provocan estados de euforia y exaltación del ánimo, como la cocaína; intensifican las sensaciones emocionales y la amigabilidad, como la MDMA, y disminuyen la sensación de hambre, como el *speed*. Pero también aúna todas sus contraindicaciones. Nos intoxica, nos descontrola hasta el arrepentimiento, nos provoca una especie de habituación sicológica a ese impuesto de felicidad. Nos invita a convivir con serios trastornos nutricionales, anula nuestra capacidad de concentración, nos empuja al nerviosismo, hay mareos, confusión... Una cosa sí he notado: la pupila ya no se dilata como antes. De hecho, en ciudades como Vigo o Madrid se achica para evitar que los diez millones de luces led nos dejen más ciegos de lo que ya estamos.

En nombre de la Navidad, Toni y yo dejamos de discutir. Me voy al dormitorio y me entretengo un rato viendo en el móvil a la gente menospreciar a los demás en Twitter y sobrevalorar a los demás en Instagram. No es superioridad moral. Yo también lo hago. Mientras, mamá saca todos sus décimos y participaciones para que Toni compruebe si le ha tocado algo en la pedrea. Esta misma mañana le he explicado que ya no es necesario esperar a la segunda edición del periódico para comprobar el listado numérico.

Que ahora la página web de todos los medios de comunicación alberga un buscador que te confirma al instante si tu número está premiado y la cantidad que te corresponde. Pero mamá es así. Los oigo cuchichear y, a los pocos minutos, Toni abre la puerta del dormitorio.

—Que dice mamá que si me dejas el ordenador para mirar lo de los décimos.

Puedo responder que esa información también está al alcance de su propio teléfono, que habíamos puesto Internet en la casa no porque mamá lo reclamase, sino porque los tres hermanos queríamos tener buena wifi cuando estuviésemos aquí, pero brota el carácter conciliador y le dejo el portátil sin cuestionar nada. Imagino que por eso seguimos celebrando la Navidad juntos. Porque sabemos que, si tensamos un milímetro más la cuerda, después de tantos años se acabará rompiendo. Así que, antes de caer de espaldas, mucho más solos, con las manos desolladas, cada uno a un extremo de esta pugna, aflojamos la tirantez. Pero no soltamos la cuerda. Nunca soltamos la cuerda.

Lo busqué en el diccionario: «marica/maricón», «mariposón», «sodomita», «homosexual». Leí despacio intentando comprender cada una de las palabras: «Aquel que busca los placeres carnales con personas del mismo sexo». «Dícese del individuo afecto de homosexualidad». «Inclinación manifiesta u oculta hacia la relación erótica con individuos del mismo sexo». Los demás decían que yo era todo eso. Ninguna de mis preguntas fue contestada en aquella primera incursión bibliográfica porque ni siquiera tenía deseo sexual. Unos años después, cuando ya había descubierto *El libro de la vida sexual* que mis padres guardaban en su armario y que Toni se llevaba al baño, hice una nueva exploración.

Una tarde que mamá y Gloria se fueron a casa de la vecina del tercero, que organizaba una reunión de Avon, y sabiendo que Toni andaba por la calle con sus amigos, aproveché para buscar el libro. El armario de mis padres tenía dos puertas dobles y estaban cerradas con llave, aunque la dejaban puesta en la cerradura, con un pompón de tela colgando y desbaratando cualquier misterio. Giré una llave y entreabrí un lado del armario. En la balda de arriba, donde almacenaban las mantas y los álbumes de fotos, estaba el libro del doctor López Ibor. Busqué una silla para alcanzar mi objetivo. El volumen estaba dentro de un estuche de tela y cartoné forrado. En la cubierta, una fotografía de los rostros de una pareja. Estaban de perfil. Ella, en primer plano, rubia y con un lunar en la mejilla. Él, oculto tras ella, era un hombre de los de hoyuelo en la barbilla y vello en el torso que trepaba hasta la nuez. En la contracubierta, la reproducción de un cuadro que, en un viaje a París con Marco, reconocí en el museo del Louvre. Se trataba de *Eros y Psique,* el óleo de François Gérard.

En la cama de mis padres miré todas las fotografías, reproducciones de cuadros y esculturas clásicas que ilustraban el libro. La mayoría eran en blanco y negro, menos tres o cuatro impresas en color y sobre papel cuché: estas mostraban a mujeres, casi todas con muy poca ropa encima. La que no presumía de largas piernas lucía un insinuante escote. Por el contrario, los hombres estaban todos vestidos. Incluso cuando acompañaban en la foto a la mujer semidesnuda. Todos menos Sean Connery. Lo mismo que sentía Toni con las tetas de la mujer del bikini a topos lo sentí yo con la reproducción de un fotograma, en blanco y negro, de la película *Solo se vive dos veces.* Un seductor Sean Connery, en su papel de James Bond, aparecía sentado en un taburete pequeño mientras lo aseaban cuatro mujeres con *shorts* y tops blancos. Él estaba prácticamente desnudo, solo se le veía un calzón claro. Sus pies grandes y sus piernas velludas y abiertas parecían una invitación a su entrepierna. Tenía pelo en el pecho y una sonrisa pícara mirando a la chica que le levantaba el brazo para pasarle la esponja. Esa fue mi primera fantasía sexual. El pie de foto no aludía a la trama de la película. Explicaba una serie de caracteres físicos propios del sexo masculino. Leí con curiosidad. Según aquel libro, un hombre tenía «un sistema locomotor sólido, un predominio del desarrollo escapular sobre el pelviano, laringe muy desarrollada, distribución pilífera abundante, cabellos cortos y poco desarrollo de la grasa subcutánea». No entendí una palabra, a excepción de lo del cabello corto. La asociación era sencilla: un hombre tiene el pelo corto, y una mujer, largo. ¿Por qué si yo llevaba el cabello corto me llamaban niña?

Cuando Toni pasó de las pajas a los «asuntos», el libro entró en mi competencia a tiempo completo, siempre que mamá estuviese entretenida o ausente. Página 361, la de 007. Y me dejaba llevar. Hasta que un día busqué respuestas y llegué hasta un capítulo titulado «Anomalías sexuales». Ahí encontré un epígrafe que, bajo la cabecera de «Perversiones sexuales», daba cabida a la palabra tabú: «homosexualidad». No hay nada que nos haga sentir más ridículos que comprobar que nuestros compañeros de clase sabían que éramos maricas antes de que lo supiéramos nosotros mismos. ¿Cómo podían haberse dado cuenta? A lo largo de unas siete páginas, el libro explicaba que lo que a mí me sucedía con la foto de Sean Connery era una aberración. Al parecer, esa atracción podía ser ocasional o constante. Con seguridad, lo mío con Sean Connery debía ser algo fortuito, nada serio.

«Un homosexual masculino —leí— no quiere ser hombre y, por lo tanto, se identifica completamente con el modo de ser de las mujeres, y su sexualidad solo corresponde a los estímulos que provienen del mismo sexo, que, según su nueva forma de existir sexual, aparecen como del sexo contrario». Mi sensación de ahogo era mayor. No quería ser hombre. Por eso prefería jugar con ellas y no con ellos. Porque yo era como ellas. ¿Era eso? López Ibor contaba que Gregorio Marañón distinguía entre cuatro tipos de homosexual:

A tiempo completo, una homosexualidad duradera, sin recato.

Latente. Vamos, que eras marica a ratos.

Profesional, o sea, dedicarse al trabajo sexual.

Falsa, que asociaba directamente a los neuróticos.

Si la mía era falsa, dejaba de ser un anormal pervertido para convertirme en un neurótico, con lo cual debía ser un marica latente, como el Guadiana, que aparece y desaparece. Dentro de lo malo, esa era la mejor opción, porque serlo a tiempo completo me convertía en un monstruo hasta el final de mis días, y dedicarme profesionalmente a la homosexualidad tampoco entraba en mis planes cuando yo a lo que quería dedicarme era al periodismo.

Cada párrafo empeoraba el anterior. López Ibor explicaba que la homosexualidad pocas veces se manifiesta mediante un coito anal porque a los propios homosexuales les causa verdadera repugnancia. Leí frases relacionadas con la servidumbre sexual, con los actos delictivos y con los celos violentos. Pero, entre toda aquella basura seudocientífica, recuerdo dos oraciones que, aún hoy, me erizan la piel:

«Los homosexuales deben ser considerados más como enfermos que como delincuentes» y «la curación de esta desviación sexual no es imposible».

Esas dos ideas se grabaron a fuego en la inmadurez de mi razonamiento. No acabaría en la cárcel, pero sí en un hospital donde, seguramente, me curarían. Esa atrocidad estaba escrita en uno de los libros más vendidos de la España franquista, asentado en la mayoría de los hogares como quien tenía una biblia o un ejemplar del *Quijote*.

Entre sus párrafos encontré que el hecho de ser tratado como un enfermo no significaba que la ciudadanía no debiera protegerse del proselitismo que los tipos como yo, con catorce años, podíamos llegar a desarrollar en cuarteles, asociaciones deportivas o colegios. Los cabos se iban atando. Debía estar prevenido para evitar cualquier espacio en el que se desarrollase un deporte. En esos lugares sería más probable que me detectasen y fuese castigado. Ahí empezó a germinar también mi terror por el servicio militar, y comprendí que todas las humillaciones y los insultos solo eran un mecanismo de defensa de la ciudadanía contra las personas como yo.

Os he contado que Pablo Romero era uno de los líderes de la clase porque jugaba bien al fútbol. Romero era un chico de piel tostada, pelo negro y unos ojos oscuros y enormes que cuando miraban fijamente parecían retarte a un duelo. No solo era el que mejor sabía regatear. También era el más osado a la hora de concebir cualquier daño o deterioro contra el colegio y contra las personas. Lanzaba rollos de papel higiénico por los pasillos, garabateaba las puertas de los vestuarios, pegaba chicles bajo el tablero del pupitre, daba patadas a las papeleras y, llegados a este punto, supongo que me odiaba. Él lo llamaba «hacerse respetar». Sin embargo, no era el mejor en clase de gimnasia. Esa sobrenatural capacidad de abrir las piernas sobre el potro, como si desplegara un abanico, o saltar sobre los cinco cajones del plinto, hacer la voltereta y caer de pie en la colchoneta era propiedad de Luis Torres.

Mi recuerdo de las clases de gimnasia en los años setenta se parece más a un entrenamiento militar que a un ejercicio físico asequible. No sé cómo se impartirá en la actualidad, pero cuando tenía diez años esas clases se las habían adjudicado a un señor, don Criso, que nos trataba como marines y asociaba masculinidad a fuerza, potencia y resistencia. De esa manera, la clase de gimnasia se convirtió en el aliado perfecto del acoso. Porque el alumno débil era ridiculizado hasta límites inhumanos. Pero a mí no me llamaba «flojo», como hacía con otros alumnos que no cumplían sus expectativas físicas. A mí don Criso me llamaba «delicado». Y volvían las risitas. Luis Torres parecía estar celebrando su cumpleaños cuando tenía que trepar por una cuerda colgada del techo, hacer flexiones en una espaldera o arquear la columna para no tirar el listón cuando les dio por que hiciésemos salto de altura. Menos mal que el día que Pablo Romero le abrió la cabeza a uno con el listón de metal, la directora decidió sustituirlo por una goma elástica.

Torres era un niño que, a los nueve años, ya tenía el cuerpo de un gimnasta, porque su padre, don Paco, uno de los maestros del colegio, estaba obsesionado con el deporte, aunque la asignatura que impartía era Matemáticas. Para don Paco era más importante un sobresaliente en gimnasia que en su propia asignatura. También era el entrenador de los alevines del equipo de fútbol del barrio y por eso disfrutaba, en los recreos, viendo a Romero driblar a los jugadores contrarios hasta situarse ante el portero y marcar un gol. Eso le hacía tocar el cielo, y no que supieses calcular mentalmente una raíz cuadrada. Y ese orgullo no se lo proporcionaba su hijo, pese a ser mucho más atlético. Cuando don Paco soñaba con un fichaje para el Club Deportivo Pegaso, soñaba con Pablo Romero. Supongo que eso no debió ser cómodo para Luis, pero en lugar de plantarle cara a su padre resultaba más rentable partírmela a mí.

La competitividad entre Romero y Torres superó el terreno de juego en quinto curso cuando los alumnos de padres ambiciosos empezaron a marcar las distancias con los alumnos de padres conflictivos. De esa manera, Pablo Romero, Pedro Saiz, el Chino —lo llamaban así porque tenía los ojos rasgados, pero no era chino— y el Risi —lo llamaban así porque siempre se estaba riendo, pero no tenía ni puta gracia— se quedaron con el control de las peleas, las pellas, los cigarros y los lapos, mientras que Luis Torres, José Manuel Peñón, Manuel Asterio y Paco Domínguez se apropiaron de la popularidad, las medallas en los campeonatos y los suspiros de sus compañeras de clase. Solo coincidían en una cosa: yo.

Normalmente era el grupo de Pablo el que me agredía y el grupo de Luis el que reía y celebraba el ataque. Para ambos, no había nada peor que un maricón. Lo que sentía era como si me odiasen por igual ricos y pobres, triunfadores y perdedores, admiradores y víctimas del sistema; personas que, como yo, corrían el riesgo de ser excluidos y, aun así, nunca se dejarían ver teniendo un acto amable conmigo.

Todo eso, con cavilaciones mucho más primarias, rondaba por mi mente cuando ni siquiera sabía a qué se referían cuando gritaban «maricón». Pero también estaban ahí cuando llegué a comprender qué podía estar pasando e incluso cuando opté por negar la evidencia, interiorizando un desprecio por mí mismo y por todos aquellos gestos que podrían delatarme. Ocho años de ser el zorro en la cacería dan para mucho.

Me he quedado profundamente dormido. Me levanto con el gesto de fastidio tatuado en la frente. Metabolizo mal las siestas en invierno. No me gusta despertar cuando la luz natural ha desaparecido. Me invade una antipática languidez, como si combinase la apatía con la arrogancia y las agitase bien antes de servir. Lo primero que hago es mirar el WhatsApp. Ningún mensaje de Roberto.

Todo lo que le habrá contado a su novio sobre mi comportamiento en la noche anterior. Los imagino a los dos estrechando sus lazos de pareja mientras comentan mis emojis y hacen conjeturas sobre mi grado de madurez a la hora de afrontar los imprevistos. Veo a Juan gastando esas bromitas inocentes que ridiculizan al ex de tu actual pareja y que esta consiente porque son de baja intensidad. Y en mi cabeza construyo decorados, vestuarios y separatas de guion para cada uno de los personajes que, durante veinticuatro horas, no han tenido otra cosa que hacer que burlarse de mí. Maldita sea esta infecciosa vulnerabilidad que me vuelve susceptible a la simple caricia del aire.

Crecer siendo el centro de las críticas y las mofas te convierte en un egocéntrico peligroso. Eso me dio a entender Roberto hace años. Por eso no le envío un mensaje límite. ¿No sabéis qué es un mensaje límite? Son esos que grabamos o escribimos, en WhatsApp o en un *mail*, y que contienen palabras tan letales como diez libras de nitroglicerina pegadas a tu vientre. Reproches que nos convierten en bombas humanas que arrasarán con tu entorno cuando ya no quede nada de ti. Mensajes que asesinan y suicidan a la vez. La mística terrorista, como una vez leí en una columna sobre la crueldad de ciertas estrategias de la reivindicación. No llego a enviar esa nota porque suena el teléfono fijo de casa.

El timbre insiste con descaro y no acude nadie. Salgo del dormitorio. Mamá está sola viendo la tele en el cuarto de estar. El salón a oscuras, pero las luces del árbol de Navidad parpadean con empecinamiento. La Navidad es como un *peepshow* del barrio rojo de París, solo que aquí es la felicidad la que baila y se desnuda para ti mientras la observas a través de una mirilla. En el momento en el que dejas de echar monedas, la felicidad desaparece.

—¡Mamá! ¿Es que no escuchas el teléfono? —grito.

—¡Ay, es que me costaba levantarme! —Y su voz hace el esfuerzo de incorporarse de la butaca.

—Sabiendo lo que te cuesta levantarte, no entiendo que no tengas el teléfono a tu lado. ¿Y el móvil? ¿Para qué te lo regalamos? —la reprendo mientras descuelgo el auricular.

—Hola —saluda mi hermana Gloria—. ¿Estabas durmiendo?

—Sí. Bueno, ahora no —contesto con voz gruñona.

—Estaba pensando que podríais venir a cenar a casa en Nochebuena. Así mamá no tendría que cargar con todo el jaleo de la cena. ¿Te parece?

—Sin problema.

—Genial. Pues pásame a mamá y se lo cuento.

Y antes de que pueda añadir algo, Gloria pregunta:

—Oye, ¿le has contado lo de Marco?

—No, aún no. No hemos tenido mucha oportunidad. Y esta tarde ya la he tenido con tu hermano.

—¿Qué ha pasado?

—He sacado el tema de la bandera.

—Joder, tú también..., es que parece que te gusta provocarlo.

—¿No querías hablar con mamá? Te la paso.

De ese modo doy por finalizada la conversación. Llevo el teléfono inalámbrico al cuarto de estar.

—Tu hija —digo.

Y suelto el teléfono encima de la mesa.

Otra de las particularidades que convierte mi entorno familiar en un espacio inestable es nuestro uso del lenguaje para desvirtuar el lazo consanguíneo. Me explico. Es habitual que entre nosotros no pronunciemos Toni, Gloria, Tomás o mamá. Ni siquiera usamos «mi hermano» o «mi madre». En casa deshacemos la lazada para trasladar la responsabilidad del vínculo a los otros. De esa manera si hablo de mamá con Gloria digo «tu madre», y si Toni habla de mí con mamá pronuncia «tu hijo». Como si no fuésemos capaces de sustentar la mera denominación. Como si nos abatiese el peso del pronombre y el sujeto. Retorcemos el parentesco hasta convertirlo en una bayeta húmeda que pudiésemos lanzarnos los unos a los otros. Lo aprendimos de mamá, que, cuando estaba muy enfadada por algo que habíamos hecho, desnaturalizaba lo materno para transformarlo en una consecuencia paterna.

—A ver si hablas con tu hijo, que ha vuelto a llegar con los pantalones rotos. Yo no sé qué hace en el colegio. Parece que se arrastre en vez de caminar —le contaba a mi padre, como si delegase toda obligación. Como si le dijese: «El hijo es tuyo, no mío».

Los cinco asumimos esa dinámica y, si bien sabíamos que era una manera de hablar, los años de terapia me hicieron entender lo determinantes que son esas expresiones que usamos sin apenas darnos cuenta. Crecí sin verbalizar vínculos como «mi hermano» o «mi padre». En el fondo, era una manera de no llamar a las cosas por su nombre. Y lo que no se nombra no existe. Como cuando presenté a Marco en casa y mamá lo siguió llamando «tu amigo» hasta el último día. Las primeras Navidades que fuimos juntos, cuando las vecinas entraban a felicitar las fiestas y veían a Marco en casa, mamá sentía la necesidad de acompañarlas a la puerta y explicarles en tono confidencial:

—Es un amigo suyo del trabajo en Barcelona, que no conocía Madrid.

Mentía. Estaba más cómoda contando una mentira que

nadie se iba a creer que asumiendo la verdad. Como cuando contaba la anécdota del *Achilipú*. Durante años reprimí las ganas de decirle que no era un amigo. Que era mi novio. Que cada noche nos comíamos las pollas en el dormitorio de al lado. Pero pensaba en las palabras de Roberto y lo dejaba pasar.

Roberto me explicaba que no somos los únicos que salimos del armario. Que nuestras familias lo tienen que hacer con nosotros. Y de la misma manera que hay hombres y mujeres, gais y lesbianas, bisexuales, fuera del armario pero cautivos de la homofobia interiorizada, rechazando todo gesto que les recuerde al homosexual que su entorno despreciaba, también hay familias que maceran la pesadumbre, que les cuesta adaptarse a la vida fuera del armario. Se preguntan en qué fallaron, se culpan de lo que perciben como un mal, porque para ellos tu felicidad y dignidad son daño y dolor. Y hasta que sus pupilas no se adapten a la claridad, no serán capaces de ver el mundo que hay detrás de la luz que ahora los ciega.

Decía Roberto que era importante acompañarnos mutuamente en ese proceso. Él lo llamaba «buscar aliados». Porque si no reducimos a cenizas el armario, siempre quedará una astilla. Encontraremos astillas en el instituto y la universidad, en el bautizo del hijo de una prima, en la máquina de café que hay en el *hall* de la empresa, en la recepción de un hotel y en las visitas al hospital. Y para destruir esas astillas hay que hacer desaparecer el armario entero. El nuestro y el suyo. De lo contrario, nunca recuperaremos la voz silenciada.

—¿Y si no tengo armario? —le preguntaba a Roberto—. ¿Y si lo mío es un vestidor como el de Mariah Carey? —bromeaba.

—¿Tiene puerta? —me seguía la broma.

—Sí.

—Pues gasolina y cerilla.

—¿Estás loco? ¡Son 12.000 metros cuadrados de vestidor! —protestaba.

—El mundo es mucho más grande y te ofrece muchas más posibilidades que esos 12.000 metros cuadrados.

—¿Y si es un armario empotrado? —insistía.

Y él me contestaba eso que todos estáis imaginando, y nos echábamos unas risas tan saludables como un agua termal. «Dale tiempo», me recomendaba Roberto. Decía que a veces los hijos somos muy egoístas al creer que nuestra vida está por encima de la de nuestros progenitores, que es nuestro turno, y que ellos tienen que adaptarse a nuestro molde sin aceptar sus tiempos, sin tener en cuenta sus vivencias, su adoctrinamiento, sus miedos. Y en ese intervalo, en ese largo invierno, permanecemos hoy, cuando Roberto ya no es mi terapeuta y Marco ya no me ama.

Volviendo a nuestra particular manera de nombrarnos, creo que con las sobrinas sucede algo curioso. Mientras que Anamari no varía la dinámica familiar y suele ser mencionada como «tu sobrina» o «tu nieta» —evitamos decirle a Toni «tu hija» para que no se ponga como un monstruo de siete cabezas—, la hija de Gloria y Camilo siempre ha sido Frida. Cuando Gloria, en pleno embarazo, contó en casa que esperaban una niña, lo primero que preguntó mamá fue si la iban a bautizar y si tenían pensado un nombre.

—Frida —me contó mamá por teléfono mientras Marco me esperaba en el interior de Las Fernández, en Barcelona, donde habíamos ido a cenar—. ¿Qué nombre es ese? Es un nombre grasiento, como de freidora.

Mamá estaba molesta porque ninguna de sus dos nietas iba a llamarse Carmen, como ella. Y me lo contaba para que interiorizase que, por mi obvia condición de hombre homosexual y mi firme convicción de no darle nietos, destruía su última esperanza.

—Mamá, ahora no puedo hablar. Estoy en un restaurante con Marco y vamos a cenar. Hablamos mañana.

—Vale, vale. No te molesto más. Pasadlo bien.

Ese tono. Esa manera de hacerte sentir culpable por estar pasándotelo bien mientras ella está sola en casa enganchada a algún programa de Telecinco.

—Mi hermana va a llamar Frida a su hija —le conté a Marco sin disimular la ilusión.

—Me encanta ese nombre —dijo Marco.

—A mi madre no le gusta nada.

—Es normal que a tu madre no le guste. Lo que me sorprende es que tu hermana haya elegido ese nombre, la verdad. La veo más castiza, más de un Lola o un Manuela.

A Marco le caía bien Gloria. También se reía con sus salidas y, aunque la veía un poco bruta, la sentía genuina. Y radiar autenticidad en mi familia es toda una conquista.

—Es por mí —dije sin dejar de sonreír—. Le pone Frida por mí.

Eran los ochenta. España estaba jugando a ser moderna, y las personas parecían necesitar contarle al mundo que eran diferentes. Nadie quería ser igual. Y eso encontró su reflejo en la televisión. Fueron los años de *La edad de oro,* de *Metrópolis,* de *La bola de cristal,* cuando viendo esos programas dejé de sentir que era el raro. Había muchos más raros que yo, y cuando se juntaban eran mucho más divertidos y creativos que Pablo Romero y su grupo de machirulos jugando al fútbol. La televisión de aquellos años fue una ventana que ni siquiera imaginé que pudiera abrirse.

Al comienzo de la década, me viene a la memoria una noche en la que acabé quedándome solo delante de la tele. Papá trabajaba, y mamá, como ya empezaba a ser bastante habitual, se había acostado con un fuerte dolor de cabeza.

Gloria solía atrincherarse en su dormitorio y Toni estaba en la mili. Viendo un documental, descubrí a una mujer con un entrecejo mayúsculo. Se llamaba Frida Kahlo y había sido una importante pintora mexicana. Al principio, flipé. Pero ¿cómo podía ser posible que esa mujer llevase el bigote de Groucho Marx encima de los ojos? Aparecieron más imágenes de la pintora. «¡Hostia, si tiene bigote!», pensé. Sentí pura hilaridad frente a esa mujer. Mis ojos, a pesar de ser cobijo del pavor de quien se siente diferente, albergaban una mirada peligrosa: la del tipo que aplaude a los diferentes no porque empatice con ellos, sino porque siente que, en el reparto del daño, cuantas más víctimas, mejor. Por eso me reí de la bigotuda de Frida Kahlo. Una mujer que no parecía una mujer.

Pero a medida que el documental iba desvelando su historia, el vello de Frida dejó de existir y solo hubo espacio para la infinita profundidad de su mirada. El sufrimiento vital de Frida, su vida y sus amores, sus pinturas, su dolor me mantuvieron pegado a la pantalla. No sería de extrañar que esa noche tuviese pesadillas viendo el pecho abierto de Frida Kahlo, el corazón ensangrentado ruborizando su vestido blanco, su columna de metal apuntalando su frágil cuerpo, rajado de arriba abajo, impúdico en su sufrimiento. Llegué a obsesionarme de tal manera con esa mujer que la busqué en las enciclopedias que teníamos en casa, pero apenas había información sobre ella. Pienso en lo insólito que resulta imaginar, desde el presente, cómo buscábamos lo que nos gustaba en los años en los que no existía Internet. Convertí los cuadros de Frida, que había visto en el documental, en relatos breves y tétricos que mi hermana Gloria escuchaba boquiabierta.

—Esta es la historia de una mujer pequeña con un águila negra sobre los ojos.

Así comenzaba siempre el relato. Y convertía en cuentos tristes el recuerdo que había construido en mi mente de *Las dos Fridas* o *Autorretrato con collar de espinas*.

—La mujer con el águila sobre los ojos se despertó una mañana soleada y se puso una blusa blanca para abrazar al sol. Se recogió el pelo en una edificación solemne de negro y mariposas y salió a pasear por su solitario jardín. Engarzó a su cuello un colibrí con alas extendidas, como las del águila que pavimentaba su frente, porque cuatro alas vuelan más alto de lo que puedan hacerlo dos. Paseó entre hojas gigantes y verdes, espaciosas como platos de almuerzo, hasta que un dolor la detuvo.

»Un mono oscuro, con el pecho de barba blanca, empezó a confeccionar un collar de espinas que se le iba clavando en el cuello, del que sangraban delgadas lágrimas carmesí. El collar echó raíces que se fueron hundiendo en su pecho desde mucho antes de lo que ella era capaz de recordar. Pero la mujer con el águila sobre los ojos no mostraba su dolor. No descomponía el gesto, no mojaba sus ojos, no soltaba moco. Su mirada era firme. Retaba. Yo sé que lloraba al revés. Las lágrimas de sal se deslizaban por el interior de su cuerpo mientras las de sangre lo hacían por fuera.

»De repente, un gato negro se acercó con sigilo al cuello de la mujer. Quería comerse al colibrí. Pero la mujer con el águila sobre los ojos no lo sabía, porque estaba tan rota de desamor por dentro que todas las lágrimas que estaba llorando al revés la estaban encharcando. Se ahogaba por dentro. Y sus pies se sumergían por dentro hasta inundar sus piernas, sus tripas, su hígado y su riñón. Sus pulmones se anegaban y, aunque su corazón flotaba, ella comprendía que, si seguía llorando por dentro, el corazón acabaría saliendo por la boca y el gato se lo comería de un zarpazo, como postre del colibrí.

»Así que la mujer con el águila sobre los ojos corrió

hasta su aseo, se desnudó y se metió en la bañera blanca. Empezó a soltar todas las lágrimas que tenía dentro como si estuviera haciendo pis. Y llenó la bañera de agua con color de tierra. Y con el agua, como un torrente, llegaron raíces, flores, mosquitos y cadáveres. Y la mujer con el águila sobre los ojos respiró plácidamente cuando soltó la última gota y colocó la planta de sus pies desnudos sobre la pared de la bañera. Y en ese momento se dio cuenta de que también eran rojas las uñas de los dedos de sus pies.

Cuando me encontré con Gloria embarazada, le expuse mi emoción:

—Me hace mucha ilusión que te acuerdes de las tardes escuchando los cuentos que me inventaba sobre los cuadros de Frida Kahlo.

—¿De quién? —preguntó Gloria.

—¿No vas a llamar Frida a tu hija por Frida Kahlo?

—No. La llamo Frida porque me gusta el nombre. Es como el que tenía la de Abba. ¿Te acuerdas? La rubia no, la otra. Me han contado que vive en Mallorca. A ver si vamos un año y, oye, lo mismo nos la encontramos.

—¿No te acuerdas de aquellos cuentos? —insistí.

—Me acuerdo de que eran muy tristes y siempre había sangre y cosas como de terror. De eso sí que me acuerdo. No me gustaban nada, pero como disfrutabas tanto leyéndolos...

—Frida ahora es lo más parecido a una alemana tanoréxica.

Deshaciendo la desilusión. Ese día, durante la comida, escuché a Gloria explicarle a Camilo que Frida, la de Abba, se había vuelto anoréxica. Y todos en la mesa opinaron sobre ello. Y no saqué a nadie de su error.

Hoy Frida tiene tres años y es todo luz.

Roberto me pide disculpas por no haber contestado a los mensajes, pero Toro, su perro, se ha puesto malo y han tenido que llevarlo al veterinario. Me anuncia que mañana tienen previsto montar una cena en casa.

«Hemos invitado a todo el grupo. Vendrán Santi, Borja, Xabi, todas tienen muchas ganas de verte. No hace falta que traigas nada. A las 21 horas en casa. ¿Vale?».

Respondo con un «ok» y unos graciosos aplausos. Mamá aún sigue hablando con Gloria. Me tumbo sobre la cama y abro el Grindr. Tengo varios privados. Suele ser la reacción lógica a la novedad. Uno no tiene ni nombre. Solo sé que está a 400 metros, que mide 1,87 y que tiene un bañador con la bandera de España. Pero ¿qué coño de obsesión le ha entrado a la gente con la bandera? Dudo si en este caso es patriotismo o si se está pasando España por los cojones. Otro responde a G28 y una hilera de banderas de diferentes nacionalidades es toda su descripción. Empieza a preocuparme tanta bandera. Grindr es un lugar de banderas y ojetes.

Directamente comienzo a eliminar todos aquellos perfiles sin foto que me han enviado saludos, *taps* o fotos explícitas que no había solicitado. ¿Por qué algunos tíos piensan que tengo interés en ver su culo abierto como las puertas del Primark? ¿En qué puto momento confundimos inmediatez con trivialidad? Un día le escribí a uno que, sin mediar palabra, me había mandado su mejor perfil a cuatro patas. Le dije que no me gustaba que descuidasen mis regalos. Que las aplicaciones de encuentros sexuales nos habían hecho más descuidados; tan básicos como ineficaces, tan exigentes como torpes. Los regalos adquieren una dimensión especial cuanto mejor están envueltos.

«Bastaría con que la próxima vez que le mandes una foto a un tío que te interese, te lo curres un poquito más y envíes una buena foto en ropa interior, por ejemplo. Tu paquete transmite valor de marca. No ofrezcas tu regalo desenvuelto, como si lo hubieras encontrado en un almacén a las cinco de la mañana».

Al instante, me bloqueó. Uno de estos perfiles sin rostro pertenece a una A mayúscula. Lo abro con la intuición de que será más de lo mismo y lo eliminaré como he hecho con todos los demás. Pero no es así.

«Me ha parecido verte esta mañana por el barrio hablando por teléfono. Estás muy cambiado. Supongo que todos lo estamos. No me he atrevido a saludarte. Me preguntaba si antes de que te marches te apetecería tomar una cerveza. Ya me dices. Para siempre. A».

Entro en el cuarto de estar con el rostro desencajado justo en el instante en el que mamá le explica a Gloria eso de que, cuando juegas por necesidad, lo natural es perder por obligación.

DÍA 23

—

LUNES

6

Observo a Toni desde mi cama. Como entonces. Pero ahora nada es igual. No localizo aquel misterio, esa sumisión de hermano menor que, de tan inútil, se volvió cotidiana. Nada de eso permanece. Es un sentimiento más liviano que el sabor de un chicle.

Aquí está, cubierto por sábanas y mantas enredadas, con el poco pelo de la cabeza mezclándose con la barba y formando una pelusa encima de la almohada mojada de baba de hermano mayor. Toni cree que lleva barba, pero lo que ha hecho ha sido dejar de afeitarse. Sus resoplidos me joden el sueño. Son las 8:30. Esta noche duermo en el sofá. Lo miro y ya nada es un descubrimiento.

El suelo está sembrado de su ropa. El plumas es lo único que hay sobre la silla. Todo lo demás está en el suelo. Apesta. Ese efecto mofeta que te acompaña después de una larga noche de alcohol. Esa peste que contamina tu sudor y aturde todo lo que te rodea. Me levanto y me envuelvo en el viejo batín que mamá conserva para abrigar mis visitas. Desenchufo el móvil de su cargador y lo guardo en un bolsillo de la bata. Con el mayor sigilo posible, abro la ventana de la habitación. El cielo está despejado. Me desconcierta que mamá ya esté levantada. Está sentada en la cocina, delante de un vaso de café con leche y un pedazo de pan tostado con mantequilla. Sobre la mesa, las pastillas aguardando su turno para ocupar su casilla en el pastillero. La mirada de mamá está perdida, fija en un punto invisible que solo ella puede identificar.

—¿Qué haces levantada tan pronto? —pregunto con la voz cavernosa y los dedos llenos de legañas.

—No podía descansar —contesta sin demasiado interés en iniciar una conversación.

—¿Llega así muchas noches?

La pausa que hace mamá solo ayuda a remarcar mi pregunta.

—Está muy preocupado con lo de la separación. Ana está malmetiendo a la niña en su contra y casi no quiere venir a verlo.

Ha bajado la voz. Como si fuese una confidencia entre madre e hijo.

—Mamá, Ana es la persona más egoísta y más aburrida que he conocido en mi vida, pero eso no justifica este cambio de Toni. Está peor que nunca. Parece que estuviera orgulloso de ser un imbécil.

—A ver si se arregla todo pronto y puede alquilarse algo por su cuenta.

—¿Y si no?

—Es mi hijo y no lo voy a dejar en la calle. No lo haría con ninguno de los tres.

Lo pronuncia de tal manera que aguardo la orden del director para dar por finalizada la secuencia. Si hay una habilidad que, con el tiempo, adquieren los miembros de una familia es la de advertir el momento preciso en el que dar por concluida una conversación. O cambiar de trama. Elijo la segunda opción.

—¿Solo desayunas eso? Es poco para todas las pastillas que tienes que tomarte.

—No tengo ganas de más. Me he levantado con el estómago revuelto. Tengo como ganas de vomitar —contesta.

Y frunce el gesto de tal manera que parece que va a arrojarlo todo. Mamá siempre está mala. Real e hipotéticamente. En la familia nos hemos adaptado a esa circunstancia.

Gloria dice que todo empezó cuando ella llegó al mundo. Mi hermana está obsesionada con esa historia. Como si su nacimiento hubiese derramado una maldición en esta casa. Nadie puede hacerle comprender que entre ella y yo solo hay dos años de diferencia. Que no hay recuerdo que me permita corroborar que mamá empezase a utilizar el malestar físico como moneda de chantaje emocional cuando ella nació. Puede que siempre fuese así, que mis abuelos pensasen que era así, pero yo solo puedo verificar la historia vivida y, cuando me percaté de lo habitual que era para mamá tener mal cuerpo o acostarse con jaqueca, ya habían pasado muchos años de convivencia. Siempre entendí el malestar de mamá como una manera de reclamar la atención de los demás. Había días en los que la miraba moverse ligera por la casa o respirar canturreando. Discutía con nosotros con energía y autoridad, o reía a carcajadas tras alguna broma.

Pero cuando sonaba el teléfono y lo cogía, su voz y su actitud cambiaban. Daba igual si al otro lado estaba una hermana, una vieja conocida o un familiar lejano. Si esa persona le había preguntado: «Carmen, ¿cómo estás?», ella diluía su tono de voz en una especie de queja. Toda la energía con la que segundos antes nos había reprendido o celebrado se desvanecía en una niebla de lamento. Comenzaba a narrar sus dolores con todo lujo de detalles. De uno en uno. Y si a su interlocutor se le ocurría contarle que también le dolía la cabeza, mamá doblaba la apuesta y sumaba dolor de rodillas, de lumbares y de oído. Y si la vieja amiga llamaba para explicarle que la iban a operar, mamá le contaba todas sus operaciones hasta llegar al día en el que le extrajeron el útero.

Y ahí es donde Gloria sustenta su teoría. Mamá nunca llamó a aquella operación por su nombre. Jamás dijo «Me hicieron una histerectomía». No. Ella decía «Me vaciaron». El tonelaje de esa expresión no solo caía sobre ella, sino que aplastaba a toda la familia. Cuando la escuchaba decir eso, me invadía una rabia profunda. Detestaba a todo un país, a todas esas pautas de comportamiento que le hicieron creer a una mujer que era solo útero y que, si le extraían el órgano gestante, ya no era nada más. Estaba vacía. Como un edificio en ruinas. Como un solar. No era el pulmón, ni el hígado ni el corazón los que daban sentido a su vida. No era su capacidad de ser feliz y dar felicidad, de otorgar y recibir placer. No. Dar vida era lo que le daba sentido a su vida. Al quitarles el útero, les arrebataban la posibilidad. Se sentían «vacías». Por dentro y por fuera.

A mamá la operaron después de dar a luz a Gloria. Intento hacer memoria y me viene a la cabeza alguna de sus muchas narraciones. Creo que fue porque los ligamentos se debilitaron y el útero descendió hacia la vagina, provocándole problemas intestinales e incontinencia urinaria. Pienso si hoy en día tendrá una solución menos drástica. Pienso si las mujeres hoy sentirán que son mucho más que un útero. Porque eso le hubiese ayudado mucho a mamá: saber que una mujer es mucho más que una biología. Que una mujer es lo que ella quiera ser. Pero eso mamá no lo supo nunca.

Mi hermana era muy pequeña y, al principio, cuando mamá narraba la operación como si fuese *Yerma*, aún no era consciente de la gravedad de las palabras y la amenaza de su significado. Pero hoy, cincuenta años después, mamá sigue encontrando la ocasión para hablar de «cuando me vaciaron». Y adivino cómo Gloria acusa la punzada en el corazón. Y finge no haberla oído. Y disimula un trazo de sonrisa, que uno nunca sabe si precede a la carcajada o al llanto. O busca mi mirada para que nuestros ojos giren en la noria del aburrimiento y pasemos página rapidito, con algo de humor. Pero sé que no ha logrado superar la estúpida culpabilidad que le asola cuando cree que es su responsabilidad, que su madre está vacía por traerla al mundo. Le digo a Gloria que debería ir al sicólogo. Ella me mira y se parte de risa en mi cara.

Le digo a mamá que, si tiene ganas de vomitar, debía haberse hecho una manzanilla y no un café.

—A ver si este año miras de una vez las cajas que tienes en el maletero, porque si no las quieres, se tiran y punto. Que ahí no hacen más que ocupar espacio.

De repente, las dimensiones del maletero se han convertido en algo de vital importancia. Salgo de la cocina y me meto en el baño. Sí, creo que voy a hacerme una paja debajo de la ducha.

En sus setenta y seis años mamá ha parecido tener un imán para la enfermedad, pero, de alguna manera, empezamos a sentir que era más feliz si la tratábamos como a una persona enferma y éramos compasivos con ella. Mejor colmarla de atenciones que intentar cambiar su actitud derrotista. Curiosamente, los tres hermanos nos hemos educado odiando esa actitud, pero mimetizándonos con esa especie de peligroso victimismo.

Mamá ha quedado con Gloria para ultimar la compra de la cena de Nochebuena, que, año tras año, suele ser tan abundante que convierte la comida de Navidad en un festival de excedentes. Aprovechando que Camilo puede llevarlas con el coche hasta el Plenilunio, han organizado una apasionante jornada lúdico-consumista en una superficie comercial abarrotada de sujetos desesperados a los que, maldita sea, el 24 de diciembre los ha vuelto a pillar por sorpresa. Como es de esperar, me invitan a ir, pero declino amablemente la sugerencia.

Eso sí, les encargo que compren turrones que no me quiten las ganas de vivir cada vez que aparecen en la mesa. Cuando miro la bandeja con pequeños bloques de turrón de Jijona y de Alicante —el Bud Spencer y el Terence Hill, como los llamaba para no repetir lo del duro y el blando—, de coco, de yema tostada, con fruta escarchada, siento la misma tristeza que debe sentir Melania Trump cuando abre un ojo por la mañana y comprueba que su marido sigue ahí. Por eso les pido que compren turrón con pétalos de rosa y caramelo, turrón de chocolate con churros o de *gin-tonic*. Mamá deja cristalina su disconformidad, pero lo bueno de regresar a casa por Navidad es que siempre obtienes algún privilegio.

Toni se ha levantado cagándose en Dios porque la ventana del dormitorio está abierta. Mamá se santigua y le pregunta si quiere algo en especial para la cena de Nochebuena. Lo único que escucho es el portazo que da al encerrarse en el baño. Acto seguido, me despido de mamá y me voy a la calle.

—¿Qué recuerdo guardas de tu infancia? —me preguntó Roberto en una sesión.

—Creo que ha pasado el tiempo suficiente como para que el recuerdo no duela —dije—. ¿Te has encontrado alguna vez con el típico espectador confundido de multicine? Esos que entran en la sala equivocada y no se dan cuenta de su error hasta que comienza la película. Entonces se ríen de su propio despiste y abandonan la sala, en la oscuridad, para ir a la que proyecta la historia que quieren ver. Pues así es como recuerdo aquellos años. Como si hubiese comprado la entrada para ver una comedia romántica y al empezar la película resulta que me he metido en una de terror. La diferencia es que no puedo abandonar la sala.

Está cerrada. El cine está lleno de personas que han elegido bien, que hasta comen palomitas mientras el asesino descuartiza a su primera víctima. Y a mí, aunque no mire la pantalla, la música de tensión y los gritos me acobardan en un rincón hasta dejarme sin aliento. Es una auténtica mierda porque, además, la peli es jodidamente larga.

Roberto apuntaba en su libreta.

—¿Seguro que no duele?

—¿Cómo?

—Has dicho que ha pasado el tiempo suficiente como para que ya no duela. ¿Estás seguro de eso?

Roberto volvía a tener razón. Sigue doliendo. Es un dolor interiorizado, al que uno se acostumbra, como el zumbido del *tinnitus* en el fragor de la gran ciudad.

Las dimensiones de la memoria son engañosas. Como sucede con el dibujo técnico, una cosa son las dimensiones que tu mente es capaz de evocar cuando se abandona al recuerdo de la infancia, y otra, las dimensiones de la realidad. La realidad siempre es más diminuta y está aglomerada, mientras que en tu memoria se expande, como una alucinación agorafóbica.

Hace una soleada mañana invernal en Ciudad Pegaso y nada es como recordaba. Mi barrio era gris, triste, amenazador. Pero nada de eso me transmite hoy. Paseo por un barrio tranquilo, casi un oasis en esta capital hostil. La vía de tren abandonada, que cruzábamos para llegar antes al colegio, ya no existe. Se ha elevado el terreno y ahora la vía del tren está debajo del carril bici. Eso intenté hacer con los recuerdos. Sepultarlos. Pero los míos son zombis. Siempre resucitan.

En el viejo sendero ahora hay una carretera y un parque infantil pintado de colores. El canto de los pájaros, que unos ancianos dicen que son petirrojos y otros afirman que se trata de mosquiteros, compite con el de los niños en la calle celebrando las vacaciones de Navidad. Muchos edificios han maquillado sus fachadas con masilla y arena, han cambiado sus portales y han convertido los escalones en rampas. Es el paso del tiempo. El escalón que da paso a la rampa.

En la Quinta Avenida me detengo ante la fachada de la casa de Ángel. El portal y las dos ventanas, de dos vecinos distintos, como dos ojos insomnes, enmarcadas en blanco. La balaustrada, también encalada, divide la entrada en dos accesos laterales. El color tierra del frente brilla con la luz de esta mañana y rebota hasta estrellarse en mis ojos. La ventana que está junto al portal es la de su dormitorio. O lo era. Las otras dos, en lo ancho de la fachada, iluminan el salón. Una voz desconocida interrumpe mi recuerdo:

—¿Eres Tomás Yagüe?

—Sí —contesto.

Es una chica joven. Veinte años quizá. Gorda, con el pelo muy corto y gafas. Sonríe abiertamente y eso me tranquiliza.

—Te sigo en Instagram. Soy superfán de todo lo que escribes. Me encanta.

Contesto agradecido. Me pregunta que cómo me he perdido en este barrio. Le explico, sin demasiada emoción, que me crie en él. Ella se sorprende y me explica que sus padres se trasladaron a vivir aquí hace tres años. Lo celebro apreciando la tranquilidad del lugar.

—Es un muermo —contesta ella.

Yo sonrío. Accedo a hacerme una foto y nos despedimos cordialmente. No permanezco más tiempo frente a la casa de Ángel. Continúo mi camino, aunque los recuerdos vuelven a martillear mi mente.

Arrastrado por la estampida que coreografiaba la salida al recreo, volví a escucharlo: «Maricón». La mente de un niño no se relaja, no se familiariza con la palabra. Cada vez que la escucha, tensiona todo su cuerpo, desbarata su frecuencia cardíaca, siente el terror perfecto del peligro, aventurando qué daño va a padecer y el dolor que se aproxima. Mi táctica siempre fue la misma: fingir que no había oído nada, que la bala no me había ni rozado. Fui capaz de caminar aparentando que no me habían herido cuando llevaba el pecho encharcado en sangre. No lo veáis como un ejemplo de dignidad porque no lo era.

Lo comprendí aquella mañana cuando escuché su voz a mis espaldas.

—¿Qué pasa? ¡Imbécil! —gritó entre el bullicio del resto de los alumnos.

—¡Uyyyy, que nos pega con el bolso! —se mofaron otras voces alentándose entre risas.

Me detuve y giré la cabeza. Entonces lo vi. Tenía la piel muy blanca, casi albina, y un frondoso pelo rubio. Parecía más corpulento que yo, pero eso no impedía que lo agrediesen igual que a mí. De la misma manera que a mí. Pero su reacción modificaba la historia. Aquel chico, que estaba en el mismo colegio, en el mismo curso, aunque no lo hubiera visto hasta ese momento, no caminaba como si hubiesen errado el disparo. Se enfrentaba a los matones, les plantaba cara. Ellos, que siempre eran más, se burlaban de sus golpes y acababan alejándose entre risas, como quien se escabulle tras robar una manzana y escucha los gritos del tendero, que le suenan a vítores elogiando su hazaña. Él no era yo. Los agresores también eran otros. No era Romero, ni Torres ni Saiz. El marica era otro. ¿Y si existiesen más personas como yo? Tal vez en cada aula hubiese un marica, del mismo modo que había un chico con gafas y una chica con aparato en los dientes.

Y era posible que ellos, como yo, no supieran por qué les gritaban «marica».

No dejé de mirarlo mientras se quedaba solo insultándolos, dejando que toda su rabia me atravesara y soñando con que alguna partícula de toda esa ira germinase en mí. Con los ojos impotentes, pasó a mi lado camino del patio. Lo seguí.

En el centro del patio, Romero y uno de los fanfarrones que habían acosado al chico rubio se jugaban a pares o nones quién sería el primero en elegir a los componentes de su equipo para jugar al rescate. El juego consiste en escapar de quien pretende cazarte. A eso tenía que saber jugar. No era como el fútbol, que exigía la destreza de parar un balón con el pecho o rematar de cabeza, correr sin perder el control de la pelota y encima meter gol. Aquí solo había que huir.

Observé al chico rubio, que caminaba con decisión hacia el grupo de chavales que aguardaban ser escogidos. Y se colocó junto a ellos, como uno más, con la cabeza alta y la mirada fija en los capitanes. Aquel chico era un inconsciente. ¿Cómo podía humillarse de esa manera? Pensé que los insultos no tardarían en llegar, pero lo que sucedió cambió mi manera de entender el mundo.

Romero eligió a Saiz. El otro eligió a un tal Chute. Romero dijo: «Al Risi». Y el Risi salió del grupo y se colocó tras su jefe de equipo, como si le hubiesen elegido para la gloria. Una veintena de chicos esperaban que su valía fuera refrendada por la elección de un matón, de un imbécil que había conseguido reprimir el talento de los demás a base de violencia y miedo. Pero eso es algo que sé hoy. Con diez años no lo sabía. Y junto a ellos, formando parte de ese grupo que esperaba, el chico rubio. Pensé: ¿Y si todos los maricas de todas las clases de todos los colegios del mundo pudiésemos unirnos para defendernos de los matones?

Como un equipo de héroes vengadores. Y sin llegar a comprender qué sucedió en mi cabeza, me coloqué junto al chico rubio, entre todos los agresores y sus cómplices silenciosos. Debí creerme un puto superhéroe. Yo, que solía pasar los recreos en soledad, fantaseando con mundos imaginarios desde que dejé de acercarme al grupo de las niñas por miedo a las consecuencias.

Pero mi actitud no era la misma que la que exhibía el chico rubio. Yo estaba encogido, con los ojos afligidos, pero ahí estaba, de pie, derecho, escuchando cómo iban eligiendo nombres y ninguno era el mío. A medida que el grupo de candidatos se iba reduciendo, los capitanes nos miraban y debatían con los elegidos. Llegó un momento en el que solo quedábamos cuatro niños: el chico rubio, el Cuatrojos, otro muchacho al que no conocía de nada y yo.

—Elegimos a Ángel —dijo el agresor.

Así supe que ese chico rubio al que también gritaban «marica» se llamaba Ángel. Y lo vi abandonar el insignificante redil para formar parte del equipo de unos tíos que lo acababan de insultar y menospreciar hacía apenas unos minutos.

—Es un julay, pero corre que te cagas —justificó uno.

Y nadie se burló. Y Ángel pareció tomarse aquello como un cumplido. Romero escogió a Sánchez, a pesar de sus cuatro ojos. Y el otro líder llamó al chico sobrante, que resultó llamarse Fidel y al que, cuando caminó para unirse con los suyos, le noté una cierta cojera. Nadie me había elegido a mí. Era un rescate. Un puto rescate. Solo hacía falta correr y nadie sabe distinguir quién corre para escapar y quién lo hace para llegar el primero. No había que meter goles, ni trepar por una cuerda, solo correr. Pero hasta un cojo era más válido que yo. «No llores, no llores, no llores», me decía a mí mismo mientras todos me miraban fijamente.

—Hostia, tenemos que cargar con Tomás —le soltó Romero al otro capitán—. Este, además de maricón, no corre ni nada. Es un mierda. Si tenemos que tragar con Tomás, tenéis que pasarnos a uno de vuestro equipo, porque con este vamos en desventaja.

«Este» era yo. Y los dos capitanes empezaron a debatir. Ángel no dijo nada mientras el resto de los chavales apoyaban a los líderes que les habían alimentado la autoestima. No pude sostener la cabeza más tiempo. Agaché la mirada hacia los cordones de mis zapatos mientras les escuchaba las razones por las que tenerme en cualquier equipo era un lastre. Decidí que no iba a humillarme más. Me di la vuelta y subí a la clase.

Hice todo eso con sumo cuidado, porque los alumnos teníamos prohibido quedarnos en clase a la hora del recreo. Desde la ventana del aula los observé jugar al rescate. El equipo en el que estaba Ángel competía escapando. Pude comprobar que era muy rápido en sus zancadas, algo que, unido a su buena constitución física, lo convertía en un misil que se llevaba por delante a los demás. Algunos lograban engancharse a su jersey y él los hacía volar, como cuando jugabas al látigo y te tocaba ser la punta. Al final, tenían que acorralarlo entre varios, porque en el uno contra uno siempre ganaba Ángel. Acabó con un «Enrria», que era lo que se decía cuando tenías bien apresado al contrincante, y con la manga del jersey rota. Ángel se había convertido en el jefe de nuestro comando de héroes vengadores maricas. Así lo sentí yo.

Al salir de clase, mientras cruzaba el patio para abandonar el colegio, Ángel se puso a mi lado:

—No vuelvas a marcharte. Quédate y juega.

Lo miré y contesté:

—No soy tan rápido ni tan fuerte como tú.

—No importa. Corre y escóndete. Con el patio lleno de

gente, es fácil. Cuando haya una buena cadena de prisioneros, sales y los salvas.

—Creo que no me apetece jugar al rescate.

—Tú te lo pierdes. Me llamo Ángel y estoy en quinto A.

—Yo soy Tomás y estoy en quinto B.

Y supongo que, en ese momento, Ángel se convirtió en el primer amigo de mi vida.

Un día, al entrar en clase, encontré escrito «TOMÁS MARICA» en la pizarra. En mayúsculas. Todos rieron mientras Romero me observaba satisfecho de su hazaña, aprisionándome con sus ojos oscuros. En eso consistía. En que yo viese la palabra trazada con tiza. No sé si todas las veces que escribieron «marica» en la pizarra, en el pupitre, en la cartera, en los cuadernos o en las páginas de los libros de texto estaban esperando una reacción violenta por mi parte. Nunca la hubo. No porque no la desease.

En mi mente, en las desoladoras tardes de domingo, cuando sentía que el fin de semana estaba consumiéndose y al día siguiente debía regresar al colegio, soñaba con despertar convertido en un chaval fuerte, capaz de partirles el labio a todos a la vez, aunque doña Pilar me expulsase una semana. Habría merecido la pena. Incluso deseé que, al amanecer, todos ellos hubieran muerto. Pero el lunes por la mañana seguía siendo endeble, y entonces pensaba que habría sido más práctico que el muerto hubiera sido yo. Mi rabia solo sirvió para hacerme más daño a mí mismo, nunca para devolvérselo a ellos.

Un mediodía que llegué escalabrado a casa —probaron con piedras y acertaron—, mis padres coincidieron en que tenía que defenderme.

—¿Cómo dejas que te peguen una pedrada? —dijo mamá mientras me curaba.

—Tu hijo tiene que aprender a defenderse —añadió mi padre.

Esa mentalidad de trasladar la responsabilidad a la víctima. De esa manera, además del daño físico, comienzas a acusar un daño emocional que te culpabiliza de no ser lo suficientemente fuerte como para devolver el puñetazo. Pero si no sabía pelear como un hombre, tal vez mereciese todo ese hostigamiento. El rencor acre no se ha apaciguado con los años. Me busco en los viejos álbumes y me encuentro. Y abrazo mi fotografía como si eso pudiera consolar al niño que fui. Pero ya es demasiado tarde. El niño creció roto.

Me acerqué al encerado y borré las dos palabras. Mientras me acercaba al perchero y luego a mi pupitre, tuve que eludir las zancadillas y humillaciones, que siempre estaban relacionadas con algo femenino. «¿No te has traído el bolso hoy?». «Caminas como una niña». «Tomasa, ¿qué te pasa?».

En otra ocasión que escribieron las mismas dos palabras, descubrí que habían escondido el borrador. No tuve más remedio que usar las manos mientras la clase celebraba la gracia del día. Me limpié la tiza en el pantalón y, al llegar a casa, mamá me regañó creyendo que me había deslizado por un terraplén.

Algunos alumnos no se divertían, lo notaba en sus miradas, pero no podían ayudarme, porque entonces toda esa cacería podría volverse contra ellos. Mi dignidad no era una causa por la que mereciese la pena arriesgarse. Si algún chico se atrevía a pedirme la goma de borrar, eso le convertía *ipso facto* en maricón. Ser consciente de ese dato fue significativo en mi temprano entendimiento del castigo que me rodeaba. Porque hablar con Maxi no implicaba amanecer al día siguiente con sus orejas de soplillo. O jugar con Jesús Sánchez no provocaba que todos te llamasen

Cuatrojos. El Cuatrojos seguía siendo solo Sánchez. Pero lo mío parecía ser contagioso. La mariconez contaminaba todo aquello que miraba, que tocaba, que pensaba. Así que lo prudente era evitarme. Las chicas, hartas de tanta inmadurez, solían levantar la voz y les pedían que me dejasen en paz. Eso era aún peor. «¿No te da vergüenza que tengan que venir las tías a defenderte?», me increpaba el imbécil de Peñón.

Mi hermano Toni tenía su pandilla de amigos. Cinco compañeros de colegio con los que había ido pasando de curso, forjando así los vínculos. Aunque formes parte de un grupo, siempre existe una persona con la que el lazo se estrecha. La persona que te acompaña en las primeras pellas, el primer confidente, el aliado de la primera borrachera, el que se da cuenta antes que nadie de que le gustas a Miriam, la que vive en el 12 duplicado, y al que antes le detallas, como si hubieras llegado a la cumbre de Peñalara, que por fin te has besado con ella y le has tocado las tetas, aunque fuera por encima del sujetador, la blusa, el jersey y la parka. Ese era su amigo Samuel.

Llamaba al portero automático y preguntaba «¿Puede salir Toni?». Y si no estaba castigado, Toni salía. Toda la familia conocíamos a Samuel. Era rubio, como Ángel, y tenía el iris tan verde que daban ganas de zambullirte en sus ojos. Parecía uno de esos seres sobrenaturales de las películas del espacio que tenían luz por dentro y se les escapaba la claridad por las córneas. Una luz que, por bella, resultaba inquietante, como si con su mirada pudiera hipnotizarte. Igual que la señorita Teresa.

Samuel era su amigo del alma, y mantuvieron esa amistad durante muchísimos años, incluso después de finalizar la escuela y el bachillerato. Entonces Toni estudió formación profesional —«Este no vale para los estudios», dijo mi padre— en un centro que estaba muy cerca del barrio, cruzando la Nacional II, a la altura del kilómetro 10. O sea que, mientras Samuel se internaba cada día en el fragor de la ciudad, viajaba en el metro, conocía a otras personas de otros distritos, Toni iba andando hasta la entrada del barrio y solo tenía que cruzar la pasarela peatonal sobre la autovía. No sé si esa bifurcación académica contribuyó a que el tiempo fuera esparciendo por el tablero sus confidencias y sus litronas a medias hasta convertirlas en un recuerdo. Y cuando en la amistad solo permanece el recuerdo, no hay presente, no hay planes, esa amistad ya no existe. No quiero decir que desaparezca. Simplemente se transforma en otra cosa que nunca estará a la altura de lo que fue.

El caso es que Samuel cada vez estaba más ocupado y pasaba más tiempo fuera del barrio que dentro y Toni empezó a salir con una chica de la calle 8, y... no sé, supongo que las relaciones, como las pinturas antiguas, hay que restaurarlas. De lo contrario, los años acaban oscureciendo el retrato. «También el tiempo pinta», decía Goya.

Una tarde, viendo la tele en familia, nos entró la risa boba. Samuel se apellidaba De la Granja y, en el bloque de anuncios, apareció uno de la miel de la granja San Francisco. Se me ocurrió decir «Samuel de la Granja San Francisco», y a Gloria y a mamá les hizo gracia. A Toni no.

—Tienes suerte de no tener amigos. Así yo no puedo meterme con los tuyos —me soltó.

Más allá de Ángel, no supe lo que era tener una pandilla de amigos hasta bien cumplidos los catorce años, cuando repetí curso y los abusones de octavo dieron paso a los abusones de séptimo. No dejo de pensar que mi vida está llena de espacios deshabitados, de solares en los que debía haberse construido algo y nunca hubo presupuesto. Emociones sin usar que consumí de segunda mano, tarde y mal, que me hicieron crecer torcido, como si toda mi vida fuese una jodida escoliosis.

Esta víspera de Nochebuena no huele a castaña asada. Hace muchos años que la Navidad dejó de oler a abeto y chocolate caliente. Camino por el barrio del que hui. Siempre he llegado a sitios huyendo de otros. La ruptura con Marco, imaginarlo feliz en los labios de otro, no hace más que acentuar mi peligrosa tendencia a sentirme menos que cero.

Subo la cuesta que conduce al viejo colegio. Ya no existe el puente porque ya no hay vía que cruzar. El carril bici lo ocupa todo. Ni siquiera la cuesta parece tan empinada como en mi recuerdo. La memoria no es precisa. A mis siete años, con la cartera a la espalda y los calcetines azul marino cortándome la circulación, esa cuesta empezó a restructurarse en mi mente como un escarpado de difícil escalada, pero que, obligatoriamente, día tras día, debía superar. Esa también fue una de las razones por las que empecé a atajar por el campo y la vía del tren. Aunque fuese un trayecto más irregular, era más corto.

Tiemblo. No me inquieta. Contaba con ello. Sabía que iba a pasar. Según me voy acercando a las verjas de los chalés, noto una especie de agarrotamiento en los dedos, una presión en el pecho, una sudoración seca y gélida. A esas verjas nos aferrábamos Ángel y yo, con once años, como actores de cine mudo fingiendo estar presos, y mirábamos el jardín, con su césped brillante, sus árboles y plantas, incluso con un pequeño estanque artificial.

—¿Por qué nunca hay nadie? —se preguntó Ángel.

No le contesté, pero tampoco le importó. Era como

una de esas preguntas retóricas que se hacen los investigadores para dar énfasis a sus hallazgos.

Cruzábamos por delante de esos chalés hasta cuatro veces al día y nunca veíamos a niños salir a la escuela ni jugando al escondite, ni siquiera a un señor regando la hierba. Aquellos jardines, como toda la zona rica del barrio, eran un decorado fantasma. Sabíamos que allí vivía gente porque la luz interior atravesaba las ventanas y había coches aparcados en los garajes, pero nunca lográbamos ver a las personas que habitaban esos espacios con los que nosotros soñábamos. En el buzón de ese chalé, situado junto al muro que ceñía la verja, ni siquiera había un nombre.

—Cuando sea mayor, viviré en una casa como esta y tendré un coche brillante como ese.

Ángel observaba aquel Peugeot 504 metalizado, que en ocasiones estaba dentro del garaje, pero otras veces lo dejaban a la vista de nuestra inocente capacidad de asombro. Lo examinaba con los ojos del atleta que orienta su mirada hacia la meta antes de que suene el pistoletazo de salida.

—Tendrás que ganar mucho dinero para poder vivir en una casa así —apunté.

—Pues claro. Voy a ser pintor.

—¿Como el señor Montalbo?

Montalbo era el encargado de pintar las casas del barrio y recomendar el maldito gotelé.

—No. Eso es ser pintor de brocha gorda. Yo voy a pintar con pincel —dijo Ángel.

Realmente dibujaba muy bien. Lo que mejor le salía era pintar mujeres. Señoras como estrellas de cine, glamurosas, con el rabillo del ojo bien marcado, una cadera poderosa y unas tetas de impresión. Me contó que en su clase había logrado chantajear a los matones con dibujos. Les dibujaba chicas desnudas a cambio de que le dejaran en paz una semana. Y le funcionaba. Cuando ellos ya tenían el dibujo acartonado de tanta paja, si querían uno nuevo, ya sabían lo que tenían que hacer.

—Vamos al búnker —me dijo.

No me gustaba ir al búnker porque era el lugar favorito de Romero y su panda, y como nos pillasen allí se nos iba a caer el pelo. Eso a Ángel le daba igual. Incluso diría que le estimulaba el riesgo.

Llamábamos «búnker» a lo que en realidad era el fortín de San Blas. Estaba junto a un pequeño bosque, en una zona silvestre y abandonada próxima al recinto de la escuela. El fortín no era más que un bloque de piedra construido por los republicanos durante la Guerra Civil, orientado hacia el valle del Jarama, por si las tropas franquistas pretendían bloquear el este de Madrid, que era de donde salían las vías de comunicación con Barcelona y Valencia para abastecer a la ciudad en pleno asedio de los golpistas. Era un nido de ametralladoras que, cuando éramos pequeños, estaba lleno de basura y ratas. No ha cambiado mucho. Parece un escombro. Ahora hay cartones sobre la tierra. Debe ser el refugio de algún indigente. Tenía un pequeño acceso en la piedra, medio cubierto por la maleza, y una abertura, a modo de ventanuco, desde el que disparar al enemigo. Allí era donde solían reunirse los gamberros del barrio, que lo limpiaron un poco, y donde nunca deberíamos estar nosotros. Ángel sabía que, cuando había partido de fútbol, podíamos ir al búnker sin correr ningún peligro más allá de contraer el tifus o el tétanos.

Mientras nos acercábamos aquel día, una figura encorvada, con un caminar inestable, se alejaba del búnker.

—Mira, un zombi —dijo Ángel.

Solo distinguí una silueta con una camiseta amarilla con un trece silueteado en negro a la espalda.

—¿Qué es un zombi? —pregunté.

—Un muerto viviente —me explicó con total naturalidad mientras escalábamos la ladera—. Hay gente que se pincha una fórmula mágica que los convierte en muertos vivientes.

—¿Y para qué quieren morirse para volver a vivir?

Ángel se encogió de hombros y volví a mirar al zombi con un trece en la espalda que se iba meciendo hacia el horizonte. Ángel lanzaba piedras al interior del búnker para ahuyentar a alguna rata despistada. Yo asistía a ese ritual desde lejos, aterrado ante la idea de que un roedor pudiera cruzar entre mis pies en su huida. Cuando Ángel comprobó que el interior estaba libre de cualquier otro ser vivo que no fuera él, me avisó:

—¡Tomás, ya puedes entrar!

Aquel espacio, que se construyó para proteger, me resultaba el lugar más inseguro del mundo. Romero y los suyos habían escrito sus nombres en los muros interiores y, en un alarde de vehemencia creativa, habían dibujado pollas. Pollas con sus dos huevos. Pollas gordas y tiesas, como soldados.

—Nos llaman maricones, pero los que están obsesionados con las pollas son ellos —dijo Ángel.

Se puso a desenterrar con el pie los restos de papeles, colillas, jeringuillas —«Mira, con esto se vuelven zombis»— y demás porquerías, hasta que encontró algo que le dibujó una sonrisa. Buscó una rama y la hundió en uno de los papeles del suelo para alzarlo sin tener que tocarlo. Era uno de sus dibujos de tías buenas. Estaba muy deteriorado, pero aún podía distinguirse el volumen de aquel cabello rubio, los labios rojos de la chica, a juego con los pezones que encumbraban aquellas tetas esféricas, y hasta ese triángulo negro invertido del coño. Le devolví la sonrisa. Me senté sobre una piedra y lo observé moverse por aquel lugar como si sospechase que escondía un tesoro.

—¿Por qué nos llaman maricones? —le pregunté.

—Porque nos gustan las cosas bonitas —contestó—. ¿Cuál de los tres Ángeles de Charlie te gusta más? ¿Sabrina, Jill o Kelly?

—Kelly —fue mi respuesta.

—A mí me gusta más Jill —dijo Ángel.

—Kelly es más guapa.

—Pero parece una mujer que puede estar en el economato o en misa. Jill solo puede estar en una playa con palmeras. O en una fiesta con piscina.

—Es por el pelo —comenté—. Te gusta porque tiene el pelo del mismo color que tú.

—¿Y quién te gusta más, Starsky o Hutch?

—Starsky —respondí.

—A mí también —dijo Ángel—. No he elegido al rubio, así que no es por el pelo. Es porque me gustan las cosas bonitas, ya te lo he dicho.

Me embaucaba su capacidad de improvisar argumentos, de convertir en lógico el razonamiento más disparatado. Continuaba moviéndose por el búnker, como si no pudiera quedarse parado ni medio minuto. Como si tuviese la necesidad constante de descubrir algo.

—Este búnker es feo y a ti te gusta —apostillé.

No me rebatió al instante. Se quedó callado durante un tiempo breve, pero como estaba tan acostumbrado a sus respuestas rápidas se me antojaron horas. Se agachó y cogió de entre la arena un clavo medio anaranjado por la herrumbre.

—Pues si es feo, lo convertimos en bonito.

Y se puso a marcar en la piedra gris hasta sacar palabras. Me acerqué y leí:

—«Para siempre».

—Claro, los amigos son para siempre. Y los amigos son algo bonito. Y ahora, este búnker es bonito —razonó Ángel.

El fortín de San Blas continúa en perfecto estado de

abandono. En la actualidad no hay tanto hierbajo a su alrededor, pero los grafitis y las pollas ya han invadido también el exterior de la piedra. No me atrevo a acercarme. Me pregunto si allí, en el mismo lugar, entre docenas de pintadas, aún puede leerse:

A. y T.
para siempre

Aquella tarde de domingo, cuando regresábamos a nuestras casas, le conté a Ángel que creía que a mí también me gustaba más Jill.

7

Camino hacia la boca de metro de Canillejas. He tomado la Séptima Avenida, poco transitada y en curva, donde se ligan en el paisaje los muros de enredadera, que salvaguardan los jardines de los chalés de las miradas ajenas, y las terrazas de los altos bloques de Las Nogueras, una urbanización que hicieron junto a Pegaso y que llamaba la atención del barrio porque comenzó a correr el rumor de que la mayoría de los que vivían allí eran pilotos de aviación comercial. Pilotos. O sea, familias bien. La urbanización tenía garita de seguridad y verjas. No podía acceder cualquiera. Eso era nivel. Sus hijos e hijas no tardaron en matricularse en el colegio. Esos edificios, que nos parecían modernos entonces, con sus amplias terrazas en curva y sus tejados de pizarra y chimeneas, hoy están grises y apenados. Una especie de oscuridad rodeada de verde y a un paso de la autopista.

La piscina de Pegaso ahora es un centro deportivo municipal entre montones de edificios. Ya no está tan aislado como en mi infancia. Paso por delante de Casablanca, así llamábamos a un bloque de varios edificios iguales que quizá en sus orígenes fueron blancos, pero yo siempre los conocí de color panza de burra. Árboles de tronco ancho y vívido levantados en plena acera. Como obstáculos.

Me llama Gloria para contarme que Toni se ha despertado cagándose en Dios porque creía que se había resfriado.

Mientras me describe la escena con todo lujo de detalles, porque, aunque ella no la ha presenciado, mamá se la ha explicado minuciosamente, medito sobre dónde está escrito que tenemos que querer a nuestros hermanos. No lo pienso por Gloria; a estas alturas ya sabréis que la quiero sin medida. Me refiero a Toni. Es como si mi hermano mayor estuviese poseído por todos los espíritus masculinos que durante décadas insistieron en hacerme infeliz.

—Bueno, luego hablamos, que ya está tu madre comprándole chuches a Frida y le tengo dicho que nada de guarrerías —refunfuña Gloria—. ¡Mamá, no le des eso!

Grita de tal manera que tengo que apartarme el teléfono de la oreja. En segundo término, entre el ruido confuso del Plenilunio en vísperas de Nochebuena, oigo a mamá preguntarle a Gloria que con quién habla. «Con tu hijo», contesta.

—Espera, que dice mamá que quiere hablar contigo —añade antes de apuntar: «Aligera, que es de tarjeta».

—¿Vas a venir a comer? —me pregunta mamá.

—No lo sé. Ahora voy para el centro y quizá quede con algún amigo y comamos algo por ahí.

—Entonces, ¿no sabes si vas a venir a comer? —insiste.

—Mamá, ¿qué te acabo de decir?

—Vale, vale, vale. Era solo por saberlo, que vamos a comprar unos pollos asados y era para saber si contábamos contigo o no.

—Pues no contéis.

—Oye, que pases luego a saludar a Encarnita y Humberto. Él ya está muy mal de aquello que le dio a la cabeza, pero ella siempre me pregunta por ti.

Dudo si yo también habré heredado la obligatoriedad de quedar bien con todo el mundo. Desde muy pequeño sentí que mis padres, pero especialmente mamá, pensaban antes en cómo iban a reaccionar los demás ante nuestros problemas o deseos que en buscarles una solución o, sencillamente, intentar cumplirlos. En eso había salido a la tía Mariana, una hermana de mi abuela de la que contaban que, al acabar la guerra, se obsesionó tanto con agradar a todo el mundo que no distinguía entre vencedores y vencidos, algo que ocasionaba el rechazo de vencedores y vencidos y algún que otro problema con la Policía del régimen. Y esa idea de que unos u otros pudieran quedarse con una imagen suya incorrecta la empujaba a intentar justificarse, lo que ofendía aún más a unos y otros. Una mañana, cuando la tía Mariana no soportó más la ansiedad que le provocaba intentar ser una buena persona a los ojos de todo el mundo, apareció colgada de la viga más alta de la despensa de una casa vieja que era el decorado de todas las viejas anécdotas que contaba mi abuela.

—Vale, mamá. Luego me paso por casa de Encarnita.

En este instante miento. Mentimos para evitar el juicio implacable de los demás. Quizá por eso se colgó la vieja tía Mariana. Para poder dejar de mentir de una puta vez.

—Nos vemos por la tarde. Y recuerda que hoy tampoco ceno en casa —advierto.

—Hoy, todo el día de pingo —suelta, como una gracia.

Nos despedimos y cuelgo.

Mi vena masoquista está convencida de que pasear por la Gran Vía y dirigir la mirada al ático del hotel Ada es una buena idea. Eso creo mientras paso por debajo de un puente y miro un grafiti escrito en los anchos pilares de cemento que lo sujetan. Una letra para cada pilar hasta componer la palabra «brutalismo».

En la cubierta del boletín de notas, además de los apellidos, nombre, dirección y curso, escritos a mano por el propio alumno, aparecía impreso:

A LOS PADRES

Queridos amigos:

Con este Boletín de Información queremos ayudarles a conocer a sus hijos. Ellos tienen dos personas que les quieren y les ayudan: Ustedes y nosotros.

Les hablaremos de su vida en el colegio, lo que hace y cómo lo hace, sus progresos.

También les pedimos su colaboración: queremos saber de la vida de su hijo en casa.

Y entre ustedes y nosotros ayudarles a desarrollarse íntegramente.

El comportamiento de su hijo pueden verlo en el sicograma de observación detalladamente (última página).

Esperamos su visita frecuente.

Les saludamos atentamente.

Había ocho asignaturas, y la nota más alta que tuve en sexto curso fue un «bien» en Religión. El resto fueron «suficientes» y, remarcado en rojo, el «deficiente» correspondiente a la disciplina matemática. Nada escrito en los tres renglones destacados para las observaciones. Los datos que me interesaba conocer eran los de la última página: el famoso «sicograma de observación».

Ahí aparecían dos bloques. Uno para los hábitos y otro para las actitudes personales. Cada apartado tenía tres segmentos repartidos en cinco evaluaciones. La sección de hábitos se dividía en trabajo escolar, disciplina escolar y disciplina personal. La parte de actitudes personales se distribuía según el trato con los profesores, con los compañeros y el interés. Al final de esa tabla se mostraba una lista de calificaciones numéricas, según la cuestión para valorar, y cada una de ellas se correspondía con una apreciación. Por ejemplo, en disciplina escolar había hasta siete dígitos siendo el 1 «muy rebelde» y el 7 «cordial». El tutor, tras reunirse con cada profesor, iba puntuando al alumno con números intermedios que significaban que eras indisciplinado, que tenías madera de líder, que tu actitud era curiosa o que colaborabas en clase.

Ese sicograma, de dudoso valor pedagógico si me tomo a mí mismo como prueba, me interesaba mucho más que sacar un notable o tener todo el boletín lleno de palabras en rojo. Porque en el apartado de actitud con los compañeros, el profesor podría escribir un 1, que equivalía a ser una persona solitaria, o un 2, que señalaba que el alumno estaba poco integrado. Y quizá, cuando mis padres viesen eso, me preguntarían algo. Quizá entonces se preocupasen y quizá alguien se diese cuenta, de una vez, de lo que estaba sucediendo. Pero nunca lo hicieron. Al parecer, los profesores cada vez creían menos en esa valoración y siempre puntuaban igual a todo el mundo. De hecho, en el boletín de sexto curso solo consignaron la primera y la tercera evaluación. Según esos apuntes, yo era:

Trabajo escolar: Normal.
Disciplina escolar: Obediente.
Disciplina personal: Cuidadoso.
Actitud con profesores: Respetuoso.
Actitud con compañeros: Participa normalmente.
Interés: Curioso.

«Participa normalmente». Esa fue la valoración que hicieron los profesores durante ocho años de acoso escolar. Me pregunto por qué nadie se cuestionó qué le había pasado a ese niño que entró en el colegio haciendo gala de una mente dinámica, que era trabajador y simpático, para llegar a convertirse en un chaval de once años disperso, sombrío y solitario, al que le bastaba un suficiente para tomar un poco de oxígeno en el exterior y volver a sumergir la cabeza en el agua. En algo sí atinaba el experimento pedagógico. Siempre fui obediente. Entendí la obediencia como un rasgo de sometimiento, pero no solo a la autoridad del maestro o del adulto. Estaba sometido también a la ley del silencio que imponía la agresión. Alzar la voz, denunciar la injusticia estaba castigado con una doble ración de hostias. Había que tener la piel de un cocodrilo para soportar ese hostigamiento que ningún profesor apreciaba en el colegio.

Aquella tarde de 1978, en el cambio de profesores que precedía a la última clase del día, el Risi tiró una bomba fétida en el aula. A unas les empezaron a dar arcadas. Otros se tapaban la nariz con una mano o con la flexura del codo. Mientras, el Risi se descojonaba de risa. Pablo Romero le gritaba «Mira que eres cerdo, cabrón», pero en el fondo sonaba a palmadita en la espalda entre bravucones. Hasta que entró don Ramón. Era imposible ignorar aquel hedor y el profesor ordenó abrir todas las ventanas y no cerrar la puerta. Por suerte, era primavera y la temperatura exterior no era desapacible, aunque no creo que el Risi tuviese en cuenta ese detalle antes de hacer la gracia.

—Sois asquerosos —sostuvo terminantemente don Ramón—. ¿Quién ha sido?

De nuevo, el silencio. Ya no había quejas ni arcadas. Hasta el Risi había dejado de reírse, aunque mantenía la mueca hilarante en su rostro medio oculto. Las cabezas se inclinaron hacia delante, como en una penitencia coordinada, con los ojos perdidos en el cuaderno abierto para no tener que cruzarse con los del autor de la broma, que, como ya había hecho en otras ocasiones, respondía a la mirada que lo retaba con otra aún más intimidatoria.

—O sale quien ha sido o va a ser peor para toda la clase.

El único que tenía potestad para delatar al Risi era Pablo Romero. Ni siquiera Luis Torres podía hacerlo, porque eso significaría que a la salida habría pelea de las dos bandas. Las chicas ni se planteaban tener la capacidad de acusar a un chico. Entonces sucedió. Aún me pregunto cómo y por qué hice lo que hice, pero, llevado por una náusea de bilis que te niegas a volver a tragar, dije sin levantar la cabeza:

—Ha sido Medina.

El imbécil se llamaba José Luis Medina aunque todo el centro lo reconociese por el apodo y esa sonrisa de *joker* con la que alardeaba después de cada cabronada. La clase me miró como si hubiera sacado un rifle de mi cartera y me hubiese volado los sesos delante de todos. El Risi había perdido la mueca cómica y su mirada era la de una turba dispuesta a tomarse la justicia por su mano.

Mientras don Ramón castigaba al imbécil sin recreo durante dos días, el Risi se defendió acusándome de mentir, maniobra poco eficaz teniendo en cuenta las trayectorias de ambos. Don Ramón confió en mi palabra frente a la del Risi, lo cual siempre me llevó a pensar que los profesores conocían perfectamente quién era quién en aquel colegio, qué hacían y contra quién. No tenía ningún sentido romper seis años de silencio para mentir.

Debería haberme animado a pronunciar los apellidos y las faltas de cada uno de ellos hasta saturar la lista, pero decidí continuar con la mirada retraída. No levanté la cabeza del cuaderno en toda la hora. Como si evitar cruzarme con sus ojos fuese la salvación. Don Ramón no abandonó el aula hasta que todos los alumnos salimos al pasillo central, mezclándonos con el resto de los estudiantes. Sabía que mi impulso tendría consecuencias y evitó que fueran dentro del aula. Recuerdo perfectamente ese día porque Ángel estaba enfermo y no había ido a clase.

Y allí estaban todos, al fondo del pasillo que aquella tarde se recorría con una zancada. Veía sus rostros vengativos a través de las puertas de cristal y madera que daban al exterior. Pablo Romero parecía haberle cedido el protagonismo al Risi, que en ese momento lideraba el grupo. A su lado, Romero, el Chino, Saiz y creo que alguien más que ahora soy incapaz de recordar. No había otra salida más que esa y, aunque intenté buscar a algún profesor, ellos solían abandonar el centro por otra puerta. Una vez más, solo.

—¿De qué vas, maricona? —dijo el Risi en cuanto me tuvo delante.

Sus labios no sonreían. Su expresión era la de un animal agresivo mostrando los dientes para amedrentar aún más a su presa. Conmigo no era necesario. Tenía tanto miedo que no fui capaz de articular un sonido. Si durante todos esos años me habían agredido y vejado sin motivo aparente, en esa ocasión es probable que me matasen. Así lo creí. Y no iba a oponer resistencia. No me detuve ante ellos. Continué caminando lo más rápido que mis cortos pasos eran capaces de avanzar, con la mirada puesta en la verja de metal que dejaba atrás el colegio y se abría a los últimos metros de la Séptima Avenida.

—¡Que te estoy hablando!

—¡Maricona!

De repente, un golpe en la espalda. El empujón me hizo caer de bruces en el suelo. Coloqué las manos para amortiguar el golpe, pero solo conseguí raspármelas hasta hacerme sangre. Me levanté, con la falsa dignidad de quien se sabe débil, y volví a fijar mi objetivo en la salida. Todo estaba sucediendo a la vez: los insultos, la sangre, el escozor, los empujones, mi pensamiento, que solo era capaz de valorar si tendría pulmones suficientes para iniciar una carrera y soportar la persecución hasta llegar a casa. Si sería preferible escapar hacia la derecha, donde el camino era más corto pero agreste, lleno de desniveles, piedras y yerbajos, o echar a correr hacia la izquierda, por toda la avenida hasta recorrer el kilómetro que me separaba del barrio. La cartera en la espalda, cargada de libros, no me iba a ayudar. Fui capaz de pensar todo eso en apenas unos segundos. Los que separaron mi primer paso previo a la batida y el instante en el que sentí cómo tiraban del asa de la cartera impidiéndome escapar. Me rodearon y, con actitud amenazante, me fueron empujando hasta un rincón del patio que tampoco estaba muy oculto. En ese momento solo pude pronunciar una palabra:

—Perdón.

El Risi se sorbió los mocos hasta convertirlos en un lapo y me lo escupió en la cara.

—Marica chivata —dijo.

Intenté limpiarme con la manga, pero Romero me dio un puñetazo. Otro de ellos atizó un golpe seco contra la corva de una de mis piernas y me hizo perder la estabilidad. Volví a caer al suelo. A partir de ahí, solo hubo golpes, patadas e insultos. Me cubrí la cabeza con los brazos. Siempre lo hacía. No es que la valorase más que al resto de mi cuerpo. Era que en la cara los golpes eran más visibles y podían traerme más problemas en casa. «¿Es que no sabes defenderte?». Una patada en la boca del estómago me cortó la respiración. No podía tomar aire ni siquiera para iniciar el llanto. Ninguno se detuvo. Mi rendición a sus golpes no los disuadía de su objetivo. Pensé que iba a morir. Y si lo que me esperaba al día siguiente, y al otro, y al otro, era lo mismo que estaba viviendo, no me parecía mala idea dejar de respirar.

Derrumbado como un saco viejo con el que juegan los perros, entre esa maraña de golpes e insultos, escuché una voz inmadura que gritaba:

—¡Idiotas, dejadlo en paz!

Era mi hermana Gloria. Debía tener ocho años y sonaba enfurecida. No sé si golpeaba la espalda de Romero, si mordió al Risi en el antebrazo o si gritó tan fuerte que llamó la atención de algún profesor. No lo sé, porque seguí con la cabeza atrapada entre los brazos, estirándome del pelo, como siempre hace la gente desesperada. Porque la defensa de mi hermana pequeña solo logró sumar vergüenza a mis heridas. Cada golpe que pudiesen asestar los puños de Gloria yo lo acusaba como una humillación más. Pararon. No hubo más golpes. Escuché el llanto de Gloria, que aún los insultaba entre lágrimas.

—Tiene que venir a defenderlo su hermanita —dijo uno.

—Nenaza —añadió otro.

—Maricón chivato.

Reconocí la voz de Romero cuando se acercó y dijo:

—Hasta darte de hostias es aburrido.

Mientras se alejaban, permanecí un rato más en el suelo. Gloria se acercó sin dejar de llorar.

—Tomás, ¿por qué te pegaban?

Por primera vez podía contestar a esa pregunta, pero no lo hice. Gloria intentó despegar mis manos de la cabeza, pero todo mi cuerpo se había convertido en un bloque de cemento. Cada uno de mis invisibles músculos se había comprimido en una tensión que me volvió piedra. Permanecí así, reducido a la nada, buscando mi respiración entre las lágrimas, acurrucado contra en el suelo sucio de diez mil recreos, como el despojo que aguarda al carroñero.

—Dame la mano, ponte de pie, por favor —suplicó Gloria.

—Estoy bien —contesté con la voz ahogada, sin moverme, con los brazos cubriéndome la cabeza, con el rostro oculto y el cuerpo flexionado, como un feto en el vientre de su madre.

Los golpes habían dejado de dolerme. Ahora el dolor estaba dentro, muy dentro. Cuando me levanté, Gloria tenía un mar en calma en los ojos. Me limpié las lágrimas con un pañuelo de tela. Se habían mezclado con los mocos, la sangre de mis manos y el lapo del Risi, así que el pañuelo acabó en una papelera. Gloria me abrazó y yo la separé con brusquedad.

—Ni una palabra de esto en casa. ¿Me has entendido?

Eso fue lo único que dije. Gloria asintió atemorizada por la ira que destilaban mis palabras. Hicimos en silencio todo el trayecto de vuelta a casa. Elegí ir por el descampado y la vía, que era el trayecto más corto. Los golpes eran visibles y, al llegar, conté que me había caído por el camino. Mamá comentó: «No me puedo creer que seas tan torpe». Y me metió en el baño para curarme las heridas.

Sospecho que, en este punto de la narración, ya os habréis preguntado si mi hermano mayor estaba matriculado en el mismo colegio. Por supuesto que sí. Toni iba cuatro cursos por delante. No era un estudiante extraordinario, pero iba pasando de curso sin arrastrar asignaturas pendientes. Los primeros años, cuando comenzaron las agresiones de palabra, mi reacción era buscarlo entre los alumnos mayores. Solían agruparse en una esquina del patio, detrás de la cancha de baloncesto, alejados del punto de reunión del profesorado, para fumar sin demasiados problemas.

En algún momento mi mirada buscó su protección, pero pronto comprendí que era preferible cerciorarse de que estaba lo suficientemente lejos como para no oír los insultos. Esta maniobra solo evidenció mi escasa competencia para enmascarar la realidad, porque en aquel colegio era imposible ocultar algo.

Toni sabía de sobra lo que me ocurría, pero le ocasionaba un conflicto mayor afrontarlo que ignorarlo. Cuando mamá dejó de acompañarme, Toni tuvo que hacerse cargo. Tenía orden de mis padres de no separarse de mí en los trayectos de entrada y salida del colegio. Lo cumplió el primer año, y ni siquiera en su totalidad. Aprendí a apañármelas solo. Creo que aún sigo haciendo lo mismo: no esperar ayuda de nadie.

Toni oía los insultos exactamente igual que yo, pero nunca contestó. Caminábamos como si no fueran con nosotros, como si esa palabra que traía el viento no significase nada entre el tumulto de voces a la puerta del colegio. Jamás hemos hablado de ello. Una vez que volvió a repetirse la historia —daba igual si la excusa era la merienda del recreo o lo ordenado que estaba el estuche, ya que solo les interesaba el final—, vi salir al patio a Toni con Samuel y su grupo de amigos. Iban bromeando y pensé que, si gritaba su nombre, vendría a ayudarme. No fue necesario. Los ojos de Toni, como en un truco de telepatía, se encontraron con los míos. Nos separaban muchos metros. Él estaba riéndose con sus amigos y dejó de hacerlo. Yo estaba padeciendo a mis compañeros. Un escalofrío extraño invadió, desde el dedo gordo del pie hasta la cabeza, todos mis órganos. Entre la agitación y el bochorno, abrí mucho los ojos, como quien ve a un conductor suicida arremeter contra su coche. Mantuvimos la mirada apenas unos segundos. Luego Toni giró la cabeza y continuó riéndose con sus amigos.

No soy capaz de acordarme de cómo acabé aquel día. No sé si tuve que dejarme robar la merienda, si estuvieron dándome tobas en la nariz y en las orejas hasta que se cansaron o si escribieron «marica» en diez páginas diferentes del libro de Cálculo, ese que tenía en la cubierta monigotes con los que la gente se burlaba de un inocente. No sé si mamá tuvo que curarme otra herida. No sé si mi padre repitió que debía aprender a defenderme. Solo sé que avergoncé a mi hermano mayor y que aquella decepción me ha acompañado el resto de mi vida.

Él era de los mayores. Solo necesitaba acercarse a Pablo Romero y decirle, con su voz de pequeño hombre, que no me volvieran a poner la mano encima o les rompería cada uno de sus diez dedos. Eso hubiera sido suficiente. El hombre contra el hombre. El instinto. Siempre hay alguien más fuerte que tú. Pero eso nunca sucedió. Aún hoy me cuesta mirar a los ojos a mi hermano. No porque tema volver a ver su vergüenza, que eso ya me da lo mismo, sino porque no quiero subrayar mi decepción.

Ninguno de los tres hermanos verbalizamos en casa lo que pasaba en el colegio. Sabíamos que en nuestro edificio también había niños que iban al mismo centro. Niños y niñas, vecinos, que lo sabían todo, que sabían leer detrás de cada golpe, de cada tirita. Pero todo a mi alrededor era silencio. Ignoro si lo contarían en casa —«¿Sabéis que a Tomás, el hijo de Carmen y Antonio, le pegan en el cole por maricón?»—, pero si lo hicieron, jamás se habló de ello con mis padres.

—¿Por qué guardaste silencio todos esos años? —era una pregunta recurrente de Roberto durante las terapias.

No sé qué esperaba de mí. Que acabase encontrando, gracias a esa terapia, una respuesta. Aún no he encontrado la precisa. Supongo que porque nunca sentí mi dolor como legítimo. Me ejercité en el arte del silencio con tal convencimiento que no supe pedir auxilio. Viví nueve años de mi vida sin voz. En la edad en la que no debía tener mayor obligación que la de ser insultantemente feliz. En el tiempo en el que tenía el poder de partir el viento sobre una bicicleta, cuando la vida tenía la obligación de protegerme, me robaron la voz. No supe denunciar. Es el miedo.

El miedo que ya va en la leche materna, en la sal de tus lágrimas y en el semen que brota de la primera paja clandestina. El miedo que te encuentras en los bolsillos de los primeros pantalones, en la estela de aire que dejan aquellos que te adelantan corriendo, en la carcajada que sucede al chiste. Ese miedo sobre el que se han levantado todas las civilizaciones para que aprendamos a guardar silencio.

No sé por qué estuve callado, Roberto. Los sicólogos del planeta quizá deberíais hacer esa pregunta a los demás. Porque, si no saben la respuesta, si no se han detenido a pensar, durante el tiempo que pierden fumando un cigarro a la puerta de sus trabajos, en si alguna vez mandaron callar a alguien, de cualquiera de las mil maneras que hay de hacerlo, que nadie espere que seamos los que aún estamos buscando nuestra voz quienes demos con la respuesta. No hay nada más indolente en este puto mundo que el patriarcado.

Encontré mi voz muchos años después. Estaba abandonada a la destemplanza. Marchita y extenuada. La voz de mis siete años, de mis diez, de mi abominable pubertad. Y ahora, más de cuarenta años después, vienen a decirme que hay que ser fuerte, que la grandeza está en superar los episodios dramáticos de nuestra vida y seguir adelante. Serán cabrones. Odio a los fuertes. Los odio con todas mis fuerzas. Porque escriben la historia a su medida, señalando la fragilidad como un fallo del sistema. «Yo lo superé, tú puedes hacerlo», te sueltan a la cara. Como quien diseña un cinturón con un solo orificio donde enhebrar la aguja. Hay que ser fuerte. Si no lo eres, aprende a serlo. Si no aprendes, acepta las consecuencias. Nadie, desde aquellos años de mi escuela hasta hoy, ha puesto el foco en el agresor. Nadie. Nunca. Porque el agresor es el fuerte, y a la fortaleza no se la castiga. El vigor es el objetivo. Nadie castiga al fuerte porque el día que lo hagan todo esto se va a la mierda. La justicia social consiste en cargar a la víctima de responsabilidades: grita, denuncia, corre, no tengas miedo. ¿Por qué sigue siendo la persona herida quien no puede dormir por las noches, con el cuerpo encharcado en el jodido miedo? ¿Cuándo el agresor ha sentido pánico, cuándo le ha costado conciliar el sueño pensando aterrorizado en las consecuencias de sus actos?

Desde segundo a quinto curso —luego mis acosadores empezaron a coquetear con las chicas y, aunque nunca cesase, el acoso bajó de intensidad—, acercarme por el pasillo al umbral de mi aula condensaba de tal manera mi saliva que me impedía tragar. El malestar empapaba la nuca y la palma de mis manos aunque en la calle el termómetro marcase bajo cero. Nunca sabía qué me esperaba detrás de esa puerta. Pero sí sabía que, fuera lo que fuese, sería solo el principio.

Cuando entraba en clase y estaban ocupados con otras cosas, intercambiando cromos o comentando el partido del domingo, cuando la pizarra estaba limpia, sentía el alivio del preso liberado de la pena capital. Otras veces, el sosiego se prolongaba hasta que llegaba al pupitre y encontraba «marica» escrito sobre el tablero. Sacaba la goma de borrar y la convertía en migajas tratando de eliminar hasta el último rastro, estrangulando la goma con tal fuerza que podría haber atravesado la madera. A veces, mientras borraba, ellos la seguían escribiendo en otras partes del tablero, muertos de la risa ante mis intentos fallidos de apartar sus manos y no dejar de borrar. Conseguí eliminar hasta el trazo del rotulador. Por eso decidieron grabarla en la madera con la aguja del compás.

Llegó un día en el que asumí que el insulto era solo aire. Aire expulsado con mayor o menor rabia, pero nada más. Palabras que se desvanecían entre el oxígeno y se camuflaban a través del resto de los gases nobles hasta convertirse en algo parecido al vapor de agua. Pura evaporación. Y me acostumbré. Eso no significa que no doliese. El dolor es exhibicionista y, si no llama la atención, no se siente respetado. Por eso empezaron las hostias. Porque cuando un hombre embiste, quiere ver el miedo en tus ojos. De eso se nutre el patriarcado. De nuestro miedo. El temor destila muy mal. Desprende un olor a leche cortada. Puede que, con el tiempo, se convierta directamente en bilis. Y entonces no tengáis los santos cojones de venir a preguntarnos por qué.

Llego a la terraza del hotel Ada con el alma en el exilio. Tengo el paso abatido que acompaña a los corazones rotos, con ese regodeo insano en el daño y con el entendimiento turbado del que siente que es el final. No solo el de su historia de amor, sino el de su última historia de amor.

Tomo asiento en el mismo sitio que entonces, con vistas a la cúpula del edificio Metrópolis. Hace frío y unos tramposos rayos de sol iluminan esta mesa en la que, después de besarme, Marco me preguntó si me iría a vivir con él a Barcelona. Le contesté que tenía que pensarlo, que desconocía si podría hacer el programa desde allí, cuando en el fondo ya había tomado una decisión. Sabía que al mismísimo Teherán habría viajado si fuera a su lado. Estoy solo, en esta terraza de impresionantes vistas, bebiendo un *bloody mary* y echando de menos a Marco porque no tengo nada más. Experimento un pavor tal a seguir advirtiendo su ausencia que me animaría a encaramarme al barandal de piedra y saltar al asfalto de la Gran Vía solo para que le remordiese la conciencia. Sí, una puta y miserable *drama queen*. Una víctima del amor romántico. Una hipérbole atormentada y tóxica. Nadie me enseñó a gestionar el desconsuelo de otra manera. Soy autodidacta emocional. Hago lo que puedo con este interior de briznas y rastrojos, como el de un espantapájaros solitario en un inmenso campo de avena.

El grupo de WhatsApp que ha montado Roberto con motivo de la cena de esta noche echa humo. Están todos muy contentos de verme. Eso dicen. Tan contentos que acudirán con sus respectivos novios. Para que el mal trago de sentirme impar me sea más cordial.

Al final, no es mentira. He vuelto a casa y mamá me ha preguntado quince veces si he saludado ya a Encarnita. Claudico y llamo a su puerta. El sonido de un programa de Telecinco rebota en el felpudo, donde aún puede leerse un desgastado «Bienvenidos». Miro hacia mi casa y noto que el puntito de luz de la mirilla se eclipsa. Mamá está vigilando.

—¡Hombreee! ¡Qué alegría verte! ¡Pasa, pasa! Has venido a pasar las fiestas con la familia, ¿verdad? Le pregunto mucho a tu madre por ti —dice Encarnita nada más abrir la puerta. Mis saludos y mis razones comparten espacio con sus palabras porque no deja un silencio entre emociones—. ¡Humberto! Mira quién ha venido. Tomás, el de Carmen.

Humberto ni se inmuta. Sigue con la cabeza torcida y la mirada grapada a la televisión. Ahí está ese hombre, el de los calzoncillos negros tendidos en las cuerdas de la infancia, convertido en un pedazo de ausencia. Encarnita tiene el pelo canoso, más corto, y lleva el delantal puesto encima de la bata. Pese a los años, se mueve mucho mejor que mamá y su casa sigue oliendo a comida, como cuando era pequeño. No deja de ofrecerme cosas —«¿Quieres un café?»—, y aunque respondo a todos sus ofrecimientos con un no —«¿Quieres un poco de turrón?»—, ella insiste —«Los mazapanes los he hecho yo misma, prueba uno»—, hasta que finalmente elijo la porción más pequeña del turrón de chocolate —«Pero ¡coge un trozo más grande, hombre!»— que tiene en una bandeja llena de mazapanes caseros, polvorones y turrones con forma de fichas de dominó.

—Los he comprado por si viene alguien y para los nietos, porque Humberto, te puedes imaginar, esto ni lo prueba. Y yo, la verdad es que cada vez les tengo más manía a estas fiestas.

Y mientras Encarnita habla sobre sus nietos, sobre lo bien que le va a su hija, sobre lo bien que le va a su hijo, sobre Magaly, que es como se llama la mujer que la ayuda con su marido, recuerdo aquella Navidad, hace dos años, cuando Bernat, un amigo de Marco, nos invitó a cenar en Nochevieja.

Marco no quería ir. El atentado de las Ramblas de aquel verano nos había hecho más frágiles a todos y nos había robado las ganas de divertirnos. No viajé a Madrid para no dejarlo solo —los reproches de mamá duraron hasta las fiestas del año siguiente—, y recuerdo, como si hoy fuese ayer, que me obcequé de tal manera con hacerle feliz esos días que volví a amar la Navidad. Como cuando mi sobrina Frida nos obliga a levantarnos del sofá y salir a la calle para festejar las luces. Cuando su ilusión es el motor que empuja a un grupo de adultos a decorar una casa con nieve falsa y recargados abetos igual de falsos. Quizá de eso se trate, de intentar hacer felices a los demás.

Cenamos en casa de Bernat. Éramos apenas diez personas y nos tragamos las doce uvas sin atragantarnos y a su ritmo, que dicen que trae buena suerte. Y no hay año que no sea malo, pero seguimos manteniendo esa tradición idiota como una seña de identidad. Ese año volví a amar unas fiestas de mierda solo porque encontré una razón para hacerlo, y esa razón era Marco. Después de las uvas, me besó de tal manera que sentí que esa era mi recompensa.

—Te amo —dijo.

—¿Pensarás lo mismo cuando prefiera tumbarme en el sofá con una manta y ver *Love Actually* en lugar de salir de fiesta? —le pregunté con la sonrisa abierta y los ojos brillantes.

—Solo sé que deseo hacerme viejo a tu lado. Y en ese tiempo cambiaré esos gustos cinematográficos tan tóxicos que tienes.

—Tienes razón. Mucho mejor vernos *Canino* o *Happiness* cada Navidad.

Y mientras Encarnita continúa hablando, veo la sonrisa de Marco en la televisión.

—Anda que esta también, la Adara, menuda tiene liada —apunta Encarnita aludiendo a los personajes que aparecen en el programa.

Odio la Navidad. Más que nunca. Porque no encuentro a nadie a mi alrededor a quien desee hacer feliz. Estaréis pensando que esta es la historia de un desamor. Y escribo «un desamor», en singular, porque si fuésemos capaces de dejar de sentir a la vez, como un puto *software* emocional, si nunca se diese el caso de que una persona siguiese amando, el desamor no inspiraría versos ni estrofas. Sería un trasbordo sin más, de esos que recorremos en el metro, como cobayas asalariadas. Obviamente, es la historia de un desamor. El suyo. El de Marco. Pero también es la historia de una fragilidad. Esa que nos convierte en fieras buscando una razón para desgarrar el alma humana, como el perro que descuartiza su muñeco ante los ojos de un dueño que sonríe al verlo jugar.

Adelantándome a la hora indicada, llego a casa de Roberto y Juan con mi mejor fingida sonrisa y una botella de Habla del Silencio, un tinto que es toda una declaración de intenciones para acompañar la cena. Roberto y Juan llevan dos años deseando abandonar el ruido del centro de Madrid, pero de momento siguen viviendo en un piso en la calle de la Puebla, en pleno barrio de Malasaña. Un piso que perfectamente podría ilustrar una de esas revistas de decoración en las que amontonar los libros en el suelo queda *cool*, pero cuando pruebas a imitarlo en tu casa pareces una cerda enferma de Diógenes. Roberto y Juan tienen columnas de libros detrás del sofá e incluso en su dormitorio. Y les queda bien. Siento que ese espacio me habla más de Juan que de Roberto. Apenas reconozco en estas lámparas colgantes, en estos mantelitos sobre la mesa de cristal y en esta lista de canciones de Pablo Alborán al Roberto de mi vida. Pero no debo meterme en estos asuntos. Roberto y yo nunca convivimos. No tuvimos que pactar. Marco y yo sí lo hicimos. Y nunca estuvo el DVD de *Love Actually* en la primera línea de la estantería. Siempre en la segunda, donde las visitas no la pudieran descubrir.

—Llegas pronto —dice Roberto al recibirme.

Y tiene razón. Me he propuesto encontrar un momento, antes de la llegada del resto de los invitados, para disculparme por mi comportamiento la noche que fue a buscarme al aeropuerto.

—Feliz Navidad —pronuncio sin ninguna verdad.

—Así nos ayudas a terminar de organizar —comenta Juan.

Juan es adorable conmigo, pero hay una parte de mí que prefiere que no lo sea. Que me odie lo suficiente como para autojustificarme. Mientras Roberto y Juan se ordenan mutuamente lo que hay que hacer, me acerco a la colchoneta en la que reposa Toro, el bulldog francés que les dio por comprarse a todas las parejas de maricones para hacerse fotos en Instagram. Saludo a Toro sin demasiada efusividad. Pronuncio unas cariñosas palabras y poco más. No me gusta convivir con animales, pero tener que explicarlo siempre es someterse a la mirada inquisidora del otro, así que finjo un cariño que no siento por un perro que veo por primera vez.

—¿Ya está mejor? —pregunto.

—Sí, hoy ya está más recuperado —explica Juan mientras me ofrece una copa de vino.

—Eso sí, se tira unos pedos que son peores que el ántrax —añade Roberto.

—Pues mejor llevar la colchoneta a vuestra habitación, ¿no? —propongo amigablemente.

Necesito solo una breve mirada de Juan para comprender que mi apreciación no ha superado ni el primer filtro.

—Hay gulas, que ya sé...

—Gulas no —le corrige Juan a Roberto—. Angulas.

Roberto me mira y esboza un gesto de sibarita para repetir la palabra:

—«Angulas», que sé que no te gustan, pero para compensarte he comprado un jamón ibérico que ya lo tengo ahí fuera, para que esté bien sudadito cuando lo llevemos a la mesa.

Juan ha preparado unos tallarines con salsa de boletus que solo falta que interrumpan la programación de todas las cadenas de televisión, como si fuera el mensaje real de Nochebuena, para recordar a España que él mismo ha hecho la pasta fresca. Al huevo. Creo que el mensaje va a repetirse varias veces en la noche. Una por comensal, aventuro. Y además, nos avisa de que la tarta Sacher del postre también es casera. Roberto se ha encargado de comprar los entrantes: una tabla de quesos, adornada con uvas, unas cazuelas de angulas y jamón ibérico.

—Es un Cinco Jotas —puntualiza Juan.

—¿Puedo hablar contigo? —le pregunto a Roberto mientras Juan traza parsimoniosos círculos sobre la salsa de boletus que reposa a fuego lento.

—Alexa, pon algo de Abba —le dice Roberto a ese altavoz con forma de esfera que sé que, tarde o temprano, acabará asesinándolos.

Cuando Roberto y yo éramos pareja, disfrutábamos de largos viajes en coche escuchando a Parade, Los Piratas y Abba. A Juan no le gustan Parade ni Los Piratas, por eso, cuando Roberto le solicita Abba a la inteligencia artificial, lo percibo como una especie de derrota. Como si la selección musical fuese un terreno neutral para la negociación entre la actual pareja y el ex. No hay mucho marica que deteste a Abba. Así, Roberto vence en su hábil papel de diplomático.

—Quería disculparme por lo de la otra noche. Creo que la vida me supera.

—¿Te quedan ansiolíticos?

—Por eso no te preocupes. Pero con diazepanes o sin ellos, mi comportamiento del sábado no estuvo bien. —Hago una pausa mientras Roberto le quita importancia—. No sé qué me pasa, Roberto, pero siento que hay algo en mí que no está funcionando bien.

—Acabas de romper con tu pareja, Tomás. Date tiempo, pasa tu duelo y ya verás cómo muy pronto empiezas a verlo de un modo diferente.

—No tiene que ver con Marco. Tiene que ver...

El timbre del portero automático interrumpe nuestra conversación. Juan ordena a Roberto que conteste, y las bromas de Santi, que llegan desde la calle a través del telefonillo, invaden todo el salón. Aprovecho el barullo para mear en territorio ajeno. Le pido a Alexa *Our last summer*. Sigue siendo Abba, pero Roberto solo pensará en mí. Me busca al instante, en cuanto Frida canta que todavía puede recordar aquel último verano. Le sujeto la mirada y acabo la copa de vino de un trago. Santi entra bromeando y, tras las felicitaciones navideñas, me presenta a su novio, Martín. Se conocieron en el gimnasio. Sonrío y estoy a punto de utilizar el mismo énfasis en el saludo que he empleado con el bulldog francés. Llevan juntos cuatro meses, ambos llevan prendas muy ajustadas, de manga ultracorta, para que todo el mundo fantasee con su cuerpo desnudo. Apuesto quinientos euros a que, en un mes, nadie será capaz de distinguir a Santi de Martín. Se clonarán. Como todas esas parejas gais que demuestran que lo suyo, más que amor, es narcisismo y prefieren enamorarse de su reflejo en el espejo que de otra persona que no sea ellos mismos.

En medio de las presentaciones y las copas —relleno la mía—, van llegando el resto de los invitados. Borja también me presenta a su novio. Se llama Gaspar y me ahorro el chiste porque el pobre ya debe estar hasta los cojones de escucharlo. Borja y Gaspar se conocieron en la Nochevieja del año pasado, drogadas como dos piojos, y aunque nadie daba un euro por esa relación, están a punto de celebrar su primer aniversario. Nos cuentan que ya lo tienen todo listo porque van a pasar fin de año en Nueva York. Qué bonito regalo de aniversario.

Vuelvo a rellenar la copa para soportar tanto amor. Santi le exige a Alexa que quite esa balada de Abba tan ñoña y ponga el *All I want for christmas is you,* de Mariah Carey. Tanto para Santi como para la Carey, siempre es verano. Da igual que el termómetro marque diez bajo cero, que se siguen vistiendo como si fuese agosto en Sevilla. Repito la acción de llenarme la copa. Por supuesto, Borja y Gaspar también van al gimnasio. De hecho, la cena que ha preparado Juan no es la pechuga de pavo con la que ellos suelen alimentarse, pero son muy amables y estoy convencido de que se la comerán sin rechistar.

Y solo os queda conocer a Xavi y Juanma, que llevan juntos desde que Roberto y yo nos conocimos. Son la pareja de hombres gais que todos admiramos, porque han conseguido estar juntos más de veinte años. Intento no hacer énfasis en el hecho de que son pareja abierta. Me pregunto si Roberto y Juan lo son, y me respondo colmando de nuevo la copa que ya me he bebido. Cuando nos sentamos a la mesa a cenar, ya estoy lo suficientemente borracho como para reírme en la cara del amor de los demás.

No se habla de Marco en toda la noche. Todos lo conocían, pero ninguno lo menciona. Supongo que es la estrategia para hacerme olvidar, pero lo que siento es que están evitando tener que implicarse con mi dolor cuando ellos, es evidente, disfrutan de su felicidad en pareja. La falta de empatía de las parejas me irrita. ¿Os habéis fijado en que, cuando un amigo soltero verbaliza su deseo de encontrar pareja, todo su entorno comienza a entonar el mismo canto? Los que te sueltan eso de «Estás solo porque quieres», que es tan ofensivo como ir a la cola del INEM y gritarles a las personas que buscan empleo que están en paro por voluntad propia, porque trabajo hay mucho: precario, sin contrato, mal pagado, explotado, pero, oye, mejor eso que nada, ¿verdad? O los que te recomiendan que dejes de obsesionarte con eso porque el amor llega «cuando menos te lo esperas». ¿En serio? ¿De verdad me vais a venir con eso de que el amor tiene un temporizador para captar cuál es el momento en el que estás pensando en el olor de tus pedos para presentarse en tu vida y pillarte por sorpresa? O los que te sueltan el discurso activista de la soledad, ese que entroniza lo bien que se está solo, con una superioridad moral insultante, que solo deja ver la coraza que han forjado durante años de desencuentros sentimentales. Pero de todos esos discursos trillados el que más me ofende es la defensa de la *sologamia* por parte de aquellos que viven en pareja y, supuestamente, con amor. Les escuchas defender con tal entrega la maravillosa aventura de la soltería, el placer hedonista del individuo, que te entran ganas de saltar sobre su pareja y follártelo ahí mismo, en su puta cara, y salpicarlo con tu corrida, para que disfrute. Bebo un trago largo.

Aprecio que esta cena está montada para su divertimento, lejos del regodeo en el drama de la amiga —sí, nos hablamos en femenino; no tenemos ningún problema con eso—, así que tampoco se reprimen en las muestras de afecto. Por si acaso no ha quedado claro quién es el número impar de la mesa.

Los que saben cuentan que la mayoría de los primeros recuerdos que tenemos no son reales. Nos los hemos inventado, ya que, a una edad temprana, nuestro cerebro es incapaz de memorizar. Creo que eso no solo sucede cuando somos bebés. También sucede cuando bebemos. Se me antoja que debo volver a llenar mi copa antes de pronunciar lentamente:

—¿Quién es Álex?

No sé dónde diablos he estado todo ese tiempo, pero cuando he prestado atención a las conversaciones cruzadas de los invitados, entre las campanillas del puto villancico de la Carey, que suena aleatoriamente cuando menos te lo esperas, solo llego a comprender que hablan de un tal Álex. El muchacho ha dejado una nota de voz en el WhatsApp de Santi preguntando cuál era el plan para esta noche y, en medio de mis ebrios pensamientos, han decidido invitarlo a tomar una copa.

Son pocos los datos que soy capaz de retener antes de tirar la copa sobre el mantel y salpicar el pantalón de Juanma. Uno es que Álex está objetivamente bueno para todos los que están aquí. De hecho, Santi se había liado con él antes de encontrar a Martín, aunque es probable que vuelva a hacerlo esta misma noche y con Martín. Las parejas abiertas son como las preferentes que te metían por los ojos los bancos hace varios años. Son un instrumento complejo que se les ofrece a personas sin los suficientes conocimientos emocionales para saber gestionarlo. Nos hacen los ojos chiribitas ante los beneficios de una pareja estable y la libertad sexual de la soltería, y acabamos convirtiendo la relación afectiva en un fraude.

—Tomás, deja de beber —dice Roberto mirándome seriamente.

No le hago caso.

Sí recuerdo que el tal Álex también había tenido un marraneo en los baños del Marta Cariño con Xavi. Creo que los demás también tienen su propia anécdota sexual con el muchacho. Desde una paja por videollamada en el móvil hasta unos morreos profundos en la pista de una discoteca. De repente, Álex era el premio que todos habían ganado alguna vez. Esta cena navideña de amigas se ha convertido en una maldita reunión de ganadoras del Oscar a la mejor actriz posando juntas para la portada del *Vanity Fair*. Y yo soy la que tiene que limpiar el set cuando finalice la sesión de fotos.

Juan se levanta presuroso para buscar un quitamanchas que arregle el lamparón en el pantalón de Juanma cuando Roberto me levanta de la silla agarrándome de un solo brazo. No me da tiempo a sujetar la copa. Por suerte, esa vez está vacía. Rrrrarro. Me conduce por el piso como si fuera a empujarme dentro de un coche policial. Mientras me alejo, le recuerdo a Juan que el quitamanchas deja cerco. Cuando Roberto cierra la puerta de su dormitorio, me suelta:

—¿Me puedes explicar qué coño te pasa? ¿Estás gilipollas?

Cuenta que todo esto que habéis leído, como si se tratase de una secuencia de pensamientos, lo he verbalizado durante la cena. El monólogo no ha sido, precisamente, interior. Intento pedir disculpas, pero se me traba la lengua.

—No estoy bien —alcanzo a confesarle a Roberto.

—Salta a la vista —contesta visiblemente malhumorado.

Una arcada impide que continúe con la conversación. Por suerte, Roberto y Juan son ese tipo de pareja que tiene baño en el dormitorio y un aseo, a la entrada, para invitados. Vomito en el que me pilla más cerca. Mientras tiño de azul violeta la cerámica del inodoro, Roberto propone:

—Échate agua en la cara, enjuágate la boca con un poco de elixir y túmbate un rato en la cama.

Y se marcha dejándome arrodillado en el suelo, abrazado a la taza del váter de su baño *en suite*, como Jennifer Jones se abrazaba al cuerpo moribundo de Gregory Peck en *Duelo al sol*.

Recuerdo aquel domingo que Ángel y yo nos subimos encima del búnker. Nos sentamos allí y miramos los árboles. Era como vigilar una fotografía. No pasaba nada. Aquel paisaje era como el forillo de una obra teatral infantil. Detrás de los árboles estaba la carretera del colegio y, si nos poníamos de pie encima del búnker, podíamos llegar a ver el barrio. Desde allí también divisábamos la residencia de ingenieros y sus canchas. Llamaba la atención que ese camino, que durante la semana estaba abarrotado de gritos y carreras, de automóviles y autocares, quedase tan despoblado fuera del horario lectivo. Ángel sacó una bolsa de pipas de calabaza y me ofreció un puñado.

—Prefiero las otras —le dije, aunque acepté el ofrecimiento.

La base de los muros de la residencia de ingenieros se

asemejaba a la de una fortaleza que protegiese un gran castillo. Ángel y yo nos pusimos de pie e imaginamos todo lo que había detrás con la astucia del que sueña en voz alta, convirtiendo sus expectativas de futuro en una fantasía infantil más.

—Seguro que hay lámparas grandes, de esas con cristales que cuelgan y brillan como los flases de las cámaras —se figuró Ángel mordiendo la pipa y escupiendo la cáscara.

—¿Cómo de grandes? —pregunté yo imitándolo.

—Como el cuarto de baño de mi casa.

—Pero tu cuarto de baño no es grande.

—Para ser un cuarto de baño, no. Pero para ser una lámpara, sí —argumentó Ángel.

—Creo que también hay un salón de baile.

—¿Para qué quieren los ingenieros un salón de baile?

—Los ricos siempre tienen un salón de baile. Lo he visto en las películas. Se ponen unos vestidos muy bonitos, con las faldas muy muy grandes, que hasta cabe una persona debajo. Como las casas de los indios apaches.

—No me gustan las pelis del Oeste. Son un rollo. Todos los sábados ponen una en la tele.

—Es verdad. Mi padre dice que le gusta mucho verlas, pero luego se queda dormido.

—El mío también.

Y, como un mirlo posándose sobre un campo de nieve, vimos avanzar el coche brillante que le gustaba a Ángel. Los dos lo vimos a la vez. No fue necesario avisarnos el uno al otro. Dejamos de morder pipas. Dejamos de escupir las cáscaras. Ese silencio era todo lo que necesitábamos. El Peugeot 504 metalizado se detuvo, pero no paró el motor. Ninguna de sus puertas se abrió. Nadie descendió del vehículo. Se quedó ahí un rato, como si estuviese esperando a alguien. No pude ver quién estaba al volante. Seguro que Ángel tampoco porque, aunque no se lo pregunté, estoy convencido de que si hubiese podido identificar a alguien, habría roto ese mutismo inquietante para decírmelo. Al poco tiempo, el coche se puso en movimiento y continuó recto hacia la entrada del colegio. Ángel y yo lo seguimos con la mirada. Vimos cómo hacía maniobras para girar y volvió a recorrer la carretera en sentido contrario. Al llegar al mismo punto, el coche brillante repitió la acción. Se detuvo. No paró el motor. Nadie se apeó. Esa vez estaba de frente y, aun así, era imposible averiguar quién estaba al volante. Volvió a ponerse en marcha y desapareció.

Nunca le dije a Ángel lo que había sentido. Presentí que, de la misma manera que nosotros estábamos observando el coche, la persona que estuviese en su interior nos estaba mirando a nosotros. Con seguridad, él sintió lo mismo. En cualquier caso, no hizo falta esperar mucho para comprobar que ninguno de los dos nos habíamos equivocado.

No sé cuánto tiempo ha pasado cuando abro la puerta del dormitorio de Juan y Roberto. Me he quedado dormido en el suelo del baño y el frío de las baldosas me ha despertado. Con franqueza os digo que me encuentro fatal, pero, aunque quiera, no puedo descansar un minuto con el retumbe de celebración que llega desde el salón. Aparezco en medio de un fiestón. Suena *Con altura,* y Santi presume de movimientos de *twerking* ante las carcajadas de Martín, Xavi, Juanma y Juan. Roberto sale de la cocina con una cubitera llena y cambia el semblante alegre por uno simplemente amable.

—¿Mejor? —pregunta.

Miento y asiento. Roberto sonríe y canta *flores azules y quilates* mientras baila llevando la cubitera a la mesa. No hay ni rastro de platos ni de tallarines. Solo botellas de ron, de vodka, de ginebra, y refrescos de todo tipo. Y una enorme mancha de vino sobre el mantel. La culpa no se limpia fácilmente. Eso me hace buscar los pantalones de Juanma. Sí, la culpa deja cerco.

Observo la fiesta como si se celebrase en la orilla de enfrente de un caudaloso río. Lejana pero sugerente. Y aunque mis reacciones son lentas, propias de un niño al que despiertan de la siesta, noto el deseo de participar de la alegría.

Se abre la puerta del aseo y de su interior salen Borja, Gaspar y otro chico, que supongo que es Álex, el guapo del que todos hablaban. Los tres ríen y bromean a la vez que saturan sus copas y celebran una nueva canción. La verdad es que Álex es un chico muy atractivo y, por un momento, considero que si es «tan fácil» coquetear con él, quizá esta noche yo pueda ser la afortunada novedad. Me sirvo un vodka con tónica y me uno al grupo.

Noto que Álex se fija en mí. Un pequeño escaneo le es suficiente para decidir que no soy una posibilidad. Supongo que tampoco estoy para deslumbrar cuando mi último abrazo ha sido a una taza de váter. Un segundo después de que Borja me lo presente y Álex me dedique una amabilísima sonrisa, desaparezco. No literalmente, pero me convierto en el hombre celofán, ese tipo que no brilla, que tan siquiera se ha esforzado por trabajarse un torso, unas piernas, unos brazos que llamen la atención por él. Disimulo un rato con la copa en la mano y balanceándome torpemente al compás de una canción de Fangoria. Mientras todos cantan a voz en grito, simulo acercarme a la mesa para servirme más tónica. Les doy la espalda. De esa manera no pueden ver que lo que hago es dejar la copa, sin haberme mojado los labios, y regresar al dormitorio. Busco mi abrigo en la montaña de prendas que hay sobre la cama y aprovecho el subidón de la canción para despedirme a la francesa.

Intento no pensar en Marco, pero, cuando comprendo que vuelvo a la casilla de salida sin apenas fichas para seguir apostando, lo echo de menos. Me pregunto qué tenía que haber hecho para mantenerlo a mi lado, qué esperaba de mí, en qué me equivoqué, cuándo la cagué para que no tuviera ni una sola oportunidad. Necesito algo que me devuelva un poco de luz. Busco a Marco en el WhatsApp y comienzo a escribirle. ¡Qué poco original! Volver destrozado en un taxi y enviarle un mensaje a tu ex. Le escribo lo mucho que lo echo de menos cuando lo veo conectado en línea. Me asalta el pudor de la cordura y borro el mensaje. Abro el Grindr. ¡Qué poco original!

¿Por qué este jodido Pegaso no está iluminado de Navidad? ¿Por qué todo es tan triste aquí? Cuando bajo del taxi, oigo el aviso delator del sexo exprés. Es más sencillo salir de un agujero negro en el espacio que del bucle de preguntas que repiten «q te va?», «cerdeo?», «foto cara?», y así hasta que vuelves a cerrar la aplicación por puro hastío. Pero esta noche, A me pregunta:

«¿Qué haces despierto?».

Son las 3:30 de la madrugada y Ángel está a cuatrocientos metros.

DÍA 24

—

MARTES

8

La Nochebuena retumba en mi cabeza como el tecno lo hace en los bafles del Berghain. La Navidad es una sobrestimulación sin límite, y esta noche, como la del 31 de diciembre, mis células transforman todo lo que escuchan en impulsos nerviosos. Como permanecer en el centro de una atestada pista de baile, sin mover un músculo, sin dejar de examinar cuidadosamente ese punto indeterminado que parpadea entre la amalgama de cuerpos sin camiseta que rebotan a tu alrededor bajo luces estroboscópicas que se mecen en sudor y *popper,* en sudor y *mefe,* en sudor y GHB. Ahora tomar cocaína es de viejunos. «La coca es una droga de derechas», decía Ajo en *Droga oral,* la película de Chus Gutiérrez. Es la droga del capitalismo, del neoliberalismo. Da igual lo que te metas cuando llega Nochebuena. Sea lo que sea, va a sentarte mal. Porque todo lo que te rodea está desproporcionado. Es el palpitar de los bafles a golpe de grave. Es el vapor que empaña las baldosas del aseo. Son los ojos cerrados que predicen el desmayo. Es el océano de cuerpos intransitables que separa el guardarropa de tus ganas de huir. Como Melania huye de la mano de Trump, sin éxito alguno.

Mamá compraba el *Telerradio* en lugar del *Teleprograma* como hacía todo el mundo. Decía que, si esa revista la editaba la propia TVE, quién mejor iba a saber qué programas y películas emitirían. Lógica no le faltaba. Una Navidad, cuando el *TP* lanzó un concurso en el que, enviando un cupón que había en el interior, se podían ganar todos los juguetes que se anunciaban en la tele, Gloria y yo logramos que empezase a comprarla. Nos hartamos a enviar cupones, pero en el sorteo nunca aparecieron nuestros nombres. Lo bueno que tenía *Telerradio* era que incluía páginas en color. Ahí fue donde me encontré con aquella fotografía. Era una foto de Starsky y Hutch. A diferencia de la foto de Sean Connery, Starsky y Hutch estaban completamente vestidos. Sentí una especie de deslumbramiento. Una combinación insólita de admiración y deseo, sin que tuviese la experiencia para reconocer la magnitud de ese interés. En ninguna de las dos valoraciones computaba la serie policíaca.

La foto pertenecía a una sesión muy popular de la pareja. Hutch, con su repeinado rubio, estaba sentado, y Starsky a su lado, de pie, con el antebrazo apoyado en su hombro. Hutch llevaba un pantalón oscuro, un jersey negro de cuello alto y una chaqueta marrón que bien podía ser de napa. Pero no era eso lo que llamaba mi atención. Era la flor. Una margarita de tallo largo, vertical, que Hutch sujetaba en las manos entrelazadas sobre las piernas. ¿Por qué tenía una margarita ese policía? ¿No hubiese sido más profesional tener una pistola?, me preguntaba en silencio mientras la mirada se desplazaba, tímida e insaciable, a la entrepierna vaquera de Starsky. Creo que en ese instante empezaron a gustarme los hombres de pelo negro. Starsky estaba vestido con ropa vaquera, con una vasta chaqueta de lana que hoy me parece preciosa, pero que entonces quedó eclipsada por el tamaño de su braqueta convexa como una invitación al tacto.

Tardé tiempo en descubrir que Starsky también tenía

en una mano una margarita. La otra sujetaba el cinturón, en un gesto de masculinidad erótica que desde mi torpe ingenuidad llegó a inquietarme. Con el tiempo encontré múltiples combinaciones de aquella foto. Los dos bromeando, con sonrisas cómplices, con Starsky de lado, con Hutch sentado con las piernas cruzadas. «¿Te quieres sentar como un hombre?», decía mi padre cuando cruzaba las piernas. Hutch es un hombre, es valiente, es policía, lucha contra los malos... y cruza las piernas. No puede ser tan peligroso hacerlo. Busqué unas tijeras y recorté la foto. Esa de la que os he hablado, esa en la que Hutch llevaba una margarita entre las manos, y Starsky, un premio en su pantalón. En el cuaderno de espiral, uno con la cubierta verde guisante, enmarqué cuatro gotas de pegamento y fijé el recorte. Ahí estaban Starsky y Hutch acompañándome al colegio. O eso creí.

En cuanto saqué el cuaderno en clase, el alarido fue unánime: «Maricón». Otra vez la confusión. ¿Maricón? ¿Por qué? Son Starsky y Hutch, son policías. Maricón, ¿por qué?

—Llevar fotos de hombres en los cuadernos es de maricones.

No lo entendí. ¿Por qué una foto de Starsky y Hutch era de maricones y una foto de jugadores del Real Madrid no? Pero todas mis preguntas jamás hallaron respuesta porque nunca encontré a nadie que me otorgase la suficiente confianza como para planteárselas. Lo podía comentar con Ángel en las tardes del búnker, y aunque él fingiese que sabía la respuesta, en el fondo estaba tan perdido como yo.

Arranqué la foto. La estrujé hasta que no quedó ni rastro de las flores, de la lana, de la bragueta del vaquero. Una bola de papel que quedó prensada en mi mano durante toda la clase hasta que pude levantarme y echarla a la papelera. Miré la palma de mi mano. La tinta había dejado rastros. No se hicieron esperar las carcajadas.

—La Tomasa ha tirado la foto —dijo Luis Torres levantando mi cuaderno para que todo el mundo pudiese ver la cubierta y los cuatro pegotes de pegamento y papel, como estigmas.

La burla no duró demasiado. Algunas risas sueltas y ninguna agresión física. Eso ya era una victoria. Cuando me senté, Romero me dijo:

—Que quites la foto no significa que dejes de ser maricón. Lo que pasa es que eres un maricón gallina.

No lo dijo en voz alta. No lo dijo para toda la clase. No buscaba el aplauso. Me lo dijo a mí. Le bastaba con mi miedo. Mi miedo, en ocasiones, era mejor que el aplauso. Los cuatro pegotes de pegamento en la cubierta del cuaderno me acompañaron durante todo el curso.

Es 24 de diciembre y amanezco con los hombros descolgados por la resaca. Mi saliva es un residuo nuclear y el espejo me devuelve a un señor de setenta años. Sé que no soy el único. Las estadísticas aseguran que un cinco por ciento de la población padece el síndrome de la silla vacía cuando llegan estas putas fiestas. No odio la Navidad por postureo. Lo hago porque, entre otras razones, me empuja a la melancolía, que es el estado más dañino en el que puede caer un ser humano. Si algo te está diciendo esa tristeza desinteresada es que tu pasado es más emocionante que tu presente. Y eso te deja sin futuro.

Nochebuena de 1985. Sentado en el respaldo de un banco de la plaza de San Cristóbal, acompañado de mis amigos, con una litrona de cerveza para seis y un paquete de regalices rojos, conversaba sobre lo decepcionante que resultaba entrar en la mayoría de edad. Solo les sacaba un año; con Jesús Soto apenas me llevaba siete meses, pero con el calendario en la mano, era el único que iba a entrar en la segunda mitad de la década con los anhelados dieciocho. Habíamos hablado muchas veces, en esas plomizas tardes de barrio, sin dinero ni propósitos, sobre lo primero que haríamos al cumplir los dieciocho. Jesús, Paco y Gemma tenían claro que se sacarían el carné de conducir. Merchi ya hablaba de independizarse cuando ni siquiera tenía trabajo y Pili deseaba introducir el voto en una urna de elecciones generales.

—Yo iré a una sala X —dije.

Todos rompieron en una clamorosa carcajada que acabó en un apasionante debate sobre sexo a cargo de seis personas vírgenes vestidas y peinadas como los Thompson Twins. Estoy convencido de que pensaron que bromeaba, pero no era así. Unas semanas antes de cumplir los dieciocho, hice un listado con todas las salas X de Madrid que aparecían en la cartelera de los periódicos. Me dediqué a pasear por delante de sus puertas, como el terrorista que vigila de cerca a su objetivo, para comprobar cuál de ellas cumplía los requisitos que mi inexperiencia consideraba fundamentales para comprarme una entrada.

Elegí unas multisalas que existían en la calle Francisco de Rojas y que se llamaban ABC. Se proyectaban cuatro películas pornográficas, para público heterosexual, de títulos tan previsibles como *Seis suecas en el internado, Colegialas porno* o *Sueños porno calientes*. No levanté la mirada de la curva de metal en la que deposité las casi doscientas pesetas que me costó la entrada, aunque sentí que los ojos del taquillero me estaban juzgando a la vez que comprobaba mi DNI. Al abrir la puerta de la sala, antes de retirar las pesadas cortinas que no dejaban pasar la luz exterior, todo fue un jadeo. Una letanía de exagerados bufidos y caricaturas de gemidos que me hicieron permanecer un instante en ese limbo enmoquetado que me separaba del patio de butacas. Descubrí que descorrer las cortinas en una sala X suponía un acto de velocidad y destreza, porque la luz irrumpía en la intimidad de la butaca solitaria y violentaba la seguridad del espectador y su polla. Un enorme coño me dio la bienvenida desde la pantalla. Nunca había visto uno y menos en ese primerísimo plano. Apenas distinguí tres cabezas ante la pantalla, prudentemente separada una de otra en la superficie de respaldos que ocupaban la sala. No avancé por el pasillo. Busqué la butaca más cercana y me senté.

El protagonista masculino no tardó en aparecer, con todo ese vello negro y asalvajado del que se erguía una polla extraordinaria. Me empalmé de inmediato. No importaba si la polla de la película se introducía en un coño. Nada impedía mi erección. La vibración acelerada del brazo del espectador que tenía tres filas por delante derivó en un deseo masturbatorio que no fue consumado porque, en ese momento, las cortinas se abrieron y accedió un hombre bajito, con el aspecto y la actitud de un fugitivo, que iluminó por completo mi butaca. Sentí como si hubieran encendido las luces de sala y, de repente, todas esas butacas vacías estuviesen ocupadas por mi padre, por mamá, por mi hermano Toni, por Pablo Romero, por el Risi, por todos mis miedos y amenazas, todos mirándome como una turba dispuesta a linchar al monstruo.

Recompuse mi ropa a la velocidad del reproche y abandoné la sala tan rápido que el espectador bajito ni siquiera se había movido de la puerta. «¡Chaval!», exclamó el taquillero durante mi fuga. Me detuve en seco, con la sensación de haber sido descubierto en un miserable hurto. «Esto no es para ti. Vete al cine Carretas. Seguro que de ahí no sales corriendo», dijo mientras esbozaba una mueca que no llegué a identificar si era por el humo del cigarrillo que se estaba fumando o porque se estaba burlando de mí. Estuve varios días pensando en lo que había querido decir el taquillero con lo del cine Carretas, aunque esa parte se la omití a mis amigos.

Aquella Nochebuena, mi padre trabajaba y no cenó en casa. Sí lo hizo la tía Araceli, que ayudó a mamá con el menú. Unos entrantes a base de huevos de codorniz, un surtido de canapés, espárragos, paté con biscotes pequeños y langostinos con mahonesa. De primero, lombarda con piñones, y de segundo, cordero al horno con patatas. De postre, macedonia de frutas, turrones, mazapanes y polvorones. Todo presentado siguiendo los consejos que la tía Araceli había visto en una revista y que pasaban por doblar las servilletas de tela, en un estéril ejercicio de seudopapiroflexia, o crear un centro de mesa a base de hojas de pino y piñas pintadas de color plata. Algo que le encantaba hacer todas las Nochebuenas, y que a mamá la sacaba de quicio, era agarrar a mi hermana Gloria del brazo y, con pandereta y zambomba, dedicarse a llamar a la puerta de todas las vecinas del rellano para cantarles un villancico y, en broma, pedirles el aguinaldo. Mamá pensaba que estaban molestando, interrumpiendo a las vecinas en una noche en la que seguramente estaban muy ocupadas como para perder el tiempo con las chifladuras de su hermana. Pero como las vecinas acababan celebrando los villancicos de la tía Araceli, aunque nunca supimos si por mera educación, mamá optaba por asomarse a la puerta y fingir participar del aplauso.

Esa noche Toni confesó que fumaba, algo que sabíamos todos, y que estaba saliendo con una chica del barrio. Marta, creo que se llamaba, pero tampoco estoy muy seguro, porque para el Día de los Enamorados ya habían roto porque ella se enteró de que Toni se había liado en Nochevieja con su mejor amiga.

—Y tú, ¿cuándo te vas a echar novia? —preguntó la tía Araceli a la tercera copa de cava.

—No será por chicas —contestó mamá antes de que yo pudiera responder cualquier excusa—. Aquí no paran de llamarle chicas por teléfono. Cuando no es Pili, es Gemma, cuando no Merche..., así todo el día —añadió.

—Pero, mamá, esas son sus amigas —dijo Gloria.

—Tú qué sabrás —respondió mamá.

—Si te dejases el pelo cortito, ligarías más —opinó la tía Araceli.

—Van vestidos que no sabes cuál es el tío y cuál la tía —afirmó Toni.

—¿Es que no tenéis otra cosa de qué hablar? Os aseguro que hay temas más interesantes que yo —apunté intentando escapar de ese remolino.

—Creo que con Merche algo hay —insistió mamá.

Y yo, como el delator que teme la tortura, les regalé el beneplácito de una sonrisa. Eso bastó. Una mentira mucho más soportable que la verdad. Una verdad que pasaba por la imagen de un joven de dieciocho años recién cumplidos, con el pelo a lo Tom Bailey, sentado en una butaca de un cine en la calle Carretas mientras dos tipos, completamente desconocidos, se tragaban su polla, le salivaban los labios y le acariciaban el pecho, en medio de una indiscriminada bacanal.

—¿Y qué me dices de lo de Rock Hudson? Con lo guapo que era —remató la tía Araceli.

Entraron en una conversación que me fue cerrando el estómago. Como si el terror pudiese acorralarte en una entrañable mesa de Nochebuena ante la mirada de Toni y Gloria, que, en cuanto se inició la conversación, buscaron mi reacción como quien busca la firma que ratifica el contrato.

—Que os llamo para desearos una buena noche —repetía mamá a personas con las que hablaría dos veces al año.

Cuando era pequeño, me sentaba con ella en la mesa del salón y nos poníamos a escribir felicitaciones. Mamá tenía todas las direcciones de los destinatarios escritas en dos cuartillas que aún conservaban los flecos de papel sobrante después de haberlas arrancado de un cuaderno de espiral. Las cuartillas, que ella doblaba como si fuesen un mapa de carreteras, ya tenían muchos tachones. Correspondían a familias en las que ya no quedaba ningún miembro con el que cartearse. A mamá le gustaba mi letra. Por eso era yo quien escribía y ella quien me dictaba.

—Esta es para los primos de Valdemoro —decía.

Y yo escribía en una esquina de la felicitación: «Navidad» y el año correspondiente. «Querida familia: os deseamos de todo corazón que paséis unas muy felices fiestas en compañía de los vuestros y que sean unos días llenos de paz y salud. Atentamente, esta familia que os quiere, familia Yagüe Lozano». Y así, felicitación y sobre, con dirección y remite, para casi un centenar de personas que, en su mayoría, eran perfectos desconocidos para mí.

Lo habitual era repartir el trabajo en dos o tres días. Con la costumbre, cuando le cogí el ritmo a la escritura y los tachones de la lista fueron reduciendo la cantidad de destinatarios, podíamos ventilarnos el trabajo en una sola tarde. Los primeros años íbamos más lentos porque perdía mucho tiempo observando la imagen que ilustraba la felicitación. Había una asociación de pintores con la boca y con el pie que depositaban un sobre en el buzón con una docena de felicitaciones que mamá solía comprarles cada año. Paisajes nevados, portales de Belén, niños de ojos grandes sentados delante de una chimenea y escribiendo la carta a los Reyes Magos... Cada una de las postales era diferente, pero lo que despertaba mi atención era el folleto publicitario que venía dentro del sobre. En él había retratos de los pintores en pleno proceso creativo. Fotos de hombres sin brazos que pintaban cuadros enormes agarrando el pincel con los dientes o sujetándolo con los dedos de los pies. Aquello despertaba en mí tanto curiosidad como un morboso desasosiego.

Una vez intenté emular esa tarea colocando un rotulador entre los dientes y luego entre los dedos del pie. Fui incapaz de mantener la estabilidad de una simple línea recta. El resultado fue tan nefasto que la visión truculenta de aquellas imágenes se convirtió en admiración. Llegó un día en el que todo el listado era un borrón. Empezaba a ser más rentable llamar por teléfono. La sencilla transición de la lista al listín.

Desde entonces, todos los días 24 de diciembre mamá saca el listín telefónico y llama a unas diez personas. Tal vez doce. Creo que podría cruzarse por la calle con alguna de ellas y no la reconocería, ya que hace más de cuarenta años que no se ven. Pero cada Nochebuena se desean una feliz noche, se cuentan las enfermedades, se pasa lista a los hijos y nietos de cada una, y hasta el año siguiente.

Paso frente al salón e intuyo la silueta de Toni, repantigado en el sofá, jugando a un videojuego de fútbol. Me enferma esa estampa. No solo porque se ha vestido con un viejo pantalón gris de chándal y la peor sudadera, para dar así una mayor imagen de abandono, que mantendrá hasta bien avanzada la tarde para ir poniendo nerviosa a mamá. Lo que más me saca de quicio es ese ruido de partido de fútbol que mi mente interpreta como una agresión.

El fútbol apesta. Lo escribí hace tiempo en un artículo y, por supuesto, me lincharon en Twitter. Pero nada de eso hizo que cambiase de opinión. El número de aficionados y los millones que mueve el fútbol lo han convertido en un estercolero de oro donde nadie cuestiona el mal endémico en el que se ha transformado. Los valores que rodean ese deporte han dejado de ser lo que fueron. Ahora es un deporte sin principios ni ética, con un único valor: el económico.

Me encantaría entrar en el salón y decirle a Toni que más le valdría empezar a reflexionar sobre las razones que hacen que su parte violenta encuentre satisfacción en el fútbol. O que ese deporte alimente a una afición machista, homófoba, que reconoce la agresividad como un mérito y que asume, con total irresponsabilidad, que un campo de fútbol está para soltar adrenalina, insultando a voz en grito, con tu hijo de la mano. Hay padres que se han pegado con otros padres, o con el árbitro, en el partido de sus hijos. Hay hinchas que han asesinado a otros hinchas. Hay insultos y humillaciones coreadas por diez mil voces desde las gradas. Hay aficionados que invaden ciudades con sus cánticos, como un ejército atávico, proyectando su voz viril, amenazadora y a menudo alcoholizada, con la que someter todo aquello que los rodea. Y ya no me vale el argumento de que la sociedad es intrínsecamente violenta y eso se refleja en el fútbol. A estas alturas, ya no. Si es cierto que esos gañanes son una minoría, ¿qué diablos está haciendo la mayoría de los aficionados para que esas escenas dejen de repetirse? Nada. Porque su condescendencia es tan insultante como la toxicidad de los otros.

Pero le dejo monopolizando la televisión. Agradezco que juegue solo. Al menos, regatea en silencio. Cuando compite con otros, se dedica a retransmitir sus propias jugadas como si fuese un comentarista radiofónico y resulta patético. Mientras me tomo un café, mamá entra en la cocina y comienza a fingir que busca algo cuando lo que pretende es encontrar el momento para preguntar:

—¿A qué hora llegaste ayer?

Doy un trago de café y respondo:

—¿En serio me estás preguntando eso? ¿Crees que aún tengo dieciséis años?

Se pone a la defensiva.

—Oye, oye, que no lo estoy preguntando por cotillear. Lo digo porque me levanté para ir al baño y me asomé al dormitorio. Serían las dos de la madrugada y no habías llegado.

No digo nada. Como no ve satisfecha su curiosidad, añade:

—Llevo unos días que no concilio bien el sueño. Las preocupaciones.

Apuro el café y con paciencia contesto:

—Llegué a las 3:30.

No penséis que estoy mintiendo otra vez. Es cierto. La idea de ir a casa de Ángel apenas se sostuvo unos segundos. No estaba en condiciones, eso saltaba a la vista, pero tampoco me parecía la mejor manera de rencontrarme con un recuerdo de la infancia después de cuarenta y cuatro años. En todo ese tiempo he pensado en cómo sería la situación en la que volviese a ver a Ángel. Lo imaginé en formato cliché, en una firma de alguno de los libros que aún no he escrito, viéndome sentado tras una mesa llena de ejemplares a la que acudían los lectores, en fila, como a un altar en el que recibir la sagrada forma. Y con la premura del autor cansado, abriría el libro sin fijarme en el lector y preguntaría: «¿A quién se lo dedico?». Y él, con su voz serena, diría: «A. y T. para siempre». Y entonces yo interrumpiría el trazo, levantaría la mirada y lo encontraría ahí delante, como una aparición, con su piel nívea, su cabello de espiga y su mirada autoritaria y sensible a la vez. Me esperaría hasta el final del acto y juntos nos iríamos a cenar a algún restaurante. Y estaríamos hablando hasta el amanecer. Y brindando por nosotros. O me figuraba abrir el periódico y encontrar una foto suya, con su nombre y sus dos apellidos, convertido en un respetado pintor, ganador del Premio Nacional de Artes Plásticas. Y me alegraba tanto que lo buscaba en las redes sociales, algo que nunca he hecho, y le escribía felicitándolo. Nunca, en todos esos escenarios premonitorios, contemplé la posibilidad de que Ángel y yo nos rencontrásemos en el mismo decorado de nuestra infancia y a través de Grindr. Jamás. Y esa razón pesó más que mi resaca a la hora de desechar cualquier funesta idea.

«Llego de casa de unos amigos. Mucho alcohol», escribí adjuntando el emoji de copa de Dry Martini.

«Sabes quién soy, verdad?», preguntó.

«Supongo que sí. A».

«Para siempre».

Ángel envió un emoji sonriente.

(...)

«Has vuelto a Pegaso por Navidad?».

(...)

«Mis padres fallecieron hace unos años ya. Ahora vivo aquí. Ya te contaré. Si te aptc quedar algún día».

«Lo siento. Claro. Quedaremos».

«Sé que te parecerá raro, tantos años después, pero si supieras la cantidad de veces que he estado a punto de escribirte por Instagram pero nunca me he atrevido».

«Y te atreves por Grindr».

«Por Grindr nos atrevemos a decir todo lo que nunca diríamos cara a cara».

«Eso es cierto».

«Vamos a seguir hablando por aquí o vamos a darnos los teléfonos?».

Eso hicimos. Y prometimos tomar algo juntos en los próximos días.

—A ver cuando le echas un ojo a las cajas que tienes en el maletero —insiste mamá.

Otra vez las putas cajas. Cuando algo no le gusta, salen

a relucir las dos cajas de cartón, llenas de objetos y recuerdos momificados, envejeciendo en un atestado maletero situado sobre la puerta del baño. Mamá puede transitar del victimismo a la hostilidad con un chasquido de dedos. Mi contestación a su pregunta sobre la hora a la que llegué a casa ha provocado este giro. Podría haber roto a llorar, pero no, en esta ocasión ha optado por ser la famosa gota china.

—Ya lo miraré cuando tenga un rato.

—Eso dices siempre y ahí están cogiendo polvo.

Una gota de agua fría, en tu frente, cada cinco segundos.

—No sé qué prisa te ha entrado ahora con las cajas.

—Ya me encargaré yo de que alguien me las baje y van a ir directas a la basura.

¡Ploc! Cada cinco segundos. ¡Ploc!

—Es tu casa. Estás en tu derecho.

El barrio solo tiene un árbol prefabricado, que parece un almendro en flor, como toda iluminación navideña. Está colocado frente al centro de mayores. Ni siquiera en una zona de paso. Así es difícil que el ambiente festivo llegue a la barriada. En cuanto sales de allí, todo se ilumina.

Habito en una disonancia entre el ambiente festivo de las calles y mi propio estado de ánimo, marcado por la insoportable dejadez que veo a mi alrededor. No es igual que la pena que responde a la pérdida. El detonante no es tanto la falta como el entorno, inmerso en una continua y sonora celebración. Esa discordancia potencia la sensación de soledad, focalizándola clínicamente en la silla vacía que manifiesta la ausencia.

Este síndrome tiene más que ver con nosotros mismos y con la construcción social de nuestras emociones. Pone en evidencia una cosa: lo poco dispuesta que está nuestra sociedad a tratar la soledad y los disturbios de la emoción. No solo la que provoca la ausencia de un ser querido. Puede que incluso la ausencia de uno mismo. Esa pérdida de uno mismo no es irrevocable, pero sí igual de dolorosa.

Nochebuena de 1988. Mamá había decorado la mesa con flores de Pascua después de pasarse toda la mañana en la cocina. Preparó una bandeja copiosa de fiambre de pollo, otra de jamón serrano y queso, otra de langostinos con salsa rosa y, además, un pastel de cabracho. De primero, lombarda rehogada. De segundo, besugo al horno. Detesto el pescado. No soporto tener que comer con la prudencia del que cruza un campo minado, sorteando la espina que, con seguridad, se clavará en mi faringe. Mamá lo sabía. En casa, todos lo sabían. Por eso cené chuletillas de cordero. Guisantes con zanahoria eran la guarnición. Y de postre, turrones y mantecados. Vino y cava Codorníu.

La música publicitaria del anuncio de Codorníu de ese año era un plagio descarado del *Islands* de Mike Olfield y Bonnie Tyler. Me encantaba. El estribillo era interpretado como *Codorníu, copas de ilusión. Codorníu, nuestra fiesta empezó. Codorníu, los jóvenes hoy sueñan la felicidad.* ¿Qué mierda significaba «los jóvenes hoy sueñan la felicidad»? Entonces aún no comprendía que el capitalismo es un sistema que se basa precisamente en hacerte soñar con la felicidad para luego intentar venderte cualquier cosa haciéndote creer que la necesitas, o bien para ser feliz, o bien para alcanzar la felicidad aún distante. Como quien se compra arneses, estribos y mosquetones para alcanzar una cima asumiendo que toda recompensa implica un esfuerzo. Así se vende felicidad. En formato coche, colonia, supositorio, bíceps o cava. Porque ¿quién va a estar en contra de la especulación de los mercados, de la codicia del capital, si lo que te venden es felicidad? ¿Quién no quiere ser feliz?

Llegué a casa después de pasar la tarde con los amigos, y mamá me miró como quien descubre un cuadro torcido en la pared.

—¿Vas a cenar así? —preguntó. No contesté—. Por favor, tengamos la fiesta en paz —pronunció enfatizando cada palabra impar.

Ella y mi padre rechazaban mi manera de vestir y, aunque intenté explicarles que era la moda, que así vestía y se peinaba Robert Smith, el líder de The Cure, me miraban como quien observa una derrota. Esa ropa oscura y ese cabello cardado habían contribuido a que me sintiera especial por primera vez en mi vida. Sentía que mi diferencia era un mérito y no una deshonra. Que esa bandada de cuervos que tenía por amigos significaba más que mi propia familia. «¡Yagüe! Métase la camisa por dentro», ordenaban los profesores en el colegio. Obedecía hasta que me daban la espalda. Entonces volvía a sacarme la camisa como el esclavo que se libera de los grilletes. A veces pienso que llevar la camisa por fuera era mi único acto de rebeldía en unos años de asfixiante sumisión.

Toni llegó más tarde, con olor a tabaco y alcohol. Mamá lo olfateó desde la mezcolanza de olores que había en la cocina y lo miró con ojos de perdonarle la vida. Toni alucinó con que hubiese sido capaz de percibir su peste y soltó una risotada altanera.

—No te rías —le avisó mamá en voz baja, en medio del fragor de la escandalosa campana extractora, con lo cual Toni solo la veía mover los labios y aún le hacía más gracia—. Como te huela tu padre, ya verás cómo se te quita la risa —añadió.

Mi padre cenaba con nosotros. Se estaba arreglando en su dormitorio. Gloria, en su cuarto, escuchaba a Hombres

G a un volumen insultante mientras en la televisión se informaba de las intenciones de Felipe González de reunirse con los líderes sindicales para desbloquear la situación creada tras la huelga general. Mamá se quitó el delantal y se atusó el peinado en el espejo del salón. Un espejo que ocupaba toda una pared para que el salón pareciese más grande. Hasta la casa era una apariencia. Toni pasó junto a mí y me tiró del pelo.

—¡Joder, qué asco! Está pegajoso —dijo.

Mamá entró en su dormitorio para salir al cabo de un rato con una blusa blanca con una lazada en el cuello de la que caían dos vueltas de un collar de perlas falsas a juego con los pendientes. Le gritó a Gloria que quitase la música y se sentase a la mesa. Mi padre apareció en escena trajeado y con corbata, como se visten los acusados en los juicios de la tele. Me miró y sentí que, si hubiera podido, me habría prendido fuego.

—Lávate la cabeza —me dijo.

—¿Ahora? —preguntó mamá—. Si vamos a empezar a cenar.

—Pues que se lave la cabeza, se peine como una persona normal y luego se sentará a la mesa.

Con rotundo desprecio, me encerré en el baño para cumplir sus órdenes. Era Nochebuena. Mi pelo había eclipsado el olor a alcohol del aliento de Toni.

Cuando regresé al salón, comprobé que ya habían empezado a cenar. Mi pelo estaba lacio, húmedo y caía sobre mi rostro como una cortina vieja. Nadie se quejó. Serví un par de langostinos en mi plato y comencé a pelarlos con cuchillo y tenedor. Noté la mirada de mis padres buscándole explicaciones a mi comportamiento, pero no levanté los ojos del plato. Las burlas de Toni no tardaron en hacer acto de presencia —«Mejor, mejor, que con lo que tarda en pelar uno, yo me he comido seis»— y mi padre comentó:

—Un día, cuando estés dormido, voy a cortarte el pelo al cero.

No reaccioné a sus palabras. Panda de catetos.

—He visto a tu amigo Jesús —me comentó Toni, que habitualmente no tenía nada que contarme—. Anda que ese también..., iba con los ojos y los labios pintados. Igual que una piba. Vaya panda de raritos os habéis *juntao*.

—Tú no te pintarás los labios —dijo mamá.

—Lo mato —contestó mi padre con la serenidad del que solicita que le sirvan un poco más de vino.

—Se echan polvo en la cara para parecer más blancos, no me jodas, que parecen muertos —insistió Toni.

—Basta ya —interrumpió mamá.

—A ver si va a tener sida —soltó Toni como quien cierra un chiste.

—Por favor, Toni, que estamos en la mesa —ordenó mamá.

—Me habría salido más rentable cambiar el turno y trabajar esta noche —concluyó mi padre.

Por fin levanté los ojos del plato y solo busqué la mirada de Gloria, que me miraba en silencio, con los ojos cristalinos.

Mamá considera que, como esta noche se cena mucho, el almuerzo debe ser más modesto. Por eso nos sentamos a la mesa delante de un plato con dos filetes de lomo, patatas fritas y ensalada. El Telediario nos acompaña hablándonos de que ERC negocia gobierno con el PSOE. «Putos catalanes de los cojones». Esta es la aportación de Toni a la comida. Mamá me mira y entiendo el mensaje.

—He hablado con Ana. La niña comerá con nosotros mañana —dice Toni al cabo de un rato.

Mamá se alegra. La televisión contribuye a la apacible

mañana de Nochebuena explicando que existe base legal para la petición de libertad de Oriol Junqueras. Aguardo con paciencia el arrebato de Toni, que no tarda en llegar porque, realmente, no escucha el contenido de las noticias. El periodista habla y Toni opina por encima del audio. Escuchar es un duro trabajo cuando uno se acostumbra a informarse con la ley del mínimo esfuerzo: titulares que le llegan al Facebook y noticias falsas que le pasa un compañero del hotel y que jamás contrasta.

—Entre los indepes, las feminazis, los comunistas, los moros, es que a este país ya no lo conoce ni la madre que lo parió. ¡Yo los metía a todos estos hijos de puta en un tren, los cruzaba a Francia y que les dieran mucho por culo! ¿Odias ser español? Pues fuera, más suelo para nosotros. Que hay muchas familias españolas que no tienen donde vivir ni un plato de comida en la mesa, porque antes se lo dan a un moro que a un español. Que somos la vergüenza de Europa.

Mamá vuelve a mirarme. La miro y le dedico una sonrisa de *clown* sicópata. Tranquila, pienso, no sabría ni por dónde empezar a rebatir este argumento de mierda y, total, el día 29 volveré a mi vida y lo dejaré a él reconcomiéndose en su rabia, culpando a otros de una vida insatisfactoria, porque siempre es más sencillo eso que mirarse adentro y pensar en qué se ha podido hacer mal para estar donde se está.

Me levanto de la mesa. Tengo la excusa perfecta porque he quedado para tomar café con Roberto. Otro perdón. Comienzo a sentir que se me están agotando las fichas. Mientras me cepillo los dientes, apenas los oigo. Me pregunto si estarán cuchicheando sobre mí, pero descarto ese pensamiento porque llevo la mochila a reventar y ya no me cabe una desconfianza más. Tal vez no exista tanta diferencia entre Toni y yo. Tal vez los dos hemos aprendido a convivir con nuestra mierda. Cuando salgo de casa, mamá levanta la voz y me recuerda que no debo llegar tarde, que tenemos que ir a cenar a casa de Gloria.

Nochebuena de 1998. Aquella noche fue la primera vez que no cené con mi familia. Cené en la casa de los padres de Rafa, mi pareja en aquellos días. Lo había conocido seis meses atrás y pronto me presentó a su familia. Tenía cinco hermanos, todos jefes de sus propios negocios. Tres chicas y dos chicos. Y algunos estaban casados y con hijos. Todos reían, cantaban, jugaban, en una especie de vínculo familiar que para mí era pura entelequia. Ni los padres, ni sus hermanos y sus parejas, ni siquiera sus sobrinos, que apenas superaban los seis años, parecían tener ningún conflicto con la orientación sexual de Rafa.

—¿Y cómo va la radio, Tomás? —me preguntó su padre, un importante empresario, mientras abría una botella de buen vino.

—Yo soy fan tuya, que conste —me dijo su hermana.

—Es verdad. Me voy a poner celoso —añadió su marido.

—A ver si el que se tiene que poner celoso soy yo —apuntó Rafa.

Y se reían. Y Rafa me besaba. Y pensé..., pero ¿qué puta locura es todo esto? ¿En serio hay familias así? Sospeché del cariño que desprendía la familia de Rafa. Como el perro que duda de la mano que se acerca, porque no sabe si traslada caricia o golpe. Parecían sacados del folleto de una compañía de seguros, pero, creed lo que os digo, deseé con toda mi alma formar parte de esa tramoya que parecía estar retransmitiendo su cordialidad para todas las televisiones del planeta.

La madre de Rafa llevaba un traje de americana y pantalón beis con una camisa blanca deslumbrante y una delgada cadena de oro al cuello. Parecía una artista de cine y se movía por la casa como si estuviese protagonizando un anuncio. La cocina, casi tan grande como el salón de mi casa, estaba llena de bandejas en las que brillaba el jamón ibérico, había *foie* y centolla cocida. En una especie de marmita rústica había crema de carabineros y en una bandeja de barro, solomillo de buey con salsa y pasas sultanas. Había tanto dulce, tanta botella por abrir, tanta copa por llenar, que obligatoriamente resultaba irreal.

Hubo un instante, durante la cena, que los observé en silencio. Ajeno, como el artista invitado a la *sitcom*. Conversaban sin crispación. Reían e interactuaban sin herirse. En aquella mesa, rodeada de catorce sillas, con catorce seres humanos diferentes, hablando todos a la vez, sentí envidia. La que provoca el deseo de que tu padre se preocupe por tu oficio, que tu madre celebre tu manera de amar, que tus hermanos te quieran tanto que sean capaces de celebrar, de igual manera, a la persona que te hace feliz. Cuando se mezclaban las manchas de vino y de café, cuando había tanto *champagne* como polvorones y se empezaba a hacer un espacio para sacar los juegos de mesa, le pregunté a Rafa si podía usar el teléfono y llamar a casa. Me dejaron utilizar el del despacho del padre.

Fue mamá quien contestó al otro lado. Lo hizo con la voz marchita, como si la hubiese despertado de la siesta. No podían estar durmiendo, porque escuchaba el sonido de la televisión de fondo, con Isabel Pantoja cantando villancicos.

—¿Qué tal habéis pasado la noche? —pregunté.

—Bien. Ahora, aquí solitos tu padre y yo. Tu hermano había quedado con unos amigos y tu hermana también. Han terminado de cenar y se han ido. Y nosotros estamos aquí viendo la tele —me contó.

No necesitaba preguntar nada más. Lo que deseaba era concluir esa conversación y regresar a la vida, que sonaba divertida a apenas unos metros. Pero no lo hice. Pregunté qué habían cenado.

—Lombarda y besugo al horno. Como no estabas, no hubo que hacer dos segundos. ¿Y tú?

Ese tiempo que transcurre cuando abres el grifo y esperas que el agua helada se transforme en caliente. Ese tiempo que nunca es breve. Ese tiempo que no ayuda a la sequía.

—Verdura y carne —contesté.

—Tu amigo, ¿qué tal? —preguntó mamá.

—Bien —contesté.

—Felicita a su familia de nuestra parte —dijo mamá.

—Vale. Dale un beso a papá —apunté, como para ir anunciando la despedida.

—¿Vendrás mañana?

—No sé si podré. Ya me pasaré un día de estos a veros.

—Procura que sea antes de que acaben las fiestas.

—Sí. Es que estoy muy liado con el trabajo. Me han ofrecido otra colaboración más en la radio y el guion de un programa nuevo para la tele.

—Me alegro. A ver si te va bien y colocas a tu hermana.

Llegó el estruendo de las risas. Ya habían empezado a jugar y la fiesta se filtró en nuestra conversación.

—Menuda fiesta tenéis montada —dijo mamá, como quien señala la risa en el velatorio.

—Dale un beso a papá.

—Espera, que dice que quiere ponerse.

¿Que mi padre quería hablar conmigo? Algo pasaba. Me despedí de mamá con un «Feliz Navidad» y aguardé la voz de mi padre al otro lado del auricular.

—Feliz Navidad —dijo.

—Igualmente —fue toda mi respuesta.

—¿Todo bien?

—Sí. ¿Y vosotros?

—Bien también.

Una pausa de gran tonelaje. Por un lado, una familia celebrando. Por otro, Isabel Pantoja cantando villancicos gitanos. Un padre y un hijo en silencio en medio de una Nochebuena.

—Hijo...

«Hijo», dijo. La palabra casi susurrada, como si estuviese traficando con afectos prohibidos. Y todo aquello que fui incapaz de ver, como en esas imágenes veloces que resumen en unos segundos todo el proceso de descomposición de un animal, se hizo perceptible al ojo.

—¿Tú podrías prestarme cien mil pesetas? Hay muchos gastos en casa y aquí solo entra mi sueldo y no basta. Tu hermano, como está en la empresa de trabajo temporal, pues a veces lo llaman, a veces no. Él en lo que puede nos ayuda, pero tampoco puede mucho, el chaval.

Como la nube de humo que oculta el truco de magia. Así reaccioné a la voz humilde de mi padre. Respondí que sí, sin preguntar nada más. Por ridículo que os parezca, aquella demanda dio sentido a mi vida. Experimenté, como el niño que descubre el mar y se adentra en él temeroso e impaciente, la percepción de servir para algo, para alguien. Sonreí porque me sentí bien conmigo mismo. Estaba tan feliz que no le presté atención al hecho de que mi padre me pidiese que no comentase nada de eso con nadie, ni siquiera con mamá, a la que no le había contado nada para no preocuparla.

Brillaba el domingo en una de esas tardes soleadas y traicioneras de abril. En el interior del búnker, como siempre, me senté en una piedra, rodeado de desechos, y examiné todos los movimientos que realizaba Ángel mientras interpretaba a viva voz el *Quererte a ti* de Ángela Carrasco. Cantar no era su fuerte y, aunque le ponía sentimiento, su interpretación consiguió que las notas musicales discutieran entre ellas hasta arrastrarse de los pelos. Sin embargo, lo que me hipnotizaba eran sus movimientos, la manera en la que mecía los brazos, la estela que dejaban sus manos, cada uno de sus dedos. En sus gestos, en la cadencia con la que se giraba para afrontar el estribillo, en la autoridad de su mirada cuando decía aquello de *ahogar el fuego que me nace en las entrañas*, Ángel afinaba. Nunca lo hizo, pero mientras yo acompañaba sus movimientos, en cada uno de sus semblantes y ademanes, veía a un artista. Excepto en la voz, que ignoraba por completo la entonación adecuada. Estaba convencido de que Ángel se escuchaba a sí mismo como si fuese la verdadera Ángela Carrasco. Por eso podía interpretar la letra con esa emoción. Comprendí que, para disfrutar de la actuación, lo que debía hacer era bloquear en mis oídos los gallos de Ángel y dejar que fuese mi imaginación la que llevase, hasta aquel búnker infecto, la voz de Ángela Carrasco. Cuando acabó, le aplaudí y él se mostró agradecido.

—¿A ti cuál es el trozo que más te gusta? —me preguntó.

Me quedé un rato pensativo, como si existiese una respuesta incorrecta a esa pregunta.

—Me gusta cuando dice eso de esperar que de mí te enamores —contesté.

—A mí me gusta lo de las entrañas.

—Fuego en las entrañas es como quemarse por dentro, y eso seguro que duele.

—Pero yo le he perdido el miedo al dolor.

Y acto seguido cambió de tema.

—¿Quién te parece más guapa? ¿Nancy Bradford o Elizabeth Bradford?

—Me gusta más Tommy —contesté.

—Pero para casarte con Tommy tienes que ser una chica. Entonces, ¿Nancy o Elizabeth?

A Ángel le encantaba hacerme ese tipo de preguntas aunque, con seguridad, no le interesase mi respuesta. Lo que quería era poder dar la suya después con todo lujo de detalles.

—Supongo que Nancy —dije.

—Correcto —contestó.

Y con una rama comenzó a dibujar en la tierra sucia y polvorienta dos vestidos de mujer. Uno lleno de curvas y volúmenes, y otro que más bien parecía un saco rasgado. Ángel me estaba explicando las razones por las que una chica como Nancy Bradford, una de las hermanas de la serie *Con ocho basta,* tenía que salir a comprar el pan con el vestido de curvas cuando una voz familiar invadió nuestro oasis.

—¿Qué hacéis aquí, maricones?

La sangre interrumpió su circulación. No había suficiente aire en aquel búnker para que mis pulmones pudieran oxigenarse. No necesité girarme para reconocer la voz de Pablo Romero. Solo sentí el frío insoportable del terror.

—¿Qué pasa, que venís aquí a daros muerdos?

El resto comenzó a reírse. Risas, insultos, ruido. Todo demasiado inmediato, demasiado cerca. Hay risas que no son la antesala de la alegría. Hay risas aterradoras, que salen despedidas como balas, que te acribillan dejándote un resquicio de vida solo para que seas consciente del miedo que estás sintiendo.

—Este sitio no es tuyo —contestó Ángel.

Abrí los ojos y comprobé que ya estaba de pie, de frente a la puerta, mirando a los ojos a Pablo Romero y al resto de los chavales. Se burlaban de su respuesta, ululando con la intención de provocar a Pablo. Sin levantarme del suelo, me giré. Allí estaban. Tapiando la única salida que teníamos de aquel búnker de mierda al que nunca debimos entrar. Estaban el Risi, Pedro Saiz, el Chino y un chico al que llamaban Peñón. ¿Por qué no estaban viendo el fútbol, como siempre? Pablo Romero se plantó delante de Ángel y con un puñetazo lo tumbó en el suelo. Se levantó, pero se encargaron de sujetarlo para que Romero pudiera golpearlo en la boca del estómago y dejarlo sin respiración, encorvado en la tierra, durante unos minutos.

—A ver, daros un muerdo —dijo Pablo Romero.

No podía levantarme. Estaba convencido de que mis piernas no serían capaces de sostenerme.

—¡Venga! ¿No sois novios? Daros un muerdo, que lo veamos.

Todos se reían y añadían más mierda a las palabras de Romero mientras Ángel seguía respirando con dificultad, abrazando su estómago. Entonces, maldita sea, comencé a llorar. Tardé muchos años en comprender que al patriarcado no le apaciguan las lágrimas, que las observa como un fallo en el sistema que lo ofende aún más. Para esos niños de mi generación que opositaban a machos, las lágrimas siempre eran lágrimas de mujer. Por eso cuando las veían en mí, más que una razón para moderar su violencia, se encolerizaban más.

—Que a lo mejor prefieren otra cosa —dijo Romero.

Peñón y el Risi se abalanzaron sobre Ángel y, encadenándose a sus brazos, lo levantaron del suelo como si fuese un pelele. El Chino se acercó, sin dejar de reírse, y le desabrochó el pantalón. Tiró de la prenda con brusquedad hasta dejársela a la altura de los tobillos. Repitió la misma acción con el calzoncillo. Volvieron las risas y los comentarios sarnosos mientras la polla y los huevos de Ángel estaban a la vista de todos.

—Chúpale la polla —me dijo Romero.

No pude dejar de llorar hasta que noté cómo la mano de Romero me agarraba el cráneo, como si fuese una pelota de béisbol, y empujaba mi cabeza hasta aplastarla contra los genitales de Ángel, que se resintió del golpe.

—¡Que se la chupes, he dicho! —gritaba Romero aprisionándome la cabeza para que no pudiera liberarla—. ¿O es que preferís follar?

Apenas pude reaccionar. El horror se desplaza muy rápido. Como el fuego sobre un sendero de pólvora. Romero, el Chino y Saiz comenzaron a desabrocharme el pantalón mientras yo pateaba en el suelo, entre las jeringuillas de sangre espesa y los pañuelos de papel usados. Movía los brazos y las piernas hasta la extenuación, levantando la polvareda del suelo, sujetando mi pantalón a la vez que mis manotazos buscaban impactar en alguno de ellos. Pero solo escuchaba más carcajadas. Lloraba y gritaba, luchaba para no acabar desnudo, mientras les oía decir: «Vamos a ver quién hace de mujer».

—La Tomasa es la mujer —dijo uno de ellos. Ya no importa cuál.

Ángel recuperó el aliento y en dos movimientos bruscos consiguió zafarse de los brazos de sus guardianes. A la velocidad del rayo se sujetó las prendas, lo justo para liberar la zancada, y vi cómo salió corriendo del búnker. Peñón, el Risi y Saiz se precipitaron tras él. Pablo Romero y el Chino me soltaron y se asomaron bloqueando la entrada mientras animaban a sus amigos en la carrera.

Pero Ángel corría mucho más que ellos. Ángel logró escapar. Yo no. Lo más amargo de este recuerdo, que sigue aquí, grapado con obstinación a mi mente, es verificar que en ese momento, cuando ninguno de ellos me sujetaba ni me insultaba, en esos minutos en los que podría haber agarrado una piedra y reventarles la cabeza, que hubiese podido intentar huir, permanecí inmóvil en el suelo. Como si el intenso deseo de desaparecer fuese suficiente. Cuando los cinco volvieron a entrar en el búnker, Pablo Romero dijo:

—Y ahora, ¿qué hacemos contigo, maricón?

Roberto pide un café solo. Doble. No pregunto a qué hora acabaron la fiesta ni si amanecieron más de dos en la cama. No quiero hacerme más daño.

—¿Quieres que pidamos una ración de tarta para los dos?

Roberto me mira, con los ojos de la resaca, sin pronunciar una palabra, solo suplicando compasión. Descifro el mensaje y pido un cortado. Nada más.

—Lo siento. Ya sé lo que me vas a decir, pero necesito que me escuches. Intenté explicártelo ayer, pero no era ni el lugar ni el momento. Estoy jodido, Roberto. Y claro que romper con Marco después de tantos años tiene algo que ver, pero sospecho que mi auténtico problema soy yo. Ayer me sentí tan solo, tan fuera de lugar en la fiesta, que volví a beber. No para reforzarme. Lo hago para sedarme. Y si fuese cuestión de drogas, me habría metido todas las de la ciudad con tal de dejar de sentir este vacío de mierda que llevo sintiendo desde hace años. Cualquier cosa para dejar de escuchar esa voz interior que me va marcando el paso y me demuestra lo erróneas que son mis decisiones. Lo infantil de mis conclusiones, de mis expectativas, porque para mí infantil es sinónimo de infierno. Siento que, cuando mis arrebatos son infantiles, no son inmaduros e inofensivos. Son amenazadores y autodestructivos.

El camarero frena mi confesión. Sirve los cafés mientras ni Roberto ni yo decimos una palabra. Solo el ruido de la loza posándose en el falso mármol de la mesa. No nos miramos. Estudiamos cada movimiento del camarero, que parece ralentizar el tiempo. Coge el recipiente de la leche y ejecuta ese meneo con el que corta el café. Todo retumba en mi cabeza. Igual con los sobres de azúcar y con la galletita de jengibre que adorna el plato. El bisbiseo de las otras mesas, muy tranquilas en comparación con la fiesta que habita en las calles, resuena como un patio de butacas previo a la representación. Cuando el camarero regresa a la barra, tardo unos segundos en retomar la voz y la palabra.

—Fue verte a ti con Juan y pensar que por qué con él es tan sencillo y conmigo fue tan difícil.

—Si vas a ir por ahí, Tomás... —dice Roberto con la voz grave y rendida.

—¡Déjame terminar! Por favor. Cuando llegaron Santi y Martín, me provocaron una profunda antipatía. Estoy seguro de que ellos sentirán lo mismo por mí, y así Santi podrá justificar su desinterés por mí desde que tú y yo nos separamos. Era amigo mío, se convirtió en amigo nuestro y, cuando lo dejamos, eligió que le compensaba más ser amigo tuyo.

—Tomás...

—Ya acabo. ¿Sabes qué fue lo peor? Que cuando Borja me presentó a Gaspar, me pregunté por qué alguien tan anodino como Borja podía estar con un hombre tan guapo e interesante como Gaspar. Eso estaba pensando de aquellas personas que fueron mis amigos, Roberto. Mientras os observaba, ausente de esa celebración en la que cada uno de vosotros os esforzabais por demostrar lo afortunados que sois, lo comprendí. ¡Es el maldito patio del colegio, Roberto! Siento que he pasado toda mi vida en un bucle del que no logro escapar y que me devuelve a esos años, a esa sensación de no ser elegido, a la pieza sobrante, a lo ilegítimo de mi propia existencia. Ese es mi problema, Roberto. Sigue siendo el mismo con el que llegué a tu consulta. Y creo que no voy a curarme jamás.

Hay amor en los ojos de Roberto. No el amor que deseo, pero sí el que necesito.

—¿Por qué desapareciste sin decirme nada?

—Porque ya había tocado fondo. Créeme, sé cuándo la metamorfosis a pedazo de mierda se ha completado. Cuando me reconozco en el tipo desvalido, cuando empiezo a culpabilizarme de gilipolleces como no haber cultivado mi cuerpo para tener una extraordinaria y musculada tarjeta de visita, sé que es hora de partir. Si me hubiese quedado, hoy sería peor.

Tomo aire. Una bocanada desmesurada que bloquea el llanto. Roberto calla. Los sicólogos saben guardar silencio.

—Os había escuchado a todos contar lo guapo y fácil que era Álex, así que imaginé que, tal vez, esa noche..., tal vez yo también podría colgarme la medalla. Y cuando Álex me ignoró, el único razonamiento que asaltó mi mente fue que Álex era fácil con todo el mundo menos conmigo. Que Álex podía follarse a cualquiera menos a mí. Y antes de pararme a pensar qué sentido tiene sobrevivir siendo prescindible, decidí marcharme.

Roberto estira el brazo hasta que su mano logra apretar con firmeza mi mano. Y esa fuerza libera mis lágrimas.

—Siento que ya son demasiados años viviendo en ese patio de colegio. Ese infierno lo ha contaminado todo. Permanezco, Roberto, pero no existo. Los años transcurren mientras me someto a la opinión de los demás, esperando que sean los otros quienes me otorguen un lugar, como en el juego del rescate. Rogando que me elijan para no tener que preguntarme qué he hecho con mi vida.

—Has elegido, Tomás. Has elegido lo que creías que iba a gustar a los demás. ¿Te acuerdas de aquel chico del que me hablaste, de Bruno?

Saco un pañuelo de papel para secar el lamento.

—Bruno era delgaducho, no muy guapo, eso me contaste. Trabajaba en un supermercado, leía poesía, con lo que a ti te gusta eso, y en vuestras bromas te contestaba con frases de obras de Tennessee Williams o con fragmentos de películas de Almodóvar. Y eso hacía que te descojonases de risa. Me dijiste que con Bruno siempre tenías de qué hablar. Bruno te quería, sin toxicidad. Pero se cruzó Rafa en tu camino. Un hombre triunfador, de buena familia, muy atractivo. Uno de esos hombres de portada que cualquiera de tus amigos, en aquellos años, hubiera deseado meter en su cama. Y Rafa se fijó en ti. Y eso cambió las reglas del juego que tú mismo te habías impuesto. Rafa nunca te hizo reír, Tomás. Nunca te recomendó un poemario. Tú mismo me lo dijiste. Pero elegiste a Rafa y abandonaste a Bruno, porque todos a tu alrededor elogiaban a Rafa. Y su brillo te otorgaba un lugar. Si Rafa se había fijado en Tomás sería porque Tomás era bueno, era guapo, era listo. ¿Te acuerdas? Has elegido siempre preguntándoles a los demás en vez de preguntarte a ti mismo. Cambia, Tomás. Cambia.

Nochebuena de 1999. No estaba en casa. Era el segundo año que no celebraba la noche en familia aunque reconozco que tampoco me importaba demasiado. Ese año no había sido muy beneficioso, ni en lo personal ni en lo profesional, y una cena de Nochebuena con mi familia lo habría empeorado en cuestión de minutos.

Todos mis amigos comprendieron que hubiese roto con Rafa en el mes de mayo. La infidelidad siempre acaba siendo la mejor excusa, porque nunca ha dejado de ser la mejor estrategia. Que Rafa se hubiese follado a la mitad de los tíos que nos saludaban en los bares era lo que menos me preocupaba. El desconocimiento de esa realidad me habría permitido seguir viviendo muchos años más de aparente felicidad en pareja. Sin embargo, escuchar cómo toda su familia consideraba que había mucho vago queriendo cobrar como si la empresa fuera de ellos, hombres y mujeres toscos como el vellón que preferían sangrar al Estado cobrando el paro en lugar de dejarse los lomos trabajando en sus empresas por un salario irrisorio, eso sí me ofendía.

—Que hubiesen estudiado, como hice yo —me contestaba Rafa cuando le afeaba su manera de dirigirse a los camareros en un restaurante o a los empleados de las gasolineras.

Por suerte, uno de esos amantes, un tipo guapísimo, que había competido por el título de Mister España y que no podía entender qué demonios había visto Rafa en mí, me soltó, en una noche de borrachera inmunda, que mi novio se había follado, y se lo habían follado, toda la pista de baile del Pasapoga. Siempre hay algo peor que un novio infiel, y es un novio neoliberal. Solo que la gente comprende mejor que lo dejes por lo primero que por lo segundo. Aunque tengas que volver a compartir piso con las amigas.

Cuando me separé de Rafa, me fui a vivir con Pepe, Chema y Miguel Ángel. Nuestra casa era un poco como el hogar de *Las chicas de oro*. Los cuatro éramos admiradores absolutos de la serie y la veíamos como si se tratase de un documental sobre nuestra propia convivencia. Pepe era Blanche Devereaux, Miguel Ángel era Rose Nylund, Chema era Sophia Petrillo, y yo, Dorothy Zbornak.

En la trama de aquel capítulo habíamos organizado una cena de Nochebuena en casa para acompañar a Carlos, un amigo que se había quedado huérfano tres meses atrás. Carlos era hijo único y su madre había fallecido a principios de los noventa de un cáncer. Y ese año, su padre. Valoramos que no debía estar solo esa noche; aunque algunos amigos lo invitaron a cenar en sus casas, Carlos rechazó todos los ofrecimientos. De esa manera, nueve de sus amigos optamos por cenar en su casa.

La idea no le hizo mucha ilusión, pero a medida que se iba acercando la fecha accedió a recibirnos con algunas condiciones: cada uno tenía que llevar algo para cenar; además, un mínimo de dos botellas, preferiblemente de alcohol, y vestidos, pelucas, maquillaje y todo tipo de complementos para la travesti inquieta. Recuerdo que llevé una fuente enorme de ensaladilla rusa, cuatro tortillas de patata, una botella de vino tinto y otra de vodka, y un par de pelucas estupendas. La rubia era muy Farrah Fawcett. La morena, más Connie Sellecca. Dispusimos una habitación, a modo camerino, donde fuimos dejando todos los vestidos, zapatos, pelucas, maquillajes y bisuterías varias.

Carlos no había decorado la casa con motivos navideños, pero sí había preparado una mesa preciosa, con una mantelería roja, de hilo, que se había traído del hogar familiar tras la muerte de su padre. Una mesa amplia, con velas y flores blancas, que todos fuimos aplaudiendo nada más entrar en el salón. Cuando los platos, que necesitaban un golpe de calor, estaban listos, se iban sacando a la mesa. Había calamares rellenos, pavo marinado, rabo de toro, berenjenas, también rellenas, y cuscús de cordero. A las tortillas y la ensaladilla sumamos unos espárragos como destornilladores y unas buenas raciones de langostinos. Y, por supuesto, un surtido de dulces navideños presididos por unos *panettone*. Con la bebida no hubo demasiada organización y sumamos más botellas de alcohol que de refrescos. Pero aquella fue una Nochebuena perfecta. Nueve chicos solteros —Pepe, Gerardo, Chema, Miguel Ángel, Fernando, Javi C, Javi F, Carlos y yo—, dispuestos a celebrar la amistad y el efecto 2000 como una auténtica familia. La familia elegida.

—¡Vamos a hacernos una foto! —dijo Gerardo.

Y sacó una Nikon negra, de esas que funcionaban con un carrete de 35 mm. Me acuerdo perfectamente porque nos colocamos detrás de la mesa vestida de gala y repetimos la foto varias veces. Una con flas; otra, con todas las luces de la casa encendidas; una sin Gerardo, que fue quien hizo la foto; otra sin Javi C, que sustituyó a Gerardo como fotógrafo para que él también apareciese en ese recuerdo, y otra, con las pelucas puestas, con unas poses muy *Melrose Place*.

Mientras nos repartíamos las tareas previas a la cena, Pepe apareció travestido en la cocina. Lo recibimos como siempre se acoge a una travesti cómica. Con gritos de fan enloquecida, aplausos y carcajadas. Gerardo corrió de nuevo a por la cámara de fotos para inmortalizar el instante en el que, entre bandejas de calamares y tortillas de patata, interpretaba el *Como una loba* de Valeria Lynch, proyectando por encima de la versión original. Aguardábamos el estribillo con energía para cantarlo con ella, aunque más que cantarlo se lo gritábamos a la cara con tal contundencia que no entiendo cómo no le volamos la peluca. «¡Necesaria!», le gritábamos. «¡Icona!». «¡No te mueras nunca!», que si lo piensas, no era el piropo más oportuno para aquella noche, pero nadie cayó en la cuenta, en el fragor de la ovación.

Estaba siendo tan feliz, y la noche no había hecho más que comenzar, que entendí que lo más oportuno sería llamar a casa lo antes posible. Felicitar la noche y quitarme la obligación de encima. Eso sería también lo más práctico, teniendo en cuenta que en dos horas íbamos a estar completamente borrachas y el volumen de la música haría imposible cualquier comunicación. Carlos me recomendó que utilizase el teléfono que había en su dormitorio. Así podría cerrar la puerta y tener un poco de intimidad. Mi intención era clara. No alargar la conversación, desear buena noche y colgar. Pero quien contestó al teléfono fue Gloria.

—¿Está mamá? —pregunté.

—Está discutiendo con papá —me dijo.

Me alegré de no estar allí esa noche.

—¿Qué ha pasado?

Y, de repente, Gloria tuvo un ataque de risa que, aunque notaba que intentaba reprimirlo para que no la oyesen, le complicaba la respiración y la palabra. Entre risas me contó:

—Que estaba mamá hablando en la puerta con Encarnita, que ha llamado para felicitar la noche, y papá ni se ha dado cuenta y se ha tirado un pedo en el salón, de esos suyos, ya sabes, que parecen de motocicleta vieja, y te puedes imaginar a mamá.

Gloria siempre arrancaba una risa.

—A mí me interesa más la reacción de Encarnita —dije descojonado.

La risa de Gloria aumentó su volumen.

—No sé, pero mamá ha cerrado la puerta al momento y ha entrado como un guardia civil. Y claro, cada vez que decía «pedo», toda enfadada, me entraba la risa, a papá también, y para qué queremos más. Pero lo mejor es que en un momento en el que la discusión se ha calmado y se ha hecho un silencio, se escucha a Raphael en la tele cantando *ropoponpon, ropoponpon,* y...

Gloria estalló en una nueva carcajada que me contagió sin miramientos.

—Diles que he llamado. Que paséis buena...

Y sin esperar a que concluyese la frase, levantó la voz y gritó:

—¡Es Tomás! ¡Que os desea feliz Nochebuena!

En apenas unos segundos, escuché a mamá gritar «Igualmente» mientras pasaba junto al teléfono, tal vez de regreso a la cocina.

—Toni no ha llegado aún. Está con la novia —me informó Gloria, y añadió que no colgase, que mi padre quería hablar conmigo.

Eso no entraba en mis planes.

—Espera, que lo coge desde la habitación.

—Ya —dijo mi padre.

Coincidieron los dos al teléfono. Gloria desde el salón y mi padre desde su dormitorio. La ilusión en un sitio y el desinterés en otro.

—Cuelga —le ordenó mi padre a Gloria.

Mi padre y yo nos habíamos quedado solos. Me preguntó que dónde estaba, que si había más amigos y que apenas se escuchaba jaleo. Le expliqué lo que ya les había contado varias semanas antes.

—Hijo...

Cuando pronuncian «hijo».

—¿Podrías prestarme algo más de dinero? Sabes cómo vamos en casa. Y hay que pagar la reforma del baño y, ahora en Navidad, con los gastos extra que...

Él siguió hablando, narrándome la misma historia triste que me había contado mes a mes, durante un año entero, desde la Nochebuena anterior. Hablaba pero solo escuchaba una voz distorsionada, como si alguien hubiese sumergido mi cabeza en el mar y la estuviese reteniendo bajo el agua.

Siempre odié las aguadillas. Solo una vez, en toda mi infancia, fui a la piscina de Ciudad Pegaso. Necesité un solo día, una sola aguadilla, empujando mi cabeza hacia el fondo, para que nunca más volviese a pisar aquel lugar. Ellos estaban ahí siempre. Mirase donde mirase, no importaba el camino elegido, ahí estaban. Podría haber escrito un libro con todas las excusas que aprendí a relatar para evitar más porqués. ¿Por qué no sales con la bicicleta? ¿Por qué no sales a la calle un rato? ¿Por qué no vas a la piscina? ¿Por qué no vas tú a comprarte los cuadernos? ¿Por qué? ¿Por qué? ¿Por qué? Cuando ellos aflojaban, me otorgaban la gracia de sobrevivir a su entretenimiento. Cuando ya no había oxígeno para los porqués, rompía la superficie como solo sabe hacerlo el puro instinto.

Esa Nochebuena aparté de un manotazo el brazo robusto que me hundía hacia el fondo de la piscina y salí a la superficie dispuesto a no moverme de allí. Le dije que no iba a darle ni un duro más. Que me sorprendía que en todo ese año no me hubiese preguntado, ni una sola vez, si me había salido más trabajo o no, si tenía suficiente para mantenerme solo, fuera de casa. Que no me iba tan bien como antes y que tenía que hacer mis cuentas para llegar a fin de mes, en un piso compartido, y no podía cargar con algo que no era mi responsabilidad. Que no entendía qué diablos hacía con el dinero y que quizá había llegado el momento de que le contase a mamá, y a toda la familia, lo que estaba pasando.

Guardó silencio. Le pregunté si seguía ahí. Me dijo que había invertido los ahorros en un proyecto de empresa, con un excompañero que acabó fugándose con todo el dinero. El suyo y el de todos los *pringaos* que se lo habían prestado creyéndose socios inversores, sin firmar un puto papel. Los ricos nunca le harían eso a otro rico. Los ricos tienen abogados, lo firman todo. Los ricos no confían y por eso no se putean entre ellos. Se asocian y reparten beneficios. Si hay alguien que sabe lo que es la conciencia de clase esos son los ricos. La clase obrera, cuando sueña con crecer, se torna vulnerable. Y ahí es cuando se abusa de ella, se la explota, se la engaña. Esa situación, según me contó mi padre esa Nochebuena, lo empujó a pedir dinero al banco, que se lo negó. Entonces recurrió a un prestamista que lo obligaba a devolver mensualmente unos intereses que no hacían más que aumentar la bola de nieve. Esa confesión me enfureció aún más.

—¡Un prestamista! Pero ¿a quién se le ocurre?

Ya no sabía si estaba más enfadado con mi padre o con el hijo de putero que lo engañó.

—Por favor, no le cuentes nada a tu madre. Ella no sabe nada.

Le dije que prefería no conocer más detalles. Que echaría cuentas y vería si podía prestarle algo, pero que lo dudaba mucho. La rabia que me golpeaba las tripas desde dentro tomó la palabra y añadió:

—Tengo la sensación de que no te estás preocupando por solucionarlo porque te resulta más cómodo seguir hundiéndome en tu problema.

Otro silencio. Más breve.

—Gracias, hijo. No te entretengo más. Feliz Navidad.

—¡Encima no me hagas chantaje emocional, joder! ¡Estoy harto de que en esta familia todo sea un puto chantaje!

Colgué el teléfono.

No recuerdo cuánto tiempo estuve en el dormitorio de Carlos secándome las lágrimas, recuperando la sonrisa que me permitiese volver a la fiesta como si nada. Fingí. En eso era un *crack*. Aquellas Navidades no pasé por casa ni un solo día. Ni en Navidad, ni en Nochevieja, ni en Año Nuevo ni en Reyes. Tampoco le presté dinero. No estaba bien económicamente, pero la furia me habría impedido hacerle una simple transferencia de cinco mil pesetas. La sola idea de entrar en casa y ver a mi padre se tornaba claustrofóbica. Llamé por teléfono dos o tres veces durante las fiestas, pero siempre hablaba con mamá o con Gloria.

Nunca más volví a escuchar la voz de mi padre. El 28 de enero de 2000 Gloria me llamó y no se reía. Su voz era líquida. Mi padre había fallecido. Un infarto. Fulminante. Un 28 de enero empecé a odiar la Navidad.

—La culpa es hostil a la existencia humana —decía Roberto.

Llevábamos varios meses de terapia. Intentaba buscar un sentido a tantos años de dudas. De esperar en los cruces de caminos que el transcurrir del tiempo decidiese la ruta por mí y delegar. Delegar. Creo que aquella tarde le agoté los pañuelos de papel.

—Durante mucho tiempo he sido incapaz de recordar el día exacto en el que murió. Como si mi mente lo bloquease en el calendario. Como una fecha fantasma. Un 34 de marzo o un 42 de abril.

»No sabes la fecha de la muerte de tu padre, me recriminaba. Cada vez que mamá o mis hermanos la recordaban, yo hacía un esfuerzo por memorizarla, pero a los minutos desaparecía. Era como si tuviese recuerdos y vivencias que abandonasen mi cabeza y los filtrase mi riñón, para que cada vez que entrase al baño a mear los dejase marchar. Pero no era verdad. Nunca se van. Haces como que no los ves, pero ahí están burlándose de tus absurdas estrategias.

El silencio se introducía entre mis palabras con la precisión de una orquesta sinfónica. Una obertura magnífica y aplastante que te invitase a seguir cayendo en el agujero negro de la memoria.

—A medida que el 28 de enero de 2000 se iba acomodando en mi cabeza, el dolor se hacía más constante.

Roberto solo me miraba. Me daba tiempo. Entre cada arrebato de llanto y cada sarpullido de culpa. Cada vez que detectaba esa culpa, Roberto decía: «No». Con una voz suave como una caricia, pero inalterable. Y yo intentaba invertir el curso de mi dolor, como un niño perdido en una verbena buscando a sus padres entre un bosque de piernas adultas.

—Las últimas palabras que escuché de él fueron «Feliz Navidad» —dije con la voz quebrada—. Lo último que escuchó él de mí fue odio y rabia. No lo ayudé...

—No —dijo Roberto.

—Crecí sumiso, incapaz de sacar toda esa rabia que me reventaba las venas. Había tantas personas en mi vida a las que debería haber gritado, haber puesto en su sitio...

—las lágrimas me impedían hablar con claridad—, y no lo hice. Y lo hice con él. Ya nunca podré explicarle por qué necesitaba culpar a alguien para no hacerme más daño a mí mismo. Ya no podré pedirle perdón.

Las lágrimas se convirtieron en un llanto profuso. No pude parar en varios minutos. Roberto se levantó de su sillón, se sentó junto a mí y me abrazó.

—Afloja, déjate llorar —me dijo—. El dolor que sentimos siempre es mayor que nuestros recursos para afrontarlo.

Lloré un torrente. Un mar. Una borrasca.

—Las deudas desaparecieron con él, pero este mal no se marcha. Miro a mi familia, inconsciente de lo que debió suponer para él ese año, ignorantes de todo eso, y me ahogo. Pienso que debería contárselo y quitarme este peso de encima. No sé. Pero también creo que no me va a servir de nada.

Busqué sus labios y lo besé. Roberto los apartó lentamente, sin desatar el abrazo.

—Hoy lo dejamos aquí —dijo. Como decía siempre. Con esa asepsia de quien no debe implicarse.

Fue hasta su escritorio, abrió la agenda y dijo:

—¿El próximo lunes a la misma hora?

Sequé mis lágrimas con el vigor que da la vergüenza. Lo hice de tal manera que prácticamente me borré el rostro.

—Lo siento. No debí hacerlo.

—Aquí dentro no —me contestó. Y esbozó una mueca amable que sentí como una sonrisa.

Esa semana follamos por primera vez. Y dejé de ser su paciente.

Da mucha rabia negarse un placer de una manera inconsciente. Como si esa negativa fuese tradición. Antes, cuando el concepto de familia era más amplio, la familia actuaba como amortiguador del golpe. Ahora, en una sociedad hiperindividualista, la sensación de soledad se incrementa. Estamos digitalmente unidos. Más unidos que nunca en la historia. Pero hace semanas que no recibimos un abrazo. Lo escribo y me parece cursi. Y eso también dice mucho de uno mismo.

Nochebuena de 2019. Llegamos sobre las nueve y media a casa de Gloria y Camilo. Queremos echar una mano, pero lo tienen todo organizado a la perfección. Mamá se ha vestido de negro, con una falda y un jersey muy fino en el que destellan una especie de hilos plateados. Estilismo de fiesta. Así lo llaman en la Boutique Casandra, donde se compra la ropa. Toni se ha puesto un vaquero viejo y una camisa de cuadros deseando que alguien le pregunte por qué, pero nadie lo hace. Yo tampoco me he arreglado en exceso, pero le he añadido una corbata floreada a mi camisa blanca sabiendo que, si nos hacemos una foto, al menos parecerá que me he tomado la celebración en serio.

Siempre me interesa observar cómo valoramos nuestras actividades y los lugares que visitamos en función de la ropa que nos ponemos. Hay días en Navidad que, aunque los celebremos en casa, cuidamos más la vestimenta. Buscamos una sofisticación que dignifique la festividad, no a nosotros, que seguimos siendo los mismos miserables del día anterior. Cuando era pequeño, recuerdo que los vecinos se vestían bien cuando viajaban en avión, iban al cine e, incluso, al médico. Eso siempre me llamó la atención. Cuando íbamos a la consulta de don Justino, el médico del barrio, mamá siempre me preguntaba si llevaba «muda limpia». La ropa interior era sagrada. Como los calcetines. Una vez, don Justino me pidió que me descalzase y el dedo gordo del pie saludó a don Justino. Mamá se murió de vergüenza y me echó un buen rapapolvo al salir. Ya sé que todo esto que os estoy contando no tiene nada que ver con esta celebración de Nochebuena, pero, ya que he empezado, dejadme que al menos concluya aclarando que esa obsesión por la ropa interior se mantuvo durante largos años en los razonamientos de mamá.

Mi yo adolescente sentía que un calzoncillo, salvo en casos inconfesables, no se ensuciaba de un día para otro. Con lo que no contaba era con los argumentos de mamá. «¿Llevas muda limpia?», me preguntaba cuando salía de casa. «¿Qué más da eso?», le contestaba yo. «¿Y si tienes un accidente? Ponte unos calzoncillos nuevos», ordenaba. Un accidente. O sea, me atropellaba un coche, lanzaba mi cuerpo por el aire, caía en el asfalto reventándome la cabeza y mamá se preocupaba por si mis calzoncillos no estaban limpios cuando llegase la ambulancia. Al final logró que la ropa interior fuese casi como un amuleto de buena suerte, un fetiche que nos librase de la mala fortuna de morir en un accidente. Como si morir no fuese, en la mayor parte de las ocasiones, un jodido accidente.

—¿En qué ayudamos? —pregunta mamá mientras Frida se la lleva de la mano a su dormitorio para que vea el tipi que le ha montado su padre.

—En nada. Si ya está todo hecho —contesta Gloria—. Si hubieseis llegado hace media hora, como habíamos quedado...

—Suerte tienes de que la mayoría de las vecinas ya no viven en el bloque, que si no... Ya sabes que mamá tiene que despedirse de todas como si se fuese a la guerra.

—¡Ale, ya tengo yo la culpa! —grita mamá desde la habitación.

—¡Joder, los remos los tendrá jodidos, pero el oído lo tiene... Tendría que haber sido espía! —me dice Gloria.

—¡Que te estoy oyendo! —grita mamá.

Nos sirve para echarnos unas risas.

Camilo ayuda a mi hermana mientras Toni se sienta en el sofá del salón. Se apropia del mando a distancia, con el que selecciona un canal distinto al que estaba puesto cuando llegamos. Deja el mando a su lado, junto a las piernas, como el perro que protege su hueso.

—¡Mirad lo que he preparado para luego! —dice Gloria ilusionada.

Aparece con un DVD karaoke de Abba y lo mueve mientras tararea el comienzo de *Dancing Queen*. No me apetece una mierda cantar, pero aparento que me parece una idea extraordinaria. Hay demasiados sonidos a la vez. Mamá habla con Frida, Camilo bromea con lo pesada que se pone Gloria con el karaoke, que no va a haber quien le quite el micro. Gloria contesta mientras entra en el salón e introduce el DVD en el reproductor. La tele permanece en su constante monólogo incendiario contra el Gobierno y Cataluña. Toni se regodea en la ciénaga. Gloria toma el mando y quita las noticias.

—¿Qué haces? —le recrimina Toni.

—Espera un momento, que voy a enseñaros esto.

—Joder, que quiero ver las noticias.

—Deja las noticias, si siempre son lo mismo, desgracias.

Suena ese recorrido en puntillas, como un ladrón de dibujos animados, con el que empieza la canción *Mamma Mia*. Y Gloria, incontinente, arranca a cantar una versión en español del famoso tema. Toni se levanta del sofá y entra en la cocina. Frida corre hasta el salón para bailar al lado de su madre. Toni abre la nevera y coge una cerveza. Camilo coloca en la mesa, decorada con falsas hojas de acebo y pequeñas velas que simulan el fuego de una chimenea, una fuente con mejillones a la vinagreta. Gloria y Frida siguen dándole explicaciones a la madre de la canción. Nos está esperando una bandeja de fiambres, otra de langostinos, un surtido de quesos y un plato grande de huevos rellenos. Gloria ha escrito en unas tarjetas el nombre de cada uno para que sepamos dónde tenemos que sentarnos. Ha preparado también sopa rellena y, de segundo, cordero. De postre, una macedonia de frutas como antesala de los turrones y mantecados. Gloria detiene la actuación y nos sentamos en la mesa. Miento si digo que se respira la sensación acogedora que le presuponemos al hogar, pero con el sencillo hecho de cambiar el escenario, salir de la casa en la que se fosilizaron los recuerdos, esto se parece bastante a una familia.

El rey habla. En casa de Gloria nadie lo escucha, pero lo tenemos aquí presente, como si estuviera sentado a nuestra mesa, como ese familiar pesado y lejano al que recibes una vez al año para que no cene solo, y aunque te aburre soberanamente con sus frases protocolarias, le dejas que hable, sin prestarle atención, porque, como dice mamá, es Navidad. Nuestra conversación fluye sin aspavientos. Se cruza y se entrelaza. Parece que, en lugar de cinco adultos y una niña, somos cuarenta y siete de familia, como en las celebraciones de bodas italianas que vemos en el cine. Toni hace alguna alusión a los catalanes y a la unidad de España que cae en saco roto. Mamá dice que no es noche para hablar de política. No me diréis que sus tesis no son dignas de ser analizadas en las más prestigiosas universidades del mundo. Toni bebe. Yo pelo los langostinos con cuchillo y tenedor. Siento la mirada de mamá invadiendo mi plato. Lo confirmo. Me observa. Percibo una cierta nostalgia en sus ojos. Como una dulzura añeja.

—¿Qué pasa? —pregunto.

—Nada. Pensaba que lo sigues haciendo igual. Con cuchillo y tenedor.

—Claro. ¿Por qué iba a cambiar?

—Porque con los dedos vas más rápido y tocas a más —argumenta Camilo.

—No me gusta el olor de marisco que se me queda en los dedos.

—Tenemos toallitas para luego —explica Gloria, a la que voy pasando las cabezas de los langostinos que a mí me repugnan y que ella succiona hasta dejarlas huecas.

—No quiero toallitas. Dejadme comer tranquilo. El trauma que tenéis con los cubiertos y los langostinos... Esto os lo tenéis que mirar —contesto enfatizando el tono jocoso.

—Desde muy pequeño ya los pelaba así —le explica mamá a Camilo.

—Déjate de traumas, que aquí la única que tiene razones para estar traumatizada soy yo y ya sabéis la razón —interrumpe Gloria.

Y todos reímos porque anticipamos la historia. Hasta Toni esboza una mueca que simula una sonrisa. Hemos escuchado esa historia cien veces, pero nos sigue haciendo la misma gracia. Las familias, los grupos de amigos, se nutren de anécdotas. Circunstancias en las que narramos nuestras virtudes, y también nuestros defectos, con un tono lúdico, con la risa como aliada. Mi familia, aunque en muchas ocasiones no actúa como tal, también almacena historietas divertidas con las que sobrevivir al invierno.

Estábamos en los 70. Gloria tenía seis años recién cumplidos y todos los primeros cursos del colegio Ciudad Pegaso habían preparado un belén viviente para celebrar el comienzo de las vacaciones de Navidad. En un belén viviente todos sabemos que los papeles agradecidos son dos: María y José. Quitando los personajes de Melchor, Gaspar, Baltasar y el ángel, el resto es figuración. Hasta el verdadero protagonista de la historia, el niño Jesús, suele ser un muñeco. Y si el profesorado es generoso puede darle cualidades antropomórficas al buey y a la mula, pero poco más. Gloria era, como la inmensa mayoría de los niños y niñas de aquella representación, pastorcilla. Pueblo llano. En este punto de la historia es cuando las versiones divergen.

Gloria asegura que le explicó a mamá que se trataba de un belén viviente y que ella tenía que ir vestida de pastora. Mamá, por su parte, jura que eso no fue así y que Gloria solo le dijo que tenía que ir disfrazada. La historia converge de nuevo cuando, el mismo día de la representación, mamá empezó a vestir a Gloria de payaso. Ese era el único disfraz que había en casa. Toni fue quien lo estrenó y luego lo fuimos heredando el resto. Gloria, aunque solo tuviese seis años, se rebeló y le recordó que tenía que ir de pastora. Mamá, en su defensa, siempre ha explicado que no tenía nada para improvisar un disfraz de pastora y convenció a Gloria de que tenía que ir de payaso porque los payasos, atención al argumento, también celebran el nacimiento de Jesús.

Cuando Gloria narra la historia, mamá no puede evitar atragantarse de la risa. La profesora de mi hermana debió sacar interesantes conclusiones respecto a los valores de nuestra familia cuando vio llegar a Gloria vestida de payaso. Lógicamente, no iba a discriminar a la niña, y la colocó junto al resto de sus compañeros para ir entrando en el decorado, construido con telones y estructuras de cartón pintadas a mano, que habían montado sobre un escenario en uno de los patios del colegio, delante del resto de los alumnos, profesorado y padres. Una vez compuesto el nacimiento, toda la población de pastores y pastoras de Judea fue desfilando para hacer su ofrenda.

—Lo más humillante —cuenta siempre Gloria con el estilo de la mejor monologuista— es que la señorita Maruja iba narrando el belén viviente y, según íbamos subiendo al escenario, decía cosas como: «Y aquí entra un pastor que, después de una dura jornada en el campo con sus ovejas, se acerca al portal para honrar al niño Dios con un queso que ha elaborado con sus propias manos». Y entraba un niño vestido de pastor, con su zurrón, con su chaleco de tela de borreguito y un queso que le había dado la profesora para hacer el paripé. «Y ahora entra una pastorcilla que lleva un tarro de miel». Hasta que me toca subir a mí, que me habían dado una manta, supongo que para abrigar al niño, y escucho por la megafonía a la señorita Maruja: «Al portal llega...», y un silencio. Sigo avanzando muerta de vergüenza, hasta el punto en el que tengo que dejar la manta, y escucho: «... un payasete. Viene desde muy lejos este payasete que seguro que va a hacer reír al niño Dios, y además le trae una manta para que se abrigue». Mira, cuando escuché «un payasete», qué vergüenza, por favor. Y diréis que alguno de vosotros estaba allí apoyando. El payasete me lo comí yo solita, con seis años, hijos de puta.

Esta historia siempre nos hace llorar de risa. Gloria siempre me hace reír.

—La Virgen, el niño, san José, un ángel, una pastora... y ¿un payasete? —incide Gloria, como los buenos humoristas que cuelan un breve comentario al final de su chiste para reforzarlo—. Con ese trauma he crecido yo y aquí estoy.

Por un momento creo que somos una familia feliz.

Pero la vida suele parecerse bastante a esas autopistas trazadas con una regla infinita, arañazos kilométricos en una piel desértica, como esa carretera que une las ciudades de Haradh y Al Batha, en Arabia Saudí, con una recta de 200 kilómetros. La vida, como esas carreteras, supone el riesgo de dormirse al volante. De acomodarse plácidamente en el trayecto y dejarse mecer por el arrullo de la monotonía. De olvidar que en la negrura absoluta de la noche, cuando la única claridad es esa que escupen los faros delanteros de tu vehículo, cuando tus ojos van bajando el telón lentamente, como un cortafuegos, un pobre armadillo se cruzará en tu camino. Y darás un volantazo brusco, en medio de una simple línea recta, y de golpe, todo cambiará. En ese caso, piensa si llevas ropa interior limpia.

Toni le ha pedido a Camilo otra botella de vino. Gloria intercepta la conversación y opina que lo mejor para todos es que su hermano no beba más. Que ya han caído cuatro botellas y varias cervezas, y Toni ha sido, con amplia diferencia, el que más ha bebido. Toni erupciona entre la fuente del cordero y la de las guarniciones. A los hombres se les educa a levantar la voz, a mostrar su autoridad con agresividad, a dar un puñetazo en la mesa, a amenazar con un par de cojones. Eso es ser un macho. Toni es un hombre que critica las manifestaciones que queman contenedores y rompen escaparates. Toni es un obrero que condena los escraches a los banqueros y a los políticos corruptos. Argumenta que son vándalos, que la violencia no es el camino, que con la violencia no se negocia. Repite lo que ha leído a los descerebrados manipuladores de Twitter. Él, que todo lo hace por cojones, porque eso significa ser un hombre en un sistema patriarcal que acepta pocas revisiones, condena la violencia de aquellos que no soportan más el peso de una bota sobre su cuello.

Se pone de pie. Analizo, como en un barrido a cámara lenta, cada uno de sus gestos, de sus movimientos, de sus voces, que hacen llorar a Frida. Camilo también se levanta, lo reta con la mirada y le asegura que, si quiere seguir bebiendo, será en la puta calle. Esta es la fina línea que separa al ser humano del monstruo, al hombre del macho. Ser hombre no mata. Ser macho mata. Pienso en mi excuñada y me pregunto si conocemos todo lo que deberíamos saber sobre ese matrimonio y su ruptura. Mamá tira del brazo de

Toni para que se siente y se calme. Gloria se lleva a Frida a su habitación. Mamá aparta las copas de encima de la mesa con la destreza de un crupier. Toni berrea que él bebe si le sale de los cojones y que, si no le abren otra botella, se va a la calle a buscarla. Mamá le recuerda que al día siguiente tiene que ir a buscar a su hija, que vamos a celebrar la Navidad todos juntos, que no lo estropee. La autoridad de un macho se basa en no asumir errores, en culpabilizar a la pasión de todas esas veces en las que ha perdido la razón y seguir transitando en zigzag por una línea recta. Noto esa rabia, otra vez. Esa rabia de años. Él es el fuerte. Yo soy el débil. Él es el hombre. Yo…, no se sabe muy bien qué soy.

—No me extraña que Ana te acabase dejando —digo.

—¿Qué has dicho?

Su pregunta tiene ese tono amenazador con el que baña sus palabras. Ese prólogo agresivo que busca el miedo en los ojos del contrario y que destila adrenalina, como el perro que lanza una dentellada al aire.

—Por favor, basta ya —suplica mamá con la voz anegada.

—Que sí, que es mejor que te vayas fuera a seguir bebiendo. Luego no tendrás dinero para alquilarte un piso, pero como ya está mamá para mantenerte, ¿verdad? Así, mientras te rascas los huevos en el sofá, puedes seguir culpabilizando a los demás de tu mierda de vida.

—Habló el maricón de la familia, que ahora hay que tratarlo con respeto porque ahora lo que mola es ser maricón y, si no eres maricón, eres malo.

Gloria grita un «Basta» estremecedor que recorre toda la casa hasta estrellarse en el salón. Pero Frida no comprende que ese grito no es para ella y llora con más fuerza. Camilo corre al dormitorio y mamá me pide que me calle. No puedo. Ya no.

—Me das pena —le digo.

—A mí tú me das vergüenza, que no te has preocupado nunca por esta familia, si estamos bien o mal, que eres un egoísta que nunca está cuando se le necesita y ahora vienes a darnos lecciones. Tus lecciones te las metes por el culo, que seguro que te gusta.

—Creo que voy a ser yo quien se marche.

Aprovecho para salir del salón y buscar mi abrigo en la habitación de Gloria y Camilo. Mamá empieza a llorar.

—¡Eso, vete, como has hecho siempre! ¡Cobarde! ¡Abandona a tu gente, como hiciste con papá!

Como si el oxígeno desapareciese de golpe. El reproche de Toni comienza a desgarrarme las entrañas. Escucho a mamá que, entre lágrimas, le suplica a Toni que se calle. Oigo cómo se abre la puerta del dormitorio de Frida. Escucho a Gloria decirle a Toni que no tiene vergüenza. Noto la herida. Noto el sabor de metal que la sangre deja en mi garganta. Regreso al salón sin apenas aliento, arrastrándome, dejando el trazo en el suelo, la marca de años y años de silencio, dolor y culpa.

—¿Que yo qué?

—En tu conciencia lo llevas —dice Toni escupiendo las palabras.

—¡Basta! —grita mamá.

—Él te pidió ayuda y no quisiste dársela.

—¿Y a ti quién te ha contado eso?

—¡Basta he dicho! —ordena mamá.

Percibo en la mirada de Gloria que no entiende nada de lo que estamos hablando.

—¡No! ¡Basta no! —Ahora soy yo el que grita. Toni ha dejado de interesarme. Busco la mirada de mamá—. ¿Lo sabías?

Mamá oculta sus ojos mientras se seca las lágrimas con la servilleta.

—¿Tú lo sabías? ¿Sabías que me pedía dinero todos los meses? ¿Sabías lo de la deuda, lo del prestamista?

No logro que mamá levante la cabeza.

—No me lo puedo creer —me digo a mí mismo. Y cada palabra es una bofetada.

—¿De qué estáis hablando? —pregunta Gloria.

—Esta familia es veneno.

—Lo que te ha faltado a ti es una buena hostia a tiempo —dice Toni.

Estoy ahogado. No puedo combatir ese nivel de fiereza. Me resulta agotador. Como el condenado a muerte que ya no tiene nada que perder, las palabras escapan de mis labios sin cólera, extenuadas pero convencidas:

—Eres un mierda, Toni. Alguien en esta familia tenía que decírtelo de una puta vez. Eres un lastre para todos los que te rodean. Tu hija no quiere pasar ni cinco minutos a tu lado. Viene a verte obligada. ¿Y sabes por qué? Porque te has convertido en un pedazo de mierda. Si de verdad tuvieras los cojones de los que tanto presumes, ya te habrías quitado de en medio y todos habríamos salido ganando.

En ese momento recibo un golpe. Un puñetazo seco que me revienta el labio, que despide mi cabeza hacia un lado, que desorienta todo mi cuerpo hasta dejarme tirado en el suelo. Un fuerte dolor de cabeza martillea mis sienes. Estoy mareado. Escucho gritos, pero están debajo del agua. Al menos, sé que no he perdido el conocimiento. Me ayudan a levantarme, no sé quién lo hace. La mirada se me ha nublado, pero nada me impide dirigirme a la puerta de la calle. Gloria se pone delante. Suplica. Está llorando. No la entiendo. Hay demasiado ruido debajo del mar. Llevo sangre en las manos. Gloria me da una servilleta para que la apriete contra el labio.

Abro la puerta, bajo las escaleras, salgo del portal y camino por una ciudad prácticamente desierta. Me resulta familiar el sabor de las lágrimas revueltas con la sangre. Busco el móvil y llamo a Roberto. Salta el contestador. No dejo ningún mensaje. Soy capaz de sorprenderme al comprobar que tengo un mensaje de Marco deseándome feliz Navidad. Manda cojones. Hoy apenas he pensado en él. Ojalá lo supiera.

No sé cuánto tiempo llevo caminando. Ni siquiera sé dónde estoy. Las luces de un coche de la Policía Municipal llaman mi atención. Una pareja de agentes baja del vehículo. Se dirigen a mí, me hacen preguntas, pero yo solo acierto a decir:

—Quiero poner una denuncia.

DÍA 25
—
MIÉRCOLES

9

Demasiado complejo para tener solución. Despierto en una habitación desconocida, en un cubo de paredes gotelé que fueron blancas y hoy son beis. Es pequeña, como de residencia de curas, con cama canija, colcha color quebranto y madera tenebrosa con cierres y picaportes dorados, fulgurantes como un rompimiento de gloria. Tal vez el problema simule ser tan complejo precisamente para que no acierte a ver la solución más próxima. Me estoy acostumbrando a estar perdido, a no encontrar el camino en este laberinto de espejos que solo me devuelven la imagen de un rostro desencajado.

Mi ropa está apiñada, como si me la hubiesen arrancado y lanzado sobre una silla de madera tapizada a juego con la colcha de la cama, a juego con la madera del armario y con las puertas. La silla está medio encajada en un escritorio tan viejo que bien hubiese podido servir de cimiento a la escritura de algún soneto de fray Luis de León. Su tablero está protegido por un cristal. Debajo de este hay un aviso: «Fumar en esta habitación le supondrá un cargo de 150 euros en concepto de limpieza». Desde la cama observo la puerta abierta del aseo y el destello que causan los débiles rayos de sol penetrando por un pudoroso ventanuco y rebotando en los azulejos blancos de las paredes.

Distingo la sangre seca en mi camisa. Me llevo los dedos

al labio. Duele. Noto los puntos de aproximación. Me levanto y, aunque logro andar, siento que me arrastro. Entro en el baño con la intención de mear. Mi cuerpo pesa tanto que me cuesta desplazarlo sin extenuarme. Me siento en la taza. Meo sentado porque no tengo fuerzas para sujetarme de pie. La historia de la humanidad está sembrada de estratagemas, pienso. Nuestras vidas, las de cada una de las personas que habitamos la historia, en cualquier tiempo y lugar, también. La estratagema es engañosa, pero el éxito la justifica. Ganar una guerra, ocultar una infidelidad para salvar una pareja, mentir para sobrevivir. La habilidad del embaucador es la destreza del que maltrata haciéndote creer que te cuida, que te ama. Alertamos del peligro que supone esa toxicidad en la pareja, pero ¿qué podemos hacer cuando la toxina está en tu familia?

Me miro al espejo. Tengo la cara inflamada y ronchas color vino tinto sobre la mejilla. Un resorte de la memoria me devuelve el rostro de un enfermero de urgencias que me entregó una bolsa fría para ponerme encima del labio y que tiró la servilleta de tela a un contenedor de residuos peligrosos. Desde la puerta del baño miro la austera habitación. Apenas hay espacio y tiene dos mesillas color pesebre. Una a cada lado de la cama. Rescato mi ropa y compruebo que la camisa no es la única prenda ensangrentada. También lo está la corbata e incluso el pantalón. ¿Cómo diablos he acabado en esta habitación? Cuando levanto el pantalón, el móvil cae de un bolsillo y aterriza en la moqueta con manchas que jamás pudieron ser eliminadas. Le queda poca batería, pero acierto a ver los avisos de quince llamadas perdidas de mi hermana Gloria, diez de Camilo, varios wasaps de ambos y notas de audio. Y una llamada perdida de Roberto.

—No tengo mucha batería. Me tienes que hacer un favor. Necesito que me traigas ropa y un cargador de móvil.

—¿Estás bien? —pregunta Roberto.

—Luego te explico. Tráeme una camisa, un jersey, calzoncillos, algo de abrigo, de todo, por favor.

—¿Dónde estás?

Rebusco por la habitación alguna pista. En uno de los cajones de una mesilla la encuentro.

—Calle Hortaleza, número 17.

—Todos lo sabían. Lo han sabido siempre —le cuento a Roberto mientras me visto con la ropa limpia que me ha traído y almaceno la sangre entelada en una bolsa.

No es cierto. Gloria no sabía nada, e imagino que Toni se enteraría hace poco, pero la rabia suele nublar mi razón. Roberto me escucha. Lo ha hecho siempre. Se sienta en la cama canija y deja su teléfono encima de la colcha color quebranto, como si estuviese preparado para iniciar una sesión más de terapia.

Él sabe cómo ha pesado el silencio durante todos estos años. El silencio del desamparo que abrigó los años de escuela. Mi silencio adolescente y atormentado. El silencio displicente de la juventud hasta llegar al silencio prudente de la madurez. Siempre silencio. Solo roto por la voz de mi padre pidiéndome ayuda, usando la Nochebuena como decorado para la extorsión. A mí, al hijo maricón del que nunca se hablaba, como el elefante blanco en el salón. El mismo que se cardaba el pelo como Robert Smith para su vergüenza. El mismo que tenía muchas amigas y ninguna novia. Un padre confesando un secreto a su hijo. Un hijo convencido de que no había ningún secreto que contar al padre.

Una historia que se rescribe con trazo grueso, sin matices ni palabras preciosas, para acabar convertida en una mancha amorfa que solo recuerda que cuando creíste que les importabas, en realidad, se estaban aprovechando de ti. Un borrón sin cuenta nueva. Aquí está taladrando las sienes, como si quisiera atravesar mi cráneo de parte a parte, cabalgando la idea indomable de que nunca estuvieron ahí cuando los necesité, que nunca se preguntaron por qué su hijo llegaba literalmente cagado del colegio, por qué una mañana suplicó llorando quedarse en casa y no ir a la escuela. Ellos no estaban para contestar mis preguntas ni calmar mis miedos. Ni siquiera supieron hacerse preguntas a sí mismos. Pero reclamaron ayuda al hijo maricón para poder vivir desahogadamente mientras el hijo que les iba a dar un nieto, aquel que prolongaría el apellido, se tocaba los cojones.

—Me mintieron, Roberto.

—No es eso lo que te quema —me dice.

Me ofende su frialdad analítica. Otro espacio común en nuestra biografía.

—¡Tengo derecho a estar cabreado, joder! ¿Y este labio roto? ¿O es que no voy a poder quejarme?

Roberto no responde a mi enojo.

—He denunciado a Toni por agresión.

Roberto, con serenidad, me dice:

—Sabes qué lleva calcinándote todos estos años. Y hasta que no apagues ese incendio, no podrás vivir.

La pantalla de su teléfono se ilumina con una llamada entrante. Es Juan. Roberto rechaza la llamada.

—¿Qué pasa? —le pregunto.

Roberto le resta importancia y yo insisto.

—Hemos discutido —responde.

—¿Por mi culpa?

—Es Navidad, Tomás. Teníamos una comida familiar y..., bueno, es evidente que no vamos a llegar juntos. Estoy aquí porque me has pedido ayuda y no me cuesta nada, quiero que esto lo entiendas, pero necesito que dejes de actuar como si fueras un niño abandonado en un campo de batalla. Deja de comportarte como si estuvieses sobreviviendo y empieza a vivir.

No son las palabras que espero. ¿Por qué a la gente le cuesta tanto consolar? ¿Por qué siempre hay que zarandear a la víctima para que se divierta, para que cambie de actitud? Cámbiame la historia y yo cambiaré mi actitud. Le respondo dejando traslucir mi malestar. Le agradezco la ropa, el cargador y el tiempo perdido. Lamento ser el motivo que ha hecho que la pareja perfecta discuta el día de Navidad por no poder llegar juntitos a la comida familiar.

—Sabes que esa actitud pasivo-agresiva no funciona conmigo.

—Ahora, si no te importa, voy a salir a ver si encuentro un sitio donde comer algo —aviso.

Agarro la bolsa de la ropa sucia y abro la puerta de la habitación invitándolo a salir. Suenan unos villancicos a modo de hilo musical. La encargada del hostal intercepta nuestra salida y aprovecha para preguntar qué me ha sucedido. «Me atracaron», contesto. La mujer le explica a Roberto, como si él fuese mi tutor, que permitió que me alojase aquí porque llegué acompañado por una pareja de la Policía Municipal. Y porque pagué cuatro noches por adelantado. Que, de lo contrario, ni me hubiese abierto la puerta. ¡Cuatro noches! Me cago en mi vida. Le dedico una sonrisa forzada y salgo del hostal con furia en las suelas. Bajo las escaleras sin soltar palabra, buscando la calle. Cuatro noches por adelantado. ¿Soy gilipollas? Sí. Roberto baja detrás de mí. No media entre mi ira y yo.

—¿Qué vas a hacer? —me pregunta en el portal.

—No lo sé. Volver a mi casa desde luego que no.

En este instante otra llamada de Juan.

—Cógeselo, por favor —le digo.

—Esta tarde te llamo, a ver qué tal estás.

Responde a su marido mientras me dedica una sonrisa paciente, casi paternal. Y se aleja difuminándose con la conversación. Ellos se tienen, pienso. ¿A quién tengo yo? Miro mi teléfono. Puedo coleccionar los avisos de llamadas perdidas de mi familia, pero no me veo con fuerzas para contestarlas. Ignoro los mensajes de WhatsApp y abro el Grindr. Solo tengo un mensaje. No soy ese perfil de tío que triunfa en las aplicaciones de contactos. Es un mensaje de Ángel:

«Me sales lejos. Te has ido del barrio?».

«Para eso nos dimos los teléfonos? Para que me sigas hablando por el Grindr?», contesto.

Estuve una semana sin pisar el colegio. No fue sencillo convencer a mis padres, obcecados en que los críos éramos capaces de cualquier cosa con tal de saltarnos las clases. Escuchaba a mamá cómo se justificaba en el descansillo delante de Encarnita y de todas las vecinas que llamaban a preguntar por mí. Todas le daban la razón y aportaban sus experiencias con sus hijos.

—Creí que me engañaba hasta que se desmayó delante de mí —les contaba mamá.

Me trasladaron a la consulta de don Justino. Llevaba un importante golpe en la cabeza que me había provocado al caer y estrellarla contra el suelo. Perdí el conocimiento tras el impacto. No debió ser demasiado tiempo, porque cuando abrí los ojos aún no habíamos llegado a la consulta, que estaba bajo los soportales de la entrada de Ciudad Pegaso. Recuerdo a mamá muy asustada. Mi padre disimulaba, con la entereza que se esperaba de todo varón, pero le temblaba el labio superior. Cuando mi padre se preocupaba por algo, siempre le temblaba el labio. Aún no habíamos entrado en la consulta y aparecieron allí, como un comando de emergencias, mi tía Araceli con otras dos señoras que resultaron ser vecinas de mis abuelos. Dijeron que estaban allí para echar una mano, que habían visto a Araceli tan preocupada que se ofrecieron voluntarias para acompañarla hasta el consultorio, «No le fuera a dar algo por el camino, que la notamos muy alterada». Todos sabían que estaban allí para recabar información y difundirla por el barrio lo antes posible. Eran como esos avances informativos que parecían disfrutar de interrumpir los capítulos de las series o las actuaciones musicales para adelantar una desgracia que ya desarrollarían más tarde. «¿Y para qué cortan la emisión entonces? —me preguntaba—. ¿Qué más les da contárnoslo dos horas después?». Estaba convencido de que lo hacían para preocuparte. Estabas tan tranquilo viendo a Bonnie Tyler cantar *It's a heartache* y ellos interceptaban la emisión, daba lo mismo si en la estrofa o en el estribillo, para contarte que habían ametrallado a unos militares mientras viajaban en un vehículo oficial. Y cuando aún no te habías recuperado de la noticia, Bonnie Tyler volvía para seguir cantándote, aunque tú ya no estabas para melodías. Era la crueldad convertida en derecho a la información. Porque a nadie se le pasaba por la cabeza interrumpir la programación habitual para dar una buena noticia. Las buenas noticias siempre podían esperar. Las malas no.

Don Justino me sacó sangre y me recetó una pomada para el golpe. Recomendó que me quedase en casa una semana hasta tener los resultados de las analíticas. Que si veían algún comportamiento extraño en mí, como pérdidas de memoria o desorientación, acudiesen a urgencias. Así se lo explicaba mamá a todas las vecinas. La escuchaba desde la cama y apreciaba cómo el miedo dejaba de amenazarme aunque no se marchase. Se sentaba en una silla a esperar. El terror nunca tiene prisa. El pánico no es algo que se pueda contagiar sin una tranquila perseverancia.

Y mientras mamá hablaba, de repente un hormigueo me estremecía hasta los párpados. Mis pulmones se convertían en dos canicas incapaces de oxigenar la sangre que circulaba por mi organismo con la velocidad incontrolada de un conductor suicida. Era como habitar un eterno estado de alarma. Como si mi existencia respondiese al deber de divisar al enemigo antes de que fuera demasiado tarde. Con once años, tenía la responsabilidad de hacer guardia, día y noche, desde un torreón invisible para alertar del peligro. A nadie parecía importarle la gesta, porque la única persona que estaba en peligro era yo. Y desde la cama, escuchando a mamá narrar a las vecinas lo que había sucedido, temía ser descubierto. Que en las analíticas apareciese reflejada la mentira, el desmayo que fingí dejando caer mi peso muerto hasta estrellar la cabeza contra el suelo, solo por no tener que regresar al colegio después de lo del búnker.

Las analíticas salieron perfectamente y, aunque atravesó mi mente la idea de simular pérdidas de memoria para alargar la dolencia, la culpa se hizo un hueco en mi cama. Eran demasiados monstruos para un niño de once años. Volví al colegio. Creo que los primeros días solo levantaba la cabeza para mirar al profesor y la pizarra. El resto fue una insistente conversación entre mis zapatos y yo. Nadie interrumpió ese diálogo silencioso. Ni siquiera los agresores. Solo Ángel se me acercó en el recreo. Yo estaba sentado en el suelo, en un rincón del patio, cerca de donde solían juntarse los profesores para fumar, convencido de que ese era el lugar más seguro. Vi sus deportivas azules inmóviles delante de mí.

—¿Estás bien?

No le contesté. Quería que percibiese mi enfado, aunque lo que en verdad sentía otra vez era la losa antipática de la decepción. Como me pasó con Toni. Ángel se sentó a mi lado.

—Prefiero que te vayas —le dije.

—¿Por qué? —me preguntó.

Y su duda fue tan insultante que levanté los ojos del suelo y los clavé en su mirada.

—Me dejaste solo. No eres mi amigo —le dije.

Y, antes de que me viera llorar, volví a concentrarme en los zapatos.

—Tengo que contarte lo que pasó.

Lo importante era lo que le había pasado a él. Lo que me sucediera a mí no parecía interesarle a nadie en ese maldito barrio. Y cuando la rabia me susurraba al oído que me levantase de ahí y me marchase a la otra esquina del patio, el maldito Ángel, con ese puto don, dijo:

—He conocido al dueño del coche brillante.

—¿Te compensa sentir que los demás sufren o se compadecen de ti? —me preguntó Roberto algo molesto por mi ausencia de la terapia durante dos semanas.

Es algo que he hecho muchas veces en mi vida. Esconderme para lamerme las heridas en absoluta soledad. Pero nunca nadie me había hecho esa pregunta directamente. Le expliqué que no buscaba compasión. Lleva implícita una superioridad, en aquel que pretende paliar tu sufrimiento, que rechazo. Como si, más que remediar tu dolor, pretendiese ser condecorado por hacerlo. Esperé durante muchos años esa compasión. Desde la primera hostia. Esperaba que los agresores se compadeciesen, que mis padres se compadeciesen, que mi hermano también lo hiciera. Nunca sucedió. Ahora no la quiero. Si esto fuese una película de violencia gratuita, el Charles Bronson de turno diría: «Ahora lo que quiero es justicia». Pero esto no es una película. Esta es la realidad de la violencia gratuita. Supongo que me conformo con la empatía, pero ¿qué hago con esta mente quebrada, este pesar cronificado? Siento que no voy a sanar jamás, que debo acostumbrarme a las terapias y a las herramientas conductuales como quien se habitúa a los cuidados paliativos. La fractura nunca suelda del todo y, cuando menos te lo esperas, vuelve a quebrarse. Como un hueso de cristal. Y cuando eso sucede, cuando no tengo fuerzas para volver a explicarle a todo el mundo el vacío que siento aquí dentro, me escondo.

Pasé mi infancia solo. Rodeado de gente, pero muy solo. Eso moldeó a este adulto que solo pide ayuda cuando la desesperación amenaza su cordura. No busco que los demás se preocupen por mí. Me gusta que lo hagan, por supuesto. Todos queremos estar rodeados de personas que se interesan por nosotros. Pero es que sus palabras ya no me socorren. A veces me gustaría tener la suficiente libertad para decirles a los amigos que solo quiero que estén a mi lado, en silencio. No necesito sus palabras. No quiero dialogar. De nada me sirve volver a escuchar que soy un tipo brillante, que irradio simpatía, que soy muy atractivo, cuando lo que siento es que soy invisible, inservible, antiestético. No estoy en el grupo de los elegidos. Nunca lo estuve. Por eso crecí buscando el aplauso, la aprobación multitudinaria de todos aquellos que jamás me vieron. Solo era evidente para aquellos que buscaban darme una paliza o burlarse de mí con alguna broma de mal gusto. Y ahora ese aplauso no es capaz de abrazar tanto dolor.

—Mi profesión me obliga a sonreír, a disfrazar mis dolores. Puedo hacerlo. Llevo haciéndolo desde que era un niño —dije antes de romper a llorar.

Los pañuelos de papel. Para eso estaban ahí.

Hirieron de tal manera al niño que el niño contagió al adolescente, el adolescente al joven, el joven al adulto y, con seguridad, si es que llego a esa edad, el adulto contaminará al anciano. ¿Cómo compensar eso? No se me ocurre la manera.

—¿No conservas ningún recuerdo amable de tus años de colegio? —me preguntó Roberto.

Lo que llegué a celebrar fue la violencia de baja intensidad frente a la que yo consideraba más agresiva. Por ejemplo, cuando me esperaban en la puerta del aula formando un pasillo. Tenía que pasar entre ellos para acceder a clase. Sabía que lo mejor era cruzar corriendo, porque la intención era golpearme mientras pasaba. Era un juego. Todo era un juego. Mi material escolar era su debilidad. Lo usaban a su antojo. Directamente se apropiaban de él porque, cuando anulas a alguien, todo lo suyo te pertenece. Una vez mamá me regañó porque el Senda, que era el libro de lectura, estaba lleno de dibujos en muchas de sus páginas.

—Tienes que cuidar el material —me dijo—. Que todo esto cuesta dinero.

¿Cómo le iba a explicar que debajo de cada dibujo, debajo del coche negro en el que viajaban esos monigotes narizotas, debajo del cocodrilo con las fauces abiertas, estaba escrita la palabra «maricón»? ¿Cómo? ¿De qué manera le explica un niño eso a una madre? Ni siquiera el adolescente supo hacerlo.

Cuando ya tenía dieciséis años, una noche que estábamos viendo la tele en el salón, aparecieron unas imágenes de dos hombres de la mano. Solo eso. Dos hombres adultos que paseaban de la mano para ilustrar una información relacionada con la pandemia del sida. Mamá dijo: «Qué asco». Dos palabras fueron suficientes para sepultar cualquier posibilidad. Yo era eso que le daba asco a mi madre. Yo era eso que iba a morir con manchas por todo el cuerpo, como estaba explicando la noticia. ¿Cómo coño gestionas eso? ¿De dónde quería Roberto que salvase un recuerdo amable si solo recordaba miedo, miedo, miedo? Fingí no haberla escuchado y cogí una revista para aparentar estar más interesado en la lectura que en lo que contaba la televisión. Entonces, ante la imagen de un hombre moribundo con sarcoma de Kaposi, mamá dijo:

—Es que... el que mal anda mal acaba.

Y la tristeza se volvió aterradora. Dejé la revista y me marché a mi habitación. Así pude asfixiar mi cabeza contra la almohada una vez más.

Silencio el teléfono. No quiero mensajes ni notas de voz. Me molesta la insistencia de las llamadas cuando es evidente que no quiero hablar. Un chico de unos treinta y muchos años me reconoce. Me llama por mi nombre. No sé quién es. Sonrío y sigo caminando.

—¡Oye, grábale un audio a mi novio, que es fan tuyo! —grita.

Sonrío y sigo caminando.

—¡Pollavieja! —escucho a mis espaldas.

Me giro, sonrío y grito:

—Saluda a tu novio de mi parte.

Me alejo como si estuviese huyendo de Chernóbil. Rechazo esta sociedad individualista como el yonqui abomina la adicción que lo ha convertido en una tela de saco, pero ¿por qué no cambiáis el entorno antes de señalar, desilusionados, a la persona que no puede luchar contra él? Todas las aplicaciones de telefonía de los últimos veinte años fingen ser redes sociales, modos de conectarnos a los unos con los otros, pero son herramientasególatras desde las que darnos protagonismo a nosotros mismos, a lo que sentimos, a lo que anhelamos, a lo que exigimos, como si nuestro deseo fuera un derecho, para sentirnos legitimados a la hora de pisotear los sentimientos, los anhelos y los derechos de los demás. Nos destruyeron el Estado del bienestar y nos dieron, a cambio, el estado de la comodidad, un espacio perverso donde impera lo particular frente a lo comunitario, donde la egolatría se sustenta sobre una ley del mínimo esfuerzo que nos promete que la comida llegará en breve, que puedo subir más fotos en menos tiempo y que puedo follar sin temor a que quiera invitarme a una copa después. Porque todo esto funciona si la persona desdichada siente que puede ejercer su poder sobre otra más desgraciada que ella. De esa manera, cuando lleguemos a casa tras una jornada laboral extenuante a cambio de un salario de mierda, lo primero que haremos será llamar a una empresa que tiene trabajadores en precario, montados en bicicleta o en su moto particular, para que nos traigan una tortilla española porque esa noche no nos apetece cocinar, que bastante hemos trabajado ya.

Sí, estoy cabreado.

Qué caprichosa es la memoria. Camino solo por Madrid, en este día triste de Navidad, con ropa prestada y un labio partido. No me parezco al tipo que vivía en la calle Princesa, en Barcelona. El tío que vivía con Marco. Las horas que pasábamos en La Llama Store acumulando libros, caprichos que luego teníamos que ir devolviendo a sus estantes porque nos saltábamos el presupuesto; los postres de aquella pastelería tan grosera, donde añadían lacasitos al dulce de leche, y en la que el dependiente de los ojos grandes y nocturnos siempre nos preguntaba con una sonrisa traviesa si nos calentaba los *cinnamon rolls*. «Esto caliente está Ricky Martin», decía. Y nos descojonábamos de risa. Es mi recuerdo el que sonríe, no yo. Es la primera vez que pienso en Marco hoy. Supongo que es una buena noticia que vaya dejando de ser el tema principal de esta historia.

Reparo en lo ridículas que se ven las luces navideñas cuando están apagadas. Todo este derroche convertido en cachivaches inservibles, en restos de basura espacial tendida de los cables eléctricos, como las zapatillas. No sé dónde leí que a eso de colgar zapatillas de los cables, como si fuesen adornos de un árbol de Navidad, lo llaman *shoefiti* en Estados Unidos y que, en un tiempo abstracto, identificaba aquellas zonas de la ciudad en las que se traficaba con drogas. Supongo que ahora es más leyenda que realidad, porque no hay nada más gilipollas que anunciar tráfico de drogas con unas zapatillas colgadas de un cable. Si escribes en Google, «zapatillas colgadas de un cable», lo primero que te aparece es esa explicación. Sale más práctico contratar una página de publicidad en un periódico de tirada nacional. Todo el mundo sabe que la Policía no lee los periódicos. De hecho, la Policía no lee. Pero sí suele mirar. La Policía mira mucho. A veces en dirección contraria al delito, pero hasta en esos casos mira. Viviendo en Barcelona descubrí los tesoros que se escondían en las azoteas que nunca observábamos por mera seguridad. Caminar por una gran ciudad con la mirada perdida en las alturas de los edificios es un riesgo. Marco me enseñó a disfrutar del ritual de levantar la mirada y buscar el cielo vertical.

«Es lo grandioso de las ciudades —me señaló—. Conducir la mirada a las azoteas».

Ahora no levanto la mirada. Estoy concentrado en la idea de que la mierda sobre la que se levantan las grandes ciudades solo permite estar solteros a aquellos con una nómina superior a dos mil euros. El resto sufrirá para encontrar un piso de alquiler. Verá antros infectos por los que le solicitarán el setenta por ciento de su salario y se arruinará con solo cubrir los gastos del primer mes, entre avales, meses de fianza, comisiones inmobiliarias y su puta madre. Pero no gozará de tiempo para lamentarse porque tendrá que buscar la manera de facturar lo suficiente para pagar el mes posterior y todos los gastos *superfluos* como la luz, el gas, el agua o la conexión a Internet. Y comprenderá que todos tenemos un lugar en esta vida, un lugar cartografiado, según nuestra facturación. Y este impostor, que mientras formó parte de una pareja pudo habitar el suelo de quienes pagan a alguien para que se lo friegue, volverá al lugar al que pertenece: el margen. Ahora, sin Marco, seré un soltero que tendrá que invertir mil euros en el alquiler de un piso ridículo en Barcelona. Y después de hacer la transferencia a su casero se preguntará cómo diablos va a vivir el resto del mes. No penséis por todo esto que trasladarme a Barcelona fue la peor decisión que he tomado en mi vida. Ser autónomo gana por goleada.

Los años en Barcelona fueron convulsos. Conocí a Marco en 2013, en un viaje a la ciudad, que en ese momento estaba sumergida en un caótico proceso soberanista. Nos gustamos al instante. Qué fácil es cuando se quiere. Aunque solo se quiera probar, sin nadie bloqueando la libre oportunidad de sentir. Incluso de equivocarse. En una visita fuimos a la exposición sobre Pasolini en el CCCB. Allí recordó la pregunta que me hizo en Madrid, en la terraza del Ada, y sondeó si ya había tomado una decisión. No fue difícil contestar que sí. La radio me permitió seguir haciendo los programas desde allí. Qué fácil cuando se quiere. En la exposición sobre Bowie, en el Museu del Disseny, mientras dejamos que la vista retozase en cada uno de los objetos que vestían las paredes de la estancia cúbica que había al final del recorrido, nos buscamos las miradas cuando escuchamos los primeros compases del *Heroes*. Podemos ser héroes solo por un día. Y fue en la muestra sobre Kubrick, también en el CCCB, cuando, aunque llegamos juntos, cada uno la hizo a su ritmo, como liberados. Yo, de un pedazo de él. Él, de todo yo. Creo recordar que solo coincidimos delante de la máquina de escribir de Jack Torrance. El resto de la exposición la recorrimos solos.

Intento bloquear esta nostalgia enfermiza entrando en el McDonalds de Gran Vía y pidiendo un menú cuarto de libra. La comida basura siempre me devuelve a la realidad. Llevo la bandeja hasta una mesa próxima a los ventanales. Creo que puede ser una buena idea ser el espectador de este día de Navidad hasta que me doy cuenta de que el observado soy yo. Que la imagen de un hombre solo comiendo un cuarto de libra, patatas y agua en un McDonalds el día de Navidad, con una bolsa de plástico llena de ropa sucia al lado, puede ser el resumen de la decadencia de la sociedad posmoderna. La gente pasa por delante, de camino a sus vidas, y en este ventanal el espectáculo soy yo. Para evadirme, vuelvo al Grindr. No me entretengo en mirar. Busco solo esos perfiles que tienen un diamante en su descripción. Así encuentro a Andrés, treinta y siete años, moreno, velludo, atlético. Se anuncia como masajista y nuestra conversación, el primer minuto, está totalmente vacía de connotaciones sexuales. Masaje relajante, descontracturante, sensorial, 40 euros una hora si voy a la plaza de Santo Domingo; si es a domicilio u hotel, el precio sube a 55 euros. Le pregunto si da el masaje en ropa interior o desnudo. Me contesta que en *slips*. «El sensorial, ¿incluye sexo?». Esta es mi pregunta. Con un par. Andrés escribe: «Eso son 70 euros».

A los veinte minutos llamo a la puerta de la dirección que me ha facilitado. Me abre Andrés, con un *short* deportivo, una camiseta de tirantes blanca y descalzo. Lo primero que pienso es que está lo suficientemente bueno como para subir su tarifa. Él, en una milésima de segundo, me analiza. Percibo que ya lo sabe todo sobre mí. Se ha fijado en los puntos de aproximación de mi labio y en la bolsa que llevo en la mano. La calefacción está alta y esto no debe ser su casa. Es un espacio anodino, con muebles sin personalidad, paredes desérticas, en tonos de decorado de *sitcom*, con algún póster en blanco y negro enmarcado. Un lugar de paso. Un refugio. Una oficina del masaje.

Andrés me indica una estancia inmediata al salón. En ningún momento alude a que hoy es 25 de diciembre. Como si esa variable no formase parte de la ecuación. Y eso me hace sentir cómodo, lejos de esa pátina de fracaso que cubre a todos los que no tenemos un lugar al que acudir en un día como este. La habitación es minúscula. Dos estanterías bajas y blancas de Ikea flanquean el espacio. En el suelo, una especie de colchón grande, vestido con ínfulas de palacio oriental y una tela estilo mandala. En el centro de la habitación, una camilla para los masajes. Y en un lateral, una puerta fuelle que da paso a un pequeño aseo con lavabo, taza y plato de ducha.

—¿Prefieres el masaje en el tatami o en la camilla? —me pregunta.

Elijo la camilla. Andrés me indica que puedo dejar la ropa en un perchero junto a la puerta del aseo. Observo que en los huecos de las estanterías solo hay objetos que pretenden dar la imagen de un lugar espiritual: una drusa de amatista, una campana de Buda, un atrapasueños, quemadores de incienso, aceites y esencias, lámparas de luz cálida... Todo el protocolo necesario para que el cliente no perciba que está contratando un servicio sexual y para que el trabajador no se sienta estigmatizado por una denominación. Andrés enciende las lámparas y baja la persiana de una ventana que da a un patio interior. Mientras me voy desvistiendo, él se acerca a un ordenador portátil que tiene en la balda superior de una de las estanterías y pone música. Música relajante. Aparece una especie de salvapantallas que va fundiendo imágenes de lagos y manantiales con cielos estrellados y paisajes montañosos.

—¿Dónde puedo dejar la bolsa? —pregunto.

Andrés la observa de nuevo. Tengo la necesidad de llenar ese silencio de palabras.

—Es ropa sucia —contesto medio avergonzado.

—Pues hay una lavandería autoservicio cerca de aquí que está bien y no es cara. A veces llevo ropa ahí. Si quieres, luego te indico.

Se lo agradezco. Coloca una toalla blanca sobre la camilla y me invita a tumbarme bocabajo.

—Quítate los calzoncillos.

Obedezco. Cierro los ojos. Adivino cómo Andrés se va desnudando. Solo por los leves ruidos que percibo, sé cuándo se quita la camiseta, el *short*, entre la música relajante que acabo identificando como una versión piano bar del *Purple Rain* de Prince. Noto el aceite que cae en mi cuerpo y sus manos fuertes que lo van extendiendo. Es el primer momento de afecto que mi cuerpo experimenta en mucho tiempo. Unas manos acariciando. Algo tan sencillo como eso. Andrés desliza sus manos hacia el interior de mi entrepierna para abandonarla después atravesando sus dedos entre mis glúteos. Cuando vierte el aceite en mi espalda, se coloca frente a mi cabeza, sumisa, como si estuviese extendiendo una baraja de cartas sobre un tapete de juego. Andrés empuja mi cabeza con su paquete y esto provoca en mí tal excitación que creo que voy a correrme. Tengo que pensar que este masaje me cuesta setenta euros, que he pagado cuatro noches por adelantado en una antipática pensión, para evitar eyacular antes de tiempo.

—Date la vuelta —dice.

No considero la evidencia de mi erección. En el fondo, no es otra cosa que un reconocimiento al trabajo de Andrés. Compruebo que él aún lleva puestos los *slips*. Me invade un pudor idiota y aparto la mirada. Cierro los ojos de nuevo. Andrés continúa con el masaje por mis pies, muslos, torso. Coge mi mano y la coloca en su polla. Abro los ojos. Ya no lleva ropa interior. Está empalmado. Empieza a masajear mi rabo a la vez que yo juego con el suyo.

—¿Quieres que pasemos al tatami? —ofrece.

Un paso separa la falsa escena del masaje y el nada protocolario encuentro sexual. Me tumbo en el colchón y Andrés se coloca sobre mí. Frota su cuerpo contra el mío. Lame mis pezones, besa mi cuello, y advierto que ha abandonado la ensayada pose del masajista. Ahora entra en juego la estrella del porno. Sus movimientos dejan de ser delicados para transformarse en algo rudo, incluso violento. Maneja mi cuerpo como si fuera un saco, me coloca en posturas de sumisión sexual que supongo imagina que me excitan. Agarra mi cabeza con sus dos manos, como quien sujeta un balón de básquet antes de botarlo dos veces, y empuja su polla hasta el fondo de mi garganta. Me aparto por miedo a hacerme daño en el labio. No es mi intención poner fin al acto sexual, sino, más bien, encontrar la manera de adaptarme a él. Entonces Andrés me escupe en la cara.

—¿Por qué haces eso? —le pregunto apartándome un poco de su cuerpo.

Mi reacción le ha sorprendido.

—¿No te gusta?

—No. De hecho, no entiendo en qué momento los hombres homosexuales hemos decidido que el sexo que mola es el violento, ese en el que la polla se vuelve un martillo percutor, donde hay lapos y hostias, donde follar tiene que ser un acto de poder y sumisión.

Andrés me mira como si estuviera a punto de follarse a un extraterrestre.

—A los tíos es lo que les mola —me explica algo cortado.

—Pues a mí no.

Los hombres homosexuales occidentales, los que hemos vivido la descriminalización de nuestras conductas sexuales, seguimos sin trabajar las emociones. Forjamos nuestra identidad en un concepto que ni siquiera sabemos manejar: la masculinidad. No solo porque viviésemos una infancia y adolescencia en la que se nos bombardease con el modelo de hombre que debíamos ser —sin amaneramiento, viril, valiente—, sino porque inconscientemente el heteropatriarcado también nos estaba indicando al hombre que, como maricones, debíamos desear. Ese hombre tenía que reflejar esa masculinidad hegemónica de la misma manera que nosotros debíamos tender a ella. Nuestra revolución, que consistía en desmontar al macho para crear un nuevo modelo de masculinidad, acaba adoptando los roles enfermizos del macho para componer toda una fantasía sexual que perpetúa el sometimiento de aquellos que nunca sintieron que su deseo fuera legítimo. Nadie nos ha hablado nunca de nuestra diferencia. Ni siquiera hemos querido escuchar a quien pretendiera hacerlo. Asimilarse es más sencillo y trae menos disgustos. Todo lo aprendimos en la calle, en un cine X, en un cuarto oscuro, en una sauna, en un parque frondoso y poco iluminado. Toda nuestra cultura sexual es clandestina, sórdida, oscura. Rotundamente pornificada. Con tasaciones añadidas a los roles sexuales, donde el pasivo es el sumiso, el penetrado, el femenino, del que nos podemos burlar, y el activo es el macho, el empotrador, el objeto de deseo, el jefe de la manada, el violento. Solo somos homosexuales porque follamos con otros hombres. Olvidamos que lo nuestro es afectivo-sexual. ¿Cuándo decidimos fetichizar sexualmente la estética y los roles del agresor? ¿Por qué hemos convertido en objeto de deseo la agresividad del que nos sometió en la infancia y adolescencia? ¿Cuándo sacamos los afectos de la ecuación sexual? Los evitamos porque el porno nos ha enseñado a follar, pero nadie nos ha mostrado cómo amarnos en la diferencia, cómo afrontar los retos sentimentales que nos supone ser homosexuales perdidos entre dos siglos, con una mochila que a veces pesa más que nosotros mismos.

—No quiero que me trates como si fuera basura. Quiero que me beses con cariño. Quiero sexo apacible. Convencional. No quiero que te comportes como si estuvieras rodando un porno. Por favor.

Aunque desconcertado, Andrés se adapta a los deseos del cliente. Pasa su dedo suavemente por mi labio roto y me abraza. Y dejamos que nuestros cuerpos se acaricien.

Andrés me permite ducharme antes de abandonar su habitación. Lo dejo atendiendo a futuros clientes del Grindr que, con seguridad, le pedirán hostias mientras él, con su polla en sus gargantas, les tapa la nariz para que no puedan respirar. Andrés les escupirá, se dejará follar a pelo, les meterá el puño por el culo o los acompañará en interminables sesiones de *chemsex* si ellos se lo piden. Y, mientras me enjabono, me pregunto cuántos de ellos empezaron a disfrutar de ese sexo violento, descarnado, adulterado, cuando se dieron cuenta de que no eran capaces de hablar de sus emociones, de sus miedos, de sus frustraciones.

10

En el terapéutico sofá azul, Roberto me preguntó por los amigos. Han ido cambiando. Algunos permanecen, aunque nuestro vínculo haya reducido su intensidad, y otros se quedaron atrás. Unos por voluntad propia y otros por decisión mía. La amistad y la madurez transitan caminos inestables. El tiempo abre la carpeta de las prioridades y tú ya no estás el primero. Quiero a mis amigos, por supuesto, pero ese apego solo se sustenta entre circunstancias vitales similares. Cuando los amigos se emparejan o contraen matrimonio, el soltero se queda descolgado. Las parejas vuelcan su amistad en otras parejas. Mismo código. El soltero y sus historias desequilibran la balanza en un ejemplo sociológico de selección natural. Igual sucede con los matrimonios que empiezan a procrear. Aquellos que optan por no tener descendencia, por la razón que sea, comienzan a verse desplazados de los planes, de las conversaciones, por pura selección natural. Nada le puede aburrir más a una persona o pareja sin hijos que fingir interés por las conversaciones de padres y madres. Pocas cosas hinchan más las pelotas que intentar mantener una conversación de adultos, explicar las razones por las que el tío que te dijo que estaba empezando a sentir algo hermoso por ti deja de contestarte a los mensajes, rodeado de niños de cuatro años reclamando tu atención. Y sus padres observándote. Porque para ellos es más importante el puto palo que el niño te está mostrando, como si fuera un Birkin, que tus lamentos de eterno Peter Pan que debería estar planeando, con su marido gay, una reforma de la casa en lugar de andar buscando el amor en aplicaciones de mierda. Roberto siempre me dejó hablar. Como terapeuta y como novio. Porque al final, acababa encontrando lo que estaba buscando.

Llegados a este punto de la narración, comprenderéis que mis lazos de amistad suelen derivar en relaciones extraordinarias y complejas a la par. Decía Emerson que hay dos clases de amigos: aquellos con los que, por ejemplo, comentar *RuPaul's Drag Race,* con los que salir de fiesta, planear vacaciones, poner un nombre ingenioso al grupo de WhatsApp, y otros a los que ni siquiera necesitas ver. Para el filósofo, los primeros son de baja calidad; los segundos, únicos, atípicos, venerables. «Una especie de enemigo bello, indomable, al que debes respetar con devoción», escribió.

Me siento autorizado para cagarme en la ética de la amistad de Emerson. Yo no supe lo que era tener un amigo hasta los once años. Y solo me duró hasta los trece. Con catorce, conocí el significado de la palabra «pandilla», un grupo de personas que estrechaban lazos por afinidad. Había suspendido todas las asignaturas y repetí curso. Me convertí en el veterano de una clase de chicos que insistían en aquello que habían visto hacer a los mayores durante años. Para mis nuevos compañeros de clase, yo seguía siendo Tomasa, el maricón. La diferencia, si viajamos a la bofetada de doña Pilar, es que en octavo ya sabía a qué se referían.

Ese año conocí a Paco, a Pili, a Gemma, a Merche y a Jesús. Por primera vez en mi vida supe lo que era tener una pandilla de amigos. Algo frágil para Emerson y extraordinario para mí. A ellos les gustaba Bowie, Radio Futura, Blondie y Tino Casal. Suficiente para hacerle un hueco al repetidor. Ahí empezó a fabricarse otro armario que, en lugar de esconderme del mundo, me publicitaba con una arrogancia casi elitista. Formar parte de una tribu urbana fue como encontrar un salvavidas en el naufragio. Gente que presumía de ser diferente, que se vestía de negro, se cardaba el pelo, se pintaba la raya del ojo. Gente que se saludaba con un beso en los labios. De ahí que cuando llegaron los años de instituto, el común acto de salir del barrio para ir a estudiar a otro lugar fue para mí una expresión de libertad. No solo fue la libertad de una nación. 1982 fue el año de mi libertad.

Toni se había ido a la mili y pasé a tener una habitación propia. Era como si la vida hubiese empezado de nuevo cuando España sanó del intento de un golpe de Estado con música y fútbol. Con un M&M: Mundial y Movida. Pero todos esos hechos relevantes eran menudencias si los comparaba con todo lo que estaba pasando en mí. Podría afirmar que en aquellos años sentí, como luces estroboscópicas, algunos destellos de felicidad. Felicidad *peepshow*. Como si siempre tuviera que llevar monedas sueltas para que no se me cerrase la pantalla en el mejor momento.

Aun así, albergaba un temor. La incorporación de mi hermano al servicio militar marcó el inicio de una sensación agridulce en mi vida: por un lado, me sentí libre disfrutando de una habitación sin injerencias. Pero, por otro, no hubo día que no temiese el momento en el que me tocase a mí. «En la mili te harán un hombre», decía mi padre. Y yo, que sabía lo que me habían hecho «los hombres» durante los años del colegio, no quería repetir esa experiencia. Cuando supe que podía pedir prórrogas por estudio, lo hice. Consumí las últimas posibilidades pactando algo conmigo mismo: si al final no pudiese aplazar más el destino, si mi incorporación a filas fuese un acto inevitable, me suicidaría. No fue necesario. La ley de objeción de conciencia de 1984, con su prestación social sustitutoria, me salvó la vida.

Cuando me convertí en el joven cartógrafo de mis propias estrategias de supervivencia, empecé a ocultar la falta de autoestima y el miedo convirtiéndome en un bufón. Era capaz de ejecutar el acto más humillante con tal de provocar yo mismo la carcajada. Que nunca fuese una risa que se regodease en mí, sino una reacción que yo pudiese desencadenar. El bufón vestido de Robert Smith. Todo un espectáculo.

Tardé mucho en hablar de mi orientación sexual con mis propios amigos. Algunos dejaron de serlo antes de que yo estuviese preparado para contarlo. El patriarcado es tan perverso que me nutrió con la suficiente homofobia interiorizada como para que me odiase a mí mismo incluso en el mejor de los entornos. Ni siquiera fui capaz de reconocer mi homosexualidad abiertamente cuando me besaba con otros chicos. Para mí era más cómodo decir que era bisexual. Como si eso, en lugar de una burda mentira, fuese un estatus de modernidad. Pero al entrar de nuevo en Ciudad Pegaso, todos esos destellos de magia se apagaban y todo a mi alrededor volvía a ser plomizo y asfixiante como cuando tenía siete años. Hubo amigos de instituto, amigos de facultad, amigos en las prácticas de becario y amigos de trabajo. Y los vínculos demostraban, una y otra vez, su fragilidad e inestabilidad. Todo cambiaba tan rápido que ni siquiera tenía oportunidad de adaptarme. Era como una pieza buscando dónde encajar en el puzle de un Jackson Pollock.

Es probable que ahora mi relación con los amigos sea más parecida a esa estirpe de enemigos bellos a los que respeto en la distancia. Como vino a decir Emerson: «Con mis amigos hago como con mis libros. Los tengo a mano, pero los uso raras veces».

A las seis y media de la tarde, Madrid ya parece Las Vegas. Lo lleva siendo desde el 22 de noviembre. La Navidad es un negocio desplegable, que podemos aumentar a nuestro antojo siempre que aporte beneficios a la caja. Por eso el Ayuntamiento de esta ciudad reacciona con una obscenidad sobrehumana cuando llegan estas fiestas y derrocha en alumbrado navideño. Un solo distrito, Villaverde, ha gastado más en luces navideñas que la ciudad de Valencia. Nos deslumbran. Como a los conejos en mitad de la calzada.

Veo girar mi ropa en el tambor de una secadora industrial. Me he pasado la tarde como un personaje de una película de Isabel Coixet, sentado en el autoservicio de la lavandería que me había recomendado Andrés. Intentando eliminar la sangre de mis tejidos. He tenido que lavar la ropa dos veces. Aprovechando el aclarado gratis de la oferta del mes. Aun así, hay prendas irrecuperables. Salgo de la lavandería con la ropa seca en la misma bolsa que he paseado toda la mañana. De repente, una mano me ofrece un *flyer*.

—¿Chupito en el Simún?

Me fijo en el chico. Es un latino con una sonrisa perfecta y la raya del pelo esculpida en el cráneo en lugar de dibujada por el cabello.

—Copas a cinco euros. Primeras marcas.

Va muy abrigado y, aun así, todo le queda estrecho. Es de esos chicos que, aunque se vistan de esquimal, necesitan que los miren como si realmente estuvieran desnudos. Por eso se compran la ropa con el tallaje de una segunda piel.

—*Show* de *drag kings*.

Eso llama mi atención y reparo en el *flyer*. Paso por alto lo fea que es la maquetación y me fijo en el *drag king* de la fotografía. Es negro, con el cabello corto y albino y un fino bigote, al estilo Errol Flynn, del mismo color. Va vestido con una camisa blanca y un traje amarillo cruzado, de esos en los que una solapa se monta por encima de la otra. Mira desafiante y seductor.

—Se llama Idris Haggerston. ¿Lo conoces?

La respuesta es negativa, pero afirmo con la cabeza. El chico me anima a pasar por el local, que está a pocos metros. Le aviso que mi intención es dejar la ropa en mi hotel y que luego aceptaré la sugerencia. Experimento la atractiva sensación de inventarme un nombre, una vida a los ojos de este chico al que solo le interesa encontrar un buen empleo y dejar de pasar frío en la calle. Plasma su rúbrica en el *flyer* y me dice que, entregándolo en la barra, me invitarán a un chupito. Se lo agradezco y emprendo camino hacia el hostal.

Aquí está la encargada, que vuelve a mirarme con los ojos de la duda. Intercambiamos un escueto «Buenas tardes». Dejo la bolsa en la habitación y salgo de nuevo. Intercambiamos un sospechoso «Hasta luego». Tomo una tarjeta del mostrador con la dirección y el teléfono del hostal, y salgo en dirección al Simún. Ni siquiera he oído hablar de ese local.

Después de atravesar la puerta, una pesada cortina impide ver el interior. La retiro, lo justo para poder entrar, y el Simún se materializa ante mis ojos como un palmeral en medio del asfalto. Es un pasillo ancho, sin ningún adorno navideño, decorado en colores carmesí y cereza. Incluido el suelo y el techo. Todo el mobiliario es una combinación de materiales con el mismo color. Hasta la barra, forrada en terciopelo y escay. Tiene ínfulas de cabaret berlinés, o de lo que en España imaginamos que era un cabaret berlinés de entreguerras, y algo inquietante que me evoca al *milk bar* de *La naranja mecánica*. La iluminación del Simún contrasta con la irradiación exterior. Es un espacio íntimo, pero no clandestino. Un lugar casi vaporoso en el que no es necesario intuir los rostros, aunque todos se sientan resguardados. Uno de esos locales que, cuando cierran al público, se derriten ante la crueldad de la luz de sala. Huele a nuevo. Supongo que quizá por eso no he oído hablar de él.

Me dirijo hacia la barra mientras, al fondo del local, un *drag* canta acompañándose a la guitarra. Entiendo que se trata de una mujer, así la interpreto, vestida de hombre, a la vez que identifico la melodía. Es el *Like Janis* de Sixto Rodriguez. Y su *drag* está vestido y peinado como Bob Dylan en la portada de *The Freewheelin*. Nadie acusa mi entrada. Pienso que si el Simún fuese un local-espectáculo de *drag queens* o de travestismo masculino, la artista habría parado el *show* para gastar una broma con la excusa de mi llegada. Eso no sucede.

Me siento en un taburete alto junto a la barra y le entrego el *flyer* a la camarera. Lo toma entre sus dedos, como si fuese un cigarrillo, y detiene el tiempo para entretenerse mirándome, satisfecha de su seriedad. Considero que el silencio suple la cortesía y pido, casi en un susurro: «Un Stolichnaya con tónica. En copa de balón». Su mirada no se aleja. «Si puede ser», añado. Me sirve el chupito, que huele a gasolinera, y se distancia para llenar de hielos mi copa, que, sí, es de balón. En el interior del local hay unas ocho personas, todas mujeres, sentadas alrededor del escenario. Cuando el *drag* acaba la actuación presenta, con sobriedad, a Idris Haggerston. Los aplausos son tan breves que ni siquiera tienen tiempo de morir. Un pequeño cañón ilumina la puerta del camerino. Y en ese instante todo cobra sentido. El lugar, el silencio, el ritual, mi inquietud.

Como una especie de anunciación, Idris surge del camerino. Es alto, de una delgadez poderosamente fibrada, con la piel negra y brillante enmarcando su esclerótica con autoridad. Tiene el pelo corto, afro y decolorado hasta el blanco. El bigote igual, como en el *flyer,* pero vestido con un traje azul cobalto. Sin camisa. Está descalzo y se desliza, sin ningún artificio, hacia el escenario. Es como si su cuerpo hablase, como si la fuerza de su oscilación hiciese lógico su tránsito de un punto a otro del espacio. Es un movimiento diferente al acto de caminar. Tiene un origen claro y un fin definido. No deambula. No es un paso torpe ni improvisado. Como si esta fuera su manera de recorrer la vida, más allá del escenario. Recreando la distancia entre dos puntos con gestos que son lecciones de supervivencia. Idris se detiene ante el pie del micro y, con una autoridad sosegada, comienza a recitar unos versos que, aunque en un principio no logro identificar, siento que son familiares. Habla del 'error' que la sociedad subraya para justificar su crueldad, su opresión, su inquina. De todas esas personas que, alguna vez en la vida, han tenido la edad errada, la piel errada, la partida de nacimiento errada, los deseos errados. De repente, caigo.

No me lo puedo creer. ¿Está recitando a June Jordan?

Habla de la fuerza con la que un sistema que encumbra al varón desde el primer llanto en el paritorio, entre los fluidos de una madre abierta y tajada, utiliza a la mujer. Habla de la cultura despreciable de la violación. Habla del consentimiento. Habla del nombre propio, del grito propio, de la necesaria y rotunda autodeterminación. Idris va masticando cada uno de los versos y los escupe al escenario. ¡Está recitando a June Jordan! ¡Es Navidad y un *drag king* negro, en un local medio vacío de una ciudad sobreactuada, está recitando el *Poema sobre mis derechos* de June Jordan! ¡Gracias, Dios, si es que existes!

Al finalizar, entre los gritos apasionados de las mujeres del público, Idris dice:

—Samu, cuando quieras.

Comienza a escucharse una base instrumental del *Cornerstone* de Benjamin Clementine. Idris empieza a cantar con una voz carnal, dolida y envolvente, que trepa desde su coño hasta su garganta, que sale disparada como una bala, abriéndose paso entre las multitudes de rumores y prejuicios, atravesando todo lo que encuentra a su paso, sin causar heridas mortales siempre y cuando se cumpla con la única condición de no disimular las cicatrices. Que la huella que la injusticia deja sobre la piel sea ejemplo de sanación, pero nunca de olvido. Este hombre que solo conserva el dolor de la infancia, que deambula sin aprender a transitar, este hombre, que soy yo, ve la luz en un bar de mujeres travestidas de hombres. Me estoy preguntando si esta tarde de Navidad es real.

Las actuaciones han finalizado. Las artistas se refugian en el camerino y la mitad del público abandona el local. Solo una pareja de mujeres se morrea con pasión, como si en la calle las esperase el adiós definitivo. Me he bebido cuatro vodkas y hasta el jazz que ha empezado a pinchar el DJ me parece razonable. Jazz en un puto bar de Chueca. ¿A quién coño se le ha podido ocurrir esta idea de negocio? ¿A quién debo dar las gracias por arriesgar para perder? ¡Me cago en Dios! ¿A quién? Un hombre de mediana edad, calvo, de cuello y brazos fuertes, desciende con ligereza de la cabina y se acerca a la barra. Conversa con la camarera que, para mi sorpresa, puede sonreír. Le sirve un tercio de cerveza que el hombre atrapa como un trofeo, y él se dirige hacia el camerino. Entonces la camarera lo llama.

—¡Samuel!

El hombre se gira y regresa a la barra. «Samu, cuando quieras». No puede ser. Se apoya en la barra. Da un trago a la cerveza y escucha lo que la camarera tiene que decirle. No. Demasiada coincidencia. Si escribiese algo así en una novela, el lector soltaría una carcajada indulgente. «¡Samuel!». Esos ojos... Dudo, pero no hay desazón que el alcohol no desinhiba. Camino hasta estar lo suficientemente cerca como para interrumpir, solo con mi presencia, la conversación que mantiene con la camarera. Ambos giran sus miradas hacia mí.

—¿Buscas algo? —me pregunta el hombre.

¿Es él?

—¿Eres Samuel?

—Sí. ¿Por?

—¿Samuel de la Granja?

Cambia su gesto. Se incorpora y voltea hasta colocarse frente a mí. Y ese iris verde, sobrenatural e inquietante, me devuelve a aquellos años en los que soñé que me zambullía en él.

—Soy Tomás Yagüe, el hermano de Toni.

—He conocido al dueño del coche brillante.

Lo escuché como los habitantes de la ciudad han incorporado los ruidos a su vida cotidiana. Ángel hablaba y el patio resplandecía en un alboroto. Yo no. Podría haberme ido, aun sin tener adonde ir, pero decidí aguardar. Lo escuché en silencio. Como el espectador respetuoso con la función. Escuché lo que al principio parecía ser una exculpación, pero que, con esa maestría prestidigitadora que tenía Ángel, se convirtió en el relato de su descubrimiento. De nuevo, él era el protagonista.

Me juró que había huido para buscar ayuda. No lo creí, pero no interrumpí su narración. Pesaba más la curiosidad que mi rencor. Al principio, el Risi, Peñón y Saiz lo perseguían. Por eso Ángel corrió como nunca lo había hecho. Más rápido que cuando competía jugando al rescate. Risi, Peñón y Saiz ya habían abandonado la carrera y Ángel siguió corriendo, sin volver la cabeza, dispuesto a llegar al barrio y pedir ayuda. Tal era su carrera que no vio las verjas del chalé abiertas ni el Peugeot 504 metalizado saliendo a la calzada. El morro del coche frenó sus zancadas. Ángel golpeó con sus manos el capó, como si fuera capaz de detenerlo en marcha, y dominado por su propio impulso, se recostó con violencia sobre la parte delantera hasta caer ante los faros del automóvil.

«¿Estás bien?», contó Ángel que le preguntó el hombre. Ángel tenía el pantalón roto, a la altura de la rodilla izquierda, y varias contusiones y rozaduras en brazos y manos que ya no sabía si eran fruto de lo sucedido en el búnker o de ese encontronazo con el coche brillante. Se incorporó afirmando que estaba bien. El hombre se arrodilló y comprobó que debajo de la tela rasgada del pantalón se había abierto una pequeña herida. Ángel me aseguró que le pidió ayuda al hombre, que le dijo que unos chicos iban a pegar a un amigo suyo. Yo, un amigo suyo. Pero el hombre insistió en que primero debía curarse esa herida. Y lo invitó a entrar en su casa. En esa casa que veíamos desde la cancela, ese lugar con el que los dos amigos fantaseamos en tantas ocasiones. Imaginamos las dimensiones de sus dormitorios, las butacas en las que tumbarse y estirar las piernas, el mueble bar con espejo y los juegos de té con flores azules y rojas pintadas en las tazas.

Y las palabras de Ángel iban descontrolando mis células, multiplicándose, en una combinación patológica de resentimiento y envidia que crecía, como un tumor, en mis pulmones, en mi lengua, en cada uno de los dedos de mis manos, hasta consumirme. Desde la sabiduría que da el recuerdo, podría afirmar que me deslumbró un destello inesperado. Si en ese instante sentí estar muriendo por dentro, quizá es que todo lo que había vivido, el acoso, el búnker, el miedo y mi pena, no me había matado aún. ¿Y si no fuese tan vulnerable como creía? Pero el resplandor se desvaneció entre las descripciones de la casa que Ángel iba relatando con la misma dedicación que empleaba cuando jugábamos a contarnos secuencias de películas. Como cuando me explicaba la vestimenta que lucía Jo corriendo en medio de aquel paisaje nevado, que iba detallando, hasta el fallido intento de saltar el cercado de su casa. La risa de sus hermanas a través del cristal, sus peinados, sus vestidos, y el orgullo que la incitaba a levantarse de la nieve y volver a intentarlo. Ángel siempre volvía a intentarlo, nunca se daba por vencido. Yo nací vencido. Como Beth frente a la escarlatina.

No me preguntó qué sucedió en el búnker cuando él huyó corriendo. No parecía preocuparle qué me estaba sucediendo mientras él admiraba los muebles de la casa —«Son como los de las películas de Doris Day»—, el equipo de música y la chimenea. Con la misma franqueza con la que exhibía su coartada, me dijo que el hombre le pidió que se quitara los pantalones para poder curarlo. Ángel lo hizo. No se sintió obligado. Lo hizo sin más. El hombre le ofreció un refresco de naranja y unas galletas. Imagino que para entonces ya se había olvidado de mí. «Son unas galletas que te las tienes que meter aquí, en el dedo, como si fueran un anillo, y te las vas comiendo así». Gestualizaba cómo debían comerse esas rosquillas con forma de margarita. El hombre le dijo que el búnker no era un lugar de juegos para chicos como nosotros. ¿Como nosotros? ¿Cómo éramos nosotros? ¿Maricones? Que allí iban muchos drogadictos y era un lugar peligroso. Que su casa era un lugar más seguro.

Mientras el hombre oprimía un algodón impregnado en alcohol sobre la herida, Ángel le preguntó si podía ir con un amigo. Fui ese amigo. El hombre del coche brillante dijo que sí, pero que tenía que ser secreto, que no se lo podíamos contar ni siquiera a nuestros padres. «Es un regalo solo para nosotros», me dijo Ángel. Un lujo al alcance de unos pocos. Ser los elegidos, por una vez. El hombre podía haber invitado a su chalé con chimenea a cualquier chaval del barrio, pero nos había elegido a nosotros. A los que nunca elegía nadie.

—Si te quieres venir... —me propuso—. Ha dicho que va a enseñarnos la residencia por dentro. —Sus ojos brillaban de ilusión.

—¿Cuántas veces has ido? —pregunté.

—Dos o tres —respondió.

Ángel hablaba como si un ser superior le hubiese otorgado un privilegio. Las ventajas especiales, los caprichos había que disfrutarlos sin algarabías, sin contarlos a los cuatro vientos, como hacen los miserables cuando tienen que demostrar lo agradecidos que están por el mendrugo de pan. La ostentación es una ordinariez. Todo lo que se relata pierde valor.

—La suerte hay que disfrutarla con discreción —dijo Ángel usando palabras que no le pertenecían. Que quizá fuesen propiedad del hombre del coche brillante.

«Me gusta la gente que sabe guardar un secreto —le había dicho el hombre a Ángel—. ¿Tú sabes?».

—¿Tú sabes? —me preguntó Ángel.

Entonces me levanté y me fui. Sin mediar palabra. Sintiendo sus ojos en mi espalda.

«Hola, Tomás. Encantado de conocerte. Yo me llamo Simón», me dijo el hombre del coche brillante la única vez que nos vimos.

Es un viento venenoso. Eso me cuenta Samuel. Un viento africano que envenena el aire, que mueve temperaturas de hasta 50 grados, que provoca tormentas de arena y polvo que tiñen de rojo el paisaje e impiden a las personas salir de sus casas. Un viento que se cobra vidas. Ese es el simún.

«Encantado de conocerte. Yo me llamo Simón».

—¿Por qué bautizar con un nombre tan devastador a un local como este? —pregunto.

266

—Porque, si en siglos de humanidad aún no hemos conseguido que nos respeten, tal vez sea el momento de que empiecen a temernos.

Aquí, delante de nosotros, como un coloso libertario, está ella. Samuel me la presenta. Lola. Ese es su verdadero nombre. Lola se ha desprendido de la imagen de Idris Haggerston, pero su magnetismo sigue intacto. Viste una camiseta naranja bajo un holgado jersey negro, un vaquero y unas zapatillas deportivas de color lavanda. No hay rastro de su bigote, obviamente postizo, pero su cabello no es *drag*. Mantiene la textura afro y el color de la peluca de Warhol. Se sienta junto a nosotros, y la camarera, como quien cumple con la costumbre, le sirve un chupito de tequila que Lola se bebe en dos movimientos. Idris Haggerston se ha creado a imagen y semejanza de Lola. O quizá sea al revés. No me atrevo a preguntarlo, entiendo que Lola es una de esas personas que crecen con el misterio, que dosifican la información porque cada dato personal que aportan es un anzuelo que te atrapa hasta el siguiente capítulo, temporada tras temporada. Lola, como Idris, son seres a los que hay que desvelar sin prisas.

Antes de que esto suceda, antes de que Lola se nos sume, Samuel ha tenido tiempo de ordenar sus recuerdos e invitarme a una cerveza.

—¿Qué tal Toni? ¿Cómo le va? —pregunta.

—Bien —miento—. Está casado. Bueno, separado. Con una hija..., bien. Trabaja en un hotel. Bien.

—Me alegro. Dale recuerdos.

Camuflo el silencio con un trago de cerveza. Samuel hace lo mismo. En el Simún sigue sonando jazz.

—¿Por qué dejasteis de ser amigos? —pregunto.

Samuel sonríe. Como si supiera que esa pregunta lleva mucho tiempo esperando ser formulada.

—Cosas de la vida, supongo. ¿Conoces a alguien de mi edad que siga manteniendo a los amigos de los dieciocho?

Averigua el desencanto en mi mirada y, como si me debiese una confesión, me cuenta que es bisexual. Que en la época del colegio, siendo amigo de Toni, ya sintió que le atraían los tíos de igual manera que las chicas.

—Pero ya sabes, en esos años, en Pegaso..., qué te voy a contar.

Nunca intentó nada con mi hermano. Alguna paja se hizo, eso me revela, recordando las duchas de la clase de gimnasia y un baño en el pantano de San Juan, pero nada más. Cuando empezó el instituto, los encuentros sexuales con chicos se fueron sucediendo, aunque solo tenía novias.

—Nunca novios. Follaba y a otra cosa. Supongo que era miedo a salir del armario.

En esos años la amistad con Toni aún existía. Las experiencias y vivencias de Samuel se fueron duplicando con cada año cumplido. Sin embargo, Toni permaneció disecado en el tiempo, en el espacio, en esa quietud serena del barrio.

—¡No me jodas que se casó con Bea! La novia esa que tuvo, que vivía en la plaza del economato.

No. Le cuento que a su exmujer, Ana, la conoció una noche saliendo con los del trabajo por los bares de la calle Huertas.

—Ya me había puesto en lo peor —bromea. Pega un trago a la cerveza—. Cuando me matriculé en Bellas Artes ya sentía que tu hermano se había quedado muy atrás. Que nuestros mundos se habían distanciado tanto que era imposible organizar un plan que nos molase a los dos. Y luego vino lo de Juanjo.

Juanjo fue el primer tío del que se enamoró Samuel. Tanto que se atrevió a contárselo a Toni.

—Dijo que no le jodiera, que si ahora para molar había que poner el culo.

Samuel intentó explicárselo a su amigo, pero Toni solo llegó a preguntarle si había estado enamorado de él.

—¡Joder, macho, que nos hemos cambiado de ropa juntos! ¡No me jodas! —lamentó Toni.

Mi hermano se cabreó con Samuel. Era alucinante la reacción de los tíos hetero cuando un chico de su entorno les contaba que era homosexual o bisexual. Se hermanaban en la ofensa, daba lo mismo que estuvieran buenos como un festín o fueran bichos a los que hay que acercarse con un mono de protección contra el ébola. Respondían como si nuestra mirada hubiese ultrajado sus cuerpos inmaculados, como si el simple hecho de haberlos visto desnudos, haber visto sus huevos, su polla, su culo, nos convirtiese en potenciales violadores de sus cuerpos. Me pregunto si sucede lo mismo en la actualidad. Deseo que no. Pienso que aquellos hombres hetero reaccionaban de esa manera porque reconocían que eso era lo que ellos harían si una mujer se desvistiese delante de ellos. El patriarcado es el ADN de la caverna. Poco se puede hacer. Excepto bombardear la caverna.

—Una tarde, en la parada del bus de la Segunda Avenida, se me acercó Clara, no sé si te acordarás de ella, una chica morena del barrio con la que estuve saliendo en el primer año del instituto —explica Samuel. Niego con un gesto—. Da igual. Se acercó y me preguntó: «¿Es verdad que te has vuelto maricón?». El único que lo sabía en Pegaso era tu hermano. Ese día decidí que ya no éramos amigos. Luego me fui a vivir con compañeros de clase, encontré un curro en un videoclub, dejé a Juanjo, dejé la carrera, me fui a vivir a Londres, volví... ¡Joder, que tengo cincuenta y seis años, tío! No voy a hacerte un resumen.

—¿Cómo acabaste aquí?

Samuel me enseña la mano abierta para que pueda ver un anillo en su dedo anular.

—Me casé. Se llamaba Néstor. Tenía dos o tres negocios en la noche y, al final, acabamos currando juntos. Falleció de cáncer hace ocho años. Amaba el jazz. Todo el puto día con Ella Fitzgerald, Chet Baker, Dizzy Gillespie... Al final me acabé aficionando. Este local era nuestro, así que hace siete meses me lie la manta a la cabeza, y ya ves.

—¿Crees que mi hermano estaba enamorado de ti?

La pregunta. Samuel me mira fijamente, como si escanease cada milímetro de mi piel.

—En absoluto. Tendemos a justificar reacciones con eso de la homofobia interiorizada, y no. También existe la homofobia sin más. Y tu hermano era de esos.

Agacho la mirada.

—Eso del labio, ¿te lo ha hecho él?

El labio. Me he olvidado del labio. Ayer sucedió hace un millón de años.

—Tu hermano fue educado para ser lo que es. Nunca discutió las reglas.

Visualizo a mi hermano sintiéndose destronado cuando yo llegué al mundo. Defendió su territorio como los hombres protegen a sus familias. Toni aprendió a socializar desde la agresividad del macho, como una manera de reclamar la atención de mis padres. Tener un hermano pequeño y maricón fue el frontón contra el que desahogarse. Es solo una idea. Nunca tendré con él esta conversación. He conversado más con su amigo de la infancia que con él. Y así será hasta el final de nuestros días. Mientras yo buscaba mi identidad a hostias, él construyó la suya desde una rivalidad fraternal que, en el fondo, solo buscaba una cosa: el amor y la atención de sus padres. Lo malo de Toni es que no estaba dispuesto a compartirlos.

—¿Desde cuándo os conocéis? —pregunta Lola mientras pide otro tequila con un sencillo movimiento de mano que denota aristocracia.

—Era amigo de su hermano. Hará treinta años que no nos veíamos. O más, ¿verdad?

Confirmo. Y como una de esas veces en las que los pensamientos no surgen del hemisferio derecho del cerebro, sino de un páncreas en mal estado, verbalizo:

—Creo que alguna paja pensando en ti sí que cayó.

Y antes de que yo mismo pueda empuñar el cuello de la botella de cerveza y estamparla contra mi cabeza, Lola propone un brindis:

—Por esas pajas. —Y se traga otro tequila.

Samuel me abraza y un pequeño alborozo envuelve la mesa. Lola le pide a la camarera que deje la botella de tequila, y ella accede. En los ojos de la camarera noto esa admiración, tan espiritual como carnal, que hace que, si Lola le hubiese pedido que dejase el útero encima de la mesa, ella lo habría hecho.

—Y vosotros, ¿cómo os conocisteis?

Samuel y Lola se miran echando a suertes quién es el primero en contar una historia que cada uno recuerda diferente.

—Aquí el muchacho se enamoró de la diosa de ébano —ironiza Lola.

—¿Quién te ha dicho que aún no lo esté? —le contesta Samuel directamente a los ojos.

—¿Sabes cómo puedes demostrarme tu amor? Pagándome más por bolo. Que sabes que en The Glory estaría cobrando el triple.

—La conocí en uno de mis viajes a Londres y flipé con ella —me explica Samuel sin dejar de mirarla.

—Con él —corrige Lola.

—Bueno, sí. Con Idris. Si hubiera sido posible, me habría follado a los dos, a Idris y a Lola, esa misma noche.

—No creo que a Liza le hubiera hecho mucha gracia —contesta Lola.

—Liza era su novia —apunta Samuel.

Y el niño en el que me he convertido se sienta en el asiento trasero del viejo Morris de segunda mano que compró mi padre y escucha embelesado la conversación de un padre y una madre que no son los míos. Esto que nunca he experimentado en mi vida, esta sensación de admirar hasta anhelar la emulación de cada una de sus miradas, de sus gestos, llega cuarenta y cinco años después. Como en un viaje lisérgico, Samuel es mi padre y Lola mi madre. O Samuel es mi padre e Idris mi otro padre. O yo ya no soy una víctima más de la matanza de inocentes. Yo nazco. Sobrevivo, contra todo pronóstico, en el Simún. Un puto 25 de diciembre. *Fuck fuck fuck.*

Los escucho bromear, jugar a una seducción que, por reincidente, no ha perdido ni una chispa de su hechizo, reírse a carcajadas, acariciarse las manos, beberse el tequila como si fuese agua y hablar de Billie Holiday como alguien de la familia a la que venerar en el recuerdo. Y sus anécdotas son paisajes imaginarios. Y sus recuerdos son estímulos. Y sus palabras tienen alas. Y mis cincuenta y dos son siete. Y en esta utopía moderna, en esta revolución novelesca, mi madre se viste de hombre y tiene una novia, mientras mi padre recuerda a su exmarido sin dejar de desear a mi madre. En el Simún, como un niño observando la vida, admiro a unos padres que nunca tuve. La familia biológica es el pasado. La familia lógica ya está completa. Homosexuales, lesbianas, bisexuales y personas trans construimos nuestra propia institución, nuestro parentesco, en los márgenes. En ese espacio me envolví en hermanas y alguna prima, pero no hubo madres. Ni padres. Ni *ballroom.*

Y esta noche, Samuel y Lola, Samuel e Idris, son los padres de mi familia lógica cuando encuentro en sus movimientos, en sus frases, en su deseo, algo de protección, enseñanza y acompañamiento. Algo que siempre se espera de unos padres. Qué excéntrico cuento de Navidad. Y cuando comprendo que estoy a punto de emocionarme, Lola se levanta. La admiramos desde abajo, como quien contempla un monumento.

—Me voy. Hoy no paso el trago —dice.

Me entero de que Samuel siempre cierra el Simún pinchando a Miles Davis y el *Straight no chaser,* que es algo así como un trago a palo seco. Como los tequilas que ha aguantado Lola. Como un Hopper restaurado por Francis Bacon. Esa melodía tendría una historia importante para Samuel y Néstor, pero no lo pregunto. Todo el equipo del Simún, o sea, dos personas, definen el *Straight no chaser* como «el trago» por no decir «el mal trago».

—Estoy del trago hasta las tetas —bromea la camarera mientras recoge la botella de tequila de la mesa.

Lola le planta un beso en los morros que la camarera relame cuando sus labios se independizan.

—Tienes que cambiar esa música, Samuel. Tienes un concepto de bar muy equivocado —dice Lola.

No sé si lo dice en serio, si responde a un código que ambos comparten sin herirse, pero no me hace sentir incómodo. Soy un espectador feliz. Soy un niño feliz.

—¿No te has fijado en que todas las personas a las que les gusta el jazz son profundamente antipáticas? —me pregunta Lola.

—A mí Samuel me parece simpático —contesta el niño.

—Por favor. Los hombres sois patéticos. Da igual que seáis heteros, maricas, bi, cis o trans..., sois patéticos —exclama Lola.

Y suelta una carcajada que nos contagia mientras se aleja dejando atrás la mirada enamorada de los tres.

—¡Encantada de conocerte, Tomás! —grita desde la puerta—. Espero que volvamos a vernos.

Y desaparece tras la pesada cortina que ella aparta con una elegante prestidigitación.

Regreso a la habitación de paredes que fueron blancas y hoy son de gotelé beis. Pulso el interruptor y la estancia se ilumina con la luz de una academia de oposiciones. Esto, que en otro momento habría sido suficiente para desterrar mi ánimo a tierras áridas, sirve para ver que mi labio partido combina con la sonrisa. Estoy contento. Contento porque me he olvidado de que es Navidad. Contento porque apenas he pensado en Marco. Contento porque me he corrido. Contento porque he encontrado a unos padres, aunque fuera durante unas horas. Contento porque no he mirado el móvil en prácticamente todo el día.

Tengo una llamada perdida de Roberto y cien mil de mi familia. Ninguna de Toni. Pienso que el único que debe pedirme perdón no lo está haciendo, pero ni eso, que permanece en mi mente apenas medio segundo, me borra la sonrisa. Abro el WhatsApp mientras empiezo a desvestirme. Almaceno docenas de notas de voz, pero solo veo un mensaje: «Tomás, por favor, contesta. Mamá ha sufrido un infarto. Estamos en el hospital de La Princesa». El labio roto.

DÍA 26
—
JUEVES

11

Hay personas que cargan la culpa como si fueran fardos. Cargar sobre los hombros, en ese lamento cristiano. Con cuerdas que hacen las veces de tirantes a los que aferrarse durante el camino para soportar mejor el peso mientras el cuerpo se va encorvando, coaccionando a la mirada para que olvide el horizonte y se concentre en el polvo del camino, en el paso corto. Como las mujeres que cruzan la frontera entre España y Marruecos, acarreando con mercancías que les sacan tres cabezas, con el cáñamo de la cuerda escarificado en la piel, un molde sobre el que acoplar de nuevo futuras mercancías. Futuras culpas. Tanto los fardos como las mochilas de tirantes acolchados permiten que puedas deshacerte del peso en un arrobo de amor propio, de furia o de redención. Como si esa culpa fuera desacoplable. *Desaculpable.* Eso quisiera yo. Pero presiento que la mía nace como si fuera mi propio cabello. Como si la raíz de mi pelo estuviera dentro de la propia culpa, creciese en su interior y atravesase la piel hasta hacerse visible a los ojos de los demás. Porque la culpa se irradia y daña al mirarla fijamente.

Arrastro su tonelaje por el suelo pulido del hospital mientras avanzo inquieto, a zancadas y jadeos veloces. Busco la habitación 508 sabiendo que los nervios me despistan y me mueven como a un niño atolondrado. Según me voy acercando por el pasillo exacto, veo a Gloria. Está sola en la puerta de la habitación. Viene hacia mí con el paso precipitado de la furia. Ninguno de los dos frenamos nuestra velocidad, aunque ambos sabemos que estos dos trenes van a colisionar. Cuando Gloria llega a mi altura, frena mi impulso estampando sus dos manos contra mi pecho. No sé si su intención es detenerme o agredirme, pero el impacto casi me tumba.

—¿Qué coño te pasa? —embiste. Y su ahogo suena enfurecido sin apenas levantar la voz—. ¿Eres gilipollas?

La abrazo porque no tengo respuesta para ninguna de sus preguntas. Gloria llora y dejo que el abrazo haga el resto. El abrazo es hogar. Sin contacto visual, acercando los corazones, pero sin mirarnos. Solo sentir la fuerza de los brazos rodeando los cuerpos, la custodia de las manos en la espalda, permitiendo que la culpa descanse y se recueste sobre el hombro del otro. Le pido perdón.

—Joder, Tomás —dice sin deshacer el abrazo.

—¿Cómo está mamá? Quiero verla.

Entonces sí. Nos desatamos y Gloria me mira. Explica que mamá empezó a sentirse mal en el momento en el que abandoné su casa. Toni continuaba muy alterado, y de repente rompió a llorar. «Como un niño pequeño», describe. Mamá sintió un dolor muy fuerte en la espalda.

—Era muy raro. Decía que le dolía la boca, la mandíbula —me cuenta.

Vomitó. Apenas podía articular palabra. Todos lo achacaron al histerismo y la violencia de la situación que se acababa de vivir, hasta que dijo que no podía respirar y perdió el conocimiento. Camilo la subió en su coche. Dejaron a Frida al cuidado de una vecina, y Gloria y Toni los acompañaron hasta el hospital. En urgencias, ya ingresó consciente. Le hicieron un electrocardiograma y una prueba de esfuerzo que resultaron negativas.

—Parecía que era un infarto, pero luego nos explicaron que había sido una angina de pecho. Les dije todos los medicamentos que tomaba. La tienen en observación, puede que le den el alta hoy o mañana. Está un poco cansada, pero yo la veo mejor, come bien. Dijo el médico que más adelante le hará una coronariografía, o algo así, y un ecocardiograma, porque ahora hay que estar vigilantes. Y seguro que le aumentarán la medicación.

—¿Puedo entrar a verla? —pregunto.

Gloria, como si le costase tomar aire, inspira mientras cierra los ojos. Apenas unos segundos y parece como si hubiese desconectado del hospital, de mamá, de mí y hasta de ella misma. Como si ese parpadeo se hubiera registrado a cámara lenta e iniciase una pausa de la que desear no volver. Esos lugares que nunca nos acogen, pero que permiten que regresemos con fuerzas renovadas a este caos que llamamos «civilización».

—Está Toni con ella.

Lo pronuncia como quien asume la injusticia. No necesito más explicaciones.

—Está muy cabezón, ya lo conoces. No quiere irse a casa. Ha llamado a Ana para decirle que no recogerá a la niña.

La culpa. Como fardos que clavan la cuerda en la piel.

—Le he convencido para que hoy vaya a casa de mamá y le traiga alguna muda, ropa y algo de aseo, por si le dan el alta. Camilo se marchó para atender a Frida, y cuando él vuelva, Toni se irá. Quédate en la cafetería o por aquí cerca y yo te aviso cuando se marche. Pero estate atento al puto móvil, joder.

Asiento. Permanecemos inmóviles uno frente a otra, en medio de un pasillo de hospital adornado con modestos detalles navideños que aún lo hacen más luctuoso.

—¿Te duele? —pregunta Gloria.

Se refiere al labio roto. Olvido que todos ven la herida menos yo.

—No —es mi respuesta—. Pero en el hospital en el que me atendieron me obligaron a poner una denuncia.

Aprecio que Gloria vuelve a incomodarse con mis palabras. Que sus hombros se tensan como antes del abrazo. Que sus ojos se tornan interrogantes. Sé lo que está sucediendo. Por eso miento. Mejor reposar la culpa en el hombro del otro. Mi hermana me escucha mientras le narro que lo más probable es que citen a Toni para interrogarlo en comisaría. Advierto un silencio que adormece los lamentos, las conversaciones susurradas que recorren los pasillos de los hospitales, como tristes letanías, y muda mis frases blandas en bloques consistentes, firmes, que Gloria va acusando a medida que avanzan mis palabras. Esta incómoda solemnidad del que escucha lo que no quiere y presiente lo que no anhela.

—No lo van a detener —añado, como para sedar su gesto intranquilo—. Le tomarán declaración y lo soltarán.

—¿Estás loco, Tomás? —revienta Gloria.

Se asombra por mi osadía y le asustan las consecuencias.

—¿Te imaginas cómo va a ponerse cuando se entere? ¡Con mamá como está!

—No sabía lo de mamá. De verdad. No miré el móvil ni los mensajes, estaba rabioso y...

—¿Qué va a pasar con la custodia de Anamari? —interrumpe. Identifico el miedo en sus ojos.

—Nada, tranquila, de verdad. Los datos no se cruzan. Tendría que ser Ana quien utilizase esa información en el litigio por la custodia, y yo hace años que no tengo relación con ella.

—Tomás, por favor, quita la denuncia. Nunca te he pedido nada, pero esto te lo pido por favor. Quita la denuncia. O esto se va a convertir en un infierno.

—Ya lo es, Gloria. Y me sorprende que hayas tardado tanto en darte cuenta.

Busco mesa en un bar cercano al hospital. Pido un café largo. Registro mis bolsillos por si la casualidad puede haber olvidado en ellos algún ansiolítico. Ni rastro. Solo esta maldita presión, este ahogo congénito que me paraliza. ¿Por qué mentí a Roberto y le acabo de mentir a mi hermana? Me asusta pensar que haya podido ser para mantener mi estatus de víctima perfecta. No pude denunciar a Toni. Era mi intención, pero la pareja de la Policía Municipal, muy amablemente y, las cosas como son, algo harta de que sigamos insistiendo en juntarnos en Nochebuena cuando no hay mayor bomba de relojería que una cena familiar, me informó que ellos no tenían potestad para cursar esa denuncia. Que, aunque a primera vista la lesión era leve y no revestía gravedad, si estaba convencido de seguir adelante con la denuncia, debía ir a una comisaría de la Policía Nacional. Aún estoy a tiempo. Puedo convertir esta mentira en verdad. Puedo levantarme de esta silla y entrar en la comisaría más cercana. «Mi hermano mayor me rompió el labio ayer —puedo decir—. Quiero denunciarlo». Quiero joderle la vida. Que la ira de Toni sea una parte de mi venganza. Que tema por las consecuencias que esta denuncia puede tener en la custodia de su hija solo me produce satisfacción. Que joderle un poco la vida a Toni sea demostrar a todos esos que piensan y actúan como él que, si quieren guerra, aquí estamos.

«Porque, si en siglos de humanidad aún no hemos conseguido que nos respeten, tal vez sea el momento de que empiecen a temernos».

Toni creció convencido de que era un hombre. No un hombre como yo. Un hombre de los que el sistema utiliza, como un ejército, para perpetuarse en el poder durante generaciones. Porque el hombre que necesita el patriarcado no es categórico por su polla, aunque basemos nuestra adolescencia en su tamaño hasta llegar a participar del absurdo ritual de medírnosla con una regla. Ni lo es por sus cojones, aunque sea el más honesto de sus argumentos a la hora de imponer su criterio. Ni siquiera es cuestión de tener el esfínter de Luis Aragonés, ese seleccionador de fútbol que, cuando le regalaron un ramo de flores, contestó que qué era eso de flores, que a él, por el culo, «ni el pelo de una gamba». Esa frase se puede encontrar en Internet bajo el epígrafe «Las mejores frases de Luis Aragonés». Las mejores. El fútbol, el parque de atracciones del patriarcado. Toni era un soldado del patriarcado no por su genitalidad. Lo era porque creció convencido de que ese detalle anatómico no servía de nada si no adoptaba el grito grave, el insulto mayúsculo, la risotada fanfarrona, la camaradería humilladora, el «me cago en Dios» que silenciase su entorno, la legitimidad de la vehemencia, la autoridad de su simple presencia, la violencia como opción válida para solucionar conflictos o prolongarlos. De nada sirve que tengas un pollón si eres un blando. La virilidad es una ficción alimentada por el hecho procreador. El óvulo fecundado era el éxito, no el orgasmo. Así crecen los ejércitos. Si todas las mujeres que nunca sintieron un orgasmo hubieran unido su primer gemido de placer en un solo jadeo, habrían alterado la velocidad de rotación de la Tierra. Pero para el patriarcado, ellas no importan. Lo que importa es la dureza. De la polla y del resto. Con viagra o sin ella. Total, el polvo, consentido o no, se acaba cuando él se corre.

A Toni lo educaron así, para infundir autoridad y temor. Y ahora su hermano maricón le viene a decir que todo ese aprendizaje no solo es una basura, sino que lo ha convertido en un individuo anacrónico. Y observo con terror cómo él, al igual que todos esos hombres perdidos en su identidad, desubicados, escuchan las voces de un partido político que los reafirma en los argumentos que necesitaban para volver a darle un sentido al golpe encima de la mesa, para manifestar su potestad con gritos graves, con banderas y vivas a España, con insultos y violencias. Así se enardece a los ejércitos. Ese partido político se ha nutrido de los restos del patriarcado para engrosar sus filas. No son pocos, y yo soy su enemigo.

Toni es el hombre que puede asustar a mamá, que puede preocupar a Gloria, que puede enfrentarse a Camilo, que puede partirme el labio por maricón. Toni es el hombre que puede cagarse en Dios. Toni es el hombre autorizado.

Es curioso. Pienso en aquel frío verano del 77, aquel verano atípico en el que vi a Toni correrse sobre su cama, y asumo que, en el fondo, nada ha cambiado. El frío verano solo era la interpretación meteorológica de lo que estaba sucediendo en este país: la transformación de las estructuras del franquismo en el soporte de una democracia parlamentaria. Hoy, cuando veo la bandera de España en el balcón de la casa de mamá, cuando percibo el temor en los ojos de Gloria, cuando toco con la yema del dedo mi labio partido, siento que las ideologías y confesiones de aquellos que siguen sentados en los consejos de administración de las grandes empresas, quienes deciden si vamos a poder alquilarnos una casa sin emplear el setenta por ciento de nuestros ridículos salarios, quienes abren negocios asumiendo que su rentabilidad dependerá de la precariedad de sus trabajadores, continúan imperturbables. Y para que esto siga así, necesitan un ejército (y aquí está Toni) y un enemigo al que responsabilizar de todo lo que no salga como estaba previsto (y aquí estoy yo). En 1977 no hubo transformación. Si acaso, traslación. No están leyendo otra historia. Es la misma historia de siempre. Aquella España, con el dictador muerto y enterrado, seguía siendo una nación fragmentada, como lo es hoy. Todos los países que sufren una guerra civil nunca vuelven a ser los mismos. La herida supuraba de padres a hijos y, en aquel momento, con vencedores y vencidos aún vivos, había sangre que reprochar en el pasado y sangre que ajustar en el presente.

Pero eso lo sé ahora. Cuando deseo levantarme de esta silla y denunciar a Toni, a la vez que asumo que me quedan dos días en Madrid y que quienes tendrían que convivir con las consecuencias de mi decisión serían ellas. En 1977, con diez años, no existía mayor comando terrorista en mi vida que aquel que lideraban Pablo Romero, Pedro Saiz, El Risi y todos aquellos que llegaron a inculcarme la manera más perversa de odio que existe: ese que nace de ti y contra ti. Ese que te empuja a creer que solo tú eres responsable de todo lo malo que te sucede. Como quiere el patriarcado que sea. O eres soldado o eres enemigo. Pero quizá, solo con levantarme de esta mesa de bar, solo con no pedir otro café, algo cambie.

—Lo mejor es que ahora descanse. ¿Tiene dónde ir? —me preguntó la policía que me atendió.

—¿Me pueden acompañar, por favor, a poner la denuncia?

Ella me miró con cierta piedad que interpreté como condescendencia.

—Mire. Entiendo que usted ahora esté en caliente y quiera denunciar a su hermano, pero debe saber que una vez que ponga la denuncia, no hay marcha atrás. Vemos constantemente peleas familiares que acaban en reconciliación. Posiblemente mañana o pasado ya lo vea de otra manera. Solo le informo que si finalmente decide poner la denuncia, a la maquinaria judicial le da lo mismo si usted se arrepiente después o no.

Esa frase le habría gustado a mamá. «Es que ni en Navidad podéis hacer el esfuerzo». El salvoconducto. Siento que mi cuerpo ha sumado el peso de la rabia al tonelaje de la culpa. Que la obesidad mórbida en la que se ha transformado la torpe gestión de mis emociones, este desvarío del que solo he aprendido a esconderme o huir, me impide levantarme de la silla.

Hubo un hecho en mi adolescencia que me hizo comprender, por primera vez, la manera en la que todo lo que había vivido iba a distorsionar mi percepción de la realidad. Recuerdo contárselo a Roberto como quien cree protagonizar una epifanía. Tenía que ver con un campamento de verano.

En la parroquia de San Cristóbal se solía preparar a los chavales para la comunión y la confirmación con unos grupos, que podrían entenderse como una especie de *boy scouts* sin serlo, llamados «juniors». Existían diferentes grupos, todos mixtos, compuestos por unas diez personas, procurando mantener un nexo por edad. Nosotros solíamos reunirnos los viernes por la tarde en los locales parroquiales y, cuando llegaba el buen tiempo, en los jardines que había detrás de la iglesia o en cualquier otro césped cercano. Cada grupo tenía sus correspondientes monitores. No confundáis a los monitores con las catequistas. Las catequistas eran como profesoras de Religión. Señoras de acaramelada autoridad que solían uniformarse con una blusa beis bien abrochada y una anodina falda por debajo de las rodillas. Los monitores y monitoras de los *juniors* eran jóvenes, de unos veinte años, con el pelo largo y los pantalones vaqueros, que parecían sacados de un grupo folk de los 70 con su puntito quinqui. Era como si ellos, a diferencia de las catequistas, hubieran vivido y nos estuviesen enseñando a vivir. Las catequistas nos disponían para recibir el cuerpo de Cristo, y los monitores y monitoras nos preparaban para recibir cualquier cuerpo, siempre fomentando valores éticos, de compañerismo y solidaridad. Tal vez el cura que teníamos en el barrio tuvo algo que ver en todo eso. Porque Pepe, el sacerdote que me dio la comunión, tenía el pelo largo, gafas de pasta que hoy calificaríamos de retro y una actitud muy poco ortodoxa a la hora de impartir la misa. Especialmente la de once, que era la dedicada a los más jóvenes. Los más perversos del barrio lo llamaban el Cura Rojo.

En mi grupo de *juniors* no coincidí con ninguno de mis agresores y percibía eso como quien observa el arcoíris en la tormenta. Eso no significaba que alguna de las personas que estaba en aquella sala planificando actividades ignorase mi circunstancia. Crecí siendo el maricón del barrio. Cuando descubrí que no era el único, entendí que el acoso se distribuía, como si cada grupo de acosadores tuviera su maricón asignado. Pero todos sabían quién era el que sacaba malas notas, quién robaba en la papelería, quién presumía de no ser virgen y quién era el maricón o la marimacho. Mis compañeros, en aquel grupo, conocían todos los insultos y palizas, pero formaron parte de esa mayoría silenciosa que prefirió mirar hacia otro lado y que, en contadas ocasiones, en espacios muy seguros y en un tono de voz confidente, se atrevían a verbalizar su opinión al respecto. Nunca escuché la suya. O tal vez sí, pero no lo recuerdo. La memoria es un espacio caprichoso. Sus padres los educaron para no meterse en problemas, y yo, al ser maricón, era un problema. O tal vez muchos de ellos y ellas, aunque no aceptasen la violencia como moneda de cambio, admitían que el hecho de ser interpretado como maricón, actuar como maricón, ser maricón, acarreaba violencia. Como quien decide darse de cabezazos contra la pared, pero luego no quiere que le duela la cabeza. Me preguntaba entonces, delante de Roberto, si eso no los convertía en cómplices de los maltratadores. Aún me lo pregunto.

Mientras se lo contaba a Roberto, cambié el semblante cuando recordé a los monitores de mi grupo. Eran dos, Eva y Javi. Eva era una chica simpática, regordeta y con un pelo largo que solía recogerse, con mucha maña, en una coleta. Eva cantaba muy bien y tocaba la guitarra. A mí siempre me recordó un poco a Amaya, la de Mocedades. Javi era un moreno que destilaba sensualidad. Su pelo era rizado, no tan largo como el de Eva, pero le daba un aire casi salvaje. Su piel era muy morena y siempre estaba dispuesto a practicar actividades físicas que, por suerte para mí, no suponían ningún riesgo ni ninguna competición. Y cuando esos juegos coincidían con los meses de calor, Javi se quitaba la camiseta, y observar cómo saltaba, corría, arbitraba un partido incluso, despertaba en mí una atracción que, aunque en esencia era sexual, yo empecé a confundir con el amor. Esa fue la razón por la cual nunca falté a las reuniones de *juniors*.

Un año, todos los grupos, con el beneplácito de la iglesia, nos unimos para organizar un campamento en Llanes. No recuerdo cuánto costaba, pero confié en que a mis padres les pareciese mucho y decidiesen privarme de la experiencia que, solo por lo que anunciaban los monitores con un tono de absoluto esparcimiento, me resultaba infernal.

—¿Habéis pasado alguna vez un verano con mantas? —decía Javi.

Nos contaba que por las noches, en Asturias, se dormía muy bien porque refrescaba tanto que había que taparse con una manta. No como en Madrid, donde el calor subía directamente del colchón. La organización planificó dos semanas de estancia e informó a los padres para que pagasen la cuota y firmasen un consentimiento. A mis padres les pareció una idea extraordinaria. A mí no. La buena noticia era que ninguno de los agresores se había apuntado al campamento. La mala, que iba a ser insultado y ridiculizado por la segunda división de agresores. Los del banquillo también tendrían su oportunidad.

—¿Estás bromeando? —me preguntó Roberto.

—¿Cómo?

—Que si estás bromeando. Es la primera vez que me hablas del acoso con esa ironía.

—No —contesté medio ofendido.

—Está bien. Continúa.

Nos subieron en varios autocares y así viajamos los casi quinientos kilómetros que separan Madrid y Llanes. Ya me había convertido en el adolescente invisible, de esos que se sientan justo detrás del conductor y se aleja lo más posible de las últimas filas del autobús. La pirámide de la evolución emocional en la infancia y adolescencia podía analizarse con un plano de los asientos de un autocar, comprobando qué zona ocupaba cada uno. Los chulos de la clase, los malotes, tendían a ocupar la parte trasera, como un trono desde el que contemplar al resto. Una especie de zona vip solo reservada a aquellos capaces de no sentir compasión ni arrepentimiento. El grado de relevancia iba disminuyendo en la medida en la que el número del asiento iba siendo menor. La parte central solía ser más anárquica. Era la preferida de las chicas, que solían ir de cuatro en cuatro, ocupando estratégicamente esas plazas para pasarse todo el viaje sentadas en el reposabrazos. El resto de esa mayoría silenciosa que mencionaba antes también ocupaba la parte central hasta llegar a las seis primeras filas de asientos. Ahí nos sentábamos los impopulares. Ya fuera por ser empollón, gorda o maricón. Y lo hacíamos para estar cerca de los adultos, de aquellas personas que interpretábamos como una protección. En mi caso, era más una táctica disuasoria respecto al agresor que una confianza ciega en que hubiese personas adultas dispuestas a defenderme y ayudarme.

En Llanes comprobé que el lugar que iba a ser nuestra

casa era un antiguo cuartel militar. Los monitores diseñaron el reparto del espacio por edades y sexos. El edificio tenía tres plantas. En la planta baja estaban los salones de reuniones y actividades, despachos, las cocinas y almacenes, dos comedores y las duchas. En la primera planta, donde se decidió que se instalasen las chicas, había habitaciones amplias como barracones, con literas, taquillas color verde militar, y los aseos equipados con lavabos y letrinas. En esa planta también había un dormitorio, de un tamaño menor, para los monitores. En la segunda planta, siguiendo la misma distribución, las habitaciones acogían las literas para los chicos. Cuando nos asignaron el nuestro, los de mi edad entraron como una estampida de bisontes luchando por la cama superior de la litera. El lecho privilegiado. Como la parte trasera del autocar. Recuerdo una hilera de unas siete literas. Busqué la primera, la más cercana a la puerta, porque el lugar más seguro siempre es el más próximo a la salida, y en la cama de abajo coloqué mi bolsa de viaje. Esa especie de barracón también tenía una pared cubierta por las viejas taquillas militares, de chapa, en las que debíamos guardar nuestros objetos personales. Y frente a la fila de literas, cuatro amplias ventanas, con sus contraventanas de madera oscura y mellada, que se abrían a un paisaje que soy incapaz de visualizar. Debía ser bonito, porque toda la localidad lo era, pero qué se veía desde las ventanas es un recuerdo borrado. Alguien, tampoco recuerdo quién, agarró mi equipaje y lo tiró a un rincón de la estancia.

—Aquí duermo yo —dijo.

Y me levanté. Sumiso. Asumiendo que defender mi espacio era castigado severamente. Comprobé que todas las literas estaban ocupadas. Los más fuertes, los más *hombres*, en la cama superior. Los escuderos, en la de abajo. Estaban fantaseando con fumar, con intentar ligarse a tal o cual chica, y ni siquiera se percataron de que yo no tenía cama. Salí de la habitación y busqué a Javi, mi monitor, para explicarle la situación. Me pusieron un camastro supletorio, individual, pegado al muro de las ventanas. Por eso no recuerdo qué se veía a través de ellas. Porque yo dormía debajo. Mis vistas eran siete literas, como quien observa un avispero. Eso sí, mi cama, durante esos largos quince días, estuvo situada lo más cerca posible de la puerta de salida. Creedme cuando aseguro que no recuerdo quién fue la persona que me echó de la cama, porque cuando el acoso y la agresión son la manera con la que los demás interactúan habitualmente contigo, te acostumbras. Como si lo que dolía hubiese dejado de lastimarte por simple agotamiento, porque el dolor reposase sobre el eco de un dolor anterior, que a su vez descansaba sobre el dolor que le precedió, hasta que la mente desconecta. Como cuando fijas la mirada en un punto indeterminado y la mente resetea y ni hablas ni escuchas ni nada. Solo estás en una variedad de paz muy breve pero plácida. Un flipe, lo llamábamos.

Mantengo latentes cuatro recuerdos de aquellos días. Uno de ellos es el que me hizo comprender cómo el acoso había distorsionado mi percepción de la realidad. Guardaré ese para el final. El primero de los otros tres es la letra de *El cañaveral*. Los monitores se preocupaban de tenernos activos todo el día con juegos y actividades. Desde amigos invisibles, que solíamos solucionar enviando las galletas con mantequilla del desayuno, porque la mantequilla tenía un sabor muy fuerte y a nadie le gustaba, hasta yincanas, pasando por fuegos de campamento y, por supuesto, canciones. Una de esas canciones era *El cañaveral*. Aún recuerdo una estrofa.

El pájaro está en la jaula, alegre y revoloteando.
El pájaro está en la jaula, alegre y revoloteando.

Saca de la jaula el pájaro, que yo sé que está llorando.
Saca de la jaula el pájaro, que yo sé que está llorando.
Canta ya, el canto de la libertad.

Y todos gritábamos «¡Hey!».

Baila ya, el ritmo del cañaveral.

No entendía ese estribillo. Era como si un terreno lleno de cañas fuese la Motown. Confieso que nunca me interesó saber cómo se movían las cañas, si lo hacían como James Brown o como los Jackson 5. Tal vez me perdí un prodigio de la naturaleza, pero lo único que se instaló en mi mente fue la metáfora del pájaro y la jaula. Y no por lo que estáis pensando. Ese cándido himno de libertad se convirtió en una broma erótica. Los chicos más desarrollados físicamente, con el pene más grande y más vello púbico, solían presumir de ello en las duchas. Solían pasearse desnudos y tardar mucho tiempo en secarse. Y cuando lo hacían, cantaban lo de «saca de la jaula el pájaro» y se carcajeaban como si hubieran descubierto el origen del humor. Bromeaban con la letra de la canción convirtiéndose, involuntariamente, en un grupo de vedetes de El Molino. Había aprendido a no mirar directamente a un cuerpo masculino desnudo. Movía la mirada como si estuviera buscando algo, con actitud desinteresada, y en el barrido visual se me cruzaba una polla. Algo así. Aprendí a hacerlo en clase de gimnasia, el infierno para los chicos homosexuales de mi generación. Una vez en los vestuarios, estaba sentado calzándome y me quedé observando a un compañero mientras se subía los calzoncillos.

—¿Qué miras, maricón? —alertó Pablo Romero.

No era a él a quien miraba, pero eso daba igual. Prevenía al resto de los compañeros de la mirada sucia del maricón. Y todos se aliaban con él. «Te estaba mirando la polla», le decía al chico, que ya se había puesto el calzoncillo. Y aunque yo hiciese lo posible por abandonar ese vestuario, todo resultaba inútil. Comenzaban los insultos, los golpes, las amenazas. Aprendí a esquivar el cuerpo desnudo. A esquivar el deseo. Os cuento esto a la vez que admito que mi mayor interés en aquellos días era conseguir ver desnudo, o en calzoncillos, a Javi. Aunque fuese fugazmente, porque ese destello sería suficiente. Como la foto de Starsky y Hutch. Eso ya despertaba un castillo de fuegos artificiales. No hacía falta nada más explícito. Nosotros poníamos el resto. Los monitores usaban las mismas duchas que nosotros, pero en un horario diferente. Cuando regresábamos de la actividad, los chavales entrábamos en las duchas y de ahí subíamos a las habitaciones para vestirnos y estar en el comedor a la hora indicada. Ese momento, porque el trayecto de subida y bajada era a través de una ancha escalera común, evidenciaba la verdadera revolución de las hormonas.

Aunque la orden era ponerse la ropa interior al salir de la ducha y cubrirse con la toalla durante el trayecto a las habitaciones, siempre había toallas que se caían involuntariamente, risas tímidas, chicos alardeando de no llevar nada debajo, provocando el alboroto de un falso escándalo. Todo eso causó que, desde el segundo día, los monitores y monitoras hicieran guardia en las escaleras para evitar cualquier desmadre. Aun así, el trasiego hormonal por esos escalones era irreprimible. Por eso los monitores esperaban a que estuviésemos sentados en el comedor para entrar a ducharse. Fingí necesitar orinar tantas veces durante las comidas que no me creo que nadie sospechara. Calculaba los tiempos en mi mente, delante del menú del día, estudiando el minuto preciso en el que Javi saldría de la ducha, planeando si sería creíble entrar allí simulando cualquier excusa o apostar por la prudencia de subir al baño con la cadencia con la que Olivia de Havilland ignora a Montgomery Clift en el final de *La heredera*. Cruzarme con él en la escalera, con la toalla anudada a la cintura, con su pelo aún húmedo, era el resorte que necesitaba mi imaginación. Nunca lo conseguí. Nunca logré ver más piel de Javi que aquella que mostraba en las actividades que realizábamos en grupo.

Otro recuerdo que no olvido es la almohada de coños. Alberto Montero era un chico que tenía rasgos suecos, pero era de Madrid. Tenía la cara llena de pecas, el pelo rubio y, aunque parecía que se lo había cortado en la peluquería de Albert Einstein, conseguía un aire desaliñado que incentivaba su atractivo. Alberto nunca me atacó. Era de los que reía las gracias. En ese campamento, me enseñó dos cosas que aún desconocía. Que los rubios no tienen el vello púbico del mismo color del cabello y que el hombre heterosexual, en la ausencia histórica de una ilustración sexual reglada, moderna, que entienda la sexualidad más allá del acto reproductivo y la contemple como una oportunidad biológica de dar y recibir placer, se educa y crece identificando el coño como una simple oquedad. Un agujero en el que meter y sacar. Un hueco que celebrar o ultrajar impunemente. Un roto para su descosido.

—¿Todo eso pensaste con trece años? —me preguntó Roberto.

No. Esa fue mi deducción tras años de analizar la asquerosa almohada de coños. Alberto encontró, en una de las taquillas, una almohada y se le ocurrió algo que fue celebrado por todos como si hubiese descubierto la anestesia. Propuso llenar de coños esa almohada. Un coño para cada uno de los que estábamos en esa habitación. Teniendo en cuenta que no había noche que, cuando las luces del recinto se apagaban, aquello se convirtiera en un festival masturbatorio, qué mejor que tener un agujero donde meterla y hacer del onanismo —esa palabra tampoco la conocía entonces; todo era paja— una nueva experiencia. Con una navaja multiusos que su padre le regaló antes de ir al campamento, apuñaló la almohada y la rasgó hasta hacer varias aberturas lo suficientemente largas y profundas como para que entrase un pene adolescente. Junto a cada hendidura, un nombre escrito con rotulador negro. Alberto, Fede, Julián, Fer... Así hasta catorce «coños» con su nombre, con su hombre, para que cada uno supiera dónde debía meterla y no profanar el agujero de los demás. Nadie me preguntó. Como si no estuviera delante. Hasta que Alberto me miró y me preguntó:

—¿Tú vas a querer?

Aguardé las carcajadas, pero no las hubo. Solo un silencio aplastante acechando la respuesta. Por supuesto que no quería, pero... ¿cómo explicarlo? Fue más sencillo asentir. Así fue como yo, Tomás, el maricón, vi mi nombre escrito junto a un roto, en una almohada que simulaba ser quince coños. Guardada en la misma taquilla en la que Alberto la encontró, nunca les preocupó que fuera descubierta, ya que, como nosotros mismos nos encargábamos de las labores de limpieza, era imposible que nadie ajeno a esa habitación supiera de su existencia. Al menos, durante el tiempo que estuvimos allí. Cada noche, los chicos solicitaban la almohada. Una linterna era suficiente para identificar tu nombre en la oscuridad. El resto era cuestión de meterla. No voy a negar que había algo excitante en todos esos jadeos, en esos gemidos adolescentes que acompañan al orgasmo, los movimientos que llegabas a apreciar cuando tus ojos se acostumbraban a la oscuridad. Pero yo nunca pedí la almohada. Simulaba haberme quedado dormido. Hasta que una noche me la lanzaron a la cama y me alumbraron con la linterna.

—Demuestra que no eres maricón. Fóllatela.

No sé ni quién me retó. Estaba deslumbrado por la luz de la linterna y todos los susurros parecían proceder del mismo mal.

—Busca tu nombre —dijo mientras alumbraba.

Encontré mi nombre en un objeto que ya no era una almohada. Que se había convertido en un vertedero, en un estandarte que apestaba a semen seco y donde yo tenía que demostrar que no era el maricón que había sido durante siete años. Que ahora era un hombre como ellos. Que ahora tenía un coño para mí solo. Coloqué la almohada sobre el colchón, me bajé el pantalón del pijama y aparenté meterla cuando, en realidad, lo único que hice fue frotarme. Pensé que cuando empezase a moverme apagarían la linterna, como hacían siempre. Esa vez no fue así. Mantuvieron la linterna encendida enfocándome, todos en silencio, como un tribunal examinador, mientras yo era incapaz de tener una erección. Me escondí tras un simulado estertor que todos interpretaron como un orgasmo. Inmóvil. Así permanecí unos segundos, con la cabeza asfixiada en mi verdadera almohada, hasta que escuché:

—Te toca guardarla.

Me subí el pantalón del pijama y me levanté de la cama. Tomé la almohada de coños y la llevé, iluminado por la linterna, hasta la taquilla. Cuando la dejé en su sitio, apagaron la luz.

El ritmo del cañaveral, el deseo de encontrar a Javi desnudo y la almohada de coños.

—Solo te queda conocer el último recuerdo latente —le dije a Roberto. El más importante.

Una tarde los monitores habían organizado una actividad inofensiva con el fin de estrechar los lazos entre los grupos. Javi y Eva nos llevaron, a modo de excursión, hasta un prado tan verde que parecía estar coloreado. Aquel día brillaba el sol y se mantuvo durante toda la tarde. Algo extraño en Asturias, donde pasar de un cielo despejado a una tromba de lluvia casi tropical en cuestión de minutos era algo sorprendentemente habitual. El paisaje era puro tecnicolor. Todo me pareció bello hasta que conocí en qué consistía la actividad.

Javi y Eva sacaron de sus mochilas ocho cartulinas blancas y rotuladores de diversos colores. Cada uno de los miembros del grupo tendría que alejarse, a una distancia suficiente como para no oír las conversaciones, pero no tan lejos como para no oír la orden de regreso, mientras el resto lo dibujaba y rodeaban su caricatura de todos aquellos valores o características positivas que veían en él o ella y pensaban que le identificaban como individuo. Sentí un escalofrío que enfrió toda mi sangre. Ya ni el paisaje era bello. La primera en irse fue Paloma, una chica a la que dibujaron con coleta, porque así era como se recogía el pelo; con gafas, porque las necesitaba; con una camiseta de rayas horizontales y azules que era su preferida. «Simpática», «estudiosa», «canta muy bien»... íbamos diciendo. Y si el comentario tenía el beneplácito de la mayoría, se estampaba en la cartulina. Una vez finalizado el dibujo, llamamos a Paloma y ella regresó al grupo con tranquilidad.

—Os ha faltado poner «tranquila» —bromeó Eva mientras la veía caminar con su parsimonia habitual.

Formamos un círculo sobre la hierba y le mostramos a Paloma su retrato. Sonrió y preguntó si se lo podía quedar. Eva y Javi contestaron que por supuesto, que todos podíamos quedarnos nuestros dibujos, pero que primero teníamos que hablar sobre aquellas palabras que lo envolvían. Se creó un pequeño debate en el que se explicaban todas las cosas bonitas que el grupo pensaba de uno de sus componentes, y también, aunque las menos, las leves críticas a determinados aspectos del carácter que los monitores se encargaban de suavizar para que no hubiera discusiones y se entendiesen como algo para mejorar. Así fueron alejándose todos para luego verse. Y reconocerse. Y descubrirse en la imagen que los demás teníamos de ellos. Participé apuntando pequeños detalles para pasar desapercibido. Todo mi cuerpo era un bloque de cemento, pero debía hacer lo posible para que nadie se percatase del miedo. El miedo nos hace presa fácil. Fingía estar interesado en la actividad, pero en realidad mi cuerpo era el de un animal potenciando todos sus sentidos para lograr adivinar el peligro. Cuando me tocó el turno, empecé a caminar con una sola idea en la cabeza: «Eva y Javi no lo van a permitir. Ellos no van a dejar que lo hagan». Era lo único en lo que podía pensar. Un pensamiento insistente, como quien golpea una puerta aun sabiendo que no hay nadie al otro lado. Pensaba en ello con tal intensidad que fui acelerando hasta que unos gritos lejanos me sacaron del ensimismamiento. Todos me gritaban y me hacían gestos con los brazos. Los veía tan lejanos que comencé a correr hacia ellos. «Pero ¿dónde ibas?», preguntó Eva. «¿Te marchabas ya a Madrid?», bromeó Javi. Todos se reían. Sonreí. Sacaron mi dibujo, rodeado de palabras, y lo colocaron en el centro del círculo. Me habían dibujado delgado, con el pelo liso, con un jersey fino de rombos, como el que llevaba..., y con falda. La rabia se volvió tendón y mis manos se abalanzaron sobre el dibujo sin mediar razonamiento. Agarré la cartulina y comencé a descuartizarla ante el estupor del grupo.

—¡Tomás! ¡Tomás! ¿Qué haces? —gritaba Javi.

Me alejé unos pasos. Comencé a arañarme a mí mismo con el propósito de no dejar un milímetro sano de cartulina, hasta que Javi consiguió detenerme abrazándome desde la espalda e inmovilizándome los brazos. Todos estaban ahí, delante de mí, asustados. No lloré. Por primera vez en mi vida era yo quien infundía miedo en los demás. Mentiría si dijese que fue una sensación molesta.

—¿Por qué haces esto, Tomás? —preguntó Eva lo más calmada posible.

No tardé en contestar. Lo tenía claro.

—¡Sois unos gilipollas! ¡Me habéis dibujado con falda!

Lo pronuncié con rabia. Incluso con odio. Mirando fijamente a Eva. Porque lo más decepcionante para mí había sido que ni ella ni Javi hubiesen impedido aquella burla. Enrique, un chico al que habían dibujado con pantalón corto y las rodillas llenas de las heridas que solía hacerse cada vez que se caía, dijo:

—No es una falda. Es la camisa, que la llevas por fuera.

Así era. Llevaba mi jersey fino de rombos y la camisa blanca por fuera, nunca remetida en el pantalón. Como siempre. Javi me cogió de los hombros y me acompañó para sentarnos de nuevo en la hierba mientras Eva y el resto del grupo recogían los pedazos de cartulina para intentar recomponerla.

—¿Ves? —dijo Eva colocando los fragmentos ante mí—. Te han dibujado como vas siempre. Sin reloj. Con la camisa por fuera de los pantalones. Fíjate aquí, ¿ves? Aquí está el bajo de los pantalones, luego los calcetines, que se ven porque sueles llevar los pantalones un poco pesqueros, y las zapatillas.

No sabía qué decir. Hubiese preferido la falda. Al menos, toda esa ira habría tenido algún sentido. Solo me quedaba vergüenza. Un sentimiento humillante. Estar perdido, ridículo. Algo tan doloroso como el propio insulto.

—No era una falda —insistió una chica del grupo.

—¿Por qué iba a ser una falda? —preguntó Javi.

Le clavé la mirada. ¿Se estaba burlando de mí? Ojalá tuviese un significado todo eso. Ojalá pudiera seguir odiando con razón. Pero no. La mirada de Javi estaba limpia. La mía ya no.

—¿Quieres que hablemos de ello? —preguntó Eva. Negué con un movimiento de cabeza rotundo. Eva agrupó todos los pedazos de mi cartulina y me los ofreció—. Por si en algún momento, cuando estés solo y más tranquilo, quieres saber lo que tus compañeros piensan de ti.

Guardé los trozos en los bolsillos mientras Javi y Eva intentaban recuperar la normalidad del juego. Tres chavales más participaron después de mi ridícula actuación. No me atreví a pronunciar una sola palabra en el resto de la tarde.

A la hora de la ducha aproveché el habitual jaleo para salir del antiguo cuartel. Caminé hacia una especie de merendero que había en los alrededores, con bancos y mesas de piedra con restos de musgo, y allí me senté. Fui sacando de mis bolsillos los pedazos arrugados de cartulina blanca y componiendo las piezas del puzle de mi bochorno. Se veía perfectamente. El jersey fino con rombos, la camisa por fuera y debajo los pantalones. Pero no fue eso lo que había visto. Mis ojos habían interpretado esa camisa como una faldita corta y todo aquel prado verde se había oscurecido con el trazo denso y pastoso del rencor. La camisa por fuera. Mi único rasgo de rebeldía, que ni yo mismo supe identificar, inmerso en la obstinación tóxica que provoca el estigma. Alrededor del dibujo habían escrito: «tímido», «tiene mucha imaginación», «educado», «buen compañero», «tiene una letra muy bonita», «me encanta cómo se ríe»... Muchas palabras y ninguna era «maricón». Javi y Eva no lo habrían permitido. Pero yo solo vi la falda. Una falda que nunca existió. Ese día lo comprendí.

—Estoy marcado de por vida —le expliqué a Roberto.

La herida estaba en mi subconsciente, en la esencia de mi ser, y esa iba a ser más difícil de curar.

—Por esa herida estoy hoy aquí —añadí.

Roberto se limitó a apuntar algo en su libreta.

12

Un día cualquiera. Qué más da. Estaba en casa, entretenido quizá con alguna novela de Enid Blyton, cuando escuché a mamá hablar desde el patio con una vecina. Ambas tendían la ropa y tenían cronometrado el tiempo. Sabían que tender una lavadora coincidía con unos dos temas de conversación. Tres, si no profundizaban demasiado. Eso si la lavadora era de color. Si era de ropa blanca, con un tema bastaba. Aunque cuando había juegos de sábanas, ahí la cosa cambiaba. Tender bien una sábana tiene su aquel. Por la voz identifiqué que la vecina que conversaba con mamá era Angelines, la del bajo C. Esa a la que nos gustaba escuchar cantar porque nos resultaba muy divertido. Hacía mucho tiempo que Angelines no cantaba. Salía al patio a tender la ropa, como siempre, pero ya no reinterpretaba las canciones con ese tempo que nos hacía reír.

Me asomé al patio desde la ventana de la habitación de mis padres. Mamá y Angelines tenían una destreza circense para acumular pinzas y prendas en las manos y no tener que estar haciendo paseos al barreño de la ropa y a la bolsa de las pinzas. Angelines, que se las prendía en la solapa del cuello de la bata, como condecoraciones, aseguraba que las de plástico eran mucho mejor que las de madera. Que las de madera ensuciaban la ropa blanca. Mamá le daba la razón. Observé el orden de la colada como una premiada escenografía. Toda la ropa interior iba seguida. Las camisetas daban paso a las camisas y estas a los pantalones. Sábanas, toallas, paños de cocina, servilletas y manteles, aparte. Era su territorio y tenía sus reglas. Había que intentar que toda la ropa cupiese en las dos cuerdas que correspondían a cada vecina. Si era necesario emplear parte de otras cuerdas, había que pedir permiso. Informarse de si Encarnita, Angelines o la señora Juana tenían previsto hacer colada. Lo tenían todo organizado. Fue entonces cuando vi la camiseta.

Era una camiseta amarilla, como de un equipo de fútbol, con un trece negro a la espalda. Una camiseta idéntica a la que habíamos visto Ángel y yo cuando íbamos hacia el búnker. La camiseta del muerto viviente. En ese momento, sin apenas tener ninguna veteranía vital, comprendí que quizá por eso Angelines había dejado de cantar. Con el tiempo supe que el yonqui, así los llamábamos en el barrio, era Vicente, su hijo mayor. Coincidir con Vicente en la escalera o en la parada del autobús era casi como protagonizar una película de terror. Caminaba con la boca abierta, como si la vida le asombrase, pero sus ojos estaban apagados. Vicente a veces te reconocía y te pedía dinero. Otras no te reconocía pero seguía pidiéndote dinero. Hubo un trayecto, desde Canillejas a Ciudad Pegaso, en el que Vicente se recostó sobre mi hombro y se quedó dormido. Tuve suerte porque no me babeó. Había gente del barrio que llegó a ir a la consulta de don Justino porque Vicente les había babeado encima y tenían miedo de que les hubiese pegado alguna enfermedad. Cuando llegamos a la última parada me moví un poco para levantarme, y él solo, como un autómata, salió flotando del autobús.

Más tarde me enteré de que Vicente no se había dormido. Que lo que le pasaba es que se había «chutado» y estaba «de colocón». Así lo explicó Toni mientras mamá apostillaba lo consumida que estaba Angelines. Que ese hijo les estaba quitando la vida. Que una tarde sus hermanos lo habían pillado robando su propia televisión para malvenderla y sacar dinero para la droga. Todo el mundo a mi alrededor compadecía a esa familia, pero nadie se apiadaba de Vicente. A fin de cuentas, el que daba verdadera pena era él.

Ese fue mi primer acercamiento a ese infierno que los adultos llamaban «el mundo de la droga». Por eso, cuando escuché que había padres que aseguraban preferir un hijo drogadicto a uno maricón, volví a sentir que habitaba una tierra que no me correspondía. Que el verdadero infierno no era «el mundo de la droga». El auténtico infierno era una sociedad capaz de llegar a acuñar esa frase como quien borda un lema noble en una bandera. No paraba de escuchar esa frase a mi alrededor. Nunca directamente. Tal vez nunca la dijera ningún padre, ninguna madre. Puede que solo fuera una leyenda urbana. O es posible que hubiera padres y madres convencidos de que tener un hijo drogadicto era preferible a tenerlo maricón. Simplemente porque, si tu hijo se drogaba, una red de compasión abrigaba a aquellos padres consumidos por el mismo mal que estaba asesinando a sus hijos. Pero si era maricón, la compasión mudaba a deshonra, a humillación, a cargar sobre los hombros del apellido la indecencia de un hijo que besaba a otro hombre. Porque eso era todo lo que veían. Los labios de dos hombres unidos por un beso. Ni siquiera un morreo apasionado. Un beso o dos manos entrelazadas en un paseo clandestino. Me pregunto si alguna vez se les pasó por la cabeza que también nos follábamos los culos, nos chupábamos las pollas y nos lamíamos los pezones con el ansia del sediento. No quiero ni imaginar las atrocidades que hubiesen sido capaces de pronunciar aquellos padres que preferían al hijo drogadicto si hubieran imaginado todo eso.

Debo admitir que jamás escuché a mis padres decir algo así. Lo que sí escuché de sus labios, bastantes años después, fue que si te salía un hijo maricón o una hija tortillera..., ¿qué ibas a hacer? Era como a quien le nace un hijo subnormal. «Habrá que aceptarlo», dijo mamá.

Gloria me avisa de que Toni se ha marchado y puedo pasar a ver a mamá. Me advierte que le van a dar el alta, por si prefiero ir directamente a casa. Le respondo que no, que me acerco al hospital. Me están esperando ella y Camilo junto a la puerta de la habitación.

—El médico ha dicho que tiene que estar tranquila, que nada de emociones fuertes.

Aviso para navegantes.

—No te preocupes —contesto.

—Ahora está sola. Se han llevado a su compañero de habitación para hacerle unas pruebas.

—Prefiero estar a solas con ella.

—Por favor, Tomás —dice Gloria—. ¿Has quitado la denuncia?

No respondo y abro la puerta de la habitación. Ahí está mamá. No es la mujer que me atemorizaba con sus palabras y que me alertaba con sus silencios. No es la de la mirada fulminante. La del pellizco de monja. La que opinaba en voz alta para que comprendieras lo poco que importaba tu opinión. Ahora mamá es mucho más vulnerable que hace seis días. Como si ella también se hubiese cansado de tener miedo y abandonase la guardia. Como si le importase una mierda el asalto del enemigo y le abriese las puertas de la muralla para que, si va a entrar, que lo haga al menos sin molestar. Preveo que ha claudicado, unida a todos estos cables que traducen sus emociones a vectores y dígitos que solo entienden los médicos. Máquinas que dan más información de la que ella me ha dado en toda su vida.

Me acerco en silencio. Tiene los ojos cerrados. No sé si está dormida o solamente en paz. La cama tiene la mitad superior un poco levantada. Hay algo cinematográfico, tal vez solemne, en la llegada a una habitación de hospital. Las cabeceras siempre están incorporadas, como mostrando al enfermo en la postura que mejor da en cámara. No hay perspectiva en una cama convencional, por muy viscoelástico que sea el colchón. Debes encorvar la mirada como quien se despide ante una fosa. No hay esperanza sin una cama articulada. En los hospitales, el enfermo se muestra. Sé que responde a un requisito sanitario, pero, para mí, forma parte de una especie de iconografía sagrada ante la que la visita debe postrarse como parte del ritual sacrosanto del padecimiento.

La contemplo durante unos minutos. Por mi mente circulan a gran velocidad frases imaginadas que jamás fueron verbalizadas, palabras impuntuales que, por este retraso, llegan a ser más ofensivas. Tantos silencios sobre los que edificamos nuestra relación, ignorando que el silencio es más resistente que el hormigón. Busco en ese cajón de sastre si hay algo parecido al amor, al cariño, al agradecimiento, o solo manejo restos de convencionalismo, conductas artificiales y bien vistas en las que apaciguar mi conciencia apaleada. ¿Cuánto queda de rabia en este ser que contempla a su madre como si fuese parte de una liturgia? No tengo interés en responder a esta pregunta porque me enfurece admitir que quizá no supiese vivir sin sufrimiento. Antes de perder el aliento, susurro:

—¿Cómo estás, mamá?

Abre los ojos lentamente, sin perder la solemnidad cinematográfica, y me mira. No contesta. Sostiene la mirada, sin parpadear, hasta que sus ojos se anegan. Me acerco a un lado de la cama e intento relajarla sujetando su mano.

—No llores —digo—. Ha dicho el cardiólogo que te evitemos las emociones fuertes, y si ahora te pones a llorar, te van a prohibir las visitas —bromeo.

Siempre se bromea en los hospitales. Lugares en los que solo se padece, en los que nadie está por voluntad propia, y donde todo el mundo se siente en la obligación de bufonear, de soltar frases que harían vomitar al propio Paulo Coelho, con tal de animar a aquel que solo desea tranquilidad y ausencia de dolor. Mamá traza una sonrisa cansada y yo le seco las lágrimas fugadas.

—Me ha dicho Gloria que te van a dar el alta. O sea, que en casa te podrás dar una buena panzada a llorar —sigo bromeando, incapaz de hablar en serio—. A partir de ahora tendrás que cuidar ese corazón, pero ya verás como todo va a salir bien.

Cuidar ese corazón. Como si en nuestra familia fuese tan sencillo. Los médicos te dicen que dejes de fumar, que tengas una dieta equilibrada, que hagas ejercicio... Solo hablan del órgano, del bombeo de la sangre, de venas y arterias. Nadie nos habla del otro corazón. De aquel que nos cabe en un puño, que se rompe por la tristeza, que se inquieta ante el temor y cuya salud no depende de nosotros. Porque nadie nos habla del corazón que deben cuidar los demás. Del corazón de los otros, que está en nuestras manos, y podemos decidir abrirlas o apretarlas. Hay un corazón que no depende del tabaco ni de la sal. Hay un corazón que obedece al afecto, a la solidaridad, a la compañía. Y de ese corazón nadie habla. Quizá porque la causa de todo esto está en la mente, en nuestra nula capacidad de gestionar emocionalmente todo aquello que nos pasa a nosotros y a los demás. Y a veces es más sencillo echarle la culpa al corazón.

—Te dejo descansar. Iré a verte a casa mañana. —La beso en la frente y me dirijo a la puerta.

—Tomás...

Dice mi nombre con cierto esfuerzo. Me arrimo a ella para que no tenga que levantar la voz.

—Lo hice mal. Te pido perdón, hijo, pero... yo no sabía. No sabía cómo.

De mi piel emerge un fuego que me ha arrasado por dentro. De golpe, el devastado vuelvo a ser yo. Y quiero arrancarme la cabeza, como haría con un viejo juguete, para ver qué tengo dentro, para comprender toda esta angustia que me asfixia. ¿Un perdón? No espero un perdón. ¿Quién cojones ha cambiado el guion? Esta historia no es así. Lleva cincuenta y dos putos años siendo de otra manera, y ahora, joder, ahora, un perdón.

Me alejo de la cama con el paso torpe de quien recibe un golpe en la cabeza y se tambalea entre la realidad y la ficción que precede a la pérdida de conocimiento. Encuentro mi existencia inútil. Como si todo el dolor pudiera esfumarse de un soplido. ¿Es el perdón suficiente para apaciguar toda esta ira acumulada? ¿Todo el daño infligido puede sanar así, de golpe, con una palabra? Décadas después, vuelve a ser mi responsabilidad. Como las llamadas de teléfono de mi padre pidiendo dinero. Ahora yo tengo la obligación de perdonar. ¿Es eso? ¿Es eso, joder? Y como quien destapa algo envasado al vacío, salgo huyendo de la habitación con la cabeza jadeante y el paso zarandeado.

—¡Tomás! ¿Qué pasa? —pregunta Gloria cuando me ve alejarme por el pasillo con una marcha atropellada.

Gloria y Camilo entran en la habitación preocupados de que a mamá le haya pasado algo. Corro por los pasillos del hospital hasta encontrar la salida más próxima. Salgo a la calle Conde Peñalver y la cruzo veloz sin respetar el tráfico, oyendo los bocinazos al compás de mis zancadas, los frenazos a los pies de mi huida. Sigo corriendo como quien escapa del miedo y la tormenta. Huyo como otras tantas veces. Sueño con poder alzar el vuelo y dejarlos aquí abajo. Me precipito por calles y aceras con todas mis fuerzas porque, si me alcanzan, volverán a hacerme daño. Volverán a ensuciarme los libros, a hurgarme en la cartera, a pegarme a la salida, a escupirme en la capucha del anorak. Los peatones se apartan de mi trayecto, y no soy capaz de frenar.

Llego al cruce con Diego de León y, entre el tráfico, persisto en la carrera, con todas mis ansias, hasta llegar a la acera de Francisco Silvela. No me detengo. No hago caso al dolor abdominal que me suplica que pare, que aminore la violencia de mi fuga. Escapo como quien ha robado. Me estoy alejando de mi propia existencia. No solo de mi infancia. Me fugo de todos esos hombres que me humillaron con su desprecio porque no cumplía con sus putas expectativas, de los que cumplieron mi deseo de ser invisible. Huyo de Marco, de Roberto, de Ángel, de Rafa, de Simón y de Manu. Como el niño de siete años, campo a través, sin volver la cabeza porque cuando uno escapa no quiere mirar atrás. Porque es probable que, si lo hace, si gira la cabeza para medir la distancia que lo separa de sus perseguidores, descubra que quien corre detrás, quien quiere alcanzarlo es él mismo. Que tal vez lleve demasiado tiempo escapando de un niño asustado que no ha dejado de huir ni un instante desde que tenía siete años.

Cruzo María de Molina y continúo corriendo hasta rendirme a la fatiga. Me dejo caer sobre los escalones de un portal, junto a la entrada de un garaje. Y aquí, sin aliento, grito hasta ahogar el rugido en llanto.

—Hay algo que tenemos que trabajar —me explicó Roberto en una de nuestras sesiones—. No sabes gestionar el imprevisto, lo gestionas mal. Y eso lo vamos a trabajar.

—Te recuerdo que en mi profesión cada día es un imprevisto.

—Lo sé, no te lo discuto. Y de hecho, estoy seguro de que acusas esos giros y cambios de escenario profesionales también de una manera emocional, pero ahora vamos a trabajar concretamente con tus emociones personales. Por el tiempo que llevamos trabajando, que no es mucho, me atrevo a señalar que desconfías de la seguridad. Nunca crees estar seguro, y eso hace que vivas en un constante estado de alarma que te obliga a tener tu entorno lo más controlado posible. Algo que, obligatoriamente, te va a generar un problema, una frustración, porque la vida, el mero hecho de existir, es imprevisible. Y tu manera de gestionar el imprevisto es anticipándote a él. Y lo que haces es muy tóxico para ti, porque tiendes a prever lo malo para que, cuando eso suceda, aunque nada indique que vaya a suceder, no te desequilibre tanto.

«No me duela tanto», pensé.

—Niegas los posibles escenarios optimistas, aquellos en los que tú triunfas, progresas, y abres un abanico de circunstancias y conclusiones negativas que ni siquiera existen. Que son probables en el mismo porcentaje que las positivas. Pero tú esas las ignoras. Como si no las merecieses. Y eliges el camino equivocado. Crees que hacerte daño adelantándote al daño es una buena manera de protegerte del daño. Y resulta obvio que no es así.

Maldito Roberto. Siempre tuvo razón.

—Y ahora, ¿qué hacemos contigo, maricón?

Eso dijo Pablo Romero cuando los cinco volvieron a entrar en el búnker. Pensé que estaban más cabreados que antes porque Ángel se les había escapado. Me aturdían. Me asediaban en un espacio claustrofóbico, me insultaban, pero yo estaba escondido, como encerrado en el interior de una escafandra, a tres mil metros de profundidad, con la mente lejos de allí. Lejos del peligro. La primera hostia me devolvió a la superficie.

—¡Que te estamos hablando, marica! —soltó Pedro Saiz.

—¿Es verdad que a los maricas os gusta meteros cosas por el culo? —preguntó Romero.

No sé la razón por la cual todas las frases que pronunciaba Romero provocaban las risas y el entusiasmo servil del resto.

—Yo no soy marica —me atreví a decir con un hilo de voz.

Romero se acercó a mí.

—A ver, dilo más alto.

—Yo no soy marica —dije elevando la voz.

—Más alto —insistió.

—¡No soy marica! —grité.

Romero agarró mi brazo y me lo retorció hasta provocar mi grito. Y mi grito sí fue marica. El grito de una niña, como ellos decían. Y volvieron a carcajearse como hacían sus padres cuando bromeaban, en la barra del bar, viendo un partido del Real Madrid.

—Mi padre dice que maricón es lo peor que le pueden llamar a un hombre —apuntó José Manuel Peñón.

—¿Peor que hijo de puta? —preguntó el Risi.

—Peor.

—Es que meterse cosas por el culo es asqueroso.

—¡Comepollas! —dijo otro.

Todas las voces acabaron siendo una.

—A lo mejor es que a los maricas como la Tomasa les gusta la mierda.

Más risas. Ese día dejé de creer en la existencia de Dios. Porque si ese Dios que nos explicaban en las clases de Religión, ese que era bondad y caridad, fuese real, me hubiera sacado de allí por arte de magia, como cuando hacía milagros. O, si él era el único con autoridad para dar y quitar la vida, en ese búnker tenía material para entretenerse. No hacía falta una masacre. Me ofrecía voluntario. Y recé por ello mientras el Risi se metía un dedo en el culo y luego se lo llevaba a la nariz.

—¡Joder, qué asco! —dijo uno.

—¡Eres un cerdo, tío! —dijo otro.

Y el Risi bromeó con acercarles el dedo al resto, que le apartaron la intención a manotazos.

—Te doy una hostia que te reviento.

Hasta que se acercó a mí. Entonces, todo estaba bien. Intenté revolverme en aquel espacio tan pequeño, pero mis intentos por escapar solo contribuyeron a su entretenimiento. Conseguí agacharme en un rincón, abrazándome las piernas, pegándolas al pecho, y escondiendo la cabeza entre las rodillas. El Chino me agarró del pelo y tiró hasta levantarme la cabeza. Entonces el Risi me acercó su dedo a la nariz. Cerré los ojos y contuve la respiración mientras esas malditas carcajadas se iban clavando con una insistencia sicótica. Cuando ya no aguanté más, solté una bocanada de aire y respiré. El olor del dedo del Risi me provocó una arcada.

—Mira —dijo Saiz—. Este palo tiene forma de polla.

Más risas.

—¿Prefieres que te metamos este palo por el culo o que te metamos una hostia cada uno por maricón?

Esa fue la pregunta de Romero. Dejé de reprimir el llanto. Volví a llorar. No había nada que fingir. Mis lágrimas no iban a cambiar nada, dirían que lloré como una niña, que no me enfrenté a ellos como un hombre, que ni siquiera devolví una de sus hostias, pero ¿a quién le importa el relato cuando lo único que desea es desaparecer? Romero me escupió en la cara. Lo limpié con la manga de mi jersey, aguantándome las ganas de vomitar. ¿Dónde está Ángel? ¿Por qué no avisa a alguien? ¿Por qué nadie viene a salvarme?

—¿Quién tiene ganas de mear? —dijo Romero mientras se desabrochaba los pantalones.

Saiz, Peñón, el Risi y el Chino lo siguieron. Se acercaron al rincón en el que aún permanecía agachado y me rodearon. Intuí su intención y grité, con el poco hálito que me permitían las lágrimas:

—¡Por favor! En la ropa, no. En la ropa, no.

En mi cabeza, enturbiada por todos los atroces pensamientos posibles, solo encontré espacio para pensar en qué posible excusa podría dar en casa para explicar por qué toda mi ropa estaba empapada de meado. Y no la encontré. Todo sucedió tan rápido que ni esforzándome puedo encontrar una razón a mi respuesta. Romero ordenó:

—Vale. Quítatela.

Y esbozó una mueca del que ya se sabe victorioso y está dispuesto a saborear su victoria. Me levanté y me fui quitando la ropa mientras ellos miraban y se burlaban. Me quité el jersey y la camisa. Los dejé sobre una piedra próxima. Me arranqué las playeras sin desabrocharlas.

—¡Más rápido, que me meo! —dijo el Chino.

Me quité los calcetines y los pantalones hasta quedarme en calzoncillos.

—Los calzoncillos también —decidió Romero.

Lo hice. Y las carcajadas regresaron. Que si vaya mierda de polla, que si con eso más vale que la chupase bien, que si estaba claro quién hacía de chica... Volví a la posición fetal. Me senté en la tierra y abracé mis piernas. Los cinco se bajaron los pantalones y la ropa interior. Estaban prácticamente encima de mí y comenzaron a mear. Oculté mi cabeza entre las rodillas, cerrando con fuerza los ojos, apretando los labios, mientras sentía cómo el meado caliente empapaba mi piel y se mezclaba con el polvo y la tierra del suelo del búnker en una especie de barro maloliente. A veces se salpicaban entre ellos, se empujaban —«Pedro, joder, que me das a mí», «Como me salpiques, te hostio», «Apunta bien»—, pero no recuerdo que hubiera burlas, ni risas. Ni siquiera viene a mi mente un insulto más. Solo sus comentarios y el ruido del meado cayendo sobre mí como un castigo. Una especie de letra escarlata invisible que apestaría a mi paso el resto de mis días. Cuando acabaron, uno de ellos dijo:

—¡Joder, qué asco!

Tenía razón.

—Vámonos, que esto huele que apesta —dijo Romero.

Y ese «vámonos» me devolvió la esperanza. Seguí con la cabeza entre las rodillas, con el pelo enchartado, pero pensaba que ese era el final, que ya no habría más humillaciones durante ese día y eso me hizo sentirme aliviado. No más golpes ni amenazas. Era suficiente por hoy.

—¿Te has meado encima, maricón de mierda? —dijo Romero. Y todos se carcajearon.

No levanté la cabeza. Aguardé a que sus risas fuesen cada vez más lejanas. A que la narración de su hazaña resonase ya caduca. Se marcharon como quien se distancia de una verbena, pero se lleva una parte de la fiesta consigo. Cantaban *La cucaracha,* pero le cambiaban la letra. «La Tomasa, la Tomasa, ya no puede caminar, porque no tiene, porque le faltan, las pelotas de verdad». Risas, vítores, como si realmente hubieran ganado un trofeo y tuvieran que celebrarlo. Esos cánticos de la victoria. Aún hoy los odio.

Cuando sus palabras se tornaron un eco ininteligible, me levanté. Y comprobé que mi ropa no estaba en el búnker. Nunca deseé tanto la muerte como aquel día. ¿Se la habrían llevado? ¿Qué podía hacer ahora, desnudo, oliendo a pis?

¿Cómo volver a mi casa? ¿Es que no hay nadie que pueda ayudarme? ¿Dónde están los mayores, esos que nos iban a proteger? ¿Dónde? Salí del búnker y vi que habían ido tirando mi ropa por el camino. Divisé los pantalones y eso destensó todo mi cuerpo. Rompí en una arcada que se convirtió en vómito. No encontré mis calzoncillos, así que me puse el pantalón. Me vestí con la camisa y el jersey y utilicé uno de los calcetines para limpiarme la boca. Mis manos olían intensamente a meado. Tiré los calcetines entre los hierbajos y me puse las zapatillas sin ellos. «No llores, joder», me dije, pero no lo pude evitar durante todo el camino hasta casa. Elegí volver junto a la vía del tren. Para no cruzarme con nadie.

Llamé al portero. Contestó mamá.

—¿Quién?

—Yo —contesté.

Abrió. Mamá había dejado la puerta de casa abierta y la escuché continuar su conversación con su hermana Charo. A lo mejor, ese era el milagro. Tal vez Dios existiese, pero no fuera lo todopoderoso que nos dijeron las catequistas. Era un Dios chapuzas. Como cuando a mi padre le daba por arreglar cualquier cosa con la pistola de silicona, que al principio parecía que sí, pero al final era que no.

Aproveché para entrar como un rayo en el cuarto de baño y echar el pestillo. Lancé toda la ropa al cubo de las prendas sucias y me metí en la bañera. Me froté tantas veces la piel que empecé a sentir escozor. Me lavé tantas veces el pelo que temí arrancármelo. Y aun así, no dejaba de sentir el olor a meado. Como si se hubiese instalado en mi piel. No sé cuánto tiempo pasé encerrado en el baño. Solo sé que hubo un momento en el que irrumpieron los golpes en la puerta.

—¡Tomás! ¿Qué haces? —gritaba mamá—. ¡Que llevas con el agua abierta veinte minutos! ¡Sal de una vez!

Me embadurné de colonia y salí del baño. Mamá me regañó. Por gastar tanta agua, por no contarle qué hacía tanto tiempo encerrado en el baño, por la peste a colonia —«Que la colonia es para echarse un poco, no para gastar medio frasco, que aquí no se puede ni respirar»—, y yo me limité a mentir, que era lo que mejor sabía hacer a los once años. Porque no olvidéis que todo lo que acabáis de leer estuvo protagonizado por niños de once años.

La Realidad es un bar de Malasaña que solíamos frecuentar los amigos hace ya unos años. Nos gustaba La Realidad. Menuda paradoja. A nosotros, que solíamos incorporar a nuestras conversaciones aquella frase que decía Leo Macías en *La flor de mi secreto:* «La realidad debería estar prohibida». Si conseguías alguna de las butacas de la sala del fondo podías quedarte allí horas, como si estuvieses en el salón de tu casa. Supongo que ese era uno de sus atractivos, que nos sentíamos cómodos. Eso y que nos ponía muy burros el camarero, un chico calvo, pero con una frondosa barba de color castaño y unas fantásticas piernas velludas que le descubrimos un verano de pantalones cortos.

Nada permanece de ese recuerdo cuando cito a Roberto aquí esta tarde. Desde luego, el camarero no está. Ni siquiera encuentro mesa en la sala del fondo. La Navidad lo contamina todo. Aunque siempre llevo encima bromazepam, esta tarde necesito a Roberto. Tras el ataque de ansiedad que he sufrido por la mañana, después de correr como un loco por las calles de Madrid, lo he llamado. Hemos quedado aquí, en La Realidad, esta tarde. Él se ha pedido un té verde con un poco de leche. Yo, una copa de vino tinto. Ribera.

—Creo que tienes que focalizar de otra manera —me recomienda Roberto.

—¿Así de sencillo? ¡Focaliza! —contesto agitado—. Tengo cincuenta y dos años. Llevo cuarenta y seis años, diecinueve de ellos en terapia, intentando superar ocho putos años de mi vida. Y cada obstáculo que me encuentro, todas las tormentas de pensamientos que se cuelan por cada una de mis grietas una y otra vez, ¡todas!, están relacionadas con esos putos ocho años. ¿Cómo diablos quieres que focalice?

—Tomás, tu madre te ha pedido perdón. ¿Sabes lo que significa eso? —apunta Roberto.

—¿Ya está? ¿Eso era todo? Perdona, hijo, por mirar hacia otro lado mientras te molían a palos en la escuela. Perdona, hijo, por pensar que ser maricón era una desgracia para toda la familia y creer que, oye, vete tú a saber, una de esas hostias podrían hacerte cambiar. Perdona, hijo, por tardar años en darme cuenta de que podías estar sufriendo y continuar comportándome como una institutriz castradora. ¿Quieres que busque a todos los hijos de puta que me destrozaron la vida durante esos ocho años y les suplico que me pidan perdón? Y cuando tenga el perdón de todos, ¿qué hago? ¿Qué hago, Roberto? ¿Qué hago con esta mierda de vida, con esta mierda de autoestima, con esta constante inseguridad que lleva asfixiándome desde los siete años? ¿Me lo explicas? Porque parece evidente que la terapia no funciona.

Roberto se levanta, como si la silla le hubiese escupido. Toma su abrigo, se acerca a la barra y deja un billete de veinte euros en el mostrador.

—Quédate con las vueltas —le dice a la camarera. Y abandona La Realidad.

Me violenta la situación. Estoy aquí sentado, después de todas estas palabras. Me siento muy ridículo. No disimulo mi desconcierto. Me observan desde la barra. Las mesas próximas se han enterado de todo. Salgo corriendo tras él.

—¡Roberto! —grito acelerando el paso por una Corredera Baja de San Pablo atestada de gente navideña.

Veo a Roberto caminando en dirección a Gran Vía. No se detiene. No reacciona a su nombre. Avanzo rápido, esquivando a todas estas personas indiferentes que no hacen otra cosa que celebrar, hasta que consigo frenarle el paso sujetando su brazo.

—Roberto... —pronuncio. Y no me da tiempo a más.

—¿Sabes quién eres, Tomás? Te lo voy a decir. Una de las personas más egoístas y egocéntricas que he conocido en mi vida. Te has acomodado en el sufrimiento del niño acosado en el colegio, del niño que soñaba con dejar de respirar, para exigirle al mundo... ¿qué? ¿Qué podría darte el mundo para satisfacer toda esa rabia que llevas dentro? ¡Nada! ¡Nada será bastante hasta que rompas ese vínculo tóxico con tu propio dolor! ¿Y sabes por qué no lo haces? Porque te compensa. Te compensa ir por la vida de víctima, porque esa es la mejor manera de delegar en los demás la responsabilidad de tu propia existencia. ¿Cuántas veces te he dicho que cambies? ¿Es que no te das cuenta, coño? ¡Deja de regodearte en tu propia mierda, Tomás! ¡El mundo no te debe nada! ¡Nadie va a devolverte la infancia perdida! ¡Sobreviviste, joder! ¿Te parece poca victoria esa? Deja de sentir que todas las personas que te rodeamos, que todas las personas que se cruzan en tu vida tienen la obligación de compensar tu dolor. Te tienen que ofrecer el mejor trabajo porque fuiste un niño acosado durante ocho años. El tío más guapo de la fiesta tiene que ligar contigo porque fuiste un niño acosado durante ocho años. ¡Basta, hostia puta! ¡No puedes esperar a que la vida deje de ser difícil para decidir ser feliz con lo que tienes! ¿Sabes lo que noté la primera vez que entré en tu casa? Que solo tenías fotografías tuyas. No había fotos de tu familia, de tus amigos, ni siquiera de tus parejas, porque por mucho que sigas lloriqueando, has tenido amor. Otra cosa es que nada de eso fuera suficiente para ti. Solo tú y tu lamento. Enmarcados. ¡Las personas somos mucho más que todo lo malo que nos pasa, pero tú prefieres seguir ahí, año tras año, hasta consumir toda la vida que te queda! Deja de lucir tu dolor como una deuda pendiente que todos los demás tenemos que pagar. El dolor nunca hizo a nadie más fuerte. Si acaso, más cabrón. Esa manera enfermiza que tienes de regodearte en él es el peor de los acosos, porque tú eres tu propio acosador. Parece que no hay más desconsuelo en el mundo que el tuyo, más víctimas de esta mierda de humanidad que tú. No te apropies de todo el dolor del mundo. Ese dolor no te pertenece, joder. Has decidido darles la victoria a todos esos hijos de puta que nunca podrán pedirte perdón, porque ya ni se acuerdan de ti, y que posiblemente estén hoy en su casa celebrando las fiestas con sus familias. ¿Quieres que los localicemos a todos y entremos en sus casas, como un comando cazanazis, y nos los carguemos con una metralleta mientras trinchan el pavo, como si esto fuera una película de Tarantino? ¿Eso te haría cambiar de una puta vez?

Es la primera vez que lo veo así. Que me habla así. Jodido Roberto. Siempre donde más duele. Siempre enfocando con la linterna la profundidad de la madriguera, allí donde se refugia la verdad. Barrunto el llanto, porque he olvidado toda posible réplica, y acabo de implosionar. Roberto apacigua su gesto. Soy consciente del tiempo y del lugar. De él y de mí. De lo tramposa que puede llegar a ser la memoria y del miedo que le tenemos a la libertad. Los ojos de Roberto. Aquí. Jodido Roberto. Sus palabras, una detrás de otra, capaz de entrelazarlas con lazos de seda o con un alambre de púas. ¿Qué hago ahora con esta sangre?

Hay personas que nos miran a una cierta distancia sin saber si van a tener que llamar a la Policía o si están asistiendo a una triste ruptura de enamorados bajo la decoración navideña. En Navidad, todo es más de todo. Hasta las peleas. Hace frío. Nada anormal en pleno diciembre. Estoy en mangas de camisa porque me he dejado el abrigo en el bar. Roberto me abraza. Y a partir de ahora, no puedo parar de llorar.

—El dolor nunca liberó a nadie —asegura Roberto con la voz pausada, tranquila, mientras sujeta mi cabeza empapada sobre su hombro.

—Lo de Tarantino ha sido muy fuerte —le digo entre sollozos.

Y adivino su risa rebotando contra mi pecho, roto pero protegido. Lo aprieto con todo mi nervio. Permito que las palmas de mis manos habiten su espalda. Por siempre. Lo hago y necesito pensar que él también. Que no acepta mi abrazo sin más, que no se ha convertido en un simple receptor, como un contenedor de reciclaje, y que entre sus brazos solo estrecha aquello que desea acoger. Un abrazo que dura todo el tiempo del mundo. El mismo abrazo capaz de detenerse en un instante. En esta calle que es un micrómetro en este planeta de historias, de fortunas y penurias, de flores y mierda. La decoración navideña parpadea. Algunos espectadores abandonan la platea, decepcionados tras la reconciliación. Otros deben creer ahora en el milagro de la Navidad. Como mamá. Otros caminan con pelucas baratas en la cabeza, con sombreros imposibles que simulan cabezas de reno, mientras los conductores procuran no atropellarlos. Vaya escenario loco para esta *dramedia*, opino.

—Perdóname —alcanzo a pronunciar.

—Te dije que te has acostumbrado a cagarla y pedir perdón. Quizá por eso no valoras el de los demás. Prométeme que vas a hablar con tu madre antes de volver a Barcelona.

—Prometido —respondo—. Creo que aún tengo algunas asignaturas pendientes antes de regresar.

Me atrevo a deshacer el abrazo y buscar su mirada. Esta que tantas veces sanó mis ojos. Jodido Roberto. Qué guapo está.

—Te he calado el hombro del abrigo —aviso. Borro el rastro de las lágrimas con mis dedos.

—Es negro, no se nota —contesta. Saca del bolsillo un paquete pequeño de pañuelos de papel y me entrega uno—. Y suénate los mocos, anda.

Su manera de estar. Con eso es suficiente. Él sí es mi cuarto de estar. Su sonrisa sigue siendo el lugar donde quiero quedarme a vivir. Su cuerpo nunca dejará de ser lo más parecido a un hogar que he sentido. Jode darte cuenta de todo esto tarde. Supongo que a partir de ahora debo acostumbrarme a ser mejor perdedor. Experiencia no me falta. No aparto la mirada. Ni él la suya. Ni un segundo. Puede desmoronarse el mundo entero, que aquí seguiremos Roberto y yo.

—Te quiero. Y no voy a dejar de quererte nunca —digo con las palabras aún mojadas.

—Eso espero.

Y sonríe. Y todo lo que me rodea deja de tener sentido.

—Yo también te quiero —añade.

Sin necesidad de buscar excusas, sin retar al disimulo, lo beso. Nos besamos como entonces. Como siempre.

—No va a pasar —presagia Roberto cuando desligamos nuestras lenguas y soltamos nuestros labios.

—Lo sé. Me encantaría que pasase, también te lo digo, pero sé que no va a pasar. Además, hacer el amor en una pensión es muy de posguerra.

Así, el bufón convierte en gag cualquier indicio de tristeza.

—Voy a volver a La Realidad a por mi abrigo, o voy a pillar una pulmonía —añado.

—Buena idea. Yo me iré a casa. Nos veremos antes de que te marches, ¿no? ¿Tienes quien te lleve al aeropuerto?

—No —contesto.

—Te llevo yo. Me envías por WhatsApp la hora y paso a buscarte.

Confirmo con un gesto.

—Ahora es cuando Barbra Streisand empieza a tararear la melodía de *The way we were*, ¿no? —bromeo.

Su sonrisa. Otra vez. Jodido Roberto.

—Supongo que Robert Redford soy yo, ¿no?

—¿Lo dudas? —Y me acomodo en una pose marica a lo *Funny Girl*.

Paso mi mano por su flequillo y me doy media vuelta. Subo por la Corredera Baja. Estoy regresando a La Realidad. Mientras, grito:

—¡Abajo la bomba A! Millares de americanos protestan por la fabricación y el uso de la bomba A. ¡Escriban hoy mismo al Congreso!

Sé que le ha hecho gracia. Sé que ha vuelto a reír. No necesito girarme para comprobarlo. El atractivo de su sonrisa ilumina el resto de mi camino hasta el bar. Jodido Roberto.

No hay generación de jóvenes que se sienta satisfecha con su tiempo. Nunca es una buena época para ser joven. Me apuesto una mano a que no debió serlo durante la segunda glaciación, ni en la España visigoda, ni cuando la Inquisición se implantó en el Reino de Aragón como quien abre la primera sede de una gran multinacional. No debió ser fácil tener veinte años en el levantamiento del 2 de mayo ni durante la Guerra Civil. Ni tener el ansia viva por descubrir y que te caiga encima una posguerra de rencores, asesinatos e injusticias que solo era la antesala de cuarenta años de dictadura militar. No es fácil tener diecisiete años, ninguna ilusión y todas las posibilidades del mundo para acceder a las drogas. ¿Quién puede presumir de haber vivido su juventud sin miedo en los años terribles del sida? Supongo que los heteros, que tardaron una década en darse cuenta de que esto no era el «cáncer rosa». Esta cronología apesta. Cuando no había guerras, había crisis. Cuando no era hambre, era paro. Cuando no había indiferencia, había frustración. Cuando no había miedo, había miedo. Da igual la década que analices. Nunca fue fácil ser adolescente, ser joven.

Pero el panorama podía empeorar si eras una chica, si eras negro o, simplemente, si eras marica en un barrio de la periferia de Madrid. El patriarcado encumbra a los hombres que no tienen miedo. Los llama héroes. Los condecoran. Porque, si eres un hombre como hay que ser, no hay lugar para la debilidad. Un hombre débil es indigno. ¡Cobarde!, te gritan. ¿Qué hay de malo en ser cobarde? ¿Por qué soy cobarde por elegir no enfrentarme a quienes solo buscan legitimar su masculinidad a costa de mi humillación? Soy de los que aún no ha parado de correr. De los que se atrincheró en un armario forrado de sacos de homofobia interiorizada. Salí poco a poco. Sin cerrar nunca la puerta tras de mí. Sin alejarme demasiado de la salida. Siempre cerca de la salida. Si eso me convierte en cobarde, poco puedo hacer ya.

Cuando tuve mi primera pandilla de amigos y amigas empecé a descubrir que existía otro mundo más allá de los límites de mi barrio. Como muchos homosexuales de mi generación, empecé a coquetear con la ambigüedad. Utilicé la bisexualidad como coartada. Pero cada vez que metía la llave en la cerradura de casa, volvía al secreto. Mi casa era un gran armario, con dormitorio, cocina, baño, salón y cuarto de estar. Un armario del que salir y entrar como quien vive en un hotel. Pertenezco a una generación de maricones que se enamoraron perdidamente de Rupert Everett en *Another Country*. Víctimas, entregadas y voluntariosas, del *Maurice* de James Ivory, a la vez que consecuencias, fieles y apasionadas, de *La ley del deseo* de Pedro Almodóvar. Quizá por todo eso me enfrenté a la vivencia homosexual no desde la búsqueda del placer sexual, no desde la experimentación de los sentidos, que lógicamente existía, sino desde el éxtasis romántico de la búsqueda de un amor para toda la vida. Ese Tomás, que no quería acabar como Clive Durham y anhelaba ser Maurice Hall, se pasó demasiado tiempo buscando a Alec. Es posible que mi desesperada búsqueda del amor, de un sentimiento interpretado desde la más caduca de las creencias, me salvase de contraer el VIH en los duros años del sida. Sin darme cuenta, me fui convirtiendo en el marica pagafantas, en el chico que, inseguro con su físico, buscaba seducir desde la conversación, desde el humor, que si funcionaba con las chicas tal vez también diese resultado con los chicos. Pero no con cualquier chico. Solo con aquel con el que compartir el resto de mi vida. Con diecinueve años.

¿Se podía estar más equivocado? Sobre todo porque fue enamorarme de Manu y correr el mismo riesgo que si me hubiese entregado al amor libre sin pudor ni prejuicios. Nunca me sentí cómodo en un cuarto oscuro. Nunca supe si caminar o quedarme quieto, apoyado en la pared. Nunca supe si mi postura era lo suficientemente varonil o si quizá, metiendo los pulgares en los bolsillos del vaquero, daría más el pego. He entrado en una sauna gay cuatro veces en toda mi vida. Y siempre salí de allí oliendo a fracaso. Siento que me he especializado en llegar tarde a la vida. En querer vivir hoy lo que debería haber vivido ayer. Así lo considero cuando pienso que la búsqueda del amor romántico me privó del desenfreno, de la pulsión abierta y descarnada del instinto natural que, sin haberlo aprendido, me indicó qué debía hacer la primera vez que vi una polla empalmada delante de mí. A mis diecinueve años, todo eso era fruto del amor.

Era el año 1987. Estaba cerca de cumplir los veinte años y él tenía treinta. Se llamaba Manu y trabajaba en un bufete familiar de abogados, aunque de lo que presumía era de escribir artículos musicales para revistas como *Ajoblanco, Ruta 66* y *Rockdelux*. Lo conocimos en la sala Universal y lo que más me atraía de él era que siempre llegaba solo y vestido con traje. Aunque todos a su alrededor fuésemos una calcomanía de Robert Smith, de David Gahan, de Richard Butler, incluso de la mismísima Siouxsie, Manu iba con corbata y unos zapatos negros brillantes. Nunca era un traje como el que se pondría el presentador de un telediario. Era un traje distinto. Se notaba en sus solapas, en las hombreras o en el tejido y estampado utilizado en su confección. A veces, el toque excéntrico estaba en la corbata, y otras veces, en unos finísimos pañuelos de vivos colores que se anudaba al cuello, como una actriz del Hollywood dorado. Era como sentar a Bryan Ferry a una mesa llena de adoradores de Satán.

Me enamoré perdidamente de Manu. Me bastaba con escucharle hablar del concierto que había visto, del libro que había leído, para desear besarlo. Nos encontramos en el Ras. Se pasó toda la noche con nosotros y aprovechábamos la menor oportunidad para convertir nuestra conversación en un acto íntimo. Eso creía yo. Manu estaba obsesionado con el último álbum de los Immaculate Fools y me hablaba de sus canciones como si yo también lo hubiera escuchado, cuando la única canción que conocía de ellos era la que daba nombre al grupo. Esa noche, Manu me invitó a una dexedrina. Cuando dijo: «¿Te vienes a casa?», sentí que, por primera vez, alguien me daba un lugar en su historia. Deseaba y era elegido por el sujeto de mi deseo. A veces sucedía y, como una Sally Bowles repeinada como el cantante de Depeche Mode, esa vez ganaba yo. Me gusta la tontería esa de pensar que, cuando te vas a morir, tu cerebro se convierte en *Cinema Paradiso* y comienza a proyectar los momentos más maravillosos de tu vida como si fuera un montaje de besos censurados. Seguro que entonces, en esa pequeña colección de grandes éxitos, estará aquella amable noche de verano en la que Manu, con las ventanillas de su BMW bajadas, subió el volumen del *There is a light that never goes out* de The Smiths.

Invítame a salir, esta noche.

Y mientras Manu iba traduciendo algunos fragmentos de la letra, como si fuesen los versos sueltos de un poema, yo dejaba que el aire cálido del verano calase mi rostro de felicidad, debajo de toda esa contaminación lumínica que hacía que el centro de Madrid no tuviera estrellas.

—Por favor, no me dejes en casa, porque no es mi hogar, es el de ellos —decía Manu.

Y esos eran mis versos favoritos de la canción. Esos y cuando Morrisey repetía, con esa voz que temblaba, como esa emoción que traiciona y quiebra al hombre solemne, que no le importaba, que no le importaba, que no le importaba donde quisieras llevarlo esa noche.

Y esa coincidencia hizo que la sola existencia de Manu, en esa enorme ciudad de cielos enmarcados y aceras mugrientas, fuese una razón para vivir. Ese era yo. Pasé de desear morirme cada domingo por la noche a necesitar vivir solo para coincidir en el mismo tiempo y lugar que Manu. Y cuando Mike Joyce, el batería, marcó la entrada del estribillo, Manu y yo rompimos a cantar, a voz en grito, como si esas palabras fuesen nuestras, hubiesen sido escritas para que yo, una noche de verano del año 87, pudiera gritarlas a su lado, bajo el cielo con estrellas invisibles de Madrid. Y lo hicimos.

¿Puede existir un estribillo más macabro, más equivocado, más gótico, y ser una de las composiciones musicales más bellas que hayas escuchado jamás? Sí. Porque nadie en su sano juicio desea morir como demostración infinita de su amor, pero ¿qué es el amor sino una puta hipérbole? ¿Y qué es el arte sino una interpretación exaltada de las emociones mundanas? Y ahí estaba yo. Cantando a su lado, con la sonrisa del narcótico enamorado, que si un autobús de dos pisos se estrellaba contra nosotros y nos arrancaba la cabeza o hacía que los hierros del BMW atravesasen nuestros corazones y dejasen sus impolutos asientos de piel cubiertos de sangre y vísceras, esa sería la mejor manera de morir. Solo porque él estaba a mi lado. No hay mejor manera de definir el amor adolescente, la sensación de no encajar en tu familia y la necesidad de encontrar esa alma gemela que te toma de la mano y te ayuda a escapar.

Aquella noche perdí la virginidad. Fue sin condón. En el 87. Correr riesgos por amor, supongo. No me lo pasé especialmente bien, porque me dolió y, aunque deseaba pedirle que parase, no lo hice. Por no defraudarlo. Por miedo a dejar de ser el elegido. Pero ver su cara sobre mí, sus jadeos, su cuerpo moviéndose sobre el mío, como en una coreografía tribal, con mis piernas colgadas de sus hombros, compensó cualquier dolor. ¿Algún dolor compensa? Tenía diecinueve años, así que tampoco puedo excusarme en la adolescencia y echarle a ella la culpa de las pasiones desenfrenadas, de la saludable irresponsabilidad del placer inconsciente, pero mientras escribo este recuerdo, mientras vuelvo a ese estribillo que entra en la canción como la *Cleopatra* de Mankiewicz lo hacía en Roma, siento que siempre hay una luz y que nunca se apaga.

De regreso a la pensión, recibo una llamada de mi hermana Gloria. Aunque le ha insistido que estaría mucho mejor atendida si se iba con ella a su casa, mamá ha decidido que si salía del hospital era para dormir en su cama. Así que ha sido mi hermana quien se ha quedado en la casa de nuestra infancia.

—¿Está Toni? —pregunto.

—Sí —responde ella.

—Solo faltamos papá y yo, y volvemos a los setenta.

Pretendo que sea una broma, pero Gloria no se ríe. Me cuenta que está en la terraza fumando un cigarro.

—¿Has vuelto a fumar? —No hay nada de inquisitorial en mi pregunta. Mera curiosidad—. Pensé que lo habías dejado hace años.

—Cuando estoy estresada y noto que me viene la ansiedad, me fumo un cigarro y se me pasa. Y no creas que estoy nerviosa por mamá, que está en su habitación bien tranquila. Es por las tías, las primas y las primas segundas y hasta familia que no sabía que teníamos, que no paran de llamar para preguntar. Hace un rato que he desconectado el fijo. Así estoy un rato tranquila yo también.

—Chica, haberme pedido pastillas, que yo para eso soy un *dealer*.

—¿Qué es un *dealer*? —me pregunta.

—Nada. Que si quieres mañana te llevo una caja de lexatines.

—Prefiero el cigarro. Fíjate que, cuando he salido a la terraza, he tenido el impulso de pintarle una polla a la bandera de España. Una de esas simples, como de puerta de váter cutre.

—¿Polla y dos huevos?

—Hombre, claro. Si solo pintas la polla, pues eso es el Pórtico de la Gloria.

—O el monolito de *2001*.

Y nos echamos unas risas. Volver a las risas con mi hermana Gloria es un síntoma de estabilidad después de las turbulencias de los últimos días.

—Depende de si la dibujas con glande y meato.

—No seas cursi. Una polla y dos huevos peludos de toda la vida. Con pelos como los de las piernas del Macario —me cuenta meada de la risa—. Pero fíjate, ha sido encenderme el cigarrillo, darle dos caladas y ya se me han quitado los impulsos pictóricos.

—Y ahora que estás más tranquila, vas a preguntarme por lo de esta mañana.

—Vas de listillo y eso te quita encanto. Pues no. Te sorprendería la conversación que hemos tenido mamá y yo después de irte a lo Forrest Gump. No sé qué le han chutado en el hospital, pero no parece la misma.

—¿Te lo ha contado?

—Sí. Y yo le he contado otras cosas a ella. Y te digo yo que tiene el corazón más fuerte que tú y que yo.

—¿Crees que lo ha dicho en serio, que lo siente de verdad, o lo hace por miedo a ir al infierno?

—Pero ¿qué tonterías dices?

—Como es tan creyente, lo mismo se ha visto en las puertas de la muerte y ha pensado: «Mira, mejor pido perdón que, aunque no lo sienta, a Dios le gustan esas cosas».

—Eres bobo —dice Gloria. Y aunque no la vea, sé que esboza una sonrisa—. Pero sí te he llamado para preguntarte una cosa.

—Pregunta.

—¿Va a venir la Policía en algún momento para llevarse a Toni a comisaría? Dímelo, de verdad, prefiero estar preparada y pensar cómo lo organizo con mamá.

—No va a ir nadie —respondo—. Antes de ir al hospital quité la denuncia.

Reaparece la mentira para que todo vuelva a ser verdad. Hay un breve silencio. Imagino que Gloria está dando una calada al pitillo y que oiré cómo exhala el humo. Pero no. No hay humo. Solo un breve silencio que interrumpe con un «Gracias».

—De nada. Lo he hecho por ti. En este momento, ni por mamá ni por Toni. Por ti.

—¿Qué vas a hacer ahora que te ha pedido perdón? ¿De verdad te vas a quedar en esa pensión?

—De momento, creo que es lo mejor. Mañana iré a verla y ya me llevo la maleta. Avísame del horario de tu hermano para organizarme y no coincidir.

—Creo que está de mañana. De ocho a cuatro.

—Vale.

Considero si formular la pregunta que ronda mi cabeza desde hace unos segundos y, presintiendo el final de la conversación, me atrevo.

—¿Sabe Toni que mamá me ha pedido perdón?

—No. No han estado un segundo a solas, no ha podido hablar con él. Y ahora mamá duerme y él está con el videojuego ese del fútbol.

No sé si es la respuesta que quiero escuchar. Por una parte, que él no lo sepa no cambia nada y es más cómodo para mí. Nada de acercamientos, de enfermizos lazos de sangre que solo sirven para desangrarte. La reconciliación no está apuntada en la agenda, y así seguirá siendo. Pero, a la vez, confieso que hubiese deseado que lo supiera, que se sintiera desautorizado, abandonado en su ridícula batalla, que llegue a plantearse el perdón como quien se rinde ante el enemigo con el orgullo herido. No penséis que esto ablandaría mi corazón. Él no es mamá. Él es un hombre. Lo han educado para no mostrar debilidad, para calmar sus preocupaciones manipulando compulsivamente el *joypad*, como si sentir un mínimo conato de sensibilidad, compasión o empatía provocase en él un síndrome de abstinencia de masculinidad propio de un toxicómano. Me produce satisfacción pensar en lo incómodo que le haría sentir que mamá me hubiese pedido perdón. A mí. Al maricón. Sé que esto no me hace mejor, pero no voy a convertirme en el bueno del Dalái Lama en cuarenta y ocho horas.

—Buenas noches, hermano —desea Gloria.

—Hasta mañana, hermana.

Les conté a todos mis amigos que Manu y yo éramos novios. Ninguno manifestó una alegría especial. Fue una reacción de cortesía que dio paso a cualquier otra conversación trivial. Me molestó esa falta de interés, pero no necesité mucho tiempo para ordenar las piezas. Después de aquella única noche, Manu y yo no volvimos a estar a solas. Coincidíamos en la Universal y, aunque yo me acercaba a él con la familiaridad del que se aproxima a su pareja, su respuesta ya no era la misma. Un pico en los labios. Igual que hacía con el resto de los conocidos y conocidas. Nunca encontraba un instante para estar a solas, para poder decirle que era el hombre con el que quería compartir el resto de mi vida. Manu huía de esa situación y, aunque me ofrecía siempre a acompañarlo a casa, él ya tenía una excusa preparada. Hasta que una tarde, a la puerta de la discoteca, justo cuando acababan de abrir y la gente iba entrando a cuentagotas, vi a Manu besando a otro chico. Sentí lo que era un corazón roto de amor.

—Manu se lía con todo el mundo, Tomás. ¿De verdad creías que iba a ser tu novio? —me soltaban las amigas intentando consolarme a latigazos.

Me acerqué a él.

—Manu, ¿podemos hablar un momento? —le dije con la humildad patética del que está a punto de darlo todo a cambio de nada.

Él se disculpó cariñosamente con el otro chico y me acompañó hasta un portal cercano.

—Creí que éramos algo. Que entre tú y yo había algo.

—Espera, para, para. ¿En serio? ¡Hemos follado una noche! ¡Ya está! No te montes películas, tío.

—Pero yo te quiero. Quiero compartir cosas contigo, quiero estar a tu lado todo el tiempo, quiero volver a follar contigo...

—Tomás, tienes diecinueve años. Quizá ahora no te des cuenta, pero dentro de unos años, espero que sean pocos, comprenderás lo ridícula que es esta conversación.

Y Manu volvió con el chaval. Y se marcharon juntos. Quizá en su BMW de cómodos asientos de piel.

—Yo que tú me hacía las pruebas del sida —me soltó Jesús Soto mientras se quedaban fuera fumando y cardándose el pelo, esperando el momento de entrar a bailar.

Accedí a la Universal. Era un lugar tan amplio que la media docena de personas que ya estaban dentro no ocupaban ningún espacio. El DJ solía pinchar una música más tranquila mientras aquello se iba llenando. Me acerqué a la barra con la intención de pedir alcohol, cuando yo no bebía alcohol. Ni siquiera sabía qué pedir. Señalé una botella que resultó ser de Martini blanco. El camarero se extrañó, pero me sirvió la copa incluida en la entrada. Entonces empezó a escucharse el *Somebody* de Depeche Mode. La pista estaba vacía. El DJ había soltado algo de humo para que hiciera bonito al balancearse en los haces de luz.

Y allí me coloqué, solo, con un Martini en vaso tubo, en una pista enorme como una cancha de baloncesto, cantando esa canción. Volví a llorar presa del fracaso, del ridículo y del miedo. Solo quería a alguien para compartir el resto de mi vida. Alguien que me conociera, me escuchase, me apoyase. ¿Cuándo desaparecerían esas cadenas? Era demasiado joven. Ahora sé que nunca. Y de entre el humo, entre las débiles luces de la pista, apareció Martin Gore. Con su cresta rubia y mullida, su pendiente y sus orejas de soplillo, sus dientes rotos, sus ojos claros en su rostro aniñado y el torso descubierto, con unos tirantes sujetos a unos pantalones de cuero negro que acababan en unas botas militares del mismo color. Era mi sueño. No estaba drogado. Ni siquiera borracho. Siempre he tenido la facilidad de cerrar los ojos y escapar. Y mientras Martin Gore iba describiéndome, cantándome, mis lágrimas fueron haciendo el resto, empapando mis labios, que escupían una letra aprendida de memoria. Martin Gore comprendía que buscase a alguien que se preocupase apasionadamente de mí. Me cantaba que no había nada más bello que enamorarse de esa persona que te ayudaría a ver las cosas desde otro punto de vista. Gore se había acercado lo suficiente como para sentir su aliento, hecho canción, enredándose entre mis sollozos. Me miró a los ojos y me explicó que él tampoco quería estar atado a nadie. Que todas esas ideas de la pareja le provocaban un rechazo inmediato, pero que, cuando se metía en la cama por la noche, en una cama grande y vacía, soñaba con alguien que lo abrazase por detrás. Alguien que lo besase con ternura. Y me lo cantaba encendido de rabia al escucharse entonar pensamientos tan cursis. Yo se lo agradecía con los labios mojados y exhaustos por la tristeza que provoca el amor no correspondido. Y mientras el piano se iba fundiendo con el inicio de la siguiente canción, Martin Gore se fue ocultando entre el humo y la gente que ya había invadido la pista de baile.

Días después, sin compañía de nadie, fui a hacerme la prueba del VIH. Aguardé los resultados durante unos eternos y angustiosos quince días y continué guardando silencio. El resultado fue negativo. Y por un instante lamenté ese diagnóstico. Como un niñato rebelde e inconsciente, llegué a creer que un resultado positivo nos uniría, a Manu y a mí, para siempre. De esa toxicidad es de la que debían habernos protegido. Esa pobre educación emocional que ha convertido a los habitantes de este planeta en unos indigentes en busca de afecto. Manu me dijo que, con el paso de los años, me daría cuenta de lo ridícula que fue aquella conversación. Tuvo razón. Pensar en un amor para toda la vida con diecinueve años es una estupidez. Pero cada vez que vuelvo a escuchar la canción de Depeche Mode, vuelvo a emocionarme como aquella tarde. Porque, aunque hayan pasado más de treinta años, sigo suscribiendo cada uno de sus versos hasta anegarme el corazón.

13

El verano en el que cumplí trece años comenzó a correr por el barrio el rumor de que Ángel había desaparecido. Unas mujeres comentaban en la frutería que llevaba dos días sin aparecer por casa, y su familia, lógicamente preocupada, había ido a la Guardia Civil para poner la denuncia por desaparición. Ángel tenía catorce. Se iniciaron todo tipo de rumores. Que lo habían secuestrado e iban a pedir un rescate. Un rescate a una familia obrera de siete miembros y un solo sueldo. En eso no ha cambiado España. Primero opina y luego piensa. Que se había fugado de casa porque se llevaba fatal con sus padres. Que si se oían las peleas con su madre al otro lado de la calle. Que si ese chico siempre fue «muy raro» y a saber en qué líos andará metido.

Aquel día regresaba del kiosco de prensa y noté la mirada investigadora de algunas mujeres del barrio. «¿Ese no era su amigo?», «Ese es el hijo del electricista, ese debe saber algo».

Mamá pulsaba el interruptor del portero automático para abrir el portal y, acto seguido, dejaba entornada la puerta de casa, para no tener que hacer dos viajes. Era curioso, porque eso lo hacía cuando creía que éramos alguno de la familia. La verdad es que lo hacíamos todos. Puntualizo «creía», porque cuando se preguntaba por el telefonillo bastaba con responder «yo» para que abriésemos la puerta. Y si ibas acompañado, «nosotros». Suficiente. Se comprendía que «yo» éramos Gloria, Toni, mi padre, mamá o, por supuesto, yo. Pero nunca comprobamos si podría ser más gente. Tal vez cualquier *psycho* de peli estadounidense podría habernos descuartizado simplemente llamando al portero y contestando «yo». Ese día fue así. La puerta de casa estaba entreabierta y desde el descansillo ya se oía la radio. Encontré a mamá sentada en la cocina, junto a la encimera, en una postura casi confesional junto al transistor, como si estuviesen manteniendo una interesante conversación. Ese no era un buen presagio. Lo bueno de la radio es que no te exige estar sentado frente a ella. Es un medio dinámico, puedes estar haciendo otras cosas mientras la escuchas. Cuando la gente se detenía delante de la radio, se sentaba y perdía la mirada en su altavoz, es que algo malo sucedía.

—Mamá —dije.

Y ella con un gesto tajante me ordenó callar. Entonces escuché una voz impostada, de locutor al uso, que decía:

Servicio de Socorro de Radio Nacional. Se ruega a Marcial García Gil, que se encuentra veraneando en la zona del Pirineo aragonés, se ponga en contacto, urgentemente, con su familia en Segovia llamando al teléfono 7336581 por causa familiar muy grave. Es un aviso para Marcial García Gil.

Comprendí qué era lo que mamá estaba esperando y no tardó en llegar.

Desde el pasado día 17 se encuentra desaparecido de su domicilio el joven Ángel María Barrios Medina, de catorce años, rubio y de tez blanquecina. En el momento de su desaparición vestía camiseta blanca, pantalón corto azul y zapatillas playeras. Si vieran a esta persona o tuvieran alguna información sobre su paradero, se ruega lo comuniquen al puesto más cercano de la Guardia Civil o de la Policía Nacional.

«¿Ángel María? ¿Se llamaba Ángel María?», pensé como si todo lo demás fuera intrascendente.

Cuando acabó el boletín, mamá apagó la radio y me miró buscando una respuesta.

—No andarás metido en líos.

Le expliqué que Ángel y yo no éramos amigos desde hacía años.

—¿Por qué? —insistió.

Y sobre la marcha me inventé que habíamos discutido en el colegio porque se había burlado de un pantalón de pana marrón que ella me había comprado. Sabía que si aludía a ese pantalón como objeto de la riña, mamá no insistiría demasiado en el interrogatorio y se pondría de mi parte ante tan incontestable circunstancia.

—¿Tú sabes qué le ha pasado, con qué gente iba? —preguntó.

—No. Te juro que no.

—¡No jures! Mira que puede venir la Policía a casa, Tomás. Mira que como la Policía llame a la puerta de esta casa...

—¡Que no, mamá! Que ya no somos amigos. No quedamos ni nada. De verdad.

Mentí. No fue mamá la única que durante los cinco días en los que Ángel estuvo desaparecido me hizo esas preguntas. Todas las personas del barrio que conocían nuestra relación lo hicieron. Especialmente, señoras que se atrevían sin pudor a pararme por la calle, tomándose la libertad de invadirme con sus preguntas. Siempre mentí en la respuesta. Mentí a todo el mundo. Era cierto que Ángel y yo no teníamos relación desde hacía bastante tiempo. Desde luego, no la misma relación. Pero era falso que yo no tuviera información sobre el mundo y las personas que lo rodeaban en aquel momento.

Después de lo del búnker y la conversación del patio, Ángel y yo nos distanciamos bastante. Dejamos de relacionarnos como quien olvida un recordatorio de comunión en un cajón lleno de facturas vencidas. Sin embargo, seguíamos coincidiendo en el colegio. Ángel se comportaba de un modo diferente. Incluso se movía distinto, como si hubiese alcanzado otro estatus escolar cuando, en realidad, seguíamos escuchando «maricón», la palabra que nos robó el nombre. Destilaba una actitud pretenciosa llevando prendas con la marca bien estampada, como si su intención fuese ganarse el respeto desde una especie de privilegio que marcaba una brecha mayor que la que existía entre heteros y homosexuales. Era la que separaba los bloques del barrio de la zona de los chalés. La que diferenciaba, sin espacio para la ambigüedad, a pobres y a ricos.

A la hora de la salida entré en los baños del colegio. Cuando tenía una emergencia que me impidiese aguantar hasta llegar a casa, solía esperar al último momento. Con alguna excusa, tipo retrasar la recogida del material, evitaba los encuentros en los aseos, que en todos esos años nunca fueron agradables. Oí un ruido en uno de los cuatro retretes. Solo uno tenía la puerta cerrada. Eran puertas cortadas, de esas que permitían comprobar si había alguien en su interior. Vi una zapatilla deportiva de las caras cayendo de golpe contra el suelo. Unas Kangaroo de esas que se pusieron de moda entre los muy pijos porque llevaban un bolsillo. Lo inesperado de la caída de la zapatilla me sobresaltó y, al recular, topé con una papelera de metal que había junto a los lavabos. La puerta del retrete se abrió. Dentro estaba Ángel.

—Hola —dijo.

Contesté a su saludo.

—¿Me estabas espiando? —preguntó con algo de satisfacción.

—No, venía a mear.

—Pues mea.

Ángel no cerró la puerta del retrete y yo, desde los urinarios, podía verlo sin dificultad. Vi cómo guardaba las zapatillas en su mochila. Me fijé en la camiseta y no era la misma que había estado luciendo por los pasillos y el patio. Se había cambiado de ropa. Entendí que volvía a vestirse con la que salió de su casa. Sus palabras posteriores me lo confirmaron.

—Así evito las preguntas de mi madre.

—¿Te lo ha dado el hombre del coche brillante? —pregunté.

—Te dije que se llama Simón. Es un tío guay. Tiene una computadora en su casa. Como las del futuro. Y un equipo de música que alucinas. Te caería bien si no fueras tan rencoroso.

—No soy rencoroso —contesté—. Es que ya no somos amigos.

—¡*Pesao*! El sábado por la tarde, a las cinco, va a hacer una fiesta en su casa. ¿Quieres venir? En la parte de atrás tiene una piscina. Ahora la tiene vacía, pero me ha dicho que en verano la va a llenar para que vaya a bañarme con mis amigos.

No le contesté. Lo observaba. Hasta hablaba distinto. Todo era un extraño artificio que no supe identificar.

—¡Venga! —insistió—. El sábado quedamos en el portal de mi casa, a las cinco menos cuarto, y vamos para allá. Ya verás como te mola.

—¿Has visto la residencia por dentro? —pregunté.

Ángel sonrió.

—Sí.

Me acerqué al lavabo. Me enjaboné las manos. Las aclaré y las sequé frotándolas en el pantalón. Todo eso sin decir una palabra. Ángel tampoco.

—Me marcho —dije.

—A las cinco menos cuarto en el portal de mi casa —repitió Ángel.

No contesté y salí de los aseos. En el camino a casa me convencí de que lo mejor era seguir ignorando a Ángel. Tenía muchos pájaros en la cabeza. No era mi amigo. No lo fue cuando me dejó solo en el búnker. Por eso me jodió tanto cuando lo primero que me dijo, al verme sentado en los escalones de su portal, fue:

—Sabía que vendrías.

Eso me incineró de puta rabia.

He vuelto al Simún. Aún hay menos gente que ayer. Suena el *Wuthering Heights* de Kate Bush y ratifico que el Simún solo existe en mi imaginación. Que en realidad estoy tumbado, comiendo techo en la habitación del hostal, y que esto solo es fruto de algún viaje lisérgico de efecto muy retardado. La camarera está más concentrada en su móvil que en la escasa clientela, que se reduce a una chica que parece estar esperando a alguien por lo mucho que mira el reloj y por los cinco botellines de cerveza que acumula en la mesa. Compruebo que la chica se niega a que la camarera recoja los cascos de todas las cervezas que se está bebiendo. Como si fueran torres, caballos y alfiles comidos en una partida de ajedrez.

—¿Hoy hay actuación?

La camarera se encoge de hombros y continúa mirando su móvil. Escucho la voz de Samuel.

—Vaya, dos días seguidos. ¿Puedo decir que he ganado un cliente? —bromea.

Sonrío a la nada, porque no resulta sencillo ver a la persona que está en el interior de la cabina.

—Ahora bajo —grita por encima de la voz aguda de Kate Bush.

Cambio la vista hacia la camarera y, con cierta autoridad, le pido una cerveza.

—Aprovecha, porque aquí, entre la amiga y el amigo, lo mismo acaban hoy con toda la reserva —responde seria.

Ha aludido a la única clienta del local y a su propio jefe. «Vaya, tiene sentido del humor», opino sin mediar palabra. Me cae un poco mejor, pese a su esfuerzo por resultar cada vez más antipática. Descubro la inestabilidad con la que Samuel baja la escalera de acceso a la cabina. Reparo en su borrachera. Solo son las diez y media de la noche. Me abraza efusivamente. Tanto que me resulta embarazoso. Suelta frases, una detrás de otra, sin puntos ni comas, llenas de perdigones, como si hubiese abierto las compuertas de un gran embalse de palabrería que lo fuese a inundar todo.

—¿Actúa hoy Idris? —interrumpo su blablablá.

—No tengo ni idea porque la estrella aún no ha llegado —farfulla Samuel.

Nada, desde la pasada Nochebuena, está respondiendo a una mínima lógica. Todo a mi alrededor brilla distinto, suena distinto. Habito una especie de escenificación de la vida. Una hipnótica sobreactuación. Como si estuviese dentro de una película de David Lynch, pero me hubiese aprendido el guion de un melodrama de Douglas Sirk.

—¿No hay más artistas? —pregunto intentando buscar sensatez en el caos.

Samuel agarra su cerveza y, de un solo trago, la deja en la mitad. Entorna los ojos y acierta a decir:

—Voy al baño.

Avanza, tropezando consigo mismo, hasta encerrarse en el aseo.

—¿Dos días seguidos en este antro? ¿Qué pasa? ¿No tienes vida? —escucho a mis espaldas.

Es Lola. Imantada. Lleva puesto un jersey verde, un vaquero y unas deportivas blancas. Pero su verdadera vestimenta es su forma de fluir. Cuelga de su brazo un abrigo negro y una bufanda amarilla que descarga sobre uno de los taburetes de la barra. Sin necesidad de pedirlo, la camarera le asigna un chupito de tequila que Lola le agradece con un morreo. Se bebe el tequila. Sin limón. Sin sal.

—¿Está Dios en las alturas? —pregunta usando la mano como visera, intentando adivinar alguna presencia en la cabina.

—No. Está en el baño —es mi contestación.

—Borracho —añade la camarera.

—Toca nostalgia. Cuando bebe es que se ha levantado con la pena blanca sobre los hombros.

Pide otro chupito. Cuando la camarera se lo sirve, Lola detiene la botella y la retiene sobre la barra.

—Y yo no tengo el coño para nostalgias. —Se traga su segundo tequila en menos de un minuto—. En serio, ¿no tienes vida? —insiste Lola.

Samuel sale del baño y, al verla, comienza a gritar su nombre como si se tratase de una virgen sevillana en procesión. No es el Samuel de los ojos en los que zambullirse. El hombre que ayer me sedujo con su manera de domiciliarse en la vida acaba de convertirse en un borracho patoso más de los que habitan cualquier celebración. Samuel se acerca balbuceando palabras entre las que identifico varios «Lola». Acaba de tropezar con un asiento y se ha caído al suelo. Lola y yo avanzamos para socorrerlo.

—Estoy bien —afirma mientras se levanta.

La clienta solitaria, que sigue bebiendo cervezas y acumulando envases, no reacciona a nada de lo que está sucediendo.

—¡Puedo solo! —grita Samuel frenando nuestra insistencia por sujetarlo de los brazos e incorporarlo.

Lola lo suelta de inmediato y regresa a la barra. Lo acompaño hasta los mismos asientos que ocupamos la noche anterior. Samuel se deja caer sobre el sofá mientras Lola se apodera de la botella de tequila y el vaso de chupito. Ahora estoy sentado en medio de los dos.

—¿Le traigo la cerveza? —pregunta la camarera a Lola.

Se refiere a la consumición que Samuel se ha dejado a medio beber.

—De momento, no —contesta Lola.

La camarera se conecta de nuevo a la pantalla de su teléfono.

—No he visto al chico de los *flyers* —comenta Lola.

—Ya no hay *flyers* —responde Samuel.

Y se arrellana en el sofá dejando caer la cabeza sobre el respaldo. Cierra los ojos y entreabre la boca.

—Si este es tu plan para hoy, la verdad, tienes una vida de mierda —me suelta Lola.

Siento que necesito una justificación. Me pongo a hablar.

—Estoy viviendo en un hostal desde que mi hermano me partió el labio de una hostia la pasada Nochebuena. Sí, creo que, en resumidas cuentas, se puede decir que tengo una vida de mierda. De hecho, dedico mucho tiempo a preguntarme cómo sería yo hoy si hubiese tenido otra vida. Y no encuentro respuesta, porque sigo teniendo miedo: al rechazo, a que me insulten por la calle, a quedarme solo. Esta mañana va mi madre y me pide perdón. Perdón por no haber sabido proteger al hijo maricón. Ahora no sé...

¿Eso es todo? ¿Qué hago con este tipo en el que me he convertido? Tengo cincuenta y dos años y no sé empezar de nuevo.

La música deja de sonar. El Simún se queda mudo.

—¿Subo? —pregunta la camarera desde la barra.

—¡No! —grita Samuel reincorporándose—. Subo yo.

Deambula hacia la escalera y, viendo lo que tarda en subir el primer peldaño, entiendo que de momento vamos a seguir sin música. Mis palabras, todo lo que digamos, no va a camuflarse entre las notas y los coros. Nuestra voz es el hilo musical del Simún.

—¿Algo más? —me pregunta Lola.

—No —contesto.

Y me parece que Lola respira aliviada.

—Bueno, sí —me contradigo.

Y me parece que Lola entorna pacientemente los ojos y se sirve otro chupito.

—Pasé ocho años de acoso en la escuela. Insultos, palizas, menosprecios. Me he construido sobre ese dolor. Me sorprende que haya sido capaz de sobrevivir a todo eso, pero no soy capaz de pasar página porque esta mierda de autoestima que cargo me recuerda todo aquello.

Silencio. La camarera ha dejado de perderse en la pantalla y ahora está más interesada en mi historia. Quizá he vuelto a sobreactuar. La *drama queen* contando su vida al *drag king*. Estoy por subir yo mismo a la cabina y pulsar el *play*. Cualquier cosa que suene será más soportable que mi voz. ¿Qué estará pensando Lola de mí? ¿Y la camarera? Lo mismo hasta esta pobre mujer que acumula botellines vacíos encuentra una razón para sentirse afortunada después de mi ridículo discurso. ¿Es ridículo? ¿Tengo algo de razón? «Di algo», pienso.

—El dolor no es una medalla —detalla Lola con voz serena—. No te conozco lo suficiente como para mostrarte mis heridas, pero no te creas especial. Aquí todas tenemos cicatrices. Y la mayoría de estas heridas, muchas, nos las hicimos cuando éramos pequeñas, cuando ni sabíamos ni podíamos defendernos de toda esta mierda. Y como siento que Samuel va a tardar en encontrar el puto botón... ¡Es un triángulo tumbado, como una punta de flecha! ¡Ahí es donde tienes que apretar, joder! —grita de repente.

Desde la cabina se escucha un suave, casi vaporoso «Gilipollas». Y arranca un tema de Chet Baker.

—¡No me jodas! —atiza Lola—. Hoy se adelanta el trago. —Desliza la mirada hacia mí y dice—: Mira, Tomás, me caes bien. No daría la vida por ti, pero no me caes mal. Por eso lamentaría que acabases como uno de esos imbéciles que convierten su vida en una larga pérdida de tiempo. Así que, escúchame atentamente porque no pienso repetir la historia y, además, por hablar tanto tiempo seguido cobro.

»En Londres tenía una vecina encantadora que se llamaba Hannah. Hannah era una superviviente de Auschwitz. Llevaba el número tatuado en su antebrazo izquierdo. El 182356. Nunca quiso borrárselo, era algo importante para ella. Como su centro o algo así. Era una mujer muy agradable y teníamos buena relación. Incluso vino a verme actuar varias veces. Decía que era mi fan número uno. Una tarde coincidimos Hannah y yo en la cola del supermercado. Cuando Hannah empezó a colocar su compra sobre la cinta, sin pretenderlo, dejó al descubierto el número tatuado. Llamó la atención de la cajera, una chica muy joven que le preguntó por el significado del tatuaje. Y Hannah, tranquilamente, explicó su historia. Sin regodearse. Era una mujer muy práctica y lo que quería era pagar su compra y marcharse a su casa. La explicación de Hannah llamó la atención de algunas de las personas que estaban haciendo cola para pagar, incluso en otras cajas. Y la gente comenzó a decirle que si era una mujer afortunada por haber sobrevivido al Holocausto, que seguro que le daba gracias a Dios y todas esas mierdas que suelta la gente cuando es incapaz de valorar el silencio, hasta que la cajera se apuntó el número de Hannah en un papel que tenía junto a la caja. Cuando Hannah le preguntó por qué había apuntado el número, ella contestó: "Para jugar esos números a la lotería, porque está claro que traen suerte". Hubo gente que, como la cajera, también se apuntó el número. Me indigné. Lo hice de tal manera que vino el encargado de seguridad. Los insulté, dejé la compra allí, dije que debería darles vergüenza. Vamos, que me cagué en su puta madre. Hannah, sin embargo, pagó su compra y salió del supermercado. Caminamos juntas hasta el edificio y me agradeció que hubiese reaccionado ante aquella falta de humanidad. "La gente no sabe lo cruel que puede llegar a ser con muy poco", dijo. Escribí un hilo de Twitter contando lo que había sucedido y aquello tuvo mucha repercusión. La mayor parte de los mensajes eran de solidaridad, e incluso alguno incorporaba un *hashtag* de boicot a la cadena de supermercados. Había quienes exigían además el despido de la cajera. Había razonamientos y había insultos, como en todas partes. Dejé de comprar en ese supermercado. Tampoco fue un gran sacrificio. Había veinte supermercados más en la manzana, pero, bueno, me pareció una cuestión de principios. Tiempo después coincidí con Hannah en la escalera. Yo había participado en una protesta, ante la embajada de Israel, por el asesinato de unos niños que estaban jugando en una playa de Gaza. Llegué con una camiseta en la que podía leerse "Free Palestine". Hannah se fijó en mi camiseta y, sin titubear, defendió la ocupación de Palestina, los bombardeos, los asesinatos. "Tenemos que defendernos —decía—. No hay que creerse todo lo que cuentan desde Palestina." Habían asesinado a cuatro niños, y Hannah, superviviente de Auschwitz, con el 182356 tatuado, me lo estaba justificando en nombre de no sé qué tierra prometida. Claro que hay una herida. La cuestión es qué hacemos luego con esa herida, en qué la convertimos.

Samuel ha regresado y, aunque su mirada se nubla cada poco tiempo, intuyo que también ha permanecido atento al relato de Lola. La chica solitaria se ha puesto de pie. Va a la barra y paga. Por los botellines que hay sobre la mesa, la partida ha acabado en jaque mate. Con toda la dignidad que le queda encima, abandona el local.

—Cuidado con los supervivientes. Suelen creerse con el derecho a cosas que no les pertenecen —concluye Lola.

Y sin mediar despedida, atrapa la botella de tequila, el vaso, y se dirige al camerino. Samuel, algo torpe, va tras ella como una especie de perro fiel. Entran en el camerino y cierran la puerta. ¿Alguien me puede explicar lo que acababa de suceder? Miro a la camarera. Interpreto en su mirada cierta compasión. Voy a esperar cinco minutos. Mejor voy a esperar diez. Nadie sale del camerino. Un destello de lucidez me aconseja salir del Simún.

—¿Me cobras la cerveza?

—Invita la casa —contesta la camarera.

Sonrío agradecido. Ella no. Suena jazz en este local vacío. Quizá el único local vacío del centro de Madrid en plena Navidad. En la calle Hortaleza detengo el primer taxi con la luz verde.

—A Ciudad Pegaso, por favor.

El taxi pasa por delante de su portal. Veo luz en sus ventanas. Recuerdo estas ventanas.

—¡Pare! —ordeno al taxista—. Me bajo aquí.

Estoy en la Quinta Avenida. Enfrente de su casa. En esa casa, en esos ratos que compartíamos encerrados en su habitación, mi infancia fue ese espacio lúdico que en ocasiones me empeño en ignorar. Acumulamos tardes de juegos inocentes que a los ojos de los adultos eran muestras peligrosas de una conducta desviada. Porque no jugábamos al fútbol. Porque preferíamos disfrazarnos con las ropas de sus hermanas, que él se encargaba de hurtar de sus armarios y devolverlas sin dejar rastro. Porque hacíamos *playbacks* de Camilo Sesto y de Paloma San Basilio. Porque nos sentábamos en su cama y abríamos las revistas que compraba su madre para comentar todas las fotos. Las de las casas lujosas y las de las actrices glamurosas eran nuestras preferidas. La ropa que lucían, que en sus cuerpos no parecía tela, sino una especie de encantamiento sobrenatural que nos dejaba boquiabiertos. Él lo comentaba todo, se fijaba en cada detalle y me lo señalaba. No solo de la vestimenta. También de la manera en la que se pintaban la raya del ojo y de los peinados que luego solía imitar en sus dibujos. Algunas veces nos deteníamos ante la fotografía de un hombre famoso en bañador. También lo hacíamos con los catálogos de Damart o de las grandes tiendas de moda. Esos impresos siempre tenían una o dos páginas dedicadas a la ropa interior masculina. No necesitábamos nada más. No había comentarios. Ese silencio contenía toda la información que precisábamos.

Por eso, todos esos juegos los teníamos que hacer a escondidas, encerrados en su habitación, vigilantes para que ni su madre ni ninguna de sus hermanas abriese la puerta por casualidad. Él arriesgaba más, y a veces se dejaba la puerta abierta y era yo quien corría a cerrarla. Siempre tuve más miedo. Yo era un niño y ya intuía que éramos diferentes, y que las personas, cuando eran diferentes, mejor que estuvieran escondidas. En aquella habitación soñábamos. Tal vez todo se estropeó cuando empezamos a soñar fuera de esas cuatro paredes. Me armo de valor y subo los tres escalones que llevan a su portal. Frente al portero automático, pulso el que corresponde a su casa.

—¿Sí? —contesta.

—Ángel, soy Tomás.

Un instante. Quizá la duda, la inseguridad. Algo de prevención razonable cuando el pasado llama a tu puerta con semejante literalidad. Después un zumbido abre el portal. Enciendo la luz del rellano. Bajo izquierda. No se olvida. Hay un felpudo donde se lee «Hola» con la tipografía de la revista. Una de esas revistas que veíamos de pequeños. Abre la puerta. Me pregunto si ha notado en mis ojos una mezcla extraña de decepción y felicidad. Él me sigue por las redes sociales, ya me ha visto. Para mí, Ángel es una persona completamente extraña. Está más grueso, calvo, pero sigue con su piel blanca, como si nunca le hubiera rozado el sol. Lleva una sudadera naranja y unos pantalones largos, no sé si de pijama o de deporte, de color gris.

—Perdona las pintas. No esperaba visita —dice.

—Perdóname tú. Tendría que haber avisado, pero... ha sido algo así como un impulso.

—Cuánto tiempo —comenta sereno.

—Cuarenta años.

—Pero entra, por favor.

La televisión está encendida. Debe estar viendo una serie que, en cuanto entro en la sala, apaga. La casa no se parece a la de la infancia. Muebles nuevos, otros colores en la pared. Sin embargo, la distribución sigue siendo la misma. Dirijo la mirada, en una tentación incontrolada, al lugar en el que se ubicaba el dormitorio de su infancia. Ángel se acerca y abre la habitación.

—Ahora es un trastero. Cajas, una bicicleta para bajar peso, pero ya ves que la uso poco...

Las primeras risas. Aún prudentes.

—Mi dormitorio ahora es la habitación de mis padres. Cuando fallecieron, hablé con mis hermanas y decidí quedarme con la casa. Asumí las reformas pendientes y..., bueno..., al final volví al barrio. Es un lugar muy tranquilo. Si es lo que buscas, claro.

—¿No te sigue recordando a aquellos años? —pregunto.

—Un poco.

—Yo no podría volver a vivir aquí. Vengo en Navidad por mi madre, pero si ella no estuviera, no habría vuelto a poner un pie en este barrio.

—Nunca he subido al colegio. Lo más que hago es llegar hasta los chalés.

Me ofrece algo para beber y elijo agua. «Del grifo», señalo. «¿De dónde va a ser?», responde sorprendido. Son los nervios. Me pregunta por la herida del labio y miento. Explico que me pillé una buena borrachera con amigos y me tragué el poste de una señal de tráfico. Me habla de lo mucho que admira mi trabajo, que lo ve en las redes y que le gusta mucho cómo escribo.

—Siempre tuviste imaginación —apunta.

—Bueno, nunca la valoraste mucho. La tuya te parecía más interesante —bromeo con evidente sarcasmo.

—Eran otros tiempos. No hay que juzgar a las personas por lo que pudieron decir hace cuarenta años. Ni diez. Hay que valorarlas por quienes son hoy.

—¿Y quién eres hoy, Ángel?

—Pues un funcionario de Correos que aprendió a vivir con la decepción, pero que no se arrepiente de nada.

—¿En serio?

—Si me preguntas eso, es que tú no me has perdonado. Volví al búnker, pero tarde. Volví solo y ya no había nadie. Solo un insoportable olor a pis.

Ahí está. El recuerdo imborrable. ¿Qué puta mierda hago con él?

—Lo peor para mí no fue el colegio. Ninguno de esos gilipollas llegó a darme nunca miedo —recuerda Ángel—.

A mí quien me daba miedo era mi padre. Sus golpes cada vez que me sorprendía rebuscando en los armarios de mis hermanas o imitando posturas sexis delante del espejo. Una vez me pilló pintándome los labios en el baño. No lo esperaba y entró. Debía tener siete años y, de la hostia que me dio, reboté contra el lavabo y me abrí una ceja. Llamó a mi madre para que me curara. Pero no dejé de hacerlo. ¿Te acuerdas cuando nos disfrazábamos con la ropa de mis hermanas? Él creía que era una especie de maldición y le echaba la culpa a mi madre. Cinco hijos. Cuatro chicas, y el único chico, marica. Esta casa sí que era un infierno, no el colegio. Del colegio no esperaba nada. De ellos sí.

Su mente está viajando a un tiempo que no desea visitar. Mi presencia aquí ha revuelto todos esos recuerdos que ya no caben en el trastero.

—Follo en la habitación en la que ellos dormían. Es mi pequeña venganza.

—¿Nunca hablaste con ellos sobre eso?

—Nunca. Ellos sabían y yo sabía. Ni siquiera hablamos después de lo que sucedió. Mi padre me retiró la palabra después de aquello. Mi madre solo era reproches, malas caras, pero ni una palabra sobre el tema. No nos llevábamos bien. Cuando se hicieron mayores, el trato con mi madre se suavizó un poco. Con mi padre, nada. Retomé la relación cuando cayeron enfermos. Por mis hermanas, por echarles una mano. Primero murió mi madre, y al año, mi padre.

—¿Y tus hermanas?

—Fenomenal. Con ellas, ningún problema. Siempre me preguntaban: «¿Tienes novio?». Y nunca sabía qué contestar. El sexo nunca ha sido algo fácil para mí.

Me he bebido el agua. Ángel me ofrece otro vaso. Lo rechazo.

—Mi madre me ha pedido perdón. Esta mañana —digo.

—Tu madre era distinta a la mía.

Esas palabras hacen que reaccione como si la intención de Ángel fuera ofenderme.

—¡Eran iguales! ¡Todo este país era igual! Las habían educado para que nos odiaran y lo hicieron. Tú al menos tenías a tus hermanas.

—Tu madre era distinta. ¿Nunca te ha contado que vino aquí al día siguiente de mi aparición?

No. Me va a explotar la cabeza. La confusión me mantiene fuera de juego. Todo mi relato está empezando a desdoblarse en universos paralelos y tan desconocidos para mí como ¿mi propia madre?

—¿Mi madre? —respondo totalmente desconcertado. Casi molesto ante este giro de guion.

—Sí. Vino a hablar con mi madre. Ella no la dejó pasar. Escuché toda la conversación desde mi habitación. Le preguntó que qué podía hacer, porque su hijo era como yo y tenía miedo de que también desapareciese. Mi madre le contestó mal. Que cómo se atrevía, que se metiera en sus asuntos. Le cerró la puerta. Me asomé a la ventana y vi salir a tu madre del portal.

Me está costando reaccionar. Otro puñetazo en la boca del estómago. Mamá se atrevió a verbalizar su miedo, su dolor, y buscó apoyo en otra madre. Y no lo encontró. ¡Me cago en mi vida! Nuestras historias, que siempre fueron divergentes, resulta que se cruzaron. Que hubo un tiempo en el que los dos buscamos lo mismo dentro de esta casa, con personas que habitaban en este lugar, y nada salió como habríamos deseado.

—A mi madre también le dolía, como a la tuya —dice Ángel. Percibo que está intentando mitigar el impacto de su revelación—. Pero tu madre intentó hacer algo con ese dolor. Intentó protegerte. La mía lo utilizó para seguir torturándose hasta que se murió, echándome la culpa de todo lo malo que pudiera sucederle.

Estoy tan desconcertado que pregunto:

—¿Puedo quedarme a dormir? Es tarde para entrar ahora en casa.

La pregunta sorprende a Ángel. Por no resultar descortés, después de cuarenta años, acepta. Afirma que no hay problema, que tiene habitaciones de sobra. Supervisa el dormitorio de invitados. Así lo define, aunque esa casa parece recibir pocos invitados. Entro en la cocina y me sirvo otro vaso de agua que me bebo de dos tragos.

—La habitación está lista —comenta apoyado en la jamba de la puerta de la cocina—. ¿Quieres acostarte ya?

No contesto. Siento que he subido en una atracción trepidante y ya me he arrepentido de haberlo hecho. Tarde. La atracción está en marcha. Por mucho que grite o vomite, esto no va a parar hasta que no sea el momento de parar.

—¿Te encuentras bien? —me pregunta Ángel.

Lo miro y creo que, le guste o no, se ha subido conmigo a la atracción. Se ha acomodado en el asiento que quedaba libre a mi lado. Aquí vamos a vomitar los dos.

—¿Qué sucedió en esos cinco días que estuviste desaparecido? —pregunto—. ¿Fue Simón?

«Un viento africano que envenena el aire, que provoca tormentas de arena y polvo que tiñen de rojo el paisaje. Un viento que se cobra vidas».

—Te mentí —dice Ángel—. Nunca me enseñó la residencia.

DÍA 27

VIERNES

Un giro inesperado. Sorprender con lo que nadie espera
de ti. Como hizo Richard Hamilton con las fotos de las modelos en cuclillas. Editoriales de moda en los que las grandes
revistas especializadas invertían mucho dinero en maquillaje, peluquería, prendas de ropa, fotógrafos de prestigio,
para acabar sacando a las modelos en cuclillas y, aparentemente, sin bragas. Una mezcla de quebrantamiento y sofisticación. La necesidad inabarcable del ser humano por
querer ir más allá sin vislumbrar el destino ni ubicarlo en
el mapa. Solo avanzar. Como aquel conductor que circulaba por una carretera inconclusa, en plena noche cerrada, y
acabó precipitándose por un acantilado solo porque se lo
marcaba el GPS. Esas revistas de moda, llenas de mujeres
elegantes y glamurosas, como las que Ángel y yo admirába-
mos de pequeños, inspiraron a Hamilton. Junto a las modelos, empleó las flores que siempre se utilizan para anunciar
papel higiénico, las mismas que ilustraban las propiedades
laxantes de las aguas de Miers, y creó la serie *Mierda y flores*.
La sofisticación cagando en un descampado. Olor a flores,
perfumes y ambientadores para tapar el hedor a mierda.
Así podría titularse esta historia, como la serie escatológica
de Hamilton: *Mierda y flores*. Hamilton era capaz de criticar
la sociedad de consumo habitando la sociedad de consumo. La estrategia de la dicotomía.

Quizá ha llegado el momento de llenar, de una puta vez, este espacio de flores. Aunque deba cubrirme de mierda de la cabeza a los pies. Renacer de la mierda. Como el Avis Stercore que mancha la blanca Navidad. Aleluya.

La puerta de la casa era blanca, del mismo color que la fachada de dos pisos por la que avanzaba la hiedra. Hasta las molduras de las ventanas lo eran. Estas me gustaban porque dividían cada hoja de la ventana en seis casillas. «Con una fila menos se podría jugar al tres en raya», recuerdo que pensé al acercarme. Había soñado muchas veces con abrir esa cancela y cruzar por ese camino de piedra que se dibujaba, como una lombriz, sobre el verde del césped que parecía recién cortado, entre los árboles y arbustos del jardín de su casa. «Árboles en mi jardín —pensaba, como si esa fuese una meta en la vida—. Tener un jardín propio, con plantas, con un estanque artificial. Cómo mola». El camino terminaba en un escalón de piedra que abarcaba toda la fachada. También la del garaje, donde se rebajaba para permitir la entrada de un vehículo. Seguro que el coche brillante estaba allí.

Junto a la puerta había una mesa de forja blanca oxidada y una silla similar que a primera vista resultaba incómoda. Nos detuvimos delante del felpudo, que no acusaba el uso. Oímos música dentro de la casa. Era agradable, aunque ni Ángel ni yo sabíamos quién cantaba. La puerta blanca tenía un pomo dorado, brillante, en el centro. Los dos nos reflejábamos en él.

Abrió la puerta. Sonrió. Era un hombre alto, delgado, con un bigote fino muy oscuro y una mancha de nacimiento en el cuello, justo debajo de la oreja derecha. Eso me explicaría Ángel después.

—Hola, Tomás. Encantado de conocerte. Yo me llamo Simón.

Había algo extraño en aquel hombre. Iba más allá de la mancha de nacimiento. No era la manera perversa que tenía de moverse, de indicarnos el camino, de ofrecernos algo para beber. Tampoco era la asombrosa plasticidad con la que se fusionaba con los colores y la decoración de su casa, como si fuera el habitante de un lienzo. Ni el hecho de que no hubiera ni una sola fotografía enmarcada encima de ningún mueble. Era algo tan evidente que resultaba imperceptible. Simón llevaba puesto un pantalón gris, como de traje, pero sin chaqueta. Estaba en mangas de camisa y corbata. Una corbata negra, sencilla, sobre una camisa tan blanca que deslumbraba.

—Sois los últimos en llegar —dijo.

Distinguí, embrolladas en los compases amables de la música, otras voces. Atravesamos el salón. Era un espacio amplio, elegante, con toda una pared forrada de madera de nogal y muebles aparentemente caros. En otra pared colgaba un tapiz enorme. Sonaba la música a través de una cadena de esas de alta fidelidad. Y tenía chimenea. Casas con árboles y chimenea.

—Podéis poner la música que queráis —dijo Simón señalándonos la habitación a la que debíamos dirigirnos mientras él entraba en la cocina.

Era una estancia cuadrada, el interior de un cubo, con el suelo enmoquetado en un color verdoso. Una de las caras estaba ocupada por un aparador grande lleno de cajones y puertas en su parte inferior. Sobre la balda principal, un jarrón blanco de porcelana sin flores, un radiocasete y varias cintas. De esa balda nacía un gran espejo enmarcado en la misma madera sobria del mueble. Ahí nos reflejábamos. Veíamos la luz natural que entraba con discreción desde la ventana cubierta con visillos blancos; una estantería llena de libros y juegos que teníamos a nuestra espalda, un arcón y la mesa redonda, como de comedor de viuda de militar, con solo dos sillas. Y un cuadro en la pared. Un cuadro de un ángel luminoso ayudando a un niño y una niña vestidos de invierno a cruzar un puente sobre un río aparentemente tranquilo. No se ven casas. Es un puente hacia ninguna parte. Solo hay paisaje hueco. «¿Dónde van esos niños? —me preguntaba observando el cuadro—. ¿Por qué van tan abrigados si el cielo brilla en azul?». Todas estas descripciones vienen a mi cabeza con el recuerdo y quizá nada fuera exactamente como mi memoria asustadiza lo almacenó. O quizá sí y, tal vez, como sucede con los objetos que se abandonan a la luz del sol, el recuerdo fuera perdiendo el color, matizándose hacia una nada estéril, empujándome a pensar que la memoria sobrevive tranquila en la oscuridad. Como si la luz estropease el recuerdo. Lo quemase hasta reducirlo a esa escultura amorfa que sobrevive al papel calcinado y que, con un simple parpadeo, se convierte en mera ceniza. Muebles, objetos, un espacio y cuatro chavales. Ángel los saludó como quien saluda a un conocido.

—Este es Tomás —dijo—. Estos son Marcial y Julián.

No sé si eran de nuestra edad, en aquel momento teníamos doce años, pero Julián parecía mayor. Estaban sacando disfraces y pelucas del arcón. Marcial parecía entretenido con eso. Julián no. Ángel se acercó al radiocasete que había sobre el aparador y metió una cinta. Sonó el *Da Ya Think I'm Sexy?* de Rod Stewart. Y Ángel comenzó a bailar. Bailaba como cuando estábamos solos. Pero no estábamos solos. Miré a los otros dos chicos, pero a ellos tampoco parecía importarles.

Entró Simón con una bandeja que parecía un mostrador incorporado a su cuerpo. Traía una jarra llena de zumo de naranja artificial, vasos, servilletas de papel, un cuenco con patatas fritas, otro con regalices rojos y un plato con Panteras Rosas. Dejó todo sobre la mesa y se quedó un rato de pie, junto a la puerta, observando a Ángel bailar. Lo miraba como quien se pierde en un deseo y no encuentra el camino de vuelta a la displicente realidad. De repente, se dio la vuelta y desapareció.

—¿Son amigos tuyos? —le pregunté a Ángel al oído, ocultándome bajo la música, mientras él no dejaba de bailar.

—Los conocí aquí. Son de Canillejas —me dijo sin prudencia alguna.

Ángel cogió un regaliz rojo y continuó bailando mientras lo mordisqueaba. Marcial también dejó de revolver en el arcón y se acercó a la mesa. Se sirvió un vaso de naranjada que se bebió con el ímpetu de un sediento. Luego cogió varias patatas fritas y se las comió, una detrás de otra. Al acabar, en lugar de limpiarse la grasa con una servilleta, reanudó su búsqueda de prendas en el arcón. Julián, sin embargo, husmeaba por los cajones y puertas de los muebles de la habitación. Intentaba abrirlos todos. Algunos estaban cerrados con llave. Otros estaban abiertos. Sospeché que nada era azaroso en esa casa. Revolvía el interior de los cajones accesibles, pero nada parecía interesarle. Imagino que dedujo que lo valioso, lo interesante, siempre se guarda bajo llave. Sacó una navaja del bolsillo de su pantalón vaquero e intentó forzar uno de los cajones. A nadie en aquella habitación parecía importarle lo que hacía el otro. Salvo a mí.

Me sobrecogió la actitud de Julián. No tanto porque pretendiese abrir los cajones cerrados en una casa ajena como por el hecho de verle empuñar una navaja. Era la primera vez que veía de cerca un objeto que tenía asociado a la delincuencia. Como si los cuchillos sirviesen para cortar el filete y la navaja para atracar. Julián me descubrió y se llevó el dedo índice a los labios. No fue amenazador. Más bien fue un gesto de complicidad. Se guardó la navaja en el pantalón y comenzó a sacar libros de la estantería. No los abría para leerlos. Los zarandeaba sujetándolos de las tapas, como si sacudiese una paloma cogiéndola de las alas.

—A veces dentro de los libros hay billetes de doscientas pesetas —me dijo. Y continuó con lo que estaba haciendo.

—Detrás está la piscina. ¿La quieres ver? —me preguntó Ángel.

Cogió una Pantera Rosa. Yo, un regaliz rojo. Salimos de la estancia cuadrada y llamó mi atención la naturalidad con la que Ángel se movía por aquel espacio que no le pertenecía. Cruzamos una especie de distribuidor que comunicaba con varias estancias.

—Ahí está el váter, por si tienes que mear —me dijo Ángel señalándome una puerta—. Solo mear. Cagar no. Es de mala educación cagar en casa de otra persona.

Llegamos a unas puertas de madera, con ventanales estrechos y verticales cubiertos por cortinas que comunicaban con el jardín trasero. Ángel apartó las cortinas y nos asomamos. Ahí estaba la piscina. Con teselas azules. Rodeada de un pequeño espacio de piedra, con una ducha en una esquina, y césped. Una piscina vacía esperando el verano. Casas con árboles, chimenea y piscina. El sueño. Pero hay algo inquietante en la imagen de una piscina vacía. Una piscina que acumula el agua de la lluvia, ya sucia y estancada, las hojas de los árboles. Una piscina vacía acusa el paso el tiempo con más severidad que cualquier otro lugar. Para una piscina vacía, un invierno es un siglo. En la estancia cuadrada empezó a sonar la canción *Sin amor,* de Iván.

—Esta te gusta —me dijo—. ¿No bailas?

Lo hice. Volvimos corriendo a la habitación y empecé a bailar, si es que a ese movimiento tímido se le podía llamar baile. Ángel abrió un cajón del aparador que no estaba cerrado con llave. Sacó algo y me miró sonriente esperando mi reacción. Era un micrófono. Un micrófono de verdad, con su cable y todo. Sus ojos se alumbraron y Ángel extendió el brazo para que tomase el micro. Y en aquella habitación desconocida, rodeados de seres anónimos, Ángel y yo volvimos a estar solos. El uno para el otro. Sin espectadores. Convertimos, por un instante, aquel espacio en un lugar seguro. Ángel bailaba y yo hacía el *playback* de aquella canción, moviendo el micrófono como si estuviese actuando en *Aplauso*. Y, en medio de la canción, oí que llamaban a la puerta de la casa. Nadie reaccionó. Solo yo. Nuevas voces procedían del salón. No eran de niños ni de jóvenes. Eran voces graves, adultas.

Simón se asomó al cuarto y preguntó:

—¿Empezamos el concurso?

¿Concurso? ¿Qué concurso? Marcial y Julián salieron de la habitación. Busqué una respuesta en Ángel, pero él tampoco le dio importancia. Apagó el radiocasete y siguió a los dos chavales. En el salón seguía sonando la música agradable. Había tres señores más. Eran muy parecidos todos. Vestían prácticamente igual, pero por su actitud parecían patrones, personas importantes. Cuando uno nace en una familia obrera, enseguida distingue esa manera de actuar de aquellos que saben que vas a obedecer porque son quienes te pagan cada mes. Simón explicó que él pondría la música. El concurso consistía en que nosotros no sabíamos qué música iba a sonar, pero, fuese cual fuese, teníamos que bailar. De uno en uno. Él y los tres hombres anónimos nos puntuarían para elegir al mejor.

—¿Y cuál es el premio? —preguntó Julián mientras arrancaba de un mordisco seco un pedazo de regaliz rojo que masticó desafiante.

Simón se metió la mano en el bolsillo del pantalón y sacó un billete de quinientas pesetas. Lo puso encima de la mesita baja, a la vista de todos, donde había una botella de cristal rellena de un licor que parecía whisky, una cubitera y cuatro vasos. Uno por cada adulto.

—¿Nos podemos disfrazar como la otra vez? —consultó Marcial.

—Claro —fue la respuesta de Simón.

Y Marcial salió corriendo hacia la habitación. ¿La otra vez? ¿Qué otra vez? Julián, Ángel y yo nos quedamos allí. Ellos dos aparentaban tranquilidad. Como si nada de lo que estaba sucediendo fuese excepcional. Me limité a observar la situación, a positivarla en mi memoria. Los concursantes estábamos de pie frente a ellos. Los tres hombres estaban sentados. Uno en un sillón y los otros dos en un sofá. El único que permanecía de pie, junto a la cadena de música, era Simón. Componían un retrato perturbador. Los cuatro delante de la chimenea apagada. Tras ellos, el inmenso tapiz. Seguía sonando una música agradable. Simón murmuraba palabras inaudibles a los otros adultos que la música se encargaba de solapar.

Entonces descubrí que aquello extraño que tenía Simón era común a los otros tres hombres. Ninguno sabía sonreír. La fisiología tiene un poco de arte. Analizando las interacciones de los elementos básicos de un ser vivo con su entorno, podría afirmar que yo, con doce años, comprobé que había personas que no sabían sonreír. No me refiero a las sonrisas profesionales, artificiales de tan ensayadas para agradar, como las que ponen las personas que salen en la tele o los artistas en un *photocall*. Ni las de Duchenne, que son las que surgen, de una manera espontánea, cuando tienes delante a Roberto y te sonríe. Era algo enigmático y en parte aterrador. Como si algún tipo de parálisis en la flexión de los músculos, cerca de los extremos de la boca y alrededor de los ojos, los obligase a ejecutar una mueca más bien amenazadora. Una exposición de dientes que recordaba el gruñido de un animal. Su extraña sonrisa se convertía en una ilusión óptica que, como en el cuadro de *La Gioconda,* desaparecía cuando la mirabas directamente y reaparecía cuando fijabas tu atención en otras partes del rostro. Como esa mancha negra que parecía esparcirse hacia la oreja de Simón.

—No le mires la mancha —me susurró Ángel rompiendo mi abstracción—. Mirar fijamente a alguien es de mala educación. Es una mancha de nacimiento.

—¿Qué es eso?

—Pues una mancha que tienes desde que naces.

—¿Y crece? Como los dedos o la nariz. ¿Crece como tú?

—No lo sé. ¿Qué más te da?

Entró Marcial disfrazado de hada. O eso entendí. Con una túnica azul cielo, una peluca rubia y alisada en la cabeza y una varita mágica con una estrella dorada en la punta. Los hombres sonrieron. Eso creían ellos. Simón separó la aguja del vinilo y la música agradable cesó. Por primera vez, solo respiración. Alguna agitada. Alguna entrecortada. Y el crepitar de los hielos cuando el líquido los empapa. Levantó el disco con delicadeza, sin ponerle los dedos encima y, como si aquello fuera telequinesia, guardó el vinilo en su funda.

—¿Quién empieza? —preguntó mientras sacaba otro disco de su importante colección.

—¡Yo! —respondieron Julián y Ángel prácticamente a la vez.

Nuevas y extrañas sonrisas entre aquellos hombres. El tintineo de los hielos contra el cristal.

—Primero uno y luego el otro —dijo Simón—. Tú primero. —Y señaló a Julián con un gesto de barbilla.

Simón retiró el disco de su funda con la misma delicadeza que antes. Lo colocó con cuidado sobre el plato del tocadiscos. Llamó mi atención que Julián se quitase las zapatillas y se quedase descalzo mostrando unos calcetines blancos deportivos, de esos con rayas en el elástico de la caña. Simón sobrevoló con la aguja el vinilo hasta llegar al surco que buscaba. La aguja bajó, con una precisión milimétrica, hasta el sonido que Simón había elegido para el concurso. Una música que tenía algo de amenaza y, sin embargo, no podía ser más bella. No se parecía a nada de lo que habíamos escuchado hasta ese momento. Fue una sorpresa para todos los chavales, que nos miramos buscando complicidad en el desconcierto.

Julián miró a Simón como quien enjuicia el fallo pero acepta el reto de afrontarlo. Los cuatro hombres aguardaban. Julián comenzó a bailar esa melodía espléndida y siniestra dejándose llevar por unos compases que ignoraba, que con dificultad podía vaticinar, que cambiaban constantemente y que, cuando parecían acabar, volvían a empezar. De repente, Julián se quitó el jersey. Debajo llevaba una camiseta blanca, de manga corta, que, ante mi asombro, también se quitó. Daba la impresión de que aquella música lo había embrujado, como si estuviese moviéndose en otra dimensión, respondiendo a los impulsos de otro y no a los suyos propios.

Miré a Ángel, pero él ya no estaba allí. Su cuerpo sí, obviamente, pero su cabeza no. Conocía esa mirada con la que Ángel escrutaba cada oscilación, cada giro que brotaba impredecible de Julián. Aquella melodía también se había llevado a Ángel. Sus miradas se acercaron y se mantuvieron tensas durante unos segundos. Fue como si Julián hubiese penetrado en la cabeza de Ángel y, de un modo repentino, se bajó los vaqueros. Dejó de bailar hasta que logró quedarse en calzoncillos y calcetines, pero la música no se detuvo. La música abrigaba aquella escena con un manto de aterradora escarcha que aquellos adultos parecían poseer. Ellos observaban a Julián. No fingían sonreír. No parecía un concurso. Cuando Julián debía llevar apenas dos minutos bailando, Simón levantó la aguja y volvió el silencio. Las respiraciones ocuparon el espacio que antes habitó la música. La diferencia estaba en que ese silencio, abarrotado de amenazadores resuellos, había perdido todo rastro de belleza. Simón le preguntó a Ángel si estaba preparado.

—Sí —contestó—. Quiero la misma música que le has puesto a Julián.

Una danza de miradas. La de Ángel persiguiendo a la de Julián mientras recogía sus prendas para vestirse de nuevo. La de los adultos entre ellos, que parecían satisfechos con la exigencia de Ángel. La mía, buscando desesperadamente una manera de escapar. Como siempre. No me extrañó que Ángel se quitase toda la ropa y se quedase en calzoncillos antes de que Simón bajara la aguja. Para Ángel, la vida era una competición donde solo triunfaban los que sabían arriesgar. Él lo llamaba «riesgo». No había nada de inseguridad en su determinación. Nunca fue riesgo. Solo instinto de supervivencia. Eso le permitía enfrentarse a la amenaza con la misma pasión con la que le otorgaba toda la autoridad. La sumisión interesada. Dale al poder lo que el poder reclama y, desde ahí, sobrevive. No hay amigos ni compañeros de fatigas. Solo estás tú. El puto *casting* de la vida. El papel es tuyo. En ese instante comprendí que Ángel podría ser un gran hijo de puta el día de mañana. Porque el miedo, la precariedad y la ambición te podían destrozar la vida tanto o más que la heroína que convertía al hijo de Angelines en un muerto viviente.

Simón repitió la melodía. Y no hubo espacio para el titubeo. Fue como si Ángel hubiera memorizado todos y cada uno de los compases y los hubiese transformado en una improvisada coreografía. Bailaba de una manera sobrecogedora, como si hubiese sido la nana que escrutaba su sueño. Ángel bailaba y era luz. Sin embargo, aquel lugar era cada vez más tenebroso. Ángel, en calzoncillos, avanzó hacia donde estaban los adultos sentados. Se contoneaba delante de ellos, como retándolos. Solo lo miraban. Miraban y respiraban. Los hielos aguaron el whisky. Ángel bailaba como esas mujeres que veíamos en las actuaciones de televisión y luego imitábamos en su dormitorio. Mujeres que cantaban, y no llegabas a adivinar si estaban seduciendo o amenazando. Ángel les daba la espalda a los adultos y buscaba los ojos de Julián. Y sus miradas se encontraban y danzaban desafiantes, como los movimientos de dos navajeros buscando el descuido del otro. Entonces me fijé en el tapiz ante el que se escenificaba toda la acción. Había estado allí, pero no había advertido lo que representaba. Un ciervo atacado por varios perros de presa. Ángel comenzó a jugar con el calzoncillo, como si fuera a quitárselo en cualquier momento, aunque no lo hizo. Y Simón volvió a detener la música.

—¿A quién le toca ahora? —preguntó.

Ángel regresó hacia nosotros con la prestancia del artista vanidoso que abandona la escena. Esta vez no buscó la mirada de nadie.

—Yo no quiero bailar —dije.

Ángel, que había comenzado a vestirse, giró la cabeza hasta encontrarse con mi perfil.

—Esto es un concurso. Todos tienen que bailar —apuntó Simón.

Miré a Ángel. Sin palabras le pregunté si esa vez iba a volver a salir corriendo. Si en esta ocasión pensaba ayudarme o, una vez más, solo iba a preocuparse de su propia supervivencia. Y Ángel, sin apartar sus ojos de mí, mintió:

—Antes ha dicho que le dolía la tripa y quería vomitar. Creo que ha comido mucho regaliz.

—¿Vas a vomitar? —preguntó Simón.

Asentí con la cabeza. Simón detuvo el tocadiscos y se

acercó a mí. Se colocó en cuclillas y me observó como si me estuviese chequeando.

—Hay muchos niños como tú a los que les encantaría estar aquí pero no pueden. Aquí no hay mayores que os regañen por levantar los brazos al bailar. Aquí, a los niños como tú no les pega ni los insulta nadie. Eso es toda una suerte, ¿a que sí?

Volví a asentir.

—Por eso hay que guardar este lugar en secreto. Porque, si no, nunca más ningún niño como tú podrá bailar sin que lo insulten y le tiren piedras. ¿Tú quieres que a los niños como tú os peguen y os insulten?

Moví la cabeza de un lado a otro. Asustado. Indefenso. Culpable.

—Entonces debes guardar el secreto. ¿Sabes guardar un secreto?

—Sí sabe —contestó Ángel por mí.

—Pero quiero escuchárselo a él —apuntó Simón sin apartar su mirada, ahora intimidatoria.

—Sí —respondí con la voz temblorosa de siempre.

Simón intentó sonreír. Acarició mi pelo y sentí que toda mi sangre se solidificaba. Se incorporó, se dirigió a la puerta, la abrió y esperó a que saliese de su casa. Detrás se quedaron Ángel, Julián y Marcial. Atrás quedaron las respiraciones agitadas de aquellos adultos desconocidos y la música tenebrosa y exquisita. Simón no volvió a pronunciar una palabra. Se limitó a permanecer de pie vigilando el camino que me llevó a cruzar la verja. Había tres coches oscuros, importantes y brillantes, aparcados en la finca.

Emprendí el regreso a casa y mi único pensamiento era una losa aplastante. La frustración. Por no saber sobrevivir, como hacía Ángel. Por no saber bailar como él. Por arrastrar la culpa como una mochila llena de libros pesados y conocimientos inservibles. Por tener siempre miedo. Frustrado por no entender que huir también era una victoria. Caminar estropeado, contemplando el sufrimiento que se ocultaba tras esa loable capacidad para guardar un secreto. ¿Cómo no iba a saber guardar un secreto si toda mi existencia iba camino de ser un puto secreto? Esa fue la última vez que hablé con Ángel. No volví a verlo nunca más. Hasta esa noche del 26 de diciembre. Nunca, hasta hoy, había contado esta historia.

Una noche, hace muchos años, acompañé a Rafa al ballet. Me estrenaba como espectador de un espectáculo de danza. Era un montaje de la Compañía Nacional. Representaban *Romeo y Julieta* sobre música de Serguéi Prokófiev. Fue entonces en la segunda escena del primer acto, mientras una docena de bailarines con elegantes ropajes se adueñaban del decorado, cuando volví a escucharla. La primera vez en décadas. La reconocí al instante. Era la música tenebrosa y exquisita que sonó en casa de Simón aquella tarde. Se llamaba la *Danza de los caballeros*. Y sentí tal pánico que abandoné la butaca en pleno ataque de ansiedad. Nunca se lo conté a Rafa, que, por supuesto, se enfadó mucho conmigo por el revuelo que había organizado en la platea. No volvimos a entrar al teatro. Ya llevábamos mucho tiempo fuera. Más del que duraba la representación. Quizá él nunca tuvo que aprender a guardar un secreto.

La desaparición de Ángel no llegó a una semana. Contaron que lo encontró la Policía a los cinco días, con la mente desorientada, caminando perdido por el centro de Madrid. La historia que circuló por el barrio fue que se había dado un golpe en la cabeza y sufría amnesia. Nunca creí esa historia. Durante muchos días, incluso meses, estuve dándole vueltas a lo que yo sabía, al nombre de Simón, pero guardé silencio. Mi versión solo podría traerme más problemas. En casa y en el barrio. Y dejé que fuera el tiempo el que enterrase el recuerdo. Hasta ayer por la noche, cuando Ángel me confesó que Simón ni siquiera se llamaba Simón.

—Nunca supe su verdadero nombre. Ni siquiera el chalé era su casa. Ese era... como su refugio. No creas que me enteré de mucho más. Me limitaba a dejarme querer. No era difícil viniendo de esta casa.

Ángel se sirvió una copa de vino. Me ofreció otra, pero la rechacé. Agarró la botella por el cuello y se la llevó hasta la mesa baja que tenía en el salón. Se sentó en el sofá.

—¿No te sientas? —me preguntó.

No. No insistió. Como si mi respuesta le pareciese lógica.

—Simón me regalaba ropa buena, zapatillas caras, un *walkman*... Lo único que tenía que hacer era dejarme acariciar —narraba como si estuviese solo en la habitación, con la mirada abandonada en el mueble que tenía enfrente, en el reflejo que enmarcaba la pantalla apagada del televisor.

—Ángel, ese tipo abusó de ti.

—Me gustaba cuando me tocaba. Me sentía... un hombre. Sus besos, sus manos, solo me daban placer. ¿Cuál era el problema?

—Prefiero no saber nada más —interrumpí—. De hecho, creo que es mejor que me marche.

—¡Una mierda! —contestó. Y su voz sonó como un trueno—. Quería volver a verte. Me hacía ilusión, de verdad. Pero tú no. Tú has venido solo buscando respuestas. Pues ahora escucha. Así compartiremos la historia. Como cuando éramos amigos.

Dijo todo eso sin mirarme siquiera. Como se expresan los mejores reproches. «Como cuando éramos amigos», dijo. Y la frase se tornó azufre. Me senté en una silla que estaba detrás del sofá. A su espalda.

—Simón, porque para mí siempre será Simón, fue el primer hombre que me amó. Era feliz con él. Hay más recuerdos bellos entre las paredes del chalé que en esta casa.

Le dio un sorbo largo al vino y se sirvió otra copa.

—Esa es la verdad. Todo iba bien hasta que dejé de ser suficiente. Como en todas las historias de dos, supongo. Entonces fue cuando empezó a ofrecerme dinero a cambio de elegir a los chavales que entraban en el chalé. Antes de que preguntes, la respuesta es sí. Cobré por llevarte al chalé aquel sábado. Pero como te marchaste, me lo descontó. Me alegré de que te fueras. No valías para eso.

Le hubiera reventado la botella de vino en la cabeza. No debía ofenderme lo previsible. Hay personas que no cambian con los años. Y fue entonces cuando comencé a verme reflejado en la espalda de Ángel, como si mi cuerpo atravesara el suyo y fuese yo el que se llenaba la copa de vino constantemente, el que viviese en la casa de mis padres muertos, en el barrio de una infancia torturada, y sentí la angustia del que se encuentra rodeado por las llamas de un incendio improvisado. Su relato ya no tenía freno. Ángel hablaba como si se estuviese confesando por última vez. Me dijo que yo era la primera persona en toda su vida a la que le contaba esa historia. No sé si eso era cierto, pero había una liturgia en su voz que me empujó a creer que lo había estado ensayando durante todos esos años. Ya nada era lo mismo, aunque cada uno, desde su herida, siguiésemos empeñados en que nada cambiase para, así, reconocernos al menos en algún lugar de toda esa historia de culpables tranquilos y víctimas olvidadas. Ángel siguió fingiendo delante de mí, como cuando éramos niños, que él era capaz de volar más alto, de enfrentarse a los tornados y de cambiar el curso de la historia para que jugase a su favor. Pero lo que yo vi era un hombre roto en mil pedazos.

—Le gustaba vernos correr en calzoncillos por la casa.

También le gustaba mojarnos hasta que la prenda se pegaba como una segunda piel. Le excitaba ver la tela pegada al culo, a nuestra polla. Me daba igual. Solo quería estar a su lado y lejos de mis padres. Al precio que fuera. Eso siempre sucedía dentro de casa. ¿Te acuerdas de la piscina? Nunca se llenó.

Siguió bebiendo.

—Dejé de ser el único. Eso no es fácil cuando tienes catorce años. Pero yo era muy bueno seleccionando a los chicos que llevaba al chalé. Por eso Simón me tenía en cuenta. Tú fuiste el único que salió rana, pero los demás enseguida entendían de qué iba el juego. Pronto Simón comenzó a acariciarlos también a ellos. A pajearlos también a ellos. Hasta que apareció Julián. Estaba el día que viniste.

No lo he olvidado.

—Una tarde entré en el chalé y ahí estaba. No supe cómo había llegado, pero comprendí que los dos, aunque por razones diferentes, buscábamos lo mismo. Julián era un quinqui que lo único que intentaba era robar, pero en aquella casa no había nada de valor. Simón solía dejar dinero, como anzuelos, entre las páginas de los libros, en los cajones o encima de los muebles y Julián se lo guardaba. Creía que le estaba robando, pero Simón disfrutaba de ese teatro. Empezó a ofrecerle también dinero a cambio de que le llevase chavales a la casa. Los míos eran mejores, más ingenuos. Los de Julián eran carne de cañón, futuros yonquis o futuros camellos que acabarían en la cárcel o muertos antes de cumplir los veinte, pero nada de eso parecía molestarle a Simón. Creo que le gustaba.

»Por esa época, comenzó a invitar a otros hombres a sus reuniones. Al principio eran juegos aparentemente inocentes. Concursos de baile, de calzoncillos mojados, beso o atrevimiento..., pero las exigencias de aquellos hombres fueron creciendo. Y las compensaciones económicas también. Una tarde de verano Julián me contó que se había follado a Simón. Que le había dado por culo en la cocina. Me lo contó como si hubiese ganado una medalla, mientras se encendía un cigarrillo y me echaba el humo en la cara. Me lo creí. Era capaz de eso y más. Lo único que hice fue esperar el día en el que fuese yo quien le echase el humo a la cara. Simón nos invitó a asistir a una fiesta, todo un fin de semana, en una casa en la sierra de Guadarrama, propiedad de otra persona que no sabíamos quién era. Julián dijo que sí. Yo también. Simón nos llevó en su coche. En el coche brillante.

Hizo una pausa evocadora antes de pronunciar: «Al final subí en el coche brillante, Tomás». Aquel relato había dejado de provocarme náuseas y había comenzado a romperme el corazón. Su voz ya no resonaba firme. Estaba agrietada. Y cada una de esas grietas escupía cenizas y esparcía lava, arrasando con todo lo que encontraba a su paso.

—Julián llevó las drogas que le pidió Simón. Yo no me drogaba, pero algunos de los chicos que llegaban con Julián sí. La casa de la sierra era enorme. Tenía casi un bosque en la finca. Había como diez hombres, que se movían como si fuesen importantes, y una docena de chicos, todos más mayores que nosotros. Nos miraron mal. Eran chaperos, y alguno se marchó de la fiesta al vernos. Julián dijo que era por mi culpa, que parecía un niño.

Ángel alargó el silencio. Pensé que se había arrepentido, que no iba a seguir hablando. No veía su cara. Su espalda, su nuca, su cabeza permanecían inflexibles. Pero aspiró con fuerza, consumiendo todo el oxígeno de la habitación. Tragó saliva hasta encontrar las fuerzas para seguir. Se sirvió otra copa de vino. No dejó de beber. Silencio. Solo su respiración. La mía no existía. Y, de repente, retomó la palabra:

—Esa noche bebí ron, pero no me drogué. No conscientemente. Casi todo el mundo lo hizo, y la fiesta no tardó en convertirse en una especie de orgía en la que se ofrecía más dinero por entrar en una habitación. Nada bueno sucedía allí dentro porque Julián no se interesó por ese dinero. Estuve tentado a aceptarlo solo por hacer algo que Julián no se atreviese a hacer, pero preferí no perderlo de vista. Todo el mundo follaba, se chupaban, y me limité a mirar todo aquel espectáculo asombroso y excitante que estaba sucediendo delante de mí.

»Algunos hombres se acercaban, me acariciaban, me tocaban la polla hasta ponérmela dura y luego se alejaban. Julián vino con una copa en la mano. Coca-Cola con un poco de ron. "Anda, bebe por lo menos —me dijo—. Que les vas a cortar el rollo con esa carita de ángel." Bebí y al rato comencé a sentirme mal. Perdí la conciencia. Cuánto tiempo pasé inconsciente no lo sé. Solo sé que me desperté en un hospital. Todo mi cuerpo estaba dolorido. Tenía cardenales por todas partes, quemaduras y golpes. Había sufrido múltiples contusiones y un desgarro anal que me había hecho perder mucha sangre. Me habían violado varias personas. Los médicos no acertaron a saber cuántas. Eso le contaron a mi madre y a mis hermanas. Mi padre ni siquiera me visitó en el hospital. Hasta ese momento era virgen.

»La Policía me encontró en un terreno en Moralzarzal desnudo y ensangrentado. Estuve tres días hospitalizado. Me hicieron las pruebas del sida y me enviaron a casa. No estuve desaparecido cinco días, como dijeron por el barrio. Eso fue lo que contó mi familia. Eso y lo de la amnesia. Mis padres supieron lo que me había pasado antes de las setenta y dos horas. Pero prefirieron seguir fingiendo mi desaparición para evitar tener que dar explicaciones en el barrio de dónde estaba y por qué. Estuve casi dos meses encerrado en casa. Prohibido salir a la calle. Desde ese día, mi padre no volvió a dirigirme la palabra. Nunca. Ni siquiera antes de morir.

Y esta vez el silencio se tornó un muro invulnerable. Era imposible respirar el aire del salón. Como inhalar alquitrán. El silencio viscoso. Mortal. Comencé a llorar por pura impotencia. Un llanto que raspaba, que iba desgastando las pocas fuerzas que nos quedaban hasta convertirnos en nada. En menos que nada. Templé la voz agarrándome la garganta, estrangulando el llanto, antes de que sonase sobre su silencio.

—Dime que lo denunciaste —dejé escapar con la voz aún vacilante.

—Sí. Vino la Policía al hospital. Denuncié a Julián. No supe mucho más. Luego me enteré por mis hermanas de que cuando lo acusaron de mis agresiones lo negó todo, pero como ya tenía antecedentes, no lo creyeron. Se puso chulo y empezó a describir casas, caras, coches y fiestas. Lo soltaron y a las veinticuatro horas lo encontraron muerto en un descampado de la carretera de Vicálvaro a San Blas. Dijeron que sobredosis. Caso cerrado.

Nueva pausa. Volvió a beber vino hasta acabar la botella.

—Cuando pude, volví al chalé. Tenía el cartel de «Se vende» en la puerta. Estuvo cerrado mucho tiempo y se descuidó. Los lugares, si no se habitan, se mueren. Ahora creo que vive una familia. Han quitado el estanque, con lo bonito que era. Por extraño que te parezca, en aquella casa fui feliz.

El tiempo solo había servido para que forrase de horror todas sus palabras. Era inútil hacerle razonar. Habían pasado años, muchas conversaciones consigo mismo, mucha memoria adulterada por los deseos, y ya nadie iba a poder remodelar ese recuerdo. No parecía estar dispuesto a comprender que Julián sería el cómplice necesario, pero todo lo que le hicieron contó con el beneplácito de Simón, o como demonios se llamase ese hijo de perra. Ángel presumía de no saber arrepentirse, pero nunca lo creí. No me trago a esas personas que alardean cuando aseguran que, si tuvieran la oportunidad de repetir fragmentos de su vida, harían exactamente lo mismo. Yo lo cambiaría todo. Desde mis primeras lágrimas en el paritorio. Todo. Una vida nueva. Sentí una irritante compasión por Ángel. No supe qué hacer. Hablar, callar, tocarle el hombro, abrazarlo. Nada de eso hice. Me levanté, en el mayor silencio posible, como un fantasma, y me marché a la cama. Lo dejé solo, en el salón, con su palabra y su botella.

Esta mañana apenas me detengo ante el cuerpo de Ángel que yace dormido y abandonado en el sofá del salón. No hay una botella de vino vacía. Hay dos. La memoria es una elección. ¿Qué más hubiese podido hacer? Abro la puerta de la calle y la cierro con sigilo para no despertarlo. Eso es todo lo que puedo hacer.

Gloria acaba de prepararle el desayuno a mamá. Escucho su conversación desde la puerta. Las palabras cariñosas de mi hermana y las respuestas pacificadoras de mamá. Parece otro lugar diferente al que he habitado días atrás.

—¡Soy yo! —grito mientras entro.

Ni rastro de Toni. Gloria me ha avisado en cuanto ha salido de casa para ir a trabajar.

—¡Estamos en el cuarto de estar! —responde Gloria con otro grito.

Somos una familia que grita. Nos hemos domiciliado en una frecuencia más alta que el resto. Nuestra intimidad abulta, retumba. Enfilo tan despacio el pequeño pasillo que se estira como en un sueño. No huele a pesadilla. Hue-

375

le a café recién hecho y a aceite de oliva filtrándose por el pan tostado. Huele, por primera vez, a hogar.

Gloria sonríe junto a mamá. Mamá está sentada. No lleva el camisón cubierto por una bata. No está despeinada. Se ha sentado a desayunar como quien se arregla para bajar al bufé del hotel. Gloria la ha ayudado a vestirse y asearse. No hay victimismo en la estampa que contemplo. Los pijamas y camisones, la ropa que empleamos para dormir, son aliados de esa sensación de desamparo que muchas veces queremos transmitir a los que nos contemplan e incluso a nosotros mismos. Pero esta mañana mamá no parece mamá. No la que ha poblado mis pensamientos desde que tengo conciencia de ellos. Es una mujer mayor, enferma pero tranquila, como si estuviera reconciliándose consigo misma. Sus ojos marrones están despejados, pero, cuando me mira, se anegan de ilusión. Y esto se contagia.

—Nada de llorar —ordena Gloria dotando de cariño a su autoridad—. A ver si vamos a tener que volver al hospital antes de tiempo.

Gloria se acerca con disimulo y me pregunta al oído, casi en un murmullo, si no he dormido en casa. Me sorprendo. Me comenta, con sonrisa traviesa, que llevo la misma ropa que ayer. Me encojo de hombros y dejo que Gloria imagine que anoche follé. Prefiero su historia a la verdad. Me está costando adaptarme a esta nueva realidad. No puedo confirmar que todo lo que veo y siento sea real y no se trate de una broma pesada de mi propia imaginación luchando desesperadamente por cambiar el curso de mi memoria. De mi historia. Desconfío. Pero me adapto. Soy lo que veo. Quién me dice que ese no sea el atajo.

—Tengo un plan —comento—. Propongo dar un paseo por el barrio. ¿Hace?

Mamá contesta un sí con la cabeza, secándose la mirada con una servilleta de papel.

—A ver tú ahora si la vas a traer *ahogá* —apunta Gloria—. No le pegues un tute el primer día.

—El médico dijo que había que mover ese corazón, ¿no? Pues a moverlo —añado. Miro a Gloria—. No pongas esa cara, que no vamos a hacer escalada libre —bromeo.

La felicidad que le provoca este instante a Gloria embriaga toda la habitación. Lo noto. Quiero pensar que mamá también. Que ella también se está dando cuenta de todo el tiempo que hemos perdido siendo una familia unida por alambres de espinas. Decía Pedro Lemebel que la infancia es una pérdida. Que vivimos idealizando ese tiempo, cometiendo el error de vivir en pos de un recuerdo, en lugar de vivir. Simplemente vivir. He vivido degradando mi infancia y mi existencia. Y la pérdida es igual. Vives en un recuerdo funesto que hace que te olvides de vivir. Estoy frente a mamá. La veo desayunar su pan tostado con aceite y su café con leche, acordonado por todas sus pastillas, como si fuesen *toppins* de diferentes tamaños y colores, y concibo el trayecto que ha unido mi infancia con este preciso instante como un recorrido sin paradas. Infancia-adultez. Como el ramal Ópera-Príncipe Pío en el metro de Madrid. Un camino sin pausas, sin recuentos, que une un punto con otro sin que apenas puedas darte cuenta del tiempo que has invertido en el trayecto. Da igual la estación de la que partas. El trayecto es siempre el mismo. No hay opciones ni posibilidades. Solo túnel. Es hora de salir a caminar por la superficie. Es hora, joder.

Los fríos rayos de sol de esta mañana de invierno la obligan a entornar los ojos para mirar al frente. Vamos lentos y abrigados. Hemos dado un buen paseo y nos sentamos en un banco de la plaza de San Cristóbal, frente a la parroquia. Uno de los de madera y hierro, porque los clásicos de piedra se han quedado muy bajos como para que una persona mayor pueda luego levantarse con facilidad.

—Tengo algo que contarte —digo.

—Aquí hiciste la primera comunión —recuerda mamá, como si me estuviese descubriendo una parcela desconocida de mi propia existencia. Aquí está la iglesia de ladrillo y pórtico fascista. De torre culminada por una cruz que parece un pararrayos.

—Ya lo sé. ¿Has oído lo que te he dicho?

—¿Cuánto hace que no vas a misa? —me pregunta.

—Desde el día de mi primera comunión.

No le agrada la respuesta, pero no se disgusta. Antes siempre se enfadaba. Me llamaba «hereje», palabra que solía brotar cuando mis argumentos la acorralaban o se me ocurría colar muñecos de *Star Wars* entre las figuras del belén. Mamá juguetea con el pie arrastrando, de un lado a otro, una hoja caída.

—¿Y tú? ¿Cuánto hace que no vas a misa? —es mi pregunta.

—La escucho por la tele.

—Teniendo una iglesia tan cerca..., ya sabes lo que opina Dios de la pereza.

Inspecciona mi cerebro. Está intentando meterse dentro de mi cabeza y averiguar mis intenciones. Sonrío, para que no confunda mi comentario con un reproche. Para que nada vuelva a ser como antes.

—No me gusta el cura nuevo. Es muy joven. Es ecuatoriano o colombiano o algo así.

—Mamá, no hagas esos comentarios. Son racistas.

—Si supieras cómo habla de las personas como tú, igual no pensabas lo mismo.

Como yo. Mamá, que se santigua cuando pone un pie en la calle, que le enciende velas a santa Gema, ¿me está diciendo que ha dejado de ir a misa porque el cura ha impartido un sermón homófobo? Me cuesta creerla y, sin embargo, presiento que hay algo de cierto. No sé. Creo que nunca he estado tan confuso en mi vida. Y sé de lo que hablo.

—¿Has oído lo que te he dicho antes? —insisto.

—Sí. Que tienes algo que contarme.

Hasta habla de un modo diferente. Más pausada, sin inflexiones lloricas. Como si realmente estuviese en paz. Tengo que preguntarle a Gloria qué medicación está tomando. Por si acaso puedo empezar a consumirla yo.

—Marco y yo ya no estamos juntos. Nos hemos separado.

Asiente varias veces seguidas, con el movimiento de una letanía, y luego vuelve al pie y la hoja. Intento hallar en su rostro un gesto de decepción, de tristeza, ese fracaso contagioso que se hereda de padres a hijos hasta enfermarlos de muerte. Pero no lo encuentro. Por primera vez, en toda mi vida, no lo encuentro.

—Lo sé. Me lo contó Gloria —contesta.

Finjo que me molesta, pero en el fondo estoy agradecido. Bien. No hay más preguntas. Mejor. Solo hay una cosa peor que una ruptura sentimental: tener que contarla. Mamá me sorprende pasándome los dedos por el labio.

—¿Te duele?

—Nada. En dos días, listo.

—¿Te gusta alguien?

Y esta pregunta cambia el orden de mis órganos vitales. Se altera la circulación de mi sangre y me desoriento hasta el punto de que toda la plaza comienza a girar dejando la fachada de la iglesia a nuestras espaldas. Siempre había negado que este momento pudiera llegar a suceder. He creído, con fe inquebrantable, que mamá jamás iba a preguntarme algo así. Mi homosexualidad había logrado convertirse en el elefante blanco del que nadie habla. El camino más cómodo. Esa pregunta hace que por dentro empiece a temblar. Nunca estamos preparados para los giros de guion de la vida.

—No —contesto intentando mantener la calma—. Ya no va a pasar. Soy mayor para encontrar amor, mamá. A partir de los cincuenta, los hombres... —Dilo. Di homosexuales, maricas, gais, juláis— como yo nos volvemos invisibles.

—Envejecer requiere valor —apunta mamá. Y coloca sus manos heladas y deformadas por la artrosis sobre mis manos temblorosas e igual de frías.

—No queda otra. —Y mi voz se entrecorta al contacto de su piel.

Me estrecha la mano. Pretende no soltarla nunca. Busca, con este simple gesto, al niño que quiso esa mano a la puerta del colegio. Esta mano llega tarde y por sorpresa, pero está abrigándome el corazón. Me siento tan expuesto a una realidad inconcebible que comienzo a soltar palabras sin sentido hasta que mamá pregunta:

—¿Qué vas a hacer?

—No lo sé. Mañana vuelvo a Barcelona. Me fui allí para vivir con Marco, y ahora, la verdad, no sé si quiero seguir viviendo en esa ciudad.

—Siempre puedes volver a Madrid.

No estoy nada convencido de esa posibilidad. Pienso en qué diablos debo hacer ahora con todos estos sentimientos encontrados.

—Siento —y mamá llora suavemente— todo el dolor que he podido causarte. Sobre todo, siento no haber sabido evitarlo. Lo siento de verdad, hijo. Creí que con disciplina, siendo más fría, podrías cambiar. Me dijeron que se podía cambiar. Eso me enseñaron. En la escuela, en mi casa, en la tele. Me engañaron y me animaron a que te hiciera daño porque eso..., eso era bueno para ti. Ahora sé que no, pero yo... no sabía cómo. Y no sé cómo arreglarlo.

Suelto sus manos. Busco un pañuelo en mi bolsillo y seco sus lágrimas intentando contener las mías.

—No se puede arreglar lo vivido, mamá. Esto ya nos acompaña hasta la tumba.

—No quiero tumba. A mí me quemáis y me metéis en una urna bonita, al lado de vuestro padre.

Río entre las lágrimas desconcertadas que juegan con las emociones como lo hace un gato con una bola de papel.

—Lo que podemos es mejorar lo que nos queda por vivir —opino.

—Gloria me ha ido contando cosas y ahora mismo no sé si quiero saber más. Siento que he sido la peor madre del mundo y ahora solo te suplico paciencia. Un poco de paciencia. Y perdón.

Y entre sollozos, me cuestiono si esta nueva madre en mi vida es el resultado del miedo a morir o la liberación de una verdad silenciada. Posiblemente sea una mezcla de los dos.

—No quiero morirme pensando que crees que no te quiero —dice.

Y los dos nos rompemos en un solo y único llanto.

No es sencillo amar para alguien que con ocho años tuvo que aprender a gestionar emociones desmedidas, desafíos que minaban su autoestima y le acostumbraban a temer y a perder. Roberto solía hablarme de resiliencia en las sesiones. Resiliencia. La capacidad de superar situaciones traumáticas. ¿Y si yo no tengo esa capacidad? ¿Y si me limito a respirar, a consumir ansiolíticos, a seguir temiendo al grupo de machitos alcoholizados en la puerta de la discoteca, a insistir en el fracaso que me provoca el rechazo de todos esos hombres homosexuales que me juzgan por una foto, por la ausencia de unos bíceps? Claro que mi vida sentimental también está estigmatizada por todos aquellos años. No quiero que penséis que de nada me sirvieron los consejos de Roberto ni los años de terapia. Por supuesto que sí. Yo era un discapacitado emocional y él me dio el soporte para caminar sin que cada paso significase una luxación. Pero eso no se cura. ¡Qué coño se va a curar! Vuelve. Siempre vuelve.

He sentido mucho más amor que el que han llegado a sentir por mí. He saltado a piscinas que, de repente, ante mis ojos, estaban vacías. Cuando creces pensando que no eres suficiente, te lo acabas creyendo, metabolizando toda esa mierda hasta que comprendes que no te miran lo suficiente, que no te quieren lo suficiente, que no les gustas lo suficiente. «Suficiente» era un pequeño salvavidas en las calificaciones de la escuela. En la adultez, es un calvario. El capitalismo también es una manera de gestionar las emociones. Buscar el mejor producto al mejor precio. No es un reproche, yo lo he hecho. Siempre habrá otro mejor. Como un producto en las estanterías de un supermercado. Parece que te eligen, pero no dejan de mirar si hay otro más barato, más bueno, más vistoso. Siempre lo hay. Y te vuelven a dejar en el estante. Como la prenda manoseada y estrujada del cajón de oportunidades del puto *black friday*. Ser la prenda que no conjunta. Demasiado calurosa para el verano y muy fresca para el invierno. Esa prenda para la que no existe el entretiempo. Joder, mi vida sentimental es la jodida escalera de *Showgirls*.

Luego vienen todos esos que te sueltan en la cara que estás soltero porque quieres. Como si el amor dependiese solo de nuestra propia voluntad. Es tan insultante. Como si te plantases en la cola del desempleo y les fueras diciendo a todos los parados de larga duración que lo son porque quieren, que trabajo hay mucho. Lo que sucede es que nos hemos vuelto unos «señoritos» y ahora queremos contratos estables, seguridad social, buenos salarios, horarios decentes..., ¿qué nos hemos creído? Mi generación creció sin espejos en los que reconocerse, sin ventanas con cristales despejados para ver el exterior, escuchando falsos relatos, malos ejemplos, apagando cada día nuestra luz hasta dejarnos a oscuras. Y ahora nos dicen que el amor romántico es veneno.

A nosotros, a una generación que, gracias a creer que existía alguien capaz de amarnos hasta la extenuación, sobrevivimos. Somos una generación que no padeció la cárcel ni las lobotomías, pero también somos aquellos que tuvieron que rebuscar los referentes con las uñas, arañando tierra y paredes, sin *youtubers* ni *instagramers,* sin discursos activistas accesibles, sin aliados, sin lenguaje inclusivo, sin asociaciones de padres y madres apoyándonos, sin conocernos los unos a las otras... Somos esa generación que ahora, cuando hablamos de amor, recibimos la burla de aquellos que con un «Ok, *boomer*» se limpian sus zapatos de plataforma marica sobre nuestra herida.

«Envejecer requiere valor», me ha dicho mamá. Desde el primer aliento, estamos comenzando a hacerlo. No sé cuándo empecé a sentir esta desapacible sensación. En la pubertad, cuando todos los chicos de clase empezaban a fijarse en las tetas de las chicas, yo ya estaba fuera de lugar. Ellas nunca me vieron como una posibilidad y ellos solo me vieron como una amenaza. Los sentimientos pasaron a ser enigmas, misterios con los que uno aprende a convivir sin darles demasiada importancia. No hay nada más perverso que esa homofobia que el entorno te va dosificando, poco a poco y hostia a hostia, hasta que se te mete en la médula y te hace ser ese que tú no quisieras. Y te echas novia, como un daño colateral. Y sueñas que algún día saldrás del armario, que reducirás ese armatoste a una montaña de astillas y entonces habrás llegado a la meta. Lo que nadie te cuenta es que cuando sales del armario es cuando realmente empieza todo.

Ya apenas pienso en Marco. Sé que es un mecanismo de defensa. Que no encuentro espacio para su adiós en esta Navidad rara, de todos los colores menos blanca. El sonido lejano de los villancicos retumba machaconamente entre las hostias de mi hermano mayor y los recuerdos apelmazados de una infancia que se escabulle asustada, como los animales presos en un coto de caza, que creen escapar pero siempre los espera un cazador. Ahora no está Marco, pero lo espero. Como quien ve venir la tormenta. Pero no ahora. Ahora está la madre a la que no reconozco, pero que siempre he deseado tener. Plegarias atendidas a destiempo. No hay espacio para el desamor en esta tragicomedia. Supongo que cuando aterrice en Barcelona me asaltará el duelo y querré morirme. Pero eso será mañana. No hoy. Hoy hay demasiado ayer que ordenar.

Comentamos todo lo que nos vamos cruzando en el camino de vuelta. Como el teléfono público que aún resiste en la Segunda Avenida. No es una cabina de aluminio, que eso tendría un valor histórico pop, sino un teléfono azul y gris metalizado, incrustado en una columna de cuatro paneles llena de pegatinas de cerrajeros y papeles ofertando mudanzas a buen precio.

—¿Funciona? —pregunto.

—¡Que va a funcionar! —contesta mamá—. Se habrán olvidado de quitarla.

Dice que en la plaza Mayor solo se juntan los pintas del barrio y los chavales que no tienen dinero para irse aunque sea a Canillejas. Que los lunes, las papeleras amanecen llenas de latas vacías de cerveza y que, desde que cerró el economato, esa plaza, «con lo bonita que es», ha dejado de tener vida. Y me lo explica reteniendo mi brazo, como si no acabase de confiar del todo en mi soporte.

—Menudo paseo os habéis pegado —dice Gloria al abrir la puerta.

Frida corre a abrazarse a las piernas inestables y cansadas de mamá. Camilo y Frida han llegado mientras estábamos en la calle. Creo que el corazón de mamá es Frida. Que cuando su nieta empiece a volar por sí misma, mamá se irá apagando lentamente hasta dejarnos a oscuras. Gloria me lleva a la cocina mientras la nieta y la abuela celebran unos bebés llorones que Camilo le ha comprado de camino a casa.

—¿Qué ha pasado? —me pregunta Gloria un poco inquisitiva—. He visto que trae los ojos..., ¿ha llorado?

—Cariño, no me vengas ahora con esas porque poco podía contarle si ya se lo habías contado tú todo.

—Le fui dando unos detalles, para que no le pillase por sorpresa.

—Ya —digo sin creer ni una palabra—. Pues ha llorado igual.

—¿Ella sola? —Y examina mis párpados congestionados.

No hace falta una respuesta. Gloria me abraza y el silencio de mis ojos entumecidos es la rúbrica que sella la tregua. No la saco de su error. Hemos encontrado piezas perdidas, pero aún no tenemos localizado el lugar que les corresponde en el puzle. Necesito hablar con mamá de su visita a casa de Ángel. Queda pendiente el asunto de la deuda y los préstamos a mi padre. Poner verbo a mis temores y comprobar si son también los suyos. Son demasiados años para firmar la paz con unos cuantos lloros y algunas buenas intenciones. Tendremos tiempo, deseo, de ir desmontando este muro de ladrillo sin quedar sepultados por la demolición.

—¿Te quedas a comer? —pregunta Gloria mientras disimula que se seca las lágrimas con el delantal—. He hecho espaguetis, que es lo que mejor come la niña. Y tranquilo, que Toni trabaja.

—No. Tengo cosas que hacer. Recojo la maleta y me voy.

Mis palabras la decepcionan. Entro en la habitación. Atufa a Toni. La calidad del aire ha empeorado de golpe. Agrupo algunas prendas sueltas que están encima de mi cama, unas zapatillas y la bolsa de aseo. Lo empujo todo, sin miramiento, dentro de la maleta. Pido un taxi a través de una aplicación móvil. Camilo y mamá charlan con Frida. Mamá confunde a un bebé llorón «lágrimas mágicas» con un bebé llorón de «la serie de la casita alada» y Frida la saca de su error con autoridad de maestra. La niña le explica las obvias diferencias entre uno y otro, y mamá y Camilo se ríen comentando el sacacuartos que es todo ese mundo de los muñecos. Dejo la maleta en la puerta del salón y regreso a la cocina, donde Gloria ultima el almuerzo.

—Intenta convencer a mamá de que le diga a Toni que se marche a una pensión —digo—. Yo estoy ahora en un hostal barato que él podría pagarse sin mucho esfuerzo.

—No sé si es buena idea, Tomás. Tal y como está ahora mamá, no me parece lo más saludable sacar ese tema —responde Gloria sin dejar de vigilar el horno, observando cómo el queso rallado crea una película dorada encima de la pasta.

—Pues díselo tú sin que se entere mamá. Alguien debe hacerlo y desde luego no voy a ser yo. No puede quedarse aquí, Gloria. ¿Quieres mirarme, que te estoy hablando?

Gloria resopla con gesto de resignación. Se cruza de brazos mirándome a los ojos. Parece que va a empezar a hacer el *playback* de mis propias palabras en cuanto arranque a hablar.

—Si Toni se queda aquí, irá dominando a mamá, como hace siempre, hasta que esta casa acabe siendo solo suya.

Echo mano a la cartera y saco la tarjeta del hostal que me había guardado.

—Toma, este es el hostal en el que estoy. Está céntrico, en la calle Hortaleza. Es feo de cojones, pero tiene lo necesario hasta que pueda alquilarse un piso.

Gloria estudia la tarjeta sin demasiado interés y la guarda en el bolsillo del delantal.

—Ya veremos —contesta—. Que para ti es fácil, que vives fuera, pero la que se queda aquí y se come los marrones soy yo.

Tiene razón. Vuelve a concentrarse en el gratinado y decido no insistir.

—¿No te quedas a comer? —pregunta mamá.

—No. En otra ocasión.

—Si te vas mañana —señala.

—Mejor en otra ocasión. Tengo cosas que hacer. ¿No me das un beso? —le pregunto a Frida.

Me arrodillo para quedar a su altura. Resulta evidente que prefiere seguir jugando con sus bebés llorones que abrazar al tío al que ve muy de vez en cuando. Camilo le indica que primero el beso y luego los muñecos. Y Frida obedece.

—¿Cuándo vamos a ver las luces de Navidad? —me pregunta.

—Pronto, te lo prometo.

Sé que, en el mejor de los casos, tardaré un año en cumplir mi promesa.

—Tienes cajas en el maletero —apunta mamá.

—Lo sé. Mañana, de camino al aeropuerto, pasaré a despedirme.

Mamá comprende. Aguardo un instante. ¿Qué hago? Finalmente, me acerco a ella y la abrazo con fuerza.

Voy sentado en el taxi. Recibo un wasap de Roberto:

«Cómo estás? No me has enviado a qué hora sale el vuelo».

Contesto:

«Qué haces esta tarde? Quiero que conozcas un sitio!».

Estamos a principios del siglo xx, en un hospital siquiátrico que antes fue una granja de vacas. Allí, en Sainte-Anne, al sur de París, en el distrito catorce, una costurera de cincuenta y tres años, uno más que yo, estaba convencida de que su hija no era su hija. Que era una impostora. En realidad, dos mil impostoras, ya que esa mujer, en cinco años, percibió que su niña era dos mil personas diferentes aunque físicamente siempre fuese la misma. El siquiatra que la trataba era Joseph Capgras, el investigador que le cedió su apellido al síndrome de suplantación, o de los dobles, donde los pacientes creen que alguien de su entorno, incluso toda su familia, ha sido sustituida por copias exactas. Como en *La invasión de los ladrones de cuerpos*, pero sin más vaina que la de tu cabeza.

Deseo explicarle a Roberto que esta mañana he sentido algo similar a lo que notó aquella mujer de hace casi un siglo. Que mamá tenía el pelo corto y canoso, como era habitual. El cuerpo vencido hacia delante y los tobillos hinchados y amoratados. La piel curtida y sin apenas arrugas que la delatasen. Que mamá era mamá, pero sin ser mamá. Que yo la miraba y la reconocía, pero algo dentro de mí me alertaba de que no debía fiarme, de que esa persona no era realmente mamá, que era una impostora. Y quizá sucediese lo mismo con Gloria, pese a su característico pelo recogido en una coleta, sus kilos de más y su lunar abultado en el cuello. Y Camilo. Y la pequeña Frida. Hasta Toni podría ser otro, más gilipollas aún si cabe que aquel que mi mente era capaz de recordar.

Pero no le digo nada a Roberto. ¿Y si fuese yo mismo quien ha dejado de ser yo? ¿Y si no hubiese mayor impostor que este que escribe? Hago lo que han hecho todos los que alguna vez han sentido que no merecían estar donde estaban, que no reconocían a sus compañeros de trabajo, a sus amantes, a sus familiares, aunque nada hubiera cambiado. Hago eso que siempre hicieron aquellos que dudaban: fingir. Fingir que eres ingenuo, bobo, que no te has dado cuenta del cambiazo, porque sabes que denunciarlo va a ser aún peor. Que acabarás en un manicomio de largas galerías como aquel en el que una mujer de cincuenta y tres años, uno más que yo, costurera de profesión, murió convencida de que su hija no era su hija.

—¿Sabes cómo empezó a viajar Bruce Chatwin? —le pregunto a Roberto mientras rebusco en la tienda mi modelo favorito de agenda: la Moleskine Weekly Notebook. No espero a que Roberto responda—. Era uno de los mayores expertos en arte impresionista de Sotherby's. Analizaba de tal manera los lienzos que llegaban a la casa de subastas que sus pestañas debían llevar óleo de Renoir. Eso le empezó a provocar problemas de visión siendo joven. Y fue su oftalmólogo quien le dijo: «Deje de mirar tan de cerca las pinturas y levante la vista del lienzo. Empiece a mirar al horizonte». Y así empezó a viajar.

—Eres un esnob —añade Roberto.

—Y te encanta —replico burlón mientras agito mi nueva agenda en la mano.

Lo habitual es que elija una de tapa dura y negra. La clásica. Pero este año la prefiero roja. Con la goma del mismo color. Puedo contarle a Roberto que uso esta agenda porque me gusta y me resulta funcional, pero también por el atractivo de Bruce Chatwin. No fue vanidad lo que lo mató. Fue lo mismo que asesinó a tantos tan pronto. Los tiempos de Chatwin no eran buenos tiempos para reconocer la verdad. El hombre bisexual y el viajero asombroso ante el que me hubiera arrodillado sin prejuicios convertía la mentira en verdad, como Lola Flores. Dijo que era la infección que le había provocado el mordisco de un murciélago chino. El AZT solo era más veneno, y la enfermedad lo borró con premura. Tenía cuarenta y ocho años.

Mi amigo Jesús Soto tenía veintisiete cuando me llamaron para avisarme de su muerte. Su familia dijo que había sido un cáncer. Fulminante. Metástasis por todo el cuerpo, y había afectado al cerebro. Sus amigos, a los que su familia no nos permitió despedirnos, sabíamos que era sida. «Yo que tú me hacía las pruebas del sida», me dijo Jesús la tarde en la que Manu se fue con otro. La vida tiene unas reglas muy miserables. Otro miedo más para la mochila. Ojalá fuese capaz de llevar la mochila con la elegancia con la que se la colgaba en el hombro el bello de Chatwin. Por eso empecé a comprarme agendas personales y libretas a imitación del escritor viajero. Agendas de tapa dura, esquinas redondas y elásticos a modo de cierre. Estas que en la primera página, donde Chatwin ofrecía una recompensa a todo aquel que se la devolviese en caso de pérdida, emulan el aviso del autor, para quien perder el pasaporte no era una catástrofe; perder un cuaderno, sí.

—¿En serio que me has llamado para que te acompañe a comprarte una Moleskine? —me dice Roberto mientras bajamos por las escaleras automáticas y masificadas de la Fnac de Preciados en dirección a la planta de cajas.

A Roberto le gusta hacerme rabiar, pero me comprende porque él también es más analógico que digital. Él apunta las citas de su consulta con una pluma, caligrafiando cada letra sobre las páginas de su agenda. He intentado usar agendas digitales, pero siento como si mi existencia se desvaneciese. Planificar mi semana y escribir sobre el papel todo lo que debo hacer conmemora que estoy vivo, que aún soy capaz de dibujar el trazo que une cada letra hasta enlazarlas en una danza quebrada que finaliza en palabra. Escribir a mano la vida, los instantes, lo cotidiano, sin más pretensión. Podría ser cualquier agenda, pero me enamoré de estas que Chatwin, el hombre casado que disfrutaba del sexo con hombres con aspecto de guarros, bautizó como «piel de topo». Decía Chatwin que los libros parecían vagabundear por la memoria. Las agendas también.

—¿A qué hora sale mañana tu vuelo? —pregunta Roberto mientras esperamos en la fila de cajas.

—A las 14:30. Pero quiero pasar antes a despedirme por casa de mi madre.

—Quedamos a las 12 entonces.

—Pero hoy no te he hecho salir para traerte a la Fnac. Te voy a llevar a un sitio que lo vas a flipar.

El desamparo de la locura al girar la esquina y no ver la entrada del Simún. La conversación se detiene. El cerebro deja de recibir el estímulo preciso, la palabra concreta. Como un santo sepulcro, el Simún está sellado. Tiene echado el cierre metálico, uno enrollable y grafiteado con unas iniciales blancas de aura amarillenta que tendrán significado para su autor: «M T». Letras cabrioleando sobre el síndrome de la decepción. Roberto me mira con preocupación.

—Está cerrado —pronuncio.

Nada explica que ayer, ahí mismo, estuviera el Simún. Sobre la pintada, un cartel: «Se alquila». Y el teléfono de una inmobiliaria. Hay un instante en este tiempo microscópico en el que siento que tal vez el Simún nunca haya existido. Que este cierre metálico lleve echado más de un mes. O cinco. Que ni Samuel, ni Lola, ni Idris, nadie haya estado jamás aquí. Me acerco, desconfiando de mí mismo, hasta el negocio de pizzas rápidas que permanece abierto toda la noche y que está enfrente. No tiene puerta, y delante del negocio la calle es un estruendo navideño. Gentes en grupo gritando, riendo, consumiendo. El dependiente atiende a unos chicos. Un hombre observa las porciones de pizza expuestas en el mostrador.

—Perdona... —es el comienzo de mi frase.

—Un momento, por favor —contesta él educadamente huraño, hasta los cojones de las personas que no saben esperar su turno, que le preguntan por una calle como si él fuera Google Maps, que piensan que está ahí a su eterno servicio, para atender a los noctámbulos consumidores de pizza y a los peatones borrachos de la madrugada.

Esperar me angustia. Como esa burocracia indiferente a la dolencia. Roberto acapara mis hombros con su brazo.

—¿Qué pasa?

—Estaba ahí, te lo juro. —Temo que no me crea. Que nadie me crea.

—Está cerrado, Tomás. No pasa nada. Ya está.

—No está cerrado. Se alquila. Ayer estuve ahí y estaba abierto. Nadie me dijo que lo iban a alquilar —respondo aturdido.

—¿Y por qué tenían que decírtelo? —añade Roberto con su lógica.

Los chicos dejan libre un hueco que ocupa el hombre que observa las pizzas.

—Solo quería preguntarte... —insisto.

El hombre me mira como si hubiera lanzado un eructo sonoro. El dependiente me ignora y le pregunta al cliente qué porción quiere.

—¡Por favor! —levanto la voz—. Es solo un segundo. ¿Recuerdas el local que había ahí enfrente, el Simún?

El hombre pide una de carne y bacón.

—No sé cómo se llamaba —contesta el dependiente mientras coloca la porción en el horno.

—Es que... ayer estuve ahí. Y anteayer. No me dijeron que fueran a cerrar.

—Había una chica negra que solía comprar pizza al salir —me dice.

—¡Lola! ¡Sí, esa! —contesto ilusionado. Celebro que alguien más comparta mis visiones.

—Ayer no compró nada. Salió y se fue.

—Gracias —expreso con desencanto.

Nos alejamos. No debe extrañarme que un negocio entre Chueca y Malasaña que en plena Navidad apenas atraía a media docena de clientas acabe cerrando. Un local que no pinchaba a Ozuna y sí a Dizzy Gillespie. ¿Cómo podría sobrevivir una gacela dorada en el centro de Madrid? Una borrasca se forma en mi interior. Este viento antipático de la desolación comienza a fundir las luces navideñas, a oscurecer los pasos de cebra y a enmudecer los hilos musicales de las tiendas. No sé por qué, pero me siento un fragmento de algo roto.

—¿Estás bien? —me pregunta Roberto.

Abandono esta inútil sensación de desarraigo para ser amable con él.

—Sí —digo—. Solo algo confundido.

—Como tu plan ha fallado, ¿me dejas que elija yo? —propone.

Sonríe. Joder, deja de sonreír o voy a saltar a tus labios hasta dejarte sin aliento.

—¡Tomás! ¿Me escuchas? —interrumpe.

—¡Sí! Sí. Me parece bien —contesto.

—Vamos al karaoke de Mostenses.

Cuando éramos pareja, ese karaoke se había convertido en nuestro mayor entretenimiento. En un complemento más de nuestras fiestas particulares. Desde la ruptura, no había regresado.

—¿En serio? —pregunto.

—Pues claro.

Y vuelve a sonreír.

Mientras bajamos por Gran Vía, Roberto no deja de hablar, de recordar anécdotas, de hacerme sentir el rey del

393

mundo. ¿Estoy siendo feliz? La felicidad se convierte en éxtasis cuando en la pantalla del karaoke se anuncia la canción seleccionada por Roberto. *Our last summer,* de Abba. Roberto me entrega un micrófono para que la cantemos juntos. Nos miramos interpretando los paseos por el Sena de una pareja que aún no tenía miedo a envejecer. Dos que se seducían hablando de filosofía, política y cruasanes sin ser conscientes del final. Nunca visité París con Roberto. Sí lo hice con Marco. Y en el escenario del karaoke, sonriendo con satisfacción, sé que Roberto es el Harry de la canción. Llega el estribillo. Tomo aire. ¡Hostia! Creo que estoy sintiendo cierto aprecio por la Navidad.

DÍA 28
—
SÁBADO

Ni santos ni inocentes. Una celebración cruel dentro del calendario no debería sorprenderme. Celebrar una matanza de recién nacidos con un festival de bromas. De buen y mal gusto. Todas juntas y revueltas. Ni santos ni inocentes. Bromear como si todas las localidades, extensas o diminutas, fuesen un cuartelillo, y la novatada, otra manera más de demostrar poder.

Cuando era pequeño, me escabullía de esa celebración. Ya había sufrido suficientes hostias disfrazadas de broma para aguantar una más. El rechazo que me causaba esa fecha era directamente proporcional al entusiasmo con el que los chavales del barrio salían a la calle. El día de los Santos Inocentes. Ese día en el que pueden estamparte un huevo sobre tu abrigo recién estrenado y dejarte en ridículo ante decenas de personas que ríen la broma. Ese día en el que jugar con tus emociones acaba con un sonoro «¡Inocenteee!» que hay que afrontar con una sonrisa si no quieres ser tachado de engreído insoportable.

La alarma del móvil me despierta en la misma habitación de hostal. Dejo caer el brazo, desfallecido sobre las sábanas, esperando encontrar el cuerpo de Roberto a mi lado. No hay nadie. Reacciones inconscientes, fruto del poder del autoengaño.

Roberto no podía estar durmiendo a mi lado porque

ayer me recordó que me recogería a las doce en la puerta de la SGAE. Me regaló otra sonrisa antes de alejarse. ¿Qué sentido tendría haber vuelto a acostarme con Roberto si no iba a ser capaz de mantenerlo a mi lado? Eso sí sería una puta inocentada. Bromas para celebrar una matanza. Ni santos ni inocentes.

Creo que soy una persona con bastante sentido del humor. Aunque solo sea porque aprendí a ser bufón para dejar de ser mártir. Pero cada vez tolero menos las bromas. Las inocentadas han evolucionado al compás de la sociedad neoliberal. Ahora nadie se divierte cuando ve un monigote de papel colgado de la espalda. Ahora preferimos la humillación. Bromas dirigidas por Neil LaBute. Escritas por Haneke. Con diálogos de Solondz. La de veces que hemos tenido que escuchar que el menosprecio y la humillación «solo eran una broma». ¿Qué hay de gracioso en herir a una persona? Si yo no me río, no es una broma. Las cosas que nos divierten hacen país. Es lo que somos. Tragedia más tiempo. La clave de la comedia. Menuda broma lo del Simún. Había encontrado el lugar debajo del arcoíris y ahora se alquila. Alguno construirá su mierda de imperio en él. Samuel, Lola y la decepción. ¿Quién soy yo para decepcionarme así?

Ni santos ni inocentes. Me levanto y me miro al espejo del baño. Me veo gastado. Canas, barba blanca, bolsas en los ojos, incipientes manchas en la piel. Sin juventud y sin estatus no hay poder. Vuelves al margen. Al margen del margen. No alcanzas el epicentro de la página. Me abofetea la sensación de que el destino de Ángel no sea tan distinto al mío. Ángel, sobre su sofá, corrompiendo mi recuerdo. Lo condeno por guardar silencio. Yo, que no dije ni una palabra cuando desapareció. Me arrasa por dentro pensar que aquel tipo al que llamábamos Simún haya podido abusar de otros niños y adolescentes con la complicidad de nuestro silencio atemorizado. Con la colaboración del amor tóxico que Ángel llegó a sentir por él. No es tan sencillo empezar de cero. Ojalá todo fuera gritar «Siguiente» como en una consulta médica. ¿Y si estuviese peleando contra un destino imbatible? ¿Y si no soy tan diferente a Ángel? A. y T. para siempre. Empatía. Justicia. Respeto. ¿Habitan en mí esos valores que reclamo al resto de la sociedad desde mi programa de radio, desde mis mal pagadas columnas de opinión? ¿Soy acaso ejemplar como para enjuiciar los senderos que recorren los demás? Dudo que lo sea.

Y pienso, mientras cae el agua caliente de la ducha sobre mi turbada cabeza, que no quiero serlo. Dicen que los tiempos han cambiado, que las cosas ya no son como hace treinta años. ¡Faltaría más! Pero bajo los sustratos sobre los que se ha ido edificando la sociedad contemporánea hay un histórico desprecio al diferente. Nos cuentan que eso ya no es la norma, que desde las instituciones se educa en valores, pero se nos exige ser perfectos. Seres humanos impolutos para ser respetados. Ser ejemplar para tener derechos. No quiero ser ejemplar. Quiero poder equivocarme, quiero cagarla. Porque si no se me permite ser imperfecto, no se me permite ser libre. Quiero ser libre para tropezar, para empezar de nuevo. Aprender a caer. *Ukemi.* Los valores son como las drogas: dependiendo del organismo que los consuma, funcionan de una manera u otra. Para mí son estimulantes. Como el *speed.* Ni santos ni inocentes. Quizá este sea un buen principio.

—Gracias por todo —saludo a la encargada, que está más interesada en mi *trolley* que en mi cara.

Seguro que sospecha que le estoy robando algo de su exquisita decoración. O que debe archivar todos los datos posibles por si regresa la Policía a buscarme. Estoy inmóvil, delante de ella, con una media sonrisa. Aguardo su reacción mientras me la imagino atendiendo a las reinas de la mañana televisiva, compartiendo todas sus desconfianzas después de haber ido a la peluquería para salir bien en pantalla.

—¿Se va de viaje? —pregunta con una amabilidad embustera.

—Sí. No vivo en Madrid. Aquí vive mi familia. He venido a pasar las fiestas con ellos. Vivo en Grecia. En Salónica. ¿Conoce Salónica?

—No —responde como ofendida, como si le hubiese preguntado si le gustaba que le mearan encima.

—Le encantará. Si va alguna vez, pregunte por mí.

Me pongo los guantes, envuelvo el cuello en la bufanda y echo a rodar la maleta. Busco un lugar tranquilo en el que poder desayunar. Contemplo los edificios de Madrid. Las ventanas cerradas, protegiéndose del frío exterior. Un demacrado Papá Noel cuelga de un balcón. *All i want for christmas is you* se escapa de cuatro tiendas distintas. Atasco. Polución. La iluminación navideña descansa. Solo es Navidad cuando oscurece. Este paisaje, que hace dos días me resultaba apocalíptico, hoy me provoca cierto candor. Todo cambia. Cuando menos te lo esperas.

Hoy Ciudad Pegaso es diferente, aunque cuando la observo, desde la distancia del ausente, supongo que permanece inmutable al paso del tiempo. Los años sirvieron para derribar el puesto de la vieja en el que se compraban las chucherías al salir del colegio, para cerrar la papelería en la que adquiríamos los libros de texto, para sepultar la vía del tren. El tiempo ha maquillado los muros de cemento gris con las sonrisas de dos abuelas del barrio, símbolo de las primeras mujeres que habitaron este lugar en los años de la posguerra. Obreras sin fábrica. No existe el economato, ni el cine en ruinas que acogió primeros cigarros, primeras pajas, primeros polvos y primeros picos. No existen los puestos de periódicos ni el quiosco de la Lady Lady —la llamábamos así porque se pintaba los ojos de azul, como la de la canción—, que vendía los helados en la Quinta Avenida cuando apretaba el calor. Zonas que dejaron de existir. De ser y de estar. Los bares continúan prácticamente todos. Y el pub. Ahora se llama Pufy. Todo se conserva mejor en alcohol. Se llamó «ciudad», pero siempre fue un poblado. Siento que algo de eso sigue morando en sus casas, anidando en sus árboles, transitando sus calles. La iglesia ha ido ostentando un mayor poder a la entrada del barrio. Esa iglesia, cómplice de escarnios y agravios, en un lugar preeminente. Basta doblar la esquina de la Cuarta Avenida para descubrir el estadio metropolitano, el Wanda, silueteado en el horizonte. Dios y fútbol. Para qué pensar más. Este lugar que en mi memoria retumba. Este lugar, que olía a azufre, ahora aparenta ser un espacio idílico.

—Sube la cuesta —le pido a Roberto.

—¿En serio? Mira que no vas sobrado de tiempo —avisa.

—Solo un instante. Hasta el colegio.

Circula por delante de las verjas de los chalés. Roberto aminora la marcha. No hace falta que se lo pida. Aquí están acechantes. Algunos habitados, otros con sus jardines abandonados. Todos con esta arquitectura blanca de apartamento veraniego. Aquella residencia que Ángel y yo soñábamos con visitar hoy está abierta a todo el mundo, convertida en un centro cultural. Al tomar la Séptima Avenida, la mirada se desvía hacia el búnker, a la derecha del recorrido, junto a mi ventanilla. Nos separan apenas unos metros y apenas cuatro décadas. El recuerdo obstinado. El dibujo de un Pegaso blanco, con las alas extendidas, nos da la bienvenida desde los muros del colegio. «Spread your wings», leo. Roberto detiene el vehículo. No se lo pido. Afirma con un gesto.

Bajo del coche. Vuelvo a pisar aquel terreno que siempre fue movedizo y hoy resiste con firmeza. El dolor rotundo, tan cierto como esas horas que duraban siglos en el patio del colegio, no está invitado. No ha regresado a este lugar. Cuentan que el colegio hoy tiene planes de convivencia y su modelo educativo está basado en el respeto mutuo. Me alegra comprobar que los lugares cambian más rápido que las personas que los habitaron. Los patios ya no son plomizos. Son azules con las líneas de los campos de fútbol y baloncesto trazadas en blanco. Como el fondo del caballo alado pintado en el muro. «Bienvenido al Pegaso», leo en la esquina inferior izquierda del mural. Llaman mi atención los barrotes interiores del centro, los que separan los dos patios y cercan el pasillo central que en otro tiempo fue la entrada de profesores. Están pintados de colores. ¿Un arcoíris? No. Solo una alternancia de franjas rojas, azules, amarillas y verdes. Hoy sonrío a las puertas del viejo colegio. Sonrío como quien frunce el ceño para manifestar vigor y fortaleza. Sonrío con fuerzas de flaqueza. Sonrío porque esas rejas, al menos, tienen color. Sonrío con firmeza porque no vamos a seguir fingiendo que no pasa nada, que son casos aislados, que la responsabilidad siempre es del otro. Se acabó. No hay matices. Hay una obligación. Solo hay dos opciones: el combate o la complicidad. No concibo la segunda opción. Regreso al vehículo.

—¿Bien? —pregunta Roberto.

—Perfectamente —respondo mientras me abrocho el cinturón de seguridad—. Vamos para casa.

Roberto prefiere esperar en el coche, que aparca en la calle Once sin ninguna complicación.

—No te enrolles, que te conozco —avisa Roberto.

—Tranquilo. No tengo ningún interés en perder el avión.

En el breve trayecto que une el colegio con la casa familiar he llamado a Gloria para preguntar si mi hermano está en casa. «Salió hace un rato para ir a buscar a Anamari». Atravieso el amplio soportal de ladrillo rojo. Esta explanada, frente a la puerta del bloque 7, se despliega ante mí como parte de un colosal decorado. Baldosas de hormigón como proscenio. Edificios, árboles, arbustos y césped como telón pintado. Empieza el acto final.

Este sitio fue, durante mucho tiempo, un improvisado campo de fútbol que los chavales más pequeños de la barriada utilizaban sin agotamiento. En las noches de verano alargaban los partidos hasta altas horas de la noche. La fachada de un local, tapiando esa cancha inventada, hacía las veces de una de las porterías. La otra era aún más imaginaria. Definida por mochilas o piedras en el suelo, haciendo las veces de postes, era un agujero negro que se tragaba todos los chutes hasta golpear contra nuestro portal. Los comercios con un acceso a través de la explanada, como era el bar de Casimiro, y una parte del vecindario que usaba ese espacio como lugar de paso, incluida mi madre, se quejaron a la asociación vecinal y acabó por prohibirse jugar a la pelota. Un cartel, incrustado en la fachada del local, lo dejó claro:

PROHIBIDO
JUGAR A LA PELOTA

Lo importante era alertar de la prohibición. Luego ya descubrirías qué era lo que prohibían. Si te prohibían jugar, reír, respirar. Eso era lo de menos. Al cabo de unos meses, en el local de la explanada se instaló una iglesia evangelista, aunque algunos vecinos decían que era bautista y otros aseguraban que pentecostal. Con seguridad, todos estábamos equivocados. La observo hoy. Ignoro si sigue teniendo culto o lleva años esperando que alguien suba la persiana metálica de acceso. Sus dos ventanas arqueadas, simulando ser vitrales, están protegidas con unas rejas blancas. Entre una y otra perdura una cruz que separa los símbolos de alfa y omega. Debe tener culto, pienso, de lo contrario esa cruz ya no seguiría ahí. Y la fachada no estaría pintada de color crema. Estaría grafiteada de arriba abajo. Pero no es eso lo que llama mi atención. Es el cartel que prohibía jugar a la pelota. Una tubería del edificio colindante ha ocultado una parte del cartel, convirtiendo la prohibición en una incógnita. Se intuye que se prohíbe jugar a algo, pero resulta imposible descubrir a qué.

—La tienes revuelta —dice Gloria—. Le ha pedido a Camilo que le baje tus cajas del maletero. Y ahí está, en su dormitorio, con las cajas.

—¿No pretenderá que me las lleve? —me alarmo.

—Chico, yo qué sé —contesta mi hermana cerrando la puerta de la calle.

Entro en el salón guiado por el volumen de los Cantajuegos. Saludo a Camilo y a Frida. La niña baila delante de la pantalla del televisor siguiendo los pasos que le marcan los protagonistas del vídeo de Youtube: «¡Compañía! Brazo extendido, puño cerrado, dedo hacia arriba...». Intercambio una sonrisa cómplice con Camilo. Voy hacia el dormitorio de mamá. Gloria viene detrás.

—¿Has bajado las cajas? —pregunto aparentando no estar informado.

—Me las ha bajado Camilo —contesta mamá.

Lleva una bata celeste encima de la ropa y está sentada en su cama hecha, con las dos cajas abiertas a su lado cubriendo gran parte del edredón. Está hojeando un cuaderno que cierra y mantiene entre las manos. Gloria y yo nos acercamos. La beso y le pregunto qué tal noche ha pasado. Me contesta que buena. Que con la pastilla de dormir está encantada. Me agacho junto a ella y no puedo evitar dejarme llevar por todos aquellos recuerdos almacenados en estas cajas. Mi sonajero.

—De plata —señala mamá—. Déjalo fuera, que hay que limpiarlo —añade. Lo aparta del contenido de la caja.

Tres carabelas hechas con tres medias cáscaras de nuez. Un búho realizado con dos corchos de botella y unos recortes de papel simulando los ojos, el pico y las alas. Manualidades de parvulito. Antiguas postales con una pareja flamenca bordada sobre el cartón. Boletines de notas. Aquí están. Con su sicograma. «Participa normalmente». De la calificación azul a la roja en un abrir y cerrar de ojos. ¿Cómo no pudiste verlo, mamá? Quizá lo que realmente veías te hacía sufrir más que creer que tu hijo se había transformado en un zoquete para los estudios. Su mirada sobrevuela mis preguntas. Como si fuese capaz de leer mi pensamiento. La miro. Ella me contempla desde la tristeza, como si esta sensación fuera un balcón colgado sobre mi desorden emocional. Coloco los boletines en la caja. Viejas cartas, algunas con remites que, como tensores, me devuelven el rostro de antiguos amantes.

—No deberías abrir estas cajas. Hay cosas muy privadas —explico entonando la frase final con algo de misterio paródico, para que suene más a broma que a regañina.

—Demasiados recuerdos —respalda mamá.

Recortes de grandes actrices y bellos actores, felicitaciones autografiadas para celebrar mi veinte cumpleaños, veintiún cumpleaños, veintidós cumpleaños... No recuerdo a muchas de las personas que firmaron en ellas. Fotos. No me gustan las fotos de los años 80. No me gusta sentir la mirada apagada de un adolescente. Hay hasta un Nokia 6110 en estas cajas.

—Toda una vida —pienso en voz alta.

—Es verdad. Había una caja de condones caducados —bromea Gloria.

Reímos. Salta a la vista que a mamá no le gusta este humor.

—No seas ordinaria —reprende sin temperamento.

—He venido a despedirme.

Me incorporo y tapo una de las cajas.

—¿Con quién vuelas?

—Con Air Europa.

—Esa siempre se retrasa.

Sonrío.

—Que tengas buen viaje —añade.

—Gracias. Y tú prométeme que le vas a hacer caso al médico.

—¡Y a mí! —señala Gloria.

—Y a Gloria, por supuesto. A Gloria más que al médico.

—Talibanes —suelta de repente.

Y nos pilla tan de sorpresa la salida que nos vuelve a entrar la risa. Risas en esta casa. Con el *chuchuwa* que baila Frida de fondo.

—Puedo dejar las cajas aquí, ¿no? ¿O necesitas el hueco del maletero?

Conozco la respuesta.

—Puedes. Así será como si una parte de ti siguiese aquí.

Esa parte nunca se fue de aquí. Por más que he corrido, por larga que fuera la huida, tengo la sensación de que nunca me he movido. Me dispongo a tapar la segunda caja. Tomo el cuaderno que mamá tiene entre las manos. Lo identifico. Es el cuaderno verde, con los cuatro pegotes de pegamento y restos de papel. El mismo donde, una vez, estuvo pegada la foto de Starsky y Hutch.

—Algún día te contaré qué son estos cuatro pegotes de pegamento —le digo.

Lo meto en la caja. La tapo. Un entierro constante.

Mamá inicia una frase:

—Algún día yo también te contaré...

No le permito terminar.

—Hoy no, mamá. No hay tiempo. La próxima vez.

Quizá está dispuesta a abrir su corazón, a verbalizar sus miedos, a machacar su culpa. Tal vez está deseando contarme qué sucedió aquella tarde que llamó a la puerta de la casa de Ángel y habló con su madre. Toda la vida esperando esto y, cuando llega, no hay tiempo. Me inclino sobre su rostro y beso su mejilla.

—Cuídate.

—Vuelve pronto —dice—. Y si estás con alguien, puedes traerlo. Podéis dormir en esta cama y yo voy al cuarto de las dos camitas.

No puedo contestar. Busco la mirada de Gloria. Gira la cabeza para que no vea la emoción. Lleno los pulmones de oxígeno para decir:

—Vale. —Lo único que me atrevo a pronunciar.

—Que te quiero —añade.

«Te quiero». En dos días, dos palabras que tardaron décadas. Estamos estrenando una frase trillada por media humanidad. Vírgenes en querernos. Vírgenes en decírnoslo. Nuestra primera vez. Habíamos crecido, ella como madre y yo como hijo, sin decírnoslas. El viento cambia su dirección. Ahora está llegando el eco. «Te quiero». ¿Es demasiado tarde? No hay tiempo.

—Y yo a ti —respondo.

Si no hay tiempo, nunca es demasiado tarde.

Salgo de la habitación con un puño presionando el pecho. Controlo el sollozo que hace temblequear mis labios para despedirme de Camilo y Frida. Gloria me acompaña hasta la puerta.

—Vigila a Frida. Que nadie le haga daño.

—¿Por qué lo dices? ¿Has visto algo raro? —se altera Gloria.

—No, tranquila. Pero que ella sienta que os tiene. En todo momento.

—Joder, Tomás —resopla mi hermana en una mezcla novedosa de rabia y enternecimiento, dejando que el afecto vuelva a quebrar su voz.

—¿Me lo prometes?

—¡Que sí! ¡Joder! ¡Relájate!

No puedo relajarme, Gloria querida. No puedo, y ahora no quiero. No le cuento que he decidido crear una asociación para luchar contra el acoso escolar. Cada vez que leo que otro adolescente víctima del acoso se ha quitado la vida, siento que toda mi historia pasada vuelve a ser presente. Es como una corriente eléctrica en la que se transforma mi furia acumulada de décadas y acaba en un calambre que empuja a mi cerebro hacia una espiral de preguntas de las que, a veces, es mejor no conocer la respuesta. No puedo ni quiero tolerar que el suicidio de inocentes sea la única manera de que los adultos le presten atención al horror vivido en algunas aulas, en muchos patios, en el Facebook o el WhatsApp. No hay tiempo. Ya vamos tarde. Los niños no son así. Nada lo legitima. Gloria no sabe que yo odiaba la sintonía de *Estudio Estadio*. Era escucharla y ponerme enfermo. Porque era la señal inequívoca de que el domingo se había acabado y de que, al día siguiente, había que volver al colegio. Me pregunto si esos adultos que hoy le restan relevancia al acoso fueron acosadores en su infancia. Porque si fueron víctimas, estoy seguro de que no pensarían así.

Gloria y yo nos abrazamos. Abre la puerta de casa y se queda esperando, acodada en el marco, a que salga por el portal y bajar el telón hasta la próxima temporada. Detrás de ella veo acercarse a mamá. Y a Camilo. Y a Frida, que corre a mis piernas y me regala un abrazo muy sentido, seguramente coaccionada por su padre, que le habrá prometido algo a cambio de esta espectacular actuación. No puedo reprochárselo. Y siento, de alguna manera, que Frida puede ser una razón para volver a Madrid. Estar cerca de mi sobrina, protegerla. No es buena idea. Quienes hemos crecido desconfiando de los demás tendemos a nivelar el camino de nuestros seres queridos para evitar sus tropiezos. Una especie de sobreprotección hacia esas personas que identificamos como vulnerables, en un ejemplo más de la ley del espejo, donde lo que vemos en ellas no es otra cosa que nuestro propio reflejo. Queremos adelantarnos a los acontecimientos, como hacemos con nuestra existencia, para evitar el sufrimiento. No saber gestionar el imprevisto. Tenerlo todo controlado cuando la existencia humana es caos. Tender a prever lo malo para que, cuando llegue, porque siempre llega, no duela. Un sinvivir que Frida no se merece. Que nadie se merece. Estar ahí. Eso es suficiente. Aunque nos separen seiscientos kilómetros. Los cuatro aquí, en la puerta del viejo piso, despidiéndose. Algo ha cambiado estas Navidades para todos nosotros. Los Yagüe Lozano somos otros y nunca es tarde para empezar la evolución. Antes parecíamos una familia. Ahora quizá lo seamos. De repente, las sonrisas de mamá, Camilo y Gloria se truncan. Desaparecen sin dejar rastro ni mueca. Algo han visto a mis espaldas que les ha cambiado la expresión. Me giro y aquí están, al otro lado de la puerta del vestíbulo. Toni y Anamari.

—¡Ani! —dice Frida. Y corre hasta la puerta.

Nos sostenemos la mirada, cada uno a un lado del cristal de la puerta con barrotes negros y dorados. Dos celdas. Una para cada uno. Él sostiene la llave, ya dentro de la cerradura, pero no gira la muñeca. Es Frida quien abre la puerta para poder abrazar a su prima.

—Hola, Ana. ¿Cómo estás? —pregunto amable. De la única manera que se le puede hablar a un niño.

—Bien.

—¿Vienes a ver a la abuela?

—Sí.

—Pues mira qué suerte que está Frida aquí y vais a poder jugar juntas.

Corren hacia el interior con una energía que nos hace tambalearnos a todos. Camilo va tras ellas. Mamá y
Gloria permanecen en la puerta. Solo espacio entre él
y yo. Espacio vacío. Una especie de aire sólido. Como la
cera prensada de una vela y que puedes modelar a tu antojo con un cúter bien afilado. Su mirada se pierde en mi
labio partido. La mía se clava en sus ojos turbios y arrui-
nados.

—¿Ya te vas? —pregunta.

—Sí.

Hace un gesto de aprobación.

—Bueno, que vaya todo bien.

—Igualmente.

Paso junto a él, a un milímetro de rozarnos, bajo las
escaleras del portal y piso la explanada donde está todo
prohibido. Camino imaginando que está de pie en la puerta observando con remordimiento cómo me alejo con el
paso firme. Mi imposible virilidad ya no es el principio de
una inmensa vulnerabilidad. «¡Tomás!», me figuro que grita. Yo me vuelvo y le escucho decir: «Perdón». Somos cactus.
Poca agua nos es suficiente para soportar largas sequías.
Nada de esto sucede. No vuelvo la cabeza para corroborar
si permanece allí. El ruido metálico del portal al cerrarse es
suficiente. «Dos no pelean si uno no quiere», nos decían
de pequeños. Me he cansado de ser el uno. Elijo no obrar
el milagro. Ni santo ni inocente.

—La próxima semana me vas a traer una lista con cinco
recuerdos bonitos o divertidos de tu infancia y tu adolescencia.

Fueron los deberes que me encargó Roberto al finalizar una de nuestras últimas sesiones. Pero llegué a la semana siguiente sin ninguna lista. Ni física ni mental. Bloqueado. El capricho cruel de la memoria. Siempre nos ataca por la espalda y nos protege de frente. Claro que hubo momentos bonitos, divertidos, felices. Por pura supervivencia. Por esos momentos supongo que estoy aquí, pero el horror lo nubla todo, emponzoña el camino, envenena el aire y cronifica la aridez hasta convertirnos en flores secas. No logramos ver más allá. Miopes emocionales.

Fui feliz cuando llegaba el cohete por mi cumpleaños y le prendían la mecha, en una apasionante cuenta atrás que acababa con un petardazo que llenaba el cielo de caramelos y muñecos diminutos que corríamos a recoger del suelo. Cuando tocaba desenvolver los regalos. Esa excitación de desvelar lo que escondía el envoltorio que mamá nunca quería que rasgásemos porque solía reutilizarlo. La satisfacción del deseo cumplido. La aventura que se destapaba ante el deseo incumplido, pero que te ofrecía una posibilidad a veces mejor que la que habías deseado. La felicidad que provocaba el paquete postal de Todos los Santos, donde llegaba el rosario de bombones y patena de calabaza que enviaba la madrina. Los vinilos de colores del primer disco de Parchís y las coreografías que me inventaba con sus canciones. Las carcajadas que me suscitaba el cubo giratorio que te encontrabas a mitad de camino en la atracción del barco del Misisipi que había en el Parque de Atracciones de Madrid. Los viernes por la noche, cuando empezaba el *Un, dos, tres*. Mi padre pronunciando «chirimoya». Los canelones de mamá. Imaginarme programas de televisión con el contenido de los manuales de los jóvenes castores. Disfrazarme. Siempre me provocaba una enorme felicidad dejar de ser yo para interpretar a otro. Mi abuela paterna solía confeccionarme los disfraces a medida. Fui vaquero del salvaje Oeste, pirata de los Mares del Sur, soldado romano y hasta emperador oriental. Dar de comer a las palomas. Es curioso, porque ahora las detesto, pero guardo varias fotografías, rodeado de ellas, en las que parezco sentirme afortunado. Montar el árbol de Navidad. Siempre me gustó. Hace años, muchos, que no lo hago. Sí, siempre existieron esos momentos en los que fui feliz. Nunca los puse en una balanza. Tal vez por miedo a desnivelarla. Eso también deberá cambiar.

—Es como si tuviera que resetear mi vida. Como si me hubiese construido sobre un malentendido —le explico a Roberto, que conduce con celeridad rumbo a la T2 del aeropuerto de Barajas—. Estoy que voy a tener que tomarme un lexatín.

—Deberías estar contento —opina Roberto con serenidad—. ¿Crees que hay muchas personas en tu situación a las que una madre les pide perdón por no haber sabido estar cuando más se las necesitaba? La respuesta es no.

—Lo sé, Roberto. Pero ¿qué hago ahora?

He reforzado mi vida sobre pilares fabricados con materiales ignífugos. La he decorado con apariencias, y ahora tengo que empezar de nuevo. Recolocar las piezas en su orden correcto. Reaprender a socializar como quien soy, y no como quien me he acostumbrado a ser. Querer. Ejercitar el sincero arte de querer.

—¿Te acuerdas de David Fisher al final de la cuarta temporada? —pregunta Roberto.

—¿Cómo? —me confunde esa frase imprevista.

—*A dos metros bajo tierra.*

—Ya sé que es *A dos metros bajo tierra*. Lo que no entiendo es a qué viene.

—Al final de la cuarta temporada vemos que David Fisher no puede dormir. Acuérdate que en esa temporada le pasa de todo al pobre, que hasta lo secuestran por un polvo.

—Te recuerdo que la vimos juntos.

—Se levanta de la cama, va al salón y se encuentra al espíritu de su padre, el gran Nathaniel Fisher, fumando en la puerta de la terraza, contemplando la lluvia. David se queja de todo lo que no le ha salido como él esperaba y su padre le dice: «Ni siquiera estás agradecido». Y el otro se pone muy *drama queen* y le reprocha: «¿Agradecido? ¿Por la peor experiencia de mi vida?». Entonces, Nathaniel le dice: «Te aferras al dolor como si significase algo, como si valiese para algo. Pero voy a decirte una cosa: no vale una mierda. Déjalo ir. Hay tantas opciones y eliges lloriquear». ¿Te acuerdas de qué le contesta David?

—No.

Sus palabras son un hechizo capaz de sedar mi furia.

—Deberías. Te recuerdo que la vimos juntos. David le pregunta a su padre que qué se supone que debe hacer. Y el padre le dice: «¡Lo que quieras! ¡Estás vivo! ¿Qué es un pequeño dolor comparado con eso?».

Maldito Roberto. Una y mil veces maldito.

—Me voy a poner pedante: tienes que romper con el poder emocional de la evocación —suelta—. Estás vivo, Tomás. Vive.

Silencio. No sé si diez segundos o siete minutos. El tiempo se fragmenta en milésimas de recuerdos rotos. El paisaje de naves industriales se desvanece vertiginoso ante los ojos de este adulto que, desde el asiento del copiloto, le está empezando a dar prioridad al «ser» en lugar del «estar».

—Juan y tú, ¿sois pareja abierta?

Eso pregunto. No le busquéis explicaciones. La mayoría de las veces no existen.

—No —contesta Roberto tan tranquilo.

—Mierda —susurro.

Detiene el coche en el punto de encuentro. Me ayuda a descargar el equipaje. No pesa tanto, pero lo hace.

—No entro, que me multan —aclara Roberto.

—No te preocupes.

Nos miramos. Como entonces. Como ahora. Frente a frente. Y antes de que se me salten las lágrimas otra vez, porque menuda racha llevo, lo abrazo impetuoso. Crecemos sintiendo el abrazo como una especie de invasión del espacio personal. La educación mala es peor que la mala educación. Las despedidas con abrazos son las despedidas más hermosas que existen. Acercamos nuestros corazones, por cursi que os suene. Dejamos de tener contacto visual con el otro. Podemos abrazar y cerrar los ojos, o, por el contrario, tenerlos abiertos, contemplar el entorno que tenemos de frente y que la otra persona ignora porque lo tiene a sus espaldas. Es un acto de amor y confianza. Uno mira a la espalda del otro, y el otro hace lo propio sobre tu hombro. Nos protegemos. El abrazo se hace hogar. Y nuestras articulaciones imaginan un lazo, y solo nos faltaría poder ronronear, como haría un gato, para demostrarnos que se está bien entre esos brazos. En las despedidas tristes del abrazo, uno nunca sabe cuándo separarse del otro porque al volver a encontrar nuestras miradas se habrá iniciado el verdadero adiós. No nos separamos. Rompemos algo. El abrazo se rompe. Y para que eso no suceda, como cuando ET le dice al pequeño Elliot aquello de «Estaré aquí mismo», deberíamos señalar nuestra mente. No el corazón. La memoria.

Me dice Roberto que tengo que romper con el poder emocional del recuerdo. No sé si quiero. Bueno, sí lo sé. No quiero. No quiero dejar de pensarte, Roberto. Nunca. Estarás siempre en mi memoria. Ahí es donde este abrazo no se romperá nunca. Ahí es donde no hay un adiós ni un hasta luego. Porque la memoria no entiende de despedidas. Y cuando lo hace, enfermamos. Te quiero, Roberto. Y muy a mi pesar, el abrazo se rompe.

—Te llamaré —digo.

«Te amaré», pienso.

—Y yo a ti.

Y de esta manera, Roberto y yo nos decimos adiós.

Caminar por un aeropuerto me consume. El trasiego de gentes e idiomas, en lugar de dotarlo de exotismo, me provoca una inmensa desazón. Especialmente cuando tengo que superar, como si de una prueba de destreza mental se tratase, el arco de la humillación. Pienso en los romanos, que siempre fueron muy dados a conmemorar, erigiendo monumentos para evocar una victoria militar. Esos arcos majestuosos, privilegiados, han evolucionado hacia una construcción policial creada para sobreponerse a una derrota. «¿Lleva algún líquido?», «Ordenadores, iPads, objetos electrónicos, en una bandeja aparte», «El cinturón, fuera», «Descálcese»... Nuestras vidas colocadas en bandejas, como las que emplean los presos para depositar sus objetos personales antes de encerrarse en sus condenas. Hago cola para ser inspeccionado como un sospechoso más. Renuncio a mi dignidad en nombre de la seguridad. Llevo puestos unos zapatos de collarín bajo, que no cubren los tobillos, para no tener que ponerme esas bolsas absurdas en los pies. No llevo líquidos, ni cremas ni colonias. Lo facturo todo. Se lo pongo fácil. Puedo poner mi corazón y mi cerebro en la bandeja para que el escáner los inspeccione. Soy culpable hasta que se demuestre lo contrario. Cruzo el arco. No pita. Bien. Busco un mostrador poco concurrido para comprar una botella de agua con la que acceder al avión. El temor a volar me seca la boca. Ya lo sabéis. Demasiados miedos para una misma persona. Resuena por toda la terminal el *Last Christmas* de Wham. Ignoro si voy a lograr cambiar algo, pero al menos voy a intentarlo. Un aviso de megafonía me recuerda que por seguridad debo tener mis pertenencias controladas en todo momento. Tres euros por una botella de agua. Esto sí que no pasa el control de seguridad. Llego a la puerta de embarque. C44. Tomo asiento lo suficientemente cerca como para tenerla vigilada y lo prudentemente lejos como para que las personas ansiosas que gozan de hacer colas de pie, impacientes por subir las primeras al avión y ocupar los portaequipajes con todas sus mierdas, no me molesten con su formación en línea. Tanto hablar de cambio y no he dejado de refunfuñar. Bueno, tal vez no sea preciso cambiar del todo.

«Va bien?», me pregunta Gloria por WhatsApp.

«Sí. De momento no hay retraso», escribo. Emoji de mano con el pulgar hacia arriba.

«Bien con Toni?».

«No ha dicho ni mu».

«Me alegra. Buen viaje. Llama al llegar».

«Ok», y un emoji de corazón rojo.

La Navidad es un espejismo. Una representación engañosa de la que es casi imposible escapar. He formado parte de ella con el ánimo desmedido del que encuentra trabajo de dependiente en una tienda de moda barata tras varios años de desempleo y con el atropello que supone hacerlo el primer día de rebajas. Intento embriagarme de las canciones, las luces, los adornos, pero sé que hay un duelo pendiente.

Está esperándome en Barcelona. El recuerdo del que fue mi pareja me está esperando para desarroparme mientras duermo. Estoy preparado. Como hago siempre que no sé qué hacer, entro en Instagram. Deslizo la pantalla con una actitud bastante tacaña a la hora de palpitar corazones. Llevo mucho tiempo sin actualizar. Ahora nueve días son mucho tiempo. Intento hacerme un selfi con cara de aburrido, pero en todas las tentativas parezco un vagabundo. Descarto la idea. Acumulo notificaciones. Coloco la punta del dedo sobre el icono corazón. Entre un montón de nombres anónimos, está ella: «Idris Haggerston ha comenzado a seguirte». ¿Cómo no se me había ocurrido? No tardo en tocar el rectángulo azul de «Seguir» y explorar su cuenta. Aquí está Idris. Bella, potente, magnética. No es una fantasía de mi mente ofuscada. Este insignificante detalle le ha dado un sentido a estos últimos días en Madrid. Imagino que Samuel está entre sus seguidores. Me dispongo a buscarlo cuando escucho:

—Perdona que te moleste. ¿Eres Tomás Yagüe? ¿El de Castro Camera?

Es un acento dulce y cadencioso. Levanto la mirada de la pantalla. Es un chico joven, de rostro pulido, mandíbula cuadrada, frente ancha, cejas pobladas y un alborotado pelo negro.

—No te entretengo. Solo quería decirte que me encantas, que para mí eres un referente, que te leo siempre en Instagram y escucho el programa, en pódcast porque en directo no puedo, pero... eso, que te admiro mucho.

Lleva un jersey azul cobalto que ilumina la escena.

—Gracias, de verdad. —Sonrío—. ¿Cómo te llamas?

—Álvaro.

Álvaro, te sienta muy bien el azul. Sigo siendo el director y presentador del programa que admiran desde hace años. Nada ha cambiado. Sigo creyendo que elegí mal mi profesión. Continúo cobrando una mierda a cambio de mi profesionalidad y habito una incertidumbre constante a la que ya trato de tú. No tengo casa propia. Ni coche. Ni pareja. Ni prestigio. Soy prescindible, pero, aun así, Álvaro no tiene la culpa. Por eso lo escucho atentamente y le agradezco con sinceridad sus cumplidos. Me retrato con él. Me está contando que viaja a Tenerife, que va a pasar el fin de año con su familia y amigos. Le doy dos besos y lo veo alejarse, camino de su puerta de embarque, con la mirada clavada en el móvil y en las fotos que nos hemos hecho gracias a su destreza para posar y retratar a la vez.

Una azafata de tierra avisa del inicio del embarque. Saco los cascos de la mochila y me pongo música. Una lista antigua. Aleatorio. Y suena el *Shake it out* de Florence and The Machine. ¿Voy a empezar a creer en las casualidades? Espero sentado, observando el revuelo que se organiza frente al mostrador. Como si no supieran ya que no van a entrar los primeros por estar más cerca.

¿Y si escribo todo esto? No como un diario o un cuaderno de bitácora. Algo más ambicioso. Una novela, por ejemplo. Escribir es una buena manera de curarse por dentro. Lo aprendí de uno de mis autores favoritos, Tom Spanbauer. Cuando leí *El hombre que se enamoró de la luna,* sentí estar leyendo la novela más sórdida, más revolucionaria y más bella del mundo. Y la vida tiene mucho de esos tres adjetivos. Desde entonces, todo lo que publica Spanbauer lo absorbo como tierra sedienta. Hay quien piensa que Spanbauer siempre cuenta la misma historia en sus novelas. ¿Acaso no lo hacemos todos? Lo llama «escritura peligrosa». «¿Qué es lo que más te duele?», suele preguntar Spanbauer a los alumnos de su taller de escritura. Encontrar la herida y escarbar en ella. Convertir en palabras las verdades que uno conoce de sí mismo y que solemos adormecer para hacernos el camino más amable. Cuando eso sucede, como enseña Spanbauer, el escritor deja de controlar el proceso. No hay pudor ni autoridad que disfrace las emociones y los sentimientos del que relata. Las palabras se alejan de su progenitor, se independizan, hasta convertirse en una entidad distinta. «Un documento inacabado sobre quien las escribe». Soy algo de todo eso. Soy la novela que aún no he escrito. Sin cubierta, sin lomo, sin guardas. Una novela de carne y hueso. Debo dejarme leer por los demás. Contarme y renacer desde la herida. Si mamá está aprendiendo a hacerlo con setenta y seis años, ¿con qué argumento puedo esquivarlo yo?

Voy sentado en el asiento 9C. Pasillo. Qué le voy a hacer. El miedo es irracional. Tengo mi costosa botella de agua tumbada y sujeta entre mis muslos. Saco de la mochila mi Moleskine nueva y un Pilot negro.

—Durante el despegue y el aterrizaje, los dispositivos electrónicos deberán permanecer desconectados o en modo avión.

Mi mente no ofrece tregua. Los pensamientos y las reflexiones se amontonan. En el centro de todo este barullo, unas palabras. La primera vez que las leí fue hace doce años, en la página web del traductor Javier Sáez. La militancia marica y feminista de Javier lo ha guiado en varias ocasiones hasta mi programa de radio. Ahí lo conocí. Las palabras no son suyas. Son de su amigo Paco Vidarte, pero él me las dio a conocer publicándolas en su web. Si volvieras a nacer, ¿te gustaría volver a ser el niño mariquita del colegio? Y Vidarte escribió:

Es nuestra piedra de toque: No querer volver a vivir la infancia, un contexto donde nuestra autoestima era imposible. Toda nuestra infancia a la mierda, nada se salva. No quiero haber sido niño.

—Este avión cuenta con ocho puertas de emergencia, todas señalizadas con la palabra *exit*.

Las maricas no miramos atrás. Vivimos y recordamos desde que empezamos a ser felices y de ahí en adelante.

El presente y el futuro son nuestros. En el pasado, sucumbimos.

—Debajo de sus asientos encontrarán un chaleco salvavidas.

Suelto la goma y abro la Moleskine sobre mis muslos. Escucho el apetecible crujido de la encuadernación de tapa dura dilatándose. Selecciono la primera página y anoto:

Escribo porque no puedo hablar y llorar al mismo tiempo

y

La ficción es aquella mentira que suena más verdadera que la realidad

—Armar rampas y *cross-check*.

Hay personas a las que, después de amputarles una extremidad, les sigue doliendo. Como si aún estuviera ahí. Dicen los médicos que esas sensaciones se van haciendo más débiles con el tiempo, aunque también es posible que nunca desaparezcan por completo. Las dos frases son de Spanbauer y las dos llevan acompañándome años. Forman parte de mi ritual. Cada año que comienza, esas son las primeras palabras que escribo en la nueva agenda. Para que nunca se me olvide quién soy. Una niña tararea un villancico que resuena en el hilo musical del avión. Dudo que alguien pueda cambiar de un día para otro. Dudo que el mundo pueda cambiar de un día para otro. Pero puede que haya vuelto a gustarme la Navidad porque simplemente he encontrado a alguien a quien deseo hacer feliz.

—Entrando en pista para despegue. Buen vuelo.

booket

www.booket.com

www.planetadelibros.com